HOPE – UNSERE EINZIGE HOFFNUNG

VON

CHRISTIN THOMAS

CHRISTIN THOMAS

HOPE

UNSERE EINZIGE HOFFNUNG

www.christin-thomas.de

Die Originalausgabe erschien 2014
bei Christin Thomas
www.christin-thomas.de
E-Mail: mail@christin-thomas.de

Cover & Illustration: Christin Thomas
Buchsatz: mach-mir-ein-ebook.de
Lektorat: Jennifer Wagner, www.lektorat-wagner.de
CreateSpace Independent Publishing Platform
ISBN-10: 1503144119
ISBN-13: 978-1503144118

Für Yvonne. Als Dank für die wunderbaren Jahre unserer Freundschaft.

„Von allen Geschenken, die uns das Schicksal gewährt, gibt es kein größeres Gut als die Freundschaft – keinen größeren Reichtum, keine größere Freude."

Epikur von Samos

PROLOG

Wir schreiben das Jahr 2723.

Wo einst Milliarden Menschen lebten, bleiben nur die Leere und eine langanhaltende Stille zurück. Es ist so ruhig, dass man den Sturm, der einst auf die Erde niederging, nicht mehr erahnen kann. Wir haben uns beinahe selbst vernichtet. Es begann mit dem unaufhörlichen Wunsch nach Wachstum und Konsum. Je zahlreicher wir wurden, desto mehr Rohstoffe benötigten wir. Das führte dazu, dass schon bald ein Mangel an allem anstatt der einstigen Fülle vorherrschte.

Erste Tierarten starben aus und das Öl versiegte. Doch das war nur die Spitze des Eisberges. Wir hatten zahlreiche Waldflächen gerodet. Wir verbrauchten Unmengen an Wasser für die Herstellung von Nahrung und anderer Güter. Wir glichen einem Heuschreckenschwarm, der das Land so schnell kahl fraß, dass die Natur nicht mithalten konnte. Während uns Lebensmittel und Medizin langsam ausgingen, blieben uns stattdessen Tonnen von Müll und Abwässern. Jeder war sich selbst am nächsten. Supermärkte wurden ausgeraubt. Menschen starben auf den Straßen, weil andere sie umbrachten. Nicht des Geldes wegen! Im Angesicht der untergehenden Wirtschaft war das nichts mehr wert.

Das Ende von allem nahm seinen Anfang, als sich die ersten Länder wegen der fehlenden Rohstoffe bekriegten. Dafür wurden harte Geschütze aufgefahren. Die Regierungen nahmen den Verlust der Toten in Kauf, solange sie selbst weiter existieren würden. Diese blutigen Schlachten arteten aus. Einige der Länder, die unter Beschuss standen, wollten nicht alleine untergehen. Erste Atombombenzündungen führten in einer Kettenreaktion zu weiteren. Die unsichtbare Gefahr verbreitete sich mit dem Wind. Es war ein Kampf, den niemand mehr gewinnen konnte. Wir haben alle verloren bis auf die, die unseren Fortbestand durch ihre Flucht sicherten, eine Flucht ins All. Ein Weg, der uns von unserer kranken Heimat entfernte und bis zu einem erreichbaren und bewohnbaren Planeten führte.

Wir nennen ihn Hope, denn er ist unsere einzige Hoffnung. Hoffnung auf ein neues Leben, eine Zukunft und einer neuen Chance.

Doch wo Hoffnung nötig ist, ist kein Friede zu finden. So erwartete uns ein neuer Kampf in unserer neuen Welt, denn die Menschen spalteten sich schon wenige Jahre nach ihrer Ankunft in zwei Fraktionen - in die sogenannten Techniker, die weiter forschten und Wissenschaft lehrten, und die Jäger, die Derartiges verabscheuten. Sie gaben dem Fortschritt die Schuld an der Zerstörung der Erde. Sie entfernten sich von ihresgleichen und näherten sich einer anderen Spezies, Lebewesen aus dem All, die wir Magier nennen. Ihre Entwicklung reicht so weit über unsere hinaus, dass keine andere Bezeichnung treffender sein könnte. Ihre Fähigkeiten wirken wie Zauberei im Angesicht unserer technischen Errungenschaften. Sie beherrschen Teleportation und Telekinese. Außerdem verfügen sie über Elementarkräfte und sind in der Lage unsere Gedanken zu lesen sowie sie durch Illusionen zu täuschen. Blind und naiv unterwarfen sich die Jäger diesen Wesen.

Seit diesem Tag versuchen sie, unseren wissenschaftlichen Fortschritt aufzuhalten. Sie entfachten dabei selbst einen zerstörerischen Krieg. Einen, der unser endgültiges Ende bedeuten könnte und den es zu beenden gilt. Die Gefahr wächst mit jedem Tag, an dem sie unsere Städte angreifen. Sie dezimieren uns strategisch und haben ihr Augenmerk auf unsere wichtigsten Verteidigunsmechanismen gelegt. Es ist an der Zeit sich zur Wehr zu setzen. Wir wollen diesen Planeten nicht einfach aufgeben. Wie gesagt, er ist unsere einzige Hoffnung auf eine Zukunft.

Nun stellen sich unsere Maschinen gegen ihre Kräfte.

KAPITEL 1

Rauch stieg im östlichen Teil der Stadt Cyron auf. In diesem Areal lagen die Labore, daher war das kein seltener Anblick. Dennoch waren kurz zuvor viele Menschen voller Panik aus dem Stadtarchiv und anderen nahegelegenen Gebäuden geeilt. Sie hatten eine kleine Erschütterung gespürt und fürchteten einen Anschlag der Magier. In den letzten Wochen hatten einige Angriffe die Angst der Bewohner in Cyron geschürt. Ihre Feinde hatten es auf das Hauptenergie-Netzwerk namens „Coroc" abgesehen. Es war das Herzstück der Stadt, eine künstliche Intelligenz, die mit so ziemlich allem verbunden war. Würden die Magier es schaffen Coroc lahmzulegen, wäre die Stadt dem Untergang geweiht.

Professor Robert J. Stanson sah durch die verglaste Westwand seines Wohnzimmers. Erst vor Kurzem war er aus dem Forschungszentrum nach Hause gekommen. Die Erschütterung hatte auch ihn erfasst und zum Fenster getrieben. Sein Blick fiel auf den schwarzen Liegesessel, auf dem sein Sohn noch immer mit dem Hologramm eines Buches beschäftigt war.

„Du schaust nicht einmal aus deinen Geschichten auf, wenn Cyron tatsächlich angegriffen wird, oder?"

Sam sah ihn genervt an. „Bitte! Das passiert doch ständig in den Laboren. Bei den ganzen Explosionen wundert mich, dass sie es überhaupt schaffen irgendetwas fertig zu bauen."

„Erfolg und Misserfolg liegen eben eng beieinander. Die Erfahrung wirst du sicher noch oft genug machen. Du solltest aufhören den Erinnerungen nachzujagen, Sam. Die Erde ist heute nicht mehr als eine Fantasie."

Sein Sohn rollte mit den Augen und ließ das Hologramm erlöschen, bevor er sich aufsetzte. „Das sagst du immer. Aber es interessiert mich eben. Ich kann mit deinen Forschungen nichts anfangen - oder dem albernen Krieg vor der Haustür."

Da waren sie wieder. Die Worte *alberner Krieg,* die Sams Vater nur allzu oft Sorgen bereiteten. Zu gern würde er auf ein Neues versuchen seinem Sohn den Ernst der Lage zu erklären, doch er wusste, dass Sam ihm nicht wirklich zuhören würde. Er war mit seinen Gedanken sicher wieder ganz woanders. Vielleicht hatte er ein Buch über das alte Ägypten gelesen, über Pyramiden, Pharaonen und Sonnengötter. Vielleicht war er aber auch mit seinen Gedanken auf den sieben Weltmeeren unterwegs gewesen, wo er Piraten jagte oder nach unentdeckten Inseln suchte.

„Ich kann nur hoffen, dass dein Unterricht bald weitergeht. Irgendwann verschwindest du noch in einem dieser Hologramme." Sam verschränkte genervt die Arme. „Bestimmt", pflichtete er ihm sarkastisch bei.

„Mister Stanson?", schon an der etwas verzerrten Stimme erkannte Sam, dass das liebste Spielzeug seines Vaters soeben den Raum betreten hatte: die gute Seele des Hauses, wie er sie oft nannte. Ein Roboter oder, wie man auf Hope sagte, ein Cyborg. In diesem Fall ein weiblicher, der dafür zuständig war das Haus sauber zu halten und einem sämtliche Erledigungen abzunehmen. Sein Vater hatte darauf bestanden ihr einen Namen zu geben, ihre Serienkennung war ihm zu unpersönlich. Dabei hatte diese Version noch nicht einmal eine K.I., obwohl sein Vater sich einen neuen Cyborg ohne Probleme hätte leisten können. Roboter waren unheimlich teuer und auf Hope ein Statussymbol, wie zu den Zeiten der Erde vielleicht eine Luxusyacht. Aber scheinbar hing sein Vater an diesem alten Modell. Für Sam war der Roboter allenfalls eine billige Haushaltshilfe, die seinem Vater die Hausarbeit erleichtern sollte - und seiner Mutter, wenn diese zu Hause war. Solange diese sich noch mindestens zwei weitere Jahre in der westlichen Außenanlage befand und sich um neue Energiequellen bemühte, musste er sich das Essen wohl weiterhin von Jenna machen lassen. Jenna! Schon den Namen fand er furchtbar unpassend. Wenn es nach ihm gegangen wäre, hätte Sam darauf bestanden, sie zumindest mit dem Kennungskürzel Q anzusprechen. Q wäre ein wesentlich passenderer Spitzname gewesen. Aber er wurde ja nie nach seiner Meinung gefragt! Wenn es um Roboter ging, war sein Vater in seiner eigenen Welt. Mit dem Erschaffen der K.I. durchbrachen die Techniker laut Meinung der Magier ihre Grenzen. Schließlich spielten sie Gott mit den Maschinen.

Sam hatte selbst keine Meinung dazu, er war mit Robotern aufgewachsen. Er konnte sie nicht als ebenbürtig ansehen, jedoch auch nicht als unnütze Gesellschaft. Für ihn war es vollkommen normal, dass fast alles technisch gesteuert wurde. Wieso sollte es falsch sein, einen Cyborg an die Tür zu schicken? Das war doch immer noch freundlicher und menschlicher, als einem Gast die Tür einfach ferngesteuert zu öffnen.

Aber was wusste er schon? Während er sich in seinen Gedanken verloren hatte, war sein Vater längst in ein Gespräch mit Jenna vertieft. Sam hatte nur Bruchstücke davon aufgeschnappt. Es ging um eine neue Roboter-Serie der K.I.-Entwicklung und sein Vater wurde nun wohl zum endgültigen Testlauf gerufen. Alles andere war irgendwie an ihm vorbeigegangen.

„Willst du mich begleiten?" Sein Vater strahlte plötzlich wieder diese wahnsinnige Vorfreude aus, die man ihm immer ansah, wenn eine seiner Forschungen sich dem Ende neigte.

Durch die zahlreichen Angriffe der Magier waren die Schulen vorübergehend geschlossen worden. Selbst die Grenzgebiete außerhalb der Stadt waren zum Sperrgebiet erklärt worden. Alles aus Sicherheitsgründen. Wohin hätte Sam also sonst gehen können, wenn ihn alles andere in Cyron langsam langweilte?

„Wenn ich jetzt mitkomme, darf ich wieder ins Stadtarchiv. Ist das ein Deal?"

Sein Vater lächelte. Das war eindeutig ein gutes Zeichen, wenn man bedachte, dass Sam ein zweiwöchiges Verbot erhalten hatte. Davon waren gerade einmal drei Tage vorüber, die ihm schon jetzt wie eine Ewigkeit vorkamen.

„Abgemacht", willigte sein Vater ein. Er wollte seinen Sohn unbedingt an diesem Testlauf teilhaben lassen, denn er plante etwas ganz Besonderes und war gern dazu bereit einmal ein Auge zuzudrücken.

Sam klatschte voller Freude in die Hände und sprang vom Sessel auf.

„Aber", ertönte die Stimme seines Vaters plötzlich mit mahnender Stimme, „ich will, dass du dich dann auch an die Regeln hältst. Erwische ich dich noch einmal dabei, wie du dich nachts aus dem Haus schleichst, kannst du dem Archivmaterial der Erde für mindestens einen Monat auf Wiedersehen sagen. Ist das deutlich genug, junger Mann?"

Sam nickte, auch wenn er am liebsten den Kopf geschüttelt und seinem Vater einen Vogel gezeigt hätte. Er schlich sich ja nicht ohne Grund aus dem Haus! Sein Vater war doch auch irgendwann einmal 17 gewesen. Man sollte meinen, er wüsste, wie wichtig es war auf einer Party aufzutauchen, um nicht als Außenseiter dazustehen. Oft genug musste Sam sich blöde Sprüche von seinen Mitschülern anhören, seitdem sie ihm das Hologramm-Armband geklaut hatten und seine Vorliebe für alte Geschichten entdeckt hatten. *Der Zeitreisende* hatten sie ihn genannt. Schon der Unterricht in Geschichte war für die meisten langweilig und uncool. Das Leben von früher war für seine Mitschüler primitiv und lächerlich. Die Entwicklung dahinter erkannten sie nicht, aber Sam war auch nicht daran interessiert ihnen das Thema näherzubringen. Er musste seinen scheußlichen Spitznamen loswerden und wieder einer von ihnen werden. Andernfalls würde das Abschlussjahr ein wahrer Alptraum werden.

Sein Vater schickte Jenna, um ihm und Sam ihre Mäntel zu bringen.

„Sehr gern", lautete ihre verzerrte Antwort und schon verließ sie das Wohnzimmer in Richtung Flur.

Sie brachte ihnen zügig zwei weiße Mäntel. Was auch sonst? Zu dieser Zeit war Weiß unglaublich in Mode. Schräg geschnitten und eng anliegend, mit passenden weißen Handschuhen. Sam war eher ein unauffälliger Typ. Dunkle und unscheinbare, schlichte Kleidung hätte seinen Geschmack eher getroffen. Mit den blonden Haaren und der hellen Haut kam er sich schon blass genug vor. Doch er wurde auch bei solchen Dingen nicht gefragt. In Cyron sah einer wie der andere aus und das schien auch jedem zu gefallen.

„Willst du das nicht hierlassen?“ Sein Vater deutete auf das Hologramm-Armband. Sam griff instinktiv danach und umklammerte es mit seiner rechten Hand, als wollte sein Vater es ihm wegnehmen.

„Natürlich nicht. Vielleicht will ich Aufnahmen machen.“

Sein Vater lachte. „Die lassen dich niemals mit einem Gerät wie diesem da rein. Bilder sind nicht sicher, mein Sohn.“

„Das sind Erinnerungen auch nicht mehr. Was ist denn, wenn die Magier dich eines Tages entführen und sich in deinem Kopf einfach alles ansehen, was sie wissen wollen?“

Sein Vater strich sich über den Mantel, als wollte er ihn noch etwas zurechtrücken. „Ich wäre sicher tot, ehe sie irgendetwas wüssten.“ Sein Lächeln erlosch. „Deshalb ist dein alberner Krieg vor der Haustür auch gar nicht so lustig.“

Dann wandte er sich an Jenna, der er zur Verabschiedung stets zunickte. Sam ging wie immer achtlos an ihr vorbei, während er sich das Armband abstreifte und es in seine Manteltasche steckte.

Er ließ sich nichts anmerken, doch allein der Gedanke an den Tod seines Vaters ließ ihn erschaudern.

Die Tore des Forschungsgeländes öffneten sich. Ein weiß lackiertes Fahrzeug schwebte auf den großen Platz und wurde von zwei riesigen Robotern mit Laserstrahlen gescannt. Sams Vater erklärte ihm, dass es sich hierbei um die neuesten Versionen der sogenannten Kontrolleure handelte. Sie prüften die Fahrzeuge auf Waffen und Sprengstoffe aller Art. Diese beiden waren länger in der Lage Kälte und Hitze standzuhalten als das Vorgängermodell. Seit die Magier nun auch mit elementarer Energie angriffen, war es zwingend notwendig, dass Cyrons Forscher dafür ausgerüstete Maschinen erschufen.

„Das Hauptsystem Coroc ist an vielen Stellen bereits mit Material dieser Art ausgestattet, aber solange die Aufrüstung nicht abgeschlossen ist, haben wir allen Grund uns vor ihren Angriffen zu fürchten." Sein Vater klang ernst. Er machte sich allem Anschein nach große Sorgen und Sam konnte das nicht nur in seiner Stimme hören. Die Augen seines Vaters strahlten es in letzter Zeit oft aus. Kein Wunder, wenn man auf den ganztägigen Nachrichtensendern rund um die Uhr mit Bildern aus den Kriegsgebieten konfrontiert wurde! Die Schutzkuppeln der attackierten Städte wurden mit Gesteinsbrocken beschossen. Ganze Horden von Magiern lenkten sie mit unsichtbarer Kraft auf das tonnenschwere Glas. Jagdgleiter des ansässigen Militärs wehrten sich unterdessen mit Lasergeschützen. Die Bodentruppen sahen sich während solcher Szenarien meist dem Pfeilhagel der Jäger ausgesetzt. Das alles wurde vom Lärm der Einschläge und der panischen Schreie übertönt. Magier teleportierten sich unter die Schutzkuppel. Sie töteten die Wachen an den Energietoren und bereiteten den Weg für die Elementarmagier vor. Diese schleuderten dann ungehindert Feuerbälle auf ihre Opfer oder gefroren sie noch an Ort und Stelle.

Sam sah sich solche Dinge ungern an. Der Anblick der Außerirdischen weckte in ihm immer ein ungutes Gefühl. Sie mochten sich mit einigen Menschen verbündet haben, doch die Techniker waren der Meinung, dass die Magier sie nur aufhalten wollten. Vielleicht fürchteten die Magier sich davor, dass die Techniker ihnen eines Tages gefährlich sein könnten. Das ganze Gerede um das Gleichgewicht im All schien bislang nichts Handfestes zu sein. War ein Stern zerstört, entstand irgendwo ein neuer.

Die Natur kannte keinen Tod. Sam war davon fest überzeugt, seit er es in einem Buch gelesen hatte. Alles, was verging, brachte etwas Neues. Die Erde war für ihn eines der besten Beispiele. Sie war ja noch da, sie war nur krank, wie er es nannte. Und sie würde einige Zeit brauchen, um sich davon zu erholen. Dann würde es neues Leben geben, wenn sie nicht sogar schon Geschöpfe hervorbrachte, die unter den jetzigen Bedingungen leben konnten. Hier wusste das schließlich keiner. Seit sie geflohen waren und die letzten Generationen, die die Erde noch als ihr Zuhause gekannt hatten, starben, verblasste der allgemeine Wunsch dorthin zurückzukehren. Es gab bisher niemanden, der dorthin gereist war. Doch Sam hatte sich fest vorgenommen die Erde eines Tages zu besuchen. Er wollte den Ort sehen, der eigentlich seine Heimat gewesen wäre, und den blauen Planeten selbst erkunden.

Die Kontrolleure gaben Entwarnung und ließen Sam und seinen Vater passieren. Der Weg bis zum Haupteingang lag weit vom Tor entfernt. Alles war übersichtlich gestaltet. Auf diesem Platz gab es nur ebene Erde, denn die Kontrolleure mussten die gesamte Umgebung im Blick haben. Die Schutzzäune zogen sich um das Gelände herum. Die Flüssigkeit, die von den Metallstangen abgesondert wurde, war bei jedem Kontakt mit menschlicher Haut tödlich. Die Umgebung des Forschungszentrums war mit Warnhinweisen versehen. Leuchtend schwebten sie über die umliegenden Wege, um jeden zu alarmieren, der sich dem tödlichen Zaun näherte. Sams Vater hatte ihn schon im Kindesalter darauf geeicht, diesen Absperrungen niemals zu nahe zu kommen, denn diese gab es in vielen Gebieten der Stadt. Die Labore, das Regierungsgebäude und das Militärzentrum wurden damit geschützt. Alle anderen Schutzmaßnahmen, die sich direkt in Cyron befanden, waren nicht ganz so drastisch. Sie konnten jemanden betäuben, sonderten Stromschläge ab oder lähmten den Körper schmerzhaft, doch das war im Gegensatz zum sofortigen Tod eher harmlos. Die silberne Flüssigkeit, die von den Hochsicherheitszäunen ausging, griff den Körper nicht sofort an, sie drang durch die Haut ein. Bei Maschinen fand sie ihren Weg durch kleinste Öffnungen und fraß sich wie Säure durch ihr Inneres. Sam hatte zum Glück niemals jemanden gesehen, der diesem Schrecken ausgesetzt war, doch in den Nachrichten wurden immer mal wieder Tote beklagt, die mit den Absperrungen in Berührung gekommen waren.

Als das Fahrzeug vor dem Haupteingang hielt, bat Sams Vater darum, die Mäntel dort ablegen zu dürfen. Die Sicherheitskontrollen hielten einen schon lang genug auf und er wollte umgehend in den Testraum. Sam hatte schon seit Wochen keinen Fuß mehr in das Forschungszentrum gesetzt. Die Prozedur durch die fünf Sicherheitszonen war ihm jedoch nur allzu vertraut. Die Tür ließ sich ohne Ausweis und Scan der Pupille seines Vaters erst gar nicht öffnen. Doch als diese endlich lautlos aufglitt, betraten sie einen langen und tristen Korridor.

Die Stimme der K.I. des Forschungszentrums erklang: „Guten Abend, Professor, die Nachricht aus dem Fabrikgebäude hat Sie wohl erreicht."

„Ihnen auch einen guten Abend, Verone. Der Bau der ersten Serien ist endlich abgeschlossen. Ich bin gespannt, ob sie alle Testläufe reibungslos absolvieren werden."

Sein Vater ging während des Gesprächs weiter. Verone war überall in dem Gebäude – wie ein unsichtbarer Wächter. Sam eilte hinterher. Diese K.I. kannte ihn und stellte daher keine Fragen. In der Zeit seiner ersten Besuche hatte er sich mehrmals weiteren Sicherheitskontrollen stellen müssen, denn sie war Fremden gegenüber unglaublich misstrauisch.

„Ich werde die Energiezufuhr zum Testraum freischalten. Werden Sie eine Cyborg-Hilfe benötigen?"

Am Ende des Ganges legten Sam und sein Vater alle Gegenstände ab und leerten ihre Taschen. Dinge wie Schmuck, Körperfunktionsmesser, Kommunikationsgeräte oder ähnliches wurden direkt in eine quadratische Öffnung in der Wand gelegt. Von einem Eingang war zu dieser Zeit noch nichts zu sehen.

„Ich werde keinen wissenschaftlichen Cyborg brauchen. Aber Sie können uns gern einen militärischen zur Verfügung stellen, nur für den Notfall, Verone."

„Sie haben den Vorfall der R1-Serie wohl noch nicht vergessen, Professor?"

Sein Vater lächelte. „Den werde ich wohl nie vergessen können. Aber aus solchen Dingen lernt man."

„Was ist denn da passiert?", fragte Sam neugierig, während er seine Aktionsbrille, die er für Spielsimulationen benutzte, in die Öffnung legte.

„Die ersten Testborgs der R1-Serie waren etwas aggressiver Natur."

Dann gab sein Vater Verone den Befehl zum Scannen. Die Vertiefung schloss sich und vor ihnen zog sich die Wand nach oben. Nun gingen sie in den kleinen Raum vor ihnen, in dem sie selbst noch einmal durchleuchtet wurden. Als Verone für sie und ihre Habseligkeiten die Freigabe erteilte, ging es in diesem Raum abwärts. Die nächste Sicherheitstür ließ sich erneut nur durch seinen Vater und die anderen Forscher öffnen. Er legte seine Handfläche auf die vorgesehene Scheibe. Es wurde ein Stimmabgleich gemacht, während der Professor seine Mitarbeiternummer nannte. Doch auch im nächsten Gang waren sie noch immer nicht im Zentrum angekommen. Eine weitere Sicherheitstür trennte sie von den Laboren, IT-, Test- und Lagerräumen.

Die Öffnung in der Wand lichtete sich und sie konnten ihre Gegenstände wieder an sich nehmen. Alles, was im Forschungszentrum als verbotenes Gut galt, wäre längst zerstört worden – so wie Sams Hologramm-Armband, das nun sicher im Wagen lag. Bild- oder Tonaufzeichnungen waren strengstens verboten, ebenso wie Lebensmittel, Getränke, Waffen, Speichergeräte, Werkzeuge und viele andere Dinge. Alles, was für die Arbeit benötigt wurde, war vor Ort. Verone überwachte jeden Forscher und war für seine Sicherheit, aber auch für die Kontrolle seines Handelns verantwortlich.

Sie verfügte über ein unglaubliches Arsenal an Verteidigungs- und Angriffsmöglichkeiten.

„Verone, ich leite jetzt die letzte Sicherheitsstufe ein", informierte sein Vater die K.I. und gab seinen mehrstelligen Code in das Tastenfeld der letzten Tür ein.

„Zutritt gewährt", ertönte Verones Stimme und die letzte Tür glitt beiseite.

Vor ihnen lag die riesige Eingangshalle des Forschungszentrums. Inmitten des Raumes stand ein Kontrollfeld, über dem Überwachungsbilder der gesamten Anlage schwebten. Die

Felder wurden von den Wachleuten bedient, die sämtliche Daten der Forschungsobjekte und der Forscher selbst kontrollierten. Überall eilten Männer und Frauen in ihren Kitteln umher, meist begleitet von einigen Cyborgs, die ihnen zur Sicherheit und als Hilfe dienten.

„Der Testraum ist für Professor Robert James Stanson freigegeben", gab Verone den Bedienern des Kontrollfeldes bekannt. Ein weiteres Bild leuchtete auf.

„Komm mit, Sam", sagte sein Vater und deutete ihm weiterzugehen. Es war ein weiter Weg durch die Halle bis zu ihrem Ziel. Immer wieder grüßten einige andere Forscher seinen Vater. Nur bei einem blieben sie kurz stehen.

„Frank, ich hatte dir doch versprochen, dir einmal meinen Sohn vorzustellen." Der Mann reichte Sam die Hand. „Das ist Samuel."

Oh nein, schoss es Sam durch den Kopf. Er mochte seinen Namen nicht. Wieso musste sein Vater ihn immer ausgerechnet so vorstellen?

„Guten Tag, junger Mann! Sie werden sicher einmal der nächste Einstein." Er lächelte und Sam war schlagartig fasziniert von diesem Mann.

„Sie kennen Einstein?", verblüfft sah er ihm in die Augen.

„Na, es wäre eine Schande einen Mann wie diesen nicht zu kennen. Unsere Geschichte ist doch der Anfang von all dem hier, nicht wahr?"

Sam nickte sprachlos.

„Nun wird er dich so schnell nicht vergessen, Frank."

Sams Vater lachte. „Mein Sohn ist an Geschichte sehr interessiert."

Frank schien erfreut. „Das ist immer eine gute Basis für einen großen Wissenschaftler. Nur, wer Altes kennt, kann Neues entdecken. Es war mir eine Ehre, Samuel."

„Mir auch, Sir", erwiderte Sam kurz, der gar nicht begreifen konnte, wie er in so kurzer Zeit so viel Sympathie für diesen Mann aufbringen konnte.

Sein Vater legte ihm eine Hand auf die Schulter. Er sah ihn voller Stolz an und führte ihn dann weiter durch die Halle. „Hier ist es."

Neben dem Eingang hielt, wie bestellt, der Soldat, ein militärischer Cyborg, Wache. Sein Vater legte seine Hände auf eine Scheibe an der Tür und diese öffnete sich.

„Du wirst fasziniert sein, Sam. Die R2-Reihe sieht uns schon unglaublich ähnlich. Wir planen, sie in sämtlichen Altersgruppen zu liefern. Das wird für Kinder sicher förderlich sein. Sie werden zum ersten Mal in unserer Geschichte ein Cyborg-Kind als realistischen Spiel- und Lerngefährten erhalten."

„Du meinst, solange man in einer Familie lebt, in der man sich so etwas leisten kann." Sam klang mal wieder skeptisch.

„Der Preis sinkt mit der Nachfrage, mein Sohn. Wir haben schon so viele Vorbestellungen, dass der Preis dieser Serie schon in den ersten Monaten unglaublich sinken wird."

Sam blies die Wangen auf und stieß seinen Atem hervor.

„Sehen wir uns das einfach mal an", schlug er vor. Sein Vater war immer begeistert von dem, was sie erschufen. Meist gab es aber kaum erkennbare Unterschiede zwischen den Ziffern der Alphabet-Serien. Mit der A1-Serie hatte das Projekt Cyborg angefangen. Als diese damaligen Modelle ihre ersten Verbesserungen erhielten, entstand daraus der A2. Bei den folgenden B-Modellen wurde das Aussehen weiter optimiert. Doch bislang waren der Wissenschaft zwischen den Serien kaum große Sprünge gelungen. Bis auf den Durchbruch, der mit den ersten K.I.-Cyborgs der Q3-Serie gelungen war, kamen nur langsam weitere Optimierungen hinzu. Die R1 Cyborgs sahen schon sehr menschlich aus, doch viele Änderungen erwartete Sam nicht. Wieso sollte ein R2 gleich um ein Vielfaches besser sein als das Vorgänger-Modell der R1-Serie, die erst im letzten Jahr vorgestellt worden war?

Sie traten an die Versorgungskapsel heran. Sie war das Gefäß, in dem der Cyborg bis zur Auslieferung lag, eingebettet in ein zähflüssiges Material, das sein Vater Lebenssaft nannte, weil es jeden Teil der Maschine auch über Jahre hinweg im besten Zustand erhielt.

Bevor der Professor die Kuppel öffnete, packte er seinen Sohn mit beiden Händen fest an den Schultern. „Ich hoffe, dass alles gut laufen wird, denn wenn sie funktioniert, wird sie dein erster eigener Cyborg werden."

Sams Augen weiteten sich überrascht. „Ich weiß, dass du nur nett sein willst, aber wozu soll das gut sein?"

Doch sein Vater ließ sich nicht beirren und schlug mit der Faust auf den Knopf, der die Versorgung beendete und die Kuppel öffnete. Licht strömte durch den zähflüssigen Inhalt nach draußen. Nackt und in Fötus-Stellung lag der weibliche R2-Test-Cyborg dort. Die dunklen Haare waren über dem Kopf zusammengebunden. Unter ihren geschlossenen Augen, an den Brüsten, Beinen und Kniescheiben zogen sich blaue Linien durch die Haut, in denen bläuliches Licht schimmerte. Diese Öffnungen waren nur an den Oberschenkeln sehr breit, ansonsten konnte Sam seinem Vater nur Recht geben. Sie wirkte unglaublich realistisch und sah ziemlich jung aus, in etwa so alt wie Sam selbst.

„Die Öffnungen sind bei diesem Modell gering gehalten. Die bläuliche Substanz ist ähnlich wie die Haut, nur etwas durchsichtiger. Man erkennt allerdings nichts Technisches, denn dahinter liegen Kontrollpunkte, die während ihrer Laufzeit stets beleuchtet sind. Gibt es ein Problem, dringen wir durch die Öffnungen ein, um der ansonsten perfekten menschlichen Haut nicht zu schaden. Die Substanzen sind leicht und unerkennbar zu verschließen, das macht die R2-Serie bislang einzigartig. Es gibt einige wichtige Kontrollpunkte, das sind die hinter den runden Öffnungen: einer unter dem Arm nahe ihrer Brust, mit dem sie zum ersten Mal gestartet wird und durch den wir an das sogenannte Herz kommen, dann je zwei an jedem Fuß. Diese sind wichtig, weil wir dort einige Speicherkristalle platziert haben, die Daten ihres Körpers aufzeichnen. Das ist wirklich eine ganz neue Technik, Sam. Sie ist mit einer gefühlvollen K.I. ausgestattet, sie empfindet Schmerz, Mitgefühl, Freude und dergleichen. Das ist bahnbrechend und wir glauben, damit einen ganz neuen Schritt in die Beziehung zwischen Cyborg und Mensch zu gehen. Cyborgs werden ein Teil der Familie werden. Ihnen einen Namen zu geben, wird nicht länger lächerlich anmuten. Ihnen keinen zu geben wird herzlos erscheinen. Ich bin mir ganz sicher, dass wir mit den Erkenntnissen, die wir bei der Herstellung der R2-Serie gesammelt haben, auch das Hauptsystem Coroc weiter ausbauen können."

Aufgeregt streichelte er dem Cyborg über die Haut, während er seinem Sohn diese Errungenschaft ans Herz zu legen versuchte.

„Ist sie 17?"

Sein Vater begriff schnell, dass Sam mal wieder kaum zugehört hatte. Doch er freute sich, dass er zum ersten Mal mit den Gedanken im Hier und Jetzt war, als er nachfragte. „Ja, ich dachte, es wäre gut dir einen Cyborg zu schenken, der optisch ungefähr deinem Alter entspricht."

„Wofür soll sie denn gut sein? Ich habe Freunde, ich brauche keinen Roboter.“

„Der R2 dient nicht nur als Hilfe, Begleitung, Ratgeber oder ähnliches. Er dient auch der Sicherheit, Sam. Sie ist auch darauf programmiert, dich vor Gefahren zu schützen.“

Sein Sohn verdrehte genervt die Augen. Eine nicht unbekannte Geste für den Professor.

„Sie soll mich von Dummheiten abhalten, oder?“

„Wir werden sehen, wie sie sein wird, Sam. Ich kann sie zu nichts zwingen. Sie ist eine gefühlvolle K.I., vergiss das bitte nicht.“

„Wenn sie bei Filmen anfängt zu weinen, hört mein Verständnis für den Gefühlskram bei Robotern aber wirklich auf.“ Er lächelte kurz und steckte auch seinen Vater damit an.

„Jaja, Sam, mach dich nur lustig!“

Dann ergriff er die Hand seines Sohnes und führte sie zu dem runden Kontrollpunkt unter ihrem Arm. „Du musst fest drücken. Es wird einen Moment dauern, bis sie erwacht und dann können wir nur hoffen, dass sie keine Probleme wie ihre Vorgänger-Version verursacht.“

Sam presste seine Finger auf ihre durchschimmernde Haut. Sie fühlte sich bereits jetzt warm und dadurch irgendwie lebendig an. Schnell zog er die Hand zurück.

Sein Vater wandte sich erneut an Verone: „Starten Sie die Aufzeichnung, ich brauche mindestens eine Frontansicht und eine vom Profil des R2.“

„Aufzeichnungen werden gestartet, Professor.“

Die Fingerspitzen des Cyborgs zuckten mehrmals, bevor sie sich streckten. Es sah wirklich aus, als würde sie aus einem langen Schlaf erwachen. In ihrem Gesicht konnte man noch die Müdigkeit erkennen. Nur langsam öffneten sich ihre strahlend blauen Augen.

KAPITEL 2

Der R2 richtete sich langsam auf. Verwunderung lag in ihren Augen und sie bedeckte beschämt ihre Brüste. Sam sah peinlich berührt auf den glänzenden weißen Boden hinab. In ihrem künstlichen Bewusstsein war die Erweckung als Teil ihres bisherigen Wissens eingespeichert. Sie erkannte den Testraum, dessen Bilder man in den Speicherkristallen angelegt hatte. Auch der Mann vor ihr kam ihr bekannt vor. Sie wusste, dass sie im Forschungszentrum war und dennoch fühlte sie sich aufgrund ihrer Nacktheit unwohl.

Der Professor sprach erneut die K.I. des Forschungszentrums an. „Verone, schicken Sie uns bitte umgehend einen Cyborg, der uns einen der R2-Körperanzüge bringt und legen Sie eine Notiz über ihre Scham-Reaktion ab."

Verone antwortete umgehend. „Die Ablage dieser Notiz ist soeben erfolgt. Ein Cyborg macht sich auf den Weg zu Ihnen, Professor."

Dann wandte sich sein Vater an das R2 Modell, das ihn unsicher ansah, als er sich einen Schritt näherte. „Du bist im Forschungszentrum in Cyron und wir haben dich soeben aus deinem Erstschlaf erweckt. In Kürze bekommst du Kleidung, damit du deinen Körper bedecken kannst. Danach werden wir einige Tests durchführen müssen, um zu sehen, ob dein System fehlerfrei funktioniert. Nun möchte ich mich aber kurz vorstellen: Mein Name ist Robert James Stanson. Ich bin einer der leitenden Professoren im Bereich der Cyborg- und K.I.-Forschung. Das ist mein Sohn Samuel, er ist hier, weil deine zukünftige Aufgabe darin besteht, durch ihn unsere Welt, sozialen Interaktionen und unsere Geschichte kennenzulernen. Außerdem dienst du seinem Schutz. Er wird also dein Pate sein, dieses Wort sowie sein Name sollten dir bereits ein Begriff sein. Ist dem so, R2?"

Vorsichtig nickte sie. Es beruhigte sie zu wissen, dass ihr Pate bereits vor Ort war. Kurz musterte sie ihn, ehe sich ihr Blick wieder auf Robert richtete. „Ist das mein Name?"

Ihre Frage zauberte dem Professor ein Lächeln ins Gesicht. Ihre Stimme war angenehm sanft und unglaublich klar, ganz anders als die von Jenna. Sie klang so perfekt wie Verones Stimme. Es gab keinen einzigen technischen Klang darin.

„Nein. Deinen Namen erhältst du von Samuel."

Sein Sohn sah auf und blickte in die beiden erwartungsvollen Gesichter, die ihn plötzlich ansahen. Sein Vater hatte ihn schon wieder mit seinem vollen Namen vorgestellt. Eigentlich hätte er das nur zu gern korrigiert, aber ihm war die Situation noch immer unangenehm. „Wie, jetzt sofort?" Er geriet etwas in Stress.

„Du bist doch sehr belesen und ideenreich. Es wird doch sicher einen Namen geben, den du in alten Büchern sehr gemocht hast. Vielleicht so etwas wie Gaya oder Helene", schlug sein Vater vor.

Sam schüttelte den Kopf. „Das passt doch überhaupt nicht. Sie ist viel zu modern, um ihr einen solchen Namen zu geben."

„Gut. Was passt denn deiner Meinung nach?"

Während die beiden sich unterhielten, wanderte der Blick des R2 aufmerksam zwischen dem Professor und seinem Sohn hin und her. Die Tür glitt plötzlich auf und ein männlicher Cyborg betrat den Raum. In den Händen hielt er einen zusammengelegten weißen Anzug.

„Sehr gut", sagte Sams Vater und nahm das Kleidungsstück entgegen. „Sie dürfen nun gehen."

Das männliche Modell der R1-Serie bedankte sich und verließ eilig den Raum. Dann legte Sams Vater den Anzug auf dem Boden vor der Versorgungskapsel ab, auf der der R2 nun wesentlich beruhigter aussah.

„Einfach die vorderste Naht auseinanderziehen, sie schließt sich von allein, wenn du den Anzug anhast und die Naht zusammenstreichst."

Sie nickte dankbar.

Der Professor und Sam drehten sich um und hörten, wie sie den Stoff öffnete. Es dauerte etwas, bis sie mitteilte, dass sie fertig war. Sam und sein Vater drehten sich zu ihr um. Sie stand nun und war etwa zehn Zentimeter kleiner als Sam. Aber das war auch nicht verwunderlich. Er war generell immer ein paar Zentimeter größer als seine Mitschüler oder Freunde. Der Anzug lag ganz eng an ihrer Haut, der weiße Stoff hatte am Dekolleté einen V-Ausschnitt und ging an den Beinen bis knapp unter die Knie. Die Arme waren bis zu den Händen vollständig bedeckt.

Der Professor versicherte ihr, dass sie Schuhe und eine große Auswahl an Kleidern erhalte, sofern die Tests gut ausfallen würden. Dann dürfe sie in spätestens zwei Tagen das Forschungszentrum mit ihm verlassen und erhalte ein eigenes Zimmer und wie versprochen die alltagstauglichere Kleidung.

Dann sah er seinen Sohn erneut erwartungsvoll an. „Wir warten noch auf den Namen, Sam."

Einen Augenblick lang fühlte er sich völlig ratlos, doch als ihr Blick den seinen traf und er in das helle Blau ihrer Augen versank, gab es keinen Zweifel mehr an dem Namen, den sie tragen sollte.

„Sky", sagte er fest entschlossen, „wie der Himmel über der Erde."

Sein Vater sah ihn erfreut an. Er schien zufrieden mit der Wahl. „Also gut. Gefällt dir der Name?“ Mit dieser Frage wandte er sich dem R2 zu. Der Cyborg nickte.

„Sky“, wiederholte sie zufrieden, „wie der Himmel über der Erde.“ Und sie lächelte, obwohl sie zu diesem Zeitpunkt noch keinerlei Vorstellung von der Erde hatte. Doch sie empfand den Klang dieses Satzes als schön und war durchaus zufrieden.

„Wir reichen einander die Hand, wenn wir uns dem anderen vorstellen. Daher würde ich gern noch einmal anfangen. Mein Name ist Robert James Stanson. Und du bist …?“ Er streckte ihr die Hand entgegen.

„Mein Name ist Sky“, antwortete sie und ergriff seine Hand.

Der Professor schüttelte sie leicht und Sky verstand, dass sie sich diese Geste merken musste.

Nachdem sein Vater seinem Sohn auffordernd zugenickt hatte, trat Sam ihr entgegen und stellte sich selbst vor. „Ich bin Samuel, aber alle nennen mich Sam.“

Sie lächelte ihn an. „Sam. Das gefällt mir gut. Ich bin Sky.“

Nun reichte sie selbst ihm zuerst die Hand und Sam ergriff sie. Ihre Haut fühlte sich überraschend echt und weich an. Vorsichtig schüttelten sie einander die Hände.

„Sehr gut“, erklang die Stimme seines Vaters. „Verone, legen Sie den Namen Sky in der Datenbank dieser Serie ab und sperren Sie ihn für die Nutzung weiterer R2-Cyborgs.“

„Der Name ist abgelegt und wird an die Datenbanken Cyrons übermittelt. Können wir mit den Tests beginnen, Professor?“

„Wer ist das?“, flüsterte Sky Sam zu. Sie wunderte sich über die immer wiederkehrende Stimme, die sie keinem Gesicht zuordnen konnte.

„Das ist die K.I. des Forschungszentrums. Ihr Name ist Verone, sie hat keinen Körper wie du und ich. Sie ist quasi das gesamte Gebäude."

„Wofür steht denn K.I.?"

Sam sah sie überrascht an. „Das steht für künstliche Intelligenz. Sie wurde von Menschen wie meinem Vater entwickelt und dient dazu, technische Geräte mit einem Lernprozess auszustatten - oder wie in eurem Fall sogar mit Gefühlen." Er war sich eigentlich gar nicht sicher, ob er ihr so etwas sagen sollte, geschweige denn durfte. Sie schien ja noch nicht allzu viel zu wissen, doch Sam wusste nicht, dass Sky lediglich die Abkürzung nicht kannte.

Die Stimme seines Vaters übertönte ihr Gespräch „Wir werden mit den Bewegungskoordinationsversuchen anfangen. Danach prüfen wir sie auf ihre körperlichen Empfindungen. Dazu können Sie schon einmal die Ablage mit den benötigten Utensilien ausfahren. Zeichnen Sie ihre Bewegungen bitte mit einer Nahaufnahme der Gelenke auf. Das wäre bis dahin erst einmal alles, Verone."

„Nahaufnahme der Gelenke wurde soeben aktiviert. Die benötigten Utensilien stehen zur Verfügung. Viel Erfolg, Professor!"

Eine Schublade fuhr aus der rechten Wand des Raumes heraus. Was sich darin befand, konnten weder Sam noch Sky aus der Entfernung sehen. Als sein Vater sich Sky näherte, trat Sam einige Schritte beiseite.

„Wir beginnen nun damit deine Bewegungsfähigkeit zu prüfen. Dazu fangen wir von oben an und arbeiten uns bis zu deinen Füßen vor."

Der R2 nickte bereitwillig. Es folgten einige Übungen. Sie musste den Kopf, soweit es ging, nach links und rechts drehen, dann nach oben und unten richten. Dabei war es ihr scheinbar nicht möglich diesen weiter zu drehen als ein Mensch. Bei Jenna sah das noch ganz anders aus. Zu ihrer Zeit spielte die Ähnlichkeit eine viel geringfügigere Rolle. Sie konnte den Kopf um 360° drehen und den Raum aus einer Position heraus komplett durchleuchten. Der Professor und Sky testeten die Schultergelenke und den Halswirbel. Bei Cyborgs achtete sein Vater stets darauf die Bauteile so zu benennen wie die Körperteile eines Menschen. Sie schauten, wie weit sie sich nach vorn beugen konnte und sie schaffte es sogar ihre Zehen zu berühren.

Sam war leider nicht ganz so sportlich. Er war zwar schlank, aber nicht wirklich muskulös. Während die meisten Jungs in seinem Alter sportlichen Aktivitäten wie Spinrun oder dem auf Hope sehr beliebten Juno nachgingen, verbrachte er seine Zeit damit die Archivkammern nach alten Schätzen zu durchforsten. Dieser Unterschied zu seinen Mitschülern machte sich meist dann bemerkbar, wenn er bei einem Sportwettbewerb der Schule schon nach den ersten Aufgaben außer Atem geriet und folglich einen der letzten Plätze belegte. Doch Sam schob diese Gedanken schnell beiseite, denn er sah sich nicht gern als Verlierer und so versuchte er sich auf das Hier und Jetzt zu konzentrieren.

Sky sollte derweil jeden ihrer Finger mit dem Daumen berühren und danach die Hände einmal zu Fäusten ballen. Sie bekam danach die Aufgabe ihre Augen zu schließen und zuerst den rechten Arm auszustrecken und ihren Zeigefinger zur Nasenspitze zu führen. Danach musste sie diese Übung mit dem anderen Arm wiederholen. Es folgten eine Reihe weiterer Tests wie das Hüftkreisen, Kniebeugen, auf einer Linie Laufen und das Kreisen der Füße. Für Sam war das schnell langweilig, denn sie schien jede Aufgabe problemlos zu beherrschen und er erkannte längst, dass sie einwandfrei funktionierte. Als sie zu allerletzt auch mit all ihren Zehen wackeln konnte und sich auf deren Spitzen stellte, war dieser Test endlich erfolgreich abgeschlossen.

„Bewegungsabläufe funktionieren optimal. Notieren Sie das", die Stimme des Professors wandte sich eindeutig erneut an Verone, die ihm die Sicherung der Notiz bestätigte. Dann gratulierte er Sky beeindruckt. „Wirklich hervorragend. Für einen ersten Ablauf direkt nach der Erweckung zeigst du große Körperbeherrschung."

Ihre Mimik verriet, dass sie das Lob mit Freude annahm.

„Nun zum zweiten Test", der Professor drehte sich zu seinem Sohn um. „In der Ablage dort liegen mehrere Gegenstände. Ich brauche zuerst den kleinen Hammer für einen Reflextest."

Sein Sohn gehorchte und brachte ihm umgehend das ihm nicht unbekannte Werkzeug. Der Schularzt hatte diese Übung bereits einige Male auch bei Sam durchgeführt. Bei der alljährlichen gesundheitlichen Kontrolle wurden die Schüler auf Herz und Nieren geprüft. In Skys Fall schienen auch die körperlichen Reflexe einwandfrei zu reagieren. Schlug ihr Vater mit dem Hammer auf die Kniescheibe, so fuhr das Bein etwas hoch. Dies wiederholte er an einigen anderen Körperstellen. Danach reichte er Sam den Hammer und bat ihn, diesen gegen einen Glühstein zu tauschen. Während Sam den Stein holte, schnipste der Professor einmal an ihrem linken und dann am rechten Ohr. Daraufhin näherte er sich mit einem Finger ihrem linken Auge, das sich erfolgreich zu schützen versuchte und sich dementsprechend umgehend schloss. Diesen Ablauf wiederholte er mit dem anderen Auge, das dieselbe positive Reaktion hervorbrachte.

Als sein Sohn ihm den Stein reichte, bat er Sky eine Handfläche zu öffnen, damit er ihr den Stein in diese legen konnte. Sein Vater rieb den Glühstein zuvor in beiden Händen und ließ ihn dann auf ihre Haut fallen. Es dauerte einen Augenblick, bis sie plötzlich schmerzhaft das Gesicht verzerrte und ihn zu Boden fallen ließ.

„Das tat weh!“ Ihre Stimme klang erschrocken.

„Dieser Stein baut nach dem Reiben Hitze auf und er wird nach einiger Zeit so heiß, dass es Schmerzen verursacht. Das ist ein Schmerzgefühl gewesen, Sky, und zeigt deinem Körper, dass dort etwas ist, das dir schaden könnte.“ Die Erklärungen seines Vaters klangen unglaublich liebevoll. Es schien, als würde er sie bereits jetzt wie ein menschliches Kind behandeln. „Es gibt eine ähnliche Übung mit einem Kühlstein. Er simuliert Kälte, dein Körper hält ihr stand, aber eben nicht dauerhaft. Reagiert deine Haut auch darauf, kannst du dich erst einmal ausruhen. Dann machen wir eine kleine Pause und du kannst Sam etwas kennenlernen. Ich muss nach den Tests erst einmal gehen und die Aufzeichnungen überprüfen.“

Sky nickte und zeigte damit ihr Einverständnis, sich erneut einem Schmerzgefühl auszusetzen. Sam wurde geschickt, um den Kühlstein zu holen und die Prozedur wurde damit erneut durchgeführt. Wieder dauerte es einige Zeit bis auf ihrem Gesicht abzulesen war, dass sich der Stein auf ihrer Haut langsam unangenehm anfühlte. Sie ließ ihn zu Boden sinken und ballte die Hand zur Faust, um die Kälte zu vertreiben.

„Eine sehr gute instinktive Reaktion, Sky. Deine Hand nun wärmen zu wollen ist ein wundervolles Zeichen. Solche Maßnahmen gibt es auch gegen die Hitze. Du hättest dir in die

Handfläche pusten können, um den Schmerz zu lindern oder, sofern du Zugriff auf eine Wasserquelle gehabt hättest, hättest du die Hand unter kaltem Wasser abkühlen können. Diese Dinge wirst du noch früh genug lernen, aber deine Ergebnisse sind bislang unglaublich beeindruckend, Sky." Er lächelte ihr zu. „Ich gehe nun kurz rüber. Die Steine werden nachher eingesammelt. Lasst sie solange einfach liegen, die könnt ihr im Moment wirklich nicht anfassen. Vielleicht mag Sam dir ja etwas über sich erzählen." Er sah seinen Sohn schon wieder erwartungsvoll an.

Na toll!, Sam würde gleich zum ersten Mal in seinem Leben mit einem Mädchen allein sein. Und das nicht einmal mit einem menschlichen. So hatte er sich das für seine Zukunft eigentlich nicht ausgemalt: eine Roboterfreundin an die Seite gestellt zu bekommen, die ihm den Kontakt zu richtigen Mädchen womöglich nur erschweren würde … Genervt rollte er mit den Augen.

Ja, da war es wieder. Sein Vater hatte es genau gesehen, aber sein Sohn würde da jetzt durch müssen. Es war an der Zeit, dass er aufhörte seine Zeit meist allein zu verbringen und endlich seine Schüchternheit abzulegen. Sky war dafür ein optimaler Gesprächspartner. Sie war unvoreingenommen und wissbegierig. Sein Wissen würde sie keinesfalls langweilen, sondern beeindrucken und Sam sollte erkennen können, dass er gar nicht so uninteressant war, wie er von sich zu denken pflegte.

Als die Tür des Testraums aufglitt und sein Vater in der Zentrale verschwand, stand Sam etwas hilflos da. Er wusste nicht wirklich, was er sagen sollte. Unsicher bohrte er mit seinem rechten Fuß imaginäre Löcher in den Boden.

„Wie alt bist du?", fragte Sky unerwartet.

Sam sah zu ihr auf. „Siebzehn."

Sie lächelte wieder. „Das ist noch sehr jung für einen Menschen, oder?"

„Ja. Im Durchschnitt werden wir über einhundert Jahre alt."

Sie nahm die Informationen auf, die er ihr gab. Er merkte es bis dahin noch nicht einmal, aber er schulte sie. Sam fütterte häppchenweise das Wissen weiter an, das voreingestellt in ihr verankert war.

„Du sagtest ‚Wie der Himmel über der Erde'. Doch ich finde nichts dergleichen in meinen Erinnerungen."

Sam war sich zuerst unsicher, ob er ihr tatsächlich etwas vom blauen Planeten erzählen sollte. Bislang hatte das ja kaum einen interessiert und wenn sie eine so hochentwickelte K.I. hatte, war es ja durchaus möglich, dass er sie mit diesem Thema langweilen könnte. „Willst du wirklich etwas darüber erfahren?"

„Natürlich", antwortete sie und setzte sich auf den Rand der Versorgungskapsel. „Wenn du magst, kannst du dich auch gern setzen." Freundlich bot sie ihm den Platz neben sich an.

Vorsichtig nahm Sam Platz, er bedankte sich nicht einmal, so aufgeregt war er. Er saß neben dem ersten Cyborg seines Lebens, der ihm irgendwie so gar nicht technisch vorkam. Sie schien furchtbar realistisch, mal abgesehen von den kleinen Öffnungen unter ihren Augen, durch die das Licht schimmerte. Von Weitem sah es auch eher aus wie Schminke. Daher wirkte selbst das nicht abschreckend unmenschlich. Sein Blick wanderte zur Tür. Er stellte sich die Erde bildlich vor. Oft hatte er Bilder von ihr aus allen Perspektiven betrachtet. In seiner Vorstellung wählte er die Sichtweise der ersten Menschen, die die Welt von einem anderen Planeten bewundern konnten. Die Aussicht vom Mond.

„Die Erde ist unsere eigentliche Heimat. Sie liegt viele Lichtjahre entfernt von hier. Man nennt sie den blauen Planeten, weil sie zu über 70 Prozent mit Wasser bedeckt ist. Es gibt dort Ozeane, die von einem bis zum anderen Horizont reichen." Er fuhr sich unterdessen gedankenverloren durchs Haar. „Aber nicht nur das Wasser dort ist blau. Die Atmosphäre der Erde ist ganz anders als die hier auf Hope. Wenn das Licht ihrer Sonne sich in der Atmosphäre bricht, erstrahlt der Himmel in einem zarten bis satten Blau. Deine Augenfarbe erinnert mich irgendwie an diese Besonderheit der Erde. Außerhalb unserer Schutzkuppel würden wir hier ohne ein Beatmungsgerät gar nicht überleben. Der Himmel über Hope ist gelblich und wirkt ziemlich trocken. Wenn ich jedoch den Himmel der Erde auf den Bildern der Archive sehe, dann fühlt es sich an, als betrachte ich schwebendes Wasser. Es ist ein viel erfrischenderer Anblick."

Sam hielt inne. Er hatte tief im Inneren stets das bohrende Gefühl, nicht zu Hause zu sein. Es war bedrückend. Wenn es Tage gab, an denen er aus irgendwelchen Gründen traurig war und sich nicht wohl fühlte, gab es stets nur einen Gedanken in seinem Kopf: *Ich will nach Hause.* Doch je mehr er mit den Jahren seines Alterns begriffen hatte, wonach er sich so sehr sehnte, desto mehr erkannte er darin eine fast unmögliche Aufgabe. Die Kosten für eine Expedition zur Erde würden das Vermögen seines Vaters sprengen und so hing es an ihm, den Forschungsrat und die Regierung eines Tages von der Wichtigkeit dieser Reise zu überzeugen. Nur mit ihrer Hilfe würde er seinen Traum verwirklichen können.

„Warum sind wir dann hier und so weit von eurer Heimat entfernt?" Sky schien ehrliches Interesse an seinen Erklärungen zu haben.

Sam merkte schnell, dass sie scheinbar wirklich mehr darüber wissen wollte. „Weil die Menschen den Planeten mit nuklearen Sprengsätzen krank gemacht haben."

Seine Antwort war die Wahrheit, doch sie klang bitter in den Ohren des R2. Sie wusste, was nukleare Waffen waren. Die Forscher hatten in ihrem System etliche Begriffe abgelegt, damit sie von Beginn an im Stande war, reibungslos zu kommunizieren. Sky konnte sich die Erde dank Sam gut vorstellen. Er sprach so fasziniert von ihr, dass sie sich mitreißen ließ. Sie stellte sich diesen Planeten mit seiner Fülle an Wasser vor und dachte an seinen strahlend blauen Himmel. Sam hatte ihr einen wirklich bezaubernden Namen gegeben. Wie konnte man einem so wunderschönen Ort nur schaden? Sie verstand nicht, wie man einen Planeten auslöschen konnte, den man scheinbar liebte. „Wieso zerstört man seine eigene Heimat?"

Sam sah tief in ihre blauen Augen. „Ich glaube, dass die Menschen von damals nicht die Fähigkeiten besaßen, weit genug in die Zukunft zu denken. Sie hatten Vorstellungen davon, malten sich in Geschichten aus, wie sie in hunderten von Jahren sein würden und manchmal gab es darunter auch den Gedanken, dass sie selbst ihr Ende herbeiführen würden. Doch scheinbar waren sie nicht in der Lage ihre Lebenseinstellung zu ändern und durchdachter mit ihren Ressourcen umzugehen. Also wurde das Überleben irgendwann schwierig. Wenn ein Land stärker als das andere war, nahm es sich in einem Krieg, was es wollte. Und so kam es schon bald zu einem der schlimmsten Kriege der Menschheit. Einige starke Länder verbündeten sich, doch auch jene, von denen sie bis dahin dachten, dass diese schwach seien, fuhren plötzlich starke Geschütze auf. Es wurden erste Atombomben gezündet. Jene, die angegriffen wurden, zündeten ebenfalls welche, als sie erkannten, dass sie dem Untergang geweiht waren. Und so bombten sie sich in den Tod und vergifteten ihre eigene Heimat. Es gab einige wenige Rettungskapseln, die die sogenannten Auserwählten ins All retteten. Den Planeten Hope hatten sie schon einige Jahre zuvor als möglichen Zufluchtsort entdeckt. Die Lage der Erde wurde schon viele Jahre vor diesem Krieg als kritisch betrachtet und deshalb hatten sie sich zum Glück vorbereitet, sonst wären wir jetzt nicht hier, Sky. Es würde hier keinen von uns geben."

Sie wirkte nachdenklich, als sie die Informationen verarbeitete. Ihr Kopf senkte sich und auch Sam wusste plötzlich nicht mehr, was er noch sagen sollte. Jetzt, da er diese Geschichte jemandem erzählte, der noch nie davon gehört hatte, kam er sich selbst schrecklich vor. Als wäre der Mensch ein Ungeheuer, das einen Planeten zerstört hatte, um sich nun eines anderen zu bedienen. Und so war es ja irgendwie auch. Doch er wusste, dass die Techniker wesentlich bedachter mit den Rohstoffen dieses Planeten umgingen und dass sie ihre Fortschritte nicht nur für den Kampf einsetzten. Sie erarbeiteten auch immer neue Möglichkeiten, um Hopes Ressourcen schonen zu können und selbst Materialien zu entwickeln, die wachsen konnten und die für Nachhaltigkeit sorgten.

Seine Mutter arbeitete für eine solche Forschungseinheit. Sie war nun schon über ein Jahr auf der Suche nach neuen Energiequellen, deren Kopierung wissenschaftlich möglich war und er hoffte, dass sie einen solchen Weg finden würde, damit die Magier sie endlich in Ruhe lassen würden. Diese fürchteten nämlich die Ausbeutung und Zerstörung eines weiteren Planeten. Sie hatten zuerst nur gedroht, als sich ihre und die Wege der Menschen trafen, doch aus der Drohung wurde Ernst, als sie nicht aufhörten zu forschen, zu bauen, zu lernen. Einige Verfechter des einfachen Lebens stellten sich auf die Seite der Magier und gaben jegliche technische Errungenschaft auf. Auf Hope nannte man sie seither die Jäger, weil sie wie zu Urzeiten auf die Jagd gingen, Früchte sammelten und Gemüse ernteten. Hope hielt eine Vielzahl an Nahrungsmitteln bereit, doch in Cyron und den anderen großen Städten gab es längst nur noch eine Form der Lebensmittelaufnahme: Energiegetränke, die mit verschiedenen Zutaten gemischt wurden, um ihren Geschmack zu verändern. Das war schon alles, was man als sogenanntes Kochen bezeichnen konnte. Doch es war nachhaltig, weil nur wenige Zutaten vom Planeten selbst stammten. Der Rest wurde rein künstlich erzeugt, dafür wurde nur wenig Wasser verwendet und das Ergebnis schmeckte ausreichend gut. Die Techniker waren also ganz anderer Meinung. Verbreiteten sich die Jäger durch vielfache Fortpflanzung, würden sie diesem Planeten weit mehr schaden, als ihnen selbst vorgeworfen wurde. Doch während Sam sich dessen bewusst war, so war es für Sky noch ein langer Weg, das alles zu begreifen.

Er spürte plötzlich, dass ihr Blick auf ihm ruhte und sah sie an. „Was ist denn?“, fragte er.

„Du musst mir unbedingt einmal die Erde zeigen.“ Es war ein Satz, der ihm das Herz erwärmte und er lächelte.

„Das machen wir. Gleich nachdem du hier raus kannst. Versprochen.“

KAPITEL 3

Wasser prasselte auf Sam ein. Langsam lief es ihm die Haut hinab, als er sich den Tag vom Körper wusch. In Gedanken war er noch immer im Forschungszentrum. Er fragte sich, ob Sky ebenfalls über die letzten Stunden nachdachte und ob sie vielleicht sogar dabei war in der Vorstellung der Erde zu versinken. Sam schaltete auf den Trockenmodus um und wartete, bis alle Feuchtigkeit die Dusche verlassen hatte. Dann stieg er vorsichtig aus der Duschkammer und griff nach seiner Unterwäsche. Zügig schlüpfte er hinein. Er wollte vor dem Schlafen noch einmal zu seinem Vater. Leise schlich er durch den dunklen Flur und betrat das Wohnzimmer, in dem noch immer Bilder eines Films auf die Glasfront projiziert wurden. Sein Vater hatte sich auf das großzügige schwarze Sofa gelegt. Das und der Liegesessel waren die einzigen dunklen Möbelstücke im ganzen Haus. Sam ging zu seinem Vater, der überrascht schien.

„Kannst du nicht schlafen?" In den Augen des Professors lag Müdigkeit.

„Nein, das ist es nicht. Ich wollte dich nur etwas fragen." Sam war sich plötzlich unsicher, ob sein Vater sein plötzliches Interesse an dessen Cyborgs nicht als seltsam empfinden würde.

„Nur zu, mein Sohn! Was möchtest du denn wissen?" Sein Vater setzte sich auf.

„Kann sie träumen und nachdenken?"

Der Professor räusperte sich kurz. „Nun ja, dazu sollte sie fähig sein. Sie ist eine K.I., also ist sie in der Lage Wissen aufzunehmen und es zu verarbeiten. Das passiert in einem Prozess, der dem Nachdenken sicher ähnelt. Aber ich glaube, sie ist sich dessen nicht so bewusst wie wir. Verstehst du das?"

Sam nickte und sein Vater fuhr mit seiner Erklärung fort.

„Ähnlich ist das mit ihren Träumen. Die anderen Forscher und ich haben sehr wohl auch das bedacht. Fällt sie in den Ruhemodus, erhält sie die Wiederholung erlebter oder gelernter Daten. Ein Cyborg kann nicht schlafen und somit wird sie in einen Zustand versetzt, der unserem Schlaf ähnelt. Ihre Funktionen laufen während dieser Zeit vollkommen weiter. Der Körper ist dabei jedoch ruhiger und sie bewegt sich kaum. In ihrem Inneren wiederholen sich die Daten, um sich in ihrem künstlichen Bewusstsein zu verankern. Sofern sie lernt damit umzugehen, wird sie schon bald die Möglichkeiten entdecken sich Szenarien vorzustellen und eine künstlich geschaffene Erinnerung in dieser Art Traum zu erleben. Das macht auch unser Gehirn so. Es experimentiert und dabei kommen die seltsamsten Dinge beisammen, weil es Erinnerungen, Vorstellungen, Wünsche oder Ängste zusammenwirft. Aber das ist ein sehr komplexes Thema und nicht die geeignetste Gute-Nacht-Geschichte. Du scheinst dich für sie zu interessieren. Das erste Mal bist du scheinbar mit deinen Gedanken hier und nicht auf der Erde."

Sam hatte geahnt, dass sein Vater seine Fragen kommentieren würde. Er verdrehte erneut genervt die Augen. „Es war nur einmal interessehalber, Dad."

Und sein Vater lächelte sogleich. „Interessehalber. Aha. Noch vor einigen Stunden warst du in deinem Hologramm versunken und danach sagtest du mir, dass dich meine Forschungen nicht interessieren. Ich bin wohl einfach erstaunt darüber, dass das so schnell anders aussieht."

Sein Sohn zuckte mit den Schultern. „Das liegt sicher noch an der Aussage von Frank. Wenn alle Wissenschaftler so wären, würden mich ihre Gesellschaft und Arbeit wohl weit mehr interessieren."

Das Grinsen seines Vaters wurde breiter. „Es liegt nun also an Frank."

Sam gab ein zustimmendes „Ja, genau" und wünschte seinem Vater eine gute Nacht.

Als sein Sohn den Raum verlassen hatte, blieb der Professor noch einige Zeit nachdenklich sitzen. Er wusste, dass es nicht an Frank lag. Es war Sky, die Sam beschäftigte, und sein Vater empfand großen Stolz. Zum ersten Mal zeigte Sam Interesse für seine Arbeit und etwas so Modernes. Eigentlich war er schon immer ein Träumer gewesen. Er jagte den Schätzen der Erde nach, las die Geschichte seiner Vorfahren und studierte ihre verschiedenen Kulturen. Sam wusste es vielleicht nicht, aber sein Vater hielt ihn für unheimlich clever. Er wollte, dass sein Sohn dies selbst erkannte. Würde er es ihm einfach sagen, würde dies mit dem altbewährten Augenrollen und einer plumpen Antwort, die von seinem Kompliment ablenken würde, quittiert. Sam schien sich kaum eingestehen zu können, was für ein Wunderkind er war. Seine Belesenheit und sein dadurch erlangtes Wissen reichten über das vieler Stadtarchivhalter hinaus. Sky würde seinem Sohn hoffentlich die Augen öffnen und sie hatte heute bereits einen großen Schritt in diese Richtung gemacht. Ihre Bekanntschaft könnte tatsächlich zu einer Freundschaft werden und Sam brauchte dringend einen wahren Freund. Die Jungs, die ihn aufzogen und ihn dazu drängten an verbotenen Partys teilzunehmen, waren alles andere als das. Der Professor lehnte sich entspannt zurück. Die Idee mit Sky war seine bisher größte Errungenschaft und das nicht nur für die gesamte Menschheit. Er hatte die R2-Serie nicht für Fremde geplant, er hatte sie für seinen Sohn entworfen. Und der heutige Tag hatte gezeigt, dass seine Idee die ersten Früchte trug.

„Gute Nacht, Sam", murmelte er zufrieden, ehe er in den Schlaf sank.

„Guten Morgen, Professor Stanson", ertönte die freundliche Stimme Verones, als Robert den langen Flur des Forschungszentrums betrat.

„Ihnen auch einen guten Morgen, Verone. Hat unser R2 die erste Nacht gut überstanden?"

„Alle Werte sind normal, die Phase des Ruhemodus' haben wir erst vor Kurzem beendet. Sie erhielt soeben die Freigabe freiwillig in den Schlaf zu fallen oder aufzuwachen. Alle Tests sind nun abgeschlossen. Sie hat nach ihrem gestrigen Aufbruch auch die Gedächtnisprüfung sowie die Kampf- und Verteidigungsübungen erfolgreich absolviert."

„Das sind gute Neuigkeiten an diesem Morgen. Dann bereiten wir sie umgehend für ihren Alltag vor. Lassen Sie Sky von jemandem in den Medienraum bringen und stellen Sie mir einen Energiedrink zur Verfügung. Ich hatte keine Zeit für das Frühstück, Verone."

„Sehr gern, Professor." Sams Vater passierte die Sicherheitskontrollen und bahnte sich seinen Weg durch die Zentrale. Viele seiner Kollegen gratulierten ihm zu den erfolgreichen Testergebnissen. Einige sprachen sogar von Auszeichnungen, für die er schon bald nominiert werden würde. Doch der Professor ließ sich bislang noch eher ungern mit Lorbeeren schmücken. Sky musste es erst schaffen sich in den Alltag

Cyrons zu integrieren und ihre Gefühlswelt würde auf die Probe gestellt werden. Würden die Menschen sie nur annähernd als gleichgesinnte Gesellschaft akzeptieren, würde dieser Welt eine völlig neue Zukunft offen stehen. Hope wäre dann Heimat der Menschen und Cyborgs, ein Ort, an dem man die Technik nicht nur als Diener ansehen würde. Man würde sie als neue Spezies anerkennen, lebendige Wesen, die der Mensch selbst geschaffen hatte.

Die Türen glitten auf und wie erwartet saß Sky bereits in einem der vielen Sessel. „Guten Morgen, Sky!"

Als sie sich zum Professor umdrehte, lächelte sie zufrieden. „Guten Morgen, Professor Stanson!"

Doch er winkte umgehend ab. „Du kannst mich gern Robert nennen. Lassen wir das mit dem ganzen Professor-Gehabe. Du wirst bald bei uns leben und wenn du zu unserer Familie gehören möchtest, sollten wir gleich damit anfangen." Er griff nach dem Energiegetränk und nahm einen großen Schluck. „Hat man dir bereits etwas Nahrung gegeben?" Der R2 nickte. Körperlich war sie darauf keineswegs angewiesen, doch sie besaß die Fähigkeit der Nahrungsaufnahme und Ausscheidung, um sich in diesen typisch natürlichen Prozessen nicht von ihren Schöpfern zu unterscheiden.

„Nun denn", der Professor stellte sein Getränk ab, „wir sehen uns gleich einige kurze Filme an. Sie zeigen dir typische Verhaltensweisen unserer Gesellschaft: Begrüßung, Verabschiedung, allgemeines Benehmen in der Öffentlichkeit, Höflichkeitsfloskeln und so weiter. Sieh dir das ganz genau an und versuch diese Dinge in der Zukunft umzusetzen! Du wirst eine wichtige Rolle spielen, Sky. Dein Verhalten entscheidet über die Aufnahme in ein Volk, das bis zu deiner Vorstellung am morgigen Tag nur daran glaubte, dass die

Technik uns dient. Sie sollen durch dich erfahren, dass die Technik mehr als ein Diener der Menschen sein wird. Du und deine ganze Serie sollen zu Begleitern, oder treffender gesagt, zu Freunden werden."

Sie runzelte nachdenklich die Stirn. „Was ist, wenn ich das nicht schaffe, Robert?"

Er lächelte und setzte sich in den Sessel neben ihr. Dann griff er nach ihren Händen. Aufmerksam beobachtete sie jede seiner Taten. „Zweifle nicht an dir, Sky. Du hast bereits einen zweifelnden Menschen überrascht und du wirst noch viele weitere überraschen."

Um ihre Mundwinkel spielte ein Lächeln. Sie wollte nur zu gern wissen, wen der Professor meinte, doch sie wollte ihn nicht von seiner Arbeit abhalten. Sky nahm sich fest vor, ihn später danach zu fragen. Seine Hände glitten von ihren und er gab Verone einige Anweisungen. Das Licht wurde gedimmt und vor ihnen bauten sich räumliche Bilder auf. Sie sah Menschen, die einander die Hand gaben, so wie sie sich am Tag zuvor vorgestellt hatte. Sie fragten einander nach ihrer Arbeit, ihrem Tag, der Schule oder unterhielten sich über die Nachrichten. Sky erkannte schnell, dass es viele Kleinigkeiten gab, auf die die Menschen Wert legten. Sie schauten sich aufmerksam in die Augen oder gestikulierten im Gespräch mit den Händen. Spannend wurde es, als man ihr einen Film über die Gefühle der Menschen zeigte, die, von denen sie bislang nur wenig selbst erfahren hatte. Sie war überrascht, als sie erkannte, wie stark der Mensch zu lieben fähig war, wie wichtig ihm dieses Gefühl war und welche Unterschiede die Menschen dabei machten. Ihre Familie liebten sie ganz anders als ihre Freunde und wenn sie einen Partner fanden, schien dies mehr körperlicher und intensiverer Natur zu sein. Einen

Kuss gab es auf vielen dieser Ebenen, doch stets anders: Auf die Wangen oder die Stirn schien er mehr lieblich gemeint zu sein, auf den Mund dagegen wesentlich vertrauter. Ein Kuss auf die Hand erschien ihr in diesem Film Dankbarkeit oder Zufriedenheit auszustrahlen, wie ein Zeichen des Respekts und der Ehrerbietung, doch der Professor klärte sie schnell darüber auf, dass dies zu ihrer Zeit eigentlich niemand mehr machte. Sky war etwas enttäuscht von dieser Information, weil es in ihren Augen eine sehr schöne Geste war. Schließlich hatte auch der Professor sie mit seinen Händen geschaffen. Er hätte es verdient, einmal so gewürdigt zu werden. Doch als es im Anschluss um das Thema Vermehrung ging, hatte Sky gar keine Zeit, länger darüber nachzudenken. Beschämt sah sie weg und versuchte auch nicht hinzuhören. Die eingespeicherte Scham in ihr ließ noch lange nicht zu, dass sie dergleichen wirklich aufnehmen wollte. So verdrängte sie diesen Abschnitt, weil sie es auch nicht als wichtig empfand. Sie würde ja niemals Kinder bekommen können, also würde sie auch niemals welche machen müssen.

Der Professor hatte sehr wohl gemerkt, wie sie sich bei diesem Abschnitt abwandte, doch er wollte sie zu nichts zwingen. Sie sollte selbst entscheiden, wem oder was ihr Interesse galt. Und da sie bei allen anderen Dingen so aufmerksam war, würde das Verständnis der natürlichen Fortpflanzung warten können. Als die Bilder verschwanden und das Licht wieder vollkommen erstrahlte, hatte sie so einige nützliche Dinge gelernt.

„Fühlst du dich bereit?", fragte Robert sie freundlich und sie bejahte seine Frage. Der R2 freute sich sogar richtig auf den nächsten Tag. Dieser hier hatte ja gerade erst angefangen und daher hätte sie am liebsten darum gebeten, direkt in den

Ruhemodus gehen zu können, doch der Professor hatte sicher noch einiges mit ihr vor. Er war bestimmt nicht umsonst so früh für sie aufgestanden. Und Sky sollte Recht behalten. Dieser Tag galt ganz dem Wissen und so wurde sie mit anderen typischen technischen Geräten und ihrer Bedienung vertraut gemacht. Sie durfte sogar hinaus auf den Hof und im Beisein des Professors üben, einen Gleiter zu bedienen. Er zeigte ihr Aufzeichnungen einiger sportlicher Aktivitäten und erklärte ihr die Ziele, die dahinter standen. Sie sprachen über den Planeten und sie lernte anhand von Bildern seine Tier- und Pflanzenwelt etwas kennen. Sie sollte zumindest schon einmal die wichtigsten Sachen wissen, also machte er sie auch mit seinen eigenen Hausregeln vertraut.

„Ihr verlasst das Haus nicht mehr, sobald die Sonne untergegangen ist. Das ist eine sehr wichtige Regel, weil es Sams Schutz dient und da er dein Pate ist, wirst du diese Regel zwingend einhalten müssen. Außerdem verlange ich stets respektvollen Umgang miteinander. Man darf gern einmal herumalbern, ihr dürft auch mit den Augen rollen und müsst nicht mit allem einverstanden sein, was ich sage, aber es wird auch im Streit darauf geachtet, niemals verletzend zu werden. Zudem wird Jenna, unser Haus-Cyborg, ebenfalls mit Respekt behandelt. Auch wenn sie keine künstliche Intelligenz besitzt, prägt euer Verhalten ihr gegenüber den Umgang in unserem Haus. Ich möchte, dass Sam und du vorsichtig mit den Gegenständen im Haus umgeht. Das meiste davon ist sehr wertvoll, Kunstgegenstände werden von euch gar nicht angefasst, alle technischen Geräte stehen euch allerdings frei zur Verfügung, sind aber auch vorsichtig zu behandeln. Da alles einen gewissen Wert hat, wird im Haus auch nicht mit Bällen oder Aktionsbrillen gespielt. Wir haben dafür im unteren Geschoss einen freien Raum, in dem ihr euch gern mit diesen Dingen beschäftigen könnt. Es gibt auch noch einen festen Zeitplan für die abendliche Mahlzeit, weil wir dann zusammen trinken. Sam ist dazu verpflichtet in der Schulzeit seinen Aufgaben nachzukommen. Die Schüler erhalten lediglich Monatsaufgaben, die jedoch so komplex sind, dass er sich mindestens einmal in der Woche damit beschäftigen sollte. Du wirst die Aufgabe haben, darauf zu achten, dass er sich darum kümmert und du darfst ihm gern dabei helfen. Das wäre dann soweit alles, Sky. Ich glaube, wir sind für heute fertig."

Sie lächelte zufrieden. Der Tag war nun vorbei und sie durfte die nächste Zeit im Ruhemodus verbringen. Wenn sie dann aufwachte, würde sie die Welt dort draußen selbst erleben. Sie war furchtbar aufgeregt. Es war eines der Gefühle, die sie nun kennenlernte. Der Professor verabschiedete sich von ihr. Sie beobachtete, wie er aus der Tür verschwand, und konnte durch die schmalen Scheiben sehen, wie er sich noch einmal umdrehte. Schon bald würde sie zu seiner Familie gehören und dieses Wissen fühlte sich sehr beruhigend an. Er schien unglaublich nett zu sein und auch sein Sohn war ihr gegenüber sehr freundlich gewesen. Sky versuchte sich den morgigen Tag vorzustellen und durchbrach damit unwissend den nächsten großen Schritt ihrer Annäherung an den Menschen. Sie ahnte zu jenem Zeitpunkt noch nicht, in welche Gefahr sie geraten würde. Noch war ihr nicht bewusst, dass es Gegner ihrer Art gab, Wesen, die alles daran setzten, die Techniker aufzuhalten und ihnen einen unvergesslichen Schlag zu versetzen.

Als der Professor nach Hause kam, war es längst dunkel. Leise zog er die Schuhe aus und legte seinen Mantel ab. Vorsichtig schlich er durch den Flur. Doch er war nicht allein, denn Jenna erwartete ihn bereits im Wohnraum. Ihre verzerrte Stimme erklang: „Ich habe eine Nachricht für Sie, Mister Stanson."

Robert horchte interessiert auf. „Von meiner Frau?"

„Vom Leiter des Stadtrats."

Ihre Antwort erweckte augenblicklich Unbehagen. Der Professor bat darum, sie abzuspielen und Jennas Augen leuchteten auf. Sie projizierten das Bild des alten Mister Winson, dessen Mimik auf seine Verärgerung deuten ließ.

„Professor Stanson, ich kann kaum glauben, dass Sie uns nicht über den Testbeginn der R2-Serie informiert haben. Verone übermittelte soeben ihren wöchentlichen Bericht an Coroc und ich bin verdammt nochmal schockiert. Ein Cyborg mit Gefühlen? Das hatten wir so keineswegs abgesegnet! Wissen Sie eigentlich noch, was Sie da tun? Sie sollten Ihre Forschung in unserer derzeitigen Lage auf Kampfmaschinen ausrichten, nicht auf künstliche Intelligenzen, die den Zorn unserer Gegner nur weiter entfachen werden. Ich schwöre Ihnen, dass Sie Schuld daran tragen werden, wenn diese Nachricht zu den Magiern vordringt und diese Cyron mit einer ganzen Armee angreifen. Daher werden Sie morgen früh zum Stadtrat gebeten. Sie und ihre Erfindung werden sich kritischen Fragen stellen müssen. Bis wir eine Freigabe erteilen, sind Ihnen weitere Erweckungen oder weitere Bauprojekte der R2-Serie strengstens untersagt."

Das Bild erlosch und Jenna fragte den Professor, ob er gern eine Antwort aufzeichnen würde, doch das verneinte er nachdenklich und bat sie, ihn allein zu lassen.

Vollkommene Stille lag im Raum, als sie sich entfernt hatte. Der Blick aus dem Fenster zeigte ihm die beleuchteten

Bauwerke Cyrons. Es war eine wunderschöne Stadt. Er hatte sich damals direkt in den Ausblick verliebt. Nun hatte er jedoch nur einen einzigen Gedanken. Was, wenn sie Cyron tatsächlich als nächstes Ziel in Angriff nehmen würden? Jene Gebäude, die gerade in diesem wunderschönen Glanz erstrahlten, würden brennen oder zerfallen. Er hatte die Zeugnisse ihrer Macht oft genug gesehen. Ganze Städte hatten sie zerstört, überall gab es Opfer ihrer unheilvollen Kräfte. Doch diese Bilder waren noch fern, denn sie liefen bislang nur in den Nachrichten. Der Professor wollte nicht der Grund für ein solches Szenario werden. Sky sollte ihnen nicht den Krieg bringen. Sie sollte sie in ein neues Leben führen. Wenn der Rat beschließen würde, dass Sky tatsächlich eine Gefahr darstellte, würde dieser von ihm verlangen sie zu vernichten, sie und jeden einzelnen Cyborg ihrer Serie. Doch er konnte das nicht. Er wollte um das Anrecht kämpfen, die Entscheidung der Menschheit zu überlassen. Sie sollten das Wesen erst kennenlernen dürfen, bevor man über es richten würde. Welche Fragen der Rat stellen würde, konnte er sich kaum ausmalen. Doch in einem war er sich ganz sicher: Sam musste ihn morgen unbedingt begleiten.

KAPITEL 4

Sky trat zum ersten Mal hinaus. Sie sah zum Himmel hinauf und sie erkannte, wie Recht Sam mit seiner Aussage hatte. Die gelbliche Farbe sah trocken aus.

„Wir sind von einem Schutzschild umhüllt, einer Art Glaskuppel, die uns vor Angriffen und der Atmosphäre schützt. Außerhalb der Stadt können wir nicht atmen. In diesem

Punkt bist du ein viel weiter entwickeltes Wesen als wir." Der Professor grinste sie an. „Komm, wir fahren jetzt zum Stadtrat. Sam wartet im Fahrzeug auf uns."

Vorsichtig stieg sie ein. Die Sitze waren weich und sie ließ sich in den Stoff sinken. Freundlich winkte ihr Sam begrüßend zu, doch sie war gar nicht in der Lage etwas zu sagen. Zu fasziniert war sie von dem Anblick des großen Platzes, der von schützenden Zäunen umringt war. Die Kontrolleure prüften vor der Ausfahrt noch einmal den Wagen und Sky wich zurück, als ihre Laser sie erfassten.

„Schon gut. Das dient nur der Sicherheit", beruhigte Sam sie.

Als ihr Blick den seinen traf, erkannte er, dass ein weißes Licht aus ihren Augen erstrahlte. „Dad?", erklang seine Stimme voller Sorge.

Der Professor blickte auf die Rückbank. „Beruhige dich, Sky. Es ist alles in Ordnung. Diese Maßnahmen wirst du noch oft erleben, sie dienen unserem Schutz."

Nur langsam wich das Licht und Sam erkannte, wie sich ihr Körper wieder entspannte.

„Nun kennst du auch ihren Verteidigungsmodus, das passiert auch im Angriffsmodus. Sie prüft, ob von einem Objekt Gefahren ausgehen und würde notfalls reagieren. Ich sagte ja bereits, dass sie dich auch beschützen wird, Sam."

Bislang hatte Sam sie nicht als eine kampffähige Maschine betrachtet. Er war bei den Testläufen nicht dabei gewesen und war im Augenblick sehr froh darüber. Der Gedanke, dass sie zu töten in der Lage war, beunruhigte ihn irgendwie. Sie diente seinem Schutz, er wusste, dass sie so programmiert war. Doch was, wenn sie eine Fehleinschätzung treffen würde? Sie könnte einen Streit ja falsch deuten oder eine harmlose

Situation missverstehen. Sam hatte keine Vorstellung davon, inwieweit ihre Kenntnisse solcher Dinge ausreichten, um die Lage immer richtig einzuschätzen. Er versuchte sich gedanklich abzulenken, doch er wackelte nervös mit den Beinen.

Als sie das Tor passierten und das Fahrzeug an Höhe gewann, klebte Sky hingegen an der Scheibe. Von Sams Nervosität bekam sie nichts mit. Zu aufgeregt war sie, als sie die vielen Gebäude erblickte. Von dort oben konnte sie Tausende von Menschen erkennen, die sich ihren Weg durch Cyron bahnten. Andere Gleiter rauschten an ihnen vorbei oder über sie hinweg. Sie war so fasziniert, dass ihr der Mund vor Staunen weit offen stand. Erst als sie langsam hinabglitten, spürte Sam plötzlich ihre Hand auf seiner.

„Sieh mal!" Sie deutete auf das entfernt gelegene Stadtarchiv, dessen Hologramm der Erde von überall her zu sehen war.

„Das ist ein Abbild unserer Heimat", sagte Sam.

Sky lächelte. „Es ist wunderschön." Ihre Hand löste sich und sie strich berührt über das Glas der Scheibe, als streichelte sie den Planeten, der sich in der Ferne friedlich berühren ließ.

Nein, sie war kein Monster. Sam erkannte nichts Bösartiges. Zu sehr entdeckte er in jenem Augenblick sich selbst in ihr wieder.

„Wir sind da", riss sein Vater beide aus ihren Gedanken. Er hatte sich zu ihnen hinübergelehnt. „Ihr sagt nichts, solange ihr nicht gefragt werdet. Überlegt euch eure Antworten gut, bevor ihr sie aussprecht. Der Stadtrat könnte in jeder kleinsten negativen Andeutung einen Grund sehen, die Freigabe der R2-Serie abzulehnen. Versteht ihr das?"

Sam und Sky nickten stumm. Sie waren beide etwas nervös, denn es war nicht nur die erste Anhörung für Sky. Auch Sam hatte sich noch nie vor dem Rat der Stadt verantworten müssen. Er war ja auch eigentlich gar nicht eingeladen worden, doch sein Vater bestand darauf, dass er für ihren Zuspruch von Nutzen sein könnte.

Als sie die Stufen des Regierungsgebäudes emporstiegen, vergrub Sam die Hände in seinen Manteltaschen. Er rieb sich mit dem Zeigefinger die Daumen, eine Geste, die ihn irgendwie stets zu beruhigen wusste.

Sie betraten die große Eingangshalle, deren Boden aus Glas bestand und in dem man auf ein Aquarium hinabsah. Sam erkannte unter seinen Füßen einen Blaugunder, einen sehr großen Fisch, der sich mit seinen sechs Flossen vorantrieb und seinen hell erleuchten blauen Schwanz hinter sich herzog. Sky kniete sich augenblicklich nieder und legte die Hände auf dem Boden ab. Doch der Professor bat sie aufzustehen und so hatte sie kaum Zeit sich die Fische genauer anzusehen.

„Wir müssen in den Anhörungssaal. Dieser befindet sich weiter oben", erklärte der Professor und leitete die beiden zu einem Röhrenaufzug. „Fünfter Stock", sagte er, als sie sich alle darin befanden und ohne, dass etwas von der Fahrt spürbar gewesen wäre, ging nur einen Wimpernschlag später die Tür auf.

Sky hätte die Eindrücke als Mensch kaum sammeln können. Sie entdeckte so viele Kleinigkeiten, die ihre Aufmerksamkeit in Anspruch nahmen. In diesem Gang gab es einen dunkelgrauen Boden, der mit kunstvollen Lichtelementen verziert war. Die Wände waren strahlend weiß und die Decke war zum Greifen nah. Sie schwebte über ihren Köpfen und ließ durch eine dahinterliegende Glaskuppel einen kleinen Blick in den Himmel zu. Erstaunt sah sie auf, während sie den Gang hinabgingen. Das Sonnenlicht erleuchtete die Wände und die Schatten der Gleiter, die über das Gebäude hinwegflogen, tanzten auf diesem herrlichen Anblick. Die weißen Türrahmen waren mit Schnitzereien des Stadtwappens geschmückt und die Türen selbst waren aus dunklem Holz. Sie wirkten wie ein Schatten im grellen Licht ihrer strahlenden Rahmen. Doch da war noch etwas, das mit den Augen nicht wahrzunehmen war. Der Duft in den Räumlichkeiten war blumig und frisch. Als befände man sich inmitten eines Gartens. Sky schien es, als könnte sie jede einzelne der etlichen Blumen riechen. Das gesamte Regierungsgebäude wirkte anmutig und wunderschön auf sie. Nur zu gern wäre sie stehengeblieben und hätte all das auf sich wirken lassen. Doch als der Professor eine der Türen öffnete, war es soweit. Hier würde man über ihre Zukunft entscheiden und obwohl die Faszination noch immer in ihr lag, so erweckte dieses Wissen etwas Furcht in ihr. Das konnte einfach noch nicht alles sein.

Robert trat dem Stadtrat entgegen. Dieser bestand aus fünf Männern und sein Oberhaupt war Mister Winson. Es waren alles alte und erfahrene Männer, die durch die Stadt zum Rat erwählt worden waren. Wichtige Entscheidungen wurden von ihnen gefällt und nun sollten sie über die Zukunft der R2-Serie richten. Sky und Sam blieben an der Tür stehen, nachdem Sams Vater ihnen gedeutet hatte anzuhalten. Nur er selbst ging bis zum Pult des Rates und verneigte sich kurz.

Mister Winson, der in der Mitte der Stadträte saß, erhob sich und warf einen prüfenden Blick am Professor vorbei. „Sie soll ebenfalls nach vorne treten", entschied er und Professor Stanson nickte bereitwillig.

„Geh schon", flüsterte Sam ihr zu. Also trat Sky näher zu den Männern, die sie durchdringend musterten.

„Das, meine verehrten Ratsmitglieder, ist Sky. Sie ist der erste erweckte Cyborg der R2-Serie und, wie Sie alle wissen, die erste künstliche Intelligenz, die in der Lage ist Gefühle zu empfinden."

Einer der Männer sah ziemlich beeindruckt aus, die anderen wirkten eher skeptisch.

„Nun, Professor, beginnen wir also mit den Fragen. Ich werde zuerst Ihnen ein paar Fragen stellen und danach gehen auch einige an Sky. Dieses Gespräch wird ab der ersten Frage nur als Tonaufnahme dokumentiert. Dieser Vorgang dient Ihrer Sicherheit. Sollten wir die Freigabe erteilen, schützen wir damit Ihre Identität. Haben Sie vorab Fragen?"

Mister Winsons Stimme war ungemütlich. Sam hatte diesen Mann bereits im Fernsehen als unsympathisch empfunden und in der Realität gab es keinerlei Unterschied. Er wirkte kalt und die tiefen Kerben in seiner Haut verliehen seinem Gesicht stets ein grimmiges Aussehen.

Sein Vater schien jedoch wie immer unbeeindruckt. Er stand diesem furchteinflößenden Mann ganz ruhig gegenüber. „Ich würde den Rat darum bitten, die Meinung meines Sohnes zu berücksichtigen. Sein Name ist Samuel und er ist der Pate dieses R2-Modells."

Es dauerte nicht einmal einen Augenblick, bis Sam genervt mit den Augen rollte. Da war es wieder. Samuel. Er mochte den Geschmack dieses Wortes nicht. Es war natürlich nicht so, dass es tatsächlich nach irgendetwas schmeckte, doch Sam nannte es so, wenn er den Klang eines Wortes deutete. Und Samuel schmeckte nach etwas Älterem und irgendwie auch ziemlich langweilig. Da war ihm die Abkürzung Sam deutlich lieber. Es war erfrischender dieses Wort zu sagen und so war es ihm jedes Mal ein Gräuel, wenn sein Vater ihn anders vorstellte.

„Nun gut", gewährte Mister Winson den Wunsch seines Vaters. Dann sah er auf das Pult hinab. Man konnte nichts dahinter sehen, doch das Licht, welches sich auf der Kleidung der Ratsmitglieder brach, ließ Steuerelemente vermuten. Sicherlich wurde nun die Aufzeichnung gestartet und er las seine Fragen noch einmal genau durch. Als sein Blick sich wieder hob, richtete sich sein Vater noch einmal ganz gerade auf.

„Die R2-Serie kann also Gefühle wahrnehmen. Wo liegen die Grenzen dieser Technik?"

Der Professor räusperte sich. „Nun ja, sie empfindet physische Gefühle ebenso wie psychische. Daher gibt es bislang keine erkennbaren Grenzen, verehrtester Rat."

„Ist dieser Cyborg in der Lage sich zu verlieben?"

Sams Augen weiteten sich. Was war das denn für eine Frage? Sein Vater hatte diese doch zuvor eigentlich bereits beantwortet.

„Sky ist wie wir in der Lage das Gefühl der Liebe zu entwickeln. Dafür gibt es noch keinerlei Beweise, weil sich nicht alle Gefühle einfach so prüfen lassen wie beispielsweise Schmerz."

Mister Winson warf hin und wieder einen Blick auf den R2 und baute mit den Pausen zwischen seinen Fragen bei allen eine unglaubliche Anspannung auf.

„Ihr Cyborg ist aber nicht in der Lage sich in irgendeiner Art und Weise mit einem Menschen zu paaren oder sich gar selbst fortzupflanzen?"

Sams Vater schüttelte den Kopf. „Nein, verehrter Rat, diese Eigenschaft ist ausschließlich den biologischen Spezies vorbehalten. Im Forschungszentrum gibt es dazu ein Betriebsgesetz, welches wir verpflichtet sind einzuhalten. Es liegt keinerlei Straftat in diesem Punkt und auch bezüglich keinem anderen dieser Gesetze vor."

„Glauben Sie nicht, Professor, dass ein Wesen mit künstlicher Intelligenz, welches in der Lage ist ein Gefühl der Minderwertigkeit zu entwickeln, dadurch einen solchen Komplex erfahren könnte?"

Sam schluckte, ebenso wie sein Vater. Nur Sky stand vollkommen regungslos da.

„Das ist eine sehr gute Frage, verehrter Rat." Sein Vater schindete Zeit. Das war es, was er ihnen geraten hatte. Nun musste er erst einmal selbst genau überlegen, bevor er antworten konnte. „Es gibt auch unter unseresgleichen Menschen, die nicht in der Lage sind auf natürliche Weise ein Kind zu zeugen oder zu gebären. Dennoch erfahren sie …"

„Das ist nicht der Ansatz, den ich meine, Mister Stanson", fiel Winson ihm ins Wort. „Sky kann sich also in einen Menschen verlieben. Könnte sie sich im Angesicht dessen, dass sie im Gegensatz zu einem Menschen nicht zu einem sexuellen Akt in der Lage ist, minderwertig vorkommen?"

„Das könnte durchaus passieren", entgegnete der Professor, dem keinerlei Gegenargumente in den Sinn kamen.

„Wäre es dann nicht auch möglich, dass sich diese Liebe in Abneigung gegen ihre Schöpfer verwandeln könnte?"

Robert wollte gerade etwas entgegnen, als Sky plötzlich ungefragt das Wort ergriff: „Sie reden von Hass, nicht wahr? Sie glauben, ich könnte die Menschheit dafür hassen, dass ich nicht jede ihrer Fähigkeiten besitze und ihnen zwar ähnlich, aber nie gleich sein werde. Dann möchte ich Ihnen nun auch gern eine Frage stellen, verehrter Rat. Ich möchte wissen, woran Sie glauben. Wer hat Sie erschaffen?"

Mister Winson und die anderen Mitglieder sahen überrascht aus. Sam schlug sich im Hintergrund die Hand vor den Kopf, weil er gar nicht fassen konnte, dass sie diesem Mann einfach seine Gesprächsführung aus den Händen riss.

Doch der alte Ratsleiter schien sich nicht beirren zu lassen. „Wir glauben an eine höhere Macht, an einen Gott, der in allen Dingen ist und jedes Wesen erschaffen hat. Etwas Übernatürliches, für das wir keinen anderen Namen kennen außer diesen, der uns seit Urzeiten begleitet."

„Dann besitzt Ihr Schöpfer ebenfalls Fähigkeiten, die Sie nicht besitzen. Und dennoch verehren Sie ihn dafür, dass er Ihnen das Leben geschenkt hat. Oder irre ich mich?"

Das Ratsoberhaupt Winson sah überrascht aus. „Wohl wahr. Du hast Recht, R2, aber ich empfinde auch keine derartige Liebe für meinen Schöpfer. Sie kennen scheinbar die Unterschiede noch nicht. Unser Glaube ist eine familiäre Liebe und keine, die der Fortpflanzung dient."

In Skys Augen lag Unsicherheit. „Ist denn die Liebe nur auf Körperlichkeit bedacht?"

„Nein", ergriff der Professor plötzlich das Wort, der nun unendlich dankbar für ihre Denkansätze war. „Es ist viel mehr als das."

Das Oberhaupt des Rates sah nach und nach jedes andere Mitglied an. Sie nickten zustimmend und er schien die Fragen über diese Möglichkeiten damit abzuschließen.

„Gut, Professor, nehmen wir nun einmal an, sie würde in die Hände der Magier fallen. Soweit unser Verstand es zulässt, ist sie in der Lage eigene Entscheidungen zu treffen und anderer Ansicht zu sein, als wir es wünschen. Ist diese Vermutung korrekt?“

Sams Vater nickte und sein Sohn konnte keinen Augenblick länger still stehen. Unruhig trat er von einem Bein aufs andere und rieb sich wild Daumen und Zeigefinger.

„Das stimmt. Sie ist nicht geschaffen worden, um sich einzig zu unterwerfen. Sie ist ein Zeichen unserer Fähigkeiten und stellt eine eigene Art da. Sky wird sich stets selbst fragen müssen, wofür sie stehen will.“

Es schien, als würden die Ratsmitglieder ebenfalls unruhig werden. Sie sahen sich nervös an und hätten scheinbar am liebsten selbst das Wort ergriffen.

„Dann ist sie auch in der Lage unsere Vorstellung von der Zukunft als falschen Weg anzuerkennen und könnte sich unserem Feind anschließen.“

Der Professor wehrte sofort ab. „Das ist sehr unwahrscheinlich. Sie würde die Prinzipien ablehnen, die ihr das Leben ermöglichen und ich halte das für zu weit hergeholt. Mit allem Respekt, verehrter Rat, aber diese Vorstellung muss ich ablehnen.“

Mister Winsons generell grimmige Miene verzog sich nun gänzlich dazu. „Es geht in dieser Hinsicht nicht um Ihre Fantasie, es geht einzig um die Optionen, die Möglichkeiten und nicht um Ihre eigene Einschätzung dieser Frage. Ist das deutlich genug, Professor?!“

Robert nickte resignierend. „Dann fahren wir fort. Nun, vor uns steht also ein Cyborg, der durchaus Gründe erfahren könnte, die ihn zu einer ablehnenden Haltung unserer Art zu leben gegenüber verleiten könnten. Ein Wesen, das sich durchaus dafür entscheiden könnte, sich mit unserem Feind zu verbünden. Und Sie glauben dennoch, dass die R2-Serie und ihre Besonderheiten wertvolle Errungenschaften sind?"

Sams Vater stimmte zu: „Ja, Mister Winson. Ich glaube daran, weil ich stets guter Dinge bin. Sky dient der Verteidigung meiner Familie, aber sie soll sich eben nicht vorkommen, als würden wir sie nur deshalb zu schätzen wissen. Sie soll ein Teil unseres kleinen Kreises werden und Akzeptanz erfahren. Daher glaube ich, dass einzig der Umgang mit einem R2 darüber entscheiden wird, für welchen Weg er sich im Leben entscheidet. Ich kann an dieser Stelle nur den Vergleich zur Erziehung von Kindern heranziehen, denn ich sehe darin Ähnlichkeiten."

Die Antwort seines Vaters war gut, der Stadtrat musste einfach die Freigabe seiner Serie erteilen. Man könnte ja Zulassungen erstellen, ohne die man keinen Cyborg dieser Art kaufen konnte. Sam wollte auf keinen Fall mit ansehen müssen, wie sie die Träume seines Vaters zerstörten. Und da er Sky längst als lebendes und fühlendes Wesen erkannt hatte, wäre es qualvoll gewesen, eine Entscheidung mit anhören zu müssen, die über ihren Tod entschied.

Das Ratsoberhaupt setzte sich. „Dann habe ich nur noch eine Frage speziell an Sie, Professor. Wenn dem so ist, wieso haben Sie uns weder im Vorfeld noch nach der Erweckung über diesen Ansatz Ihrer Forschung informiert? Wir wissen erst seit wenigen Stunden von den Gefühlsfähigkeiten der R2-Serie und sollten wir sie einstampfen, dann haben Sie mit den finanziellen Mitteln vieler Investoren jongliert."

Das war das erste Mal, dass Sam davon erfuhr, dass das Forschungszentrum sich scheinbar nicht selbst mit seinen Entwicklungen finanzierte. Die Menschen, die Anlagen in dem Projekt hatten, würden sicher nicht erfreut sein, wenn diese Verhandlung ein negatives Ergebnis brachte.

Sein Vater war eine ganze Weile still und Mister Winson drängte ihn zu einer Antwort: „Professor, bitte, Sie sollten unsere Zeit nicht vergeuden."

Robert schluckte. „Um ehrlich zu sein ist den Investoren durchaus bewusst, in was für eine Forschung sie investierten. Ich erhielt bei der Vorstellung unserer Ideen großen Zuspruch und jede der beteiligten Personen hielt es für das Beste diese Entwicklung vorerst nur im Forschungszentrum klar zu benennen. Es durfte keinerlei Risiko für die Erschaffung der R2-Serie geben. Es gibt dazu eine handschriftliche Unterzeichnung aller."

Empört stand Winson erneut auf. „Sie verstoßen gegen Ihre Verfassung, die besagt, dass Sie im Bereich Ihrer Forschungen dem Stadtrat stets alle Einzelheiten mitzuteilen haben. Wir hätten der Entwicklung dieser R2-Serie in diesem Punkt vielleicht nicht zugestimmt. Somit haben Sie etwas gebaut, das eine fälschliche Genehmigung erhielt!"

„Ich bin mir dessen sehr bewusst, verehrter Stadtrat, und werde jegliche Verantwortung tragen. Verone hat die Freigabe der Informationen durch uns erhalten, weil wir den R2 gern in der Gesellschaft testen wollten, um die Meinung der Öffentlichkeit ebenfalls einzuholen. Das sollte ursprünglich vor einer Verhandlung geschehen. Weder ich noch einer der anderen Forscher wollten Sie erzürnen. Dieses Abkommen diente dem Schutz des Projektes und der Sicherheit Cyrons."

„Glaubten Sie ernsthaft, dass wir uns die Berichte nicht anhören? Oder dass wir uns ein solches Verhalten länger angesehen hätten, damit Sie uns Meinungen der Öffentlichkeit präsentieren, die einen solchen Cyborg in keinster Weise so hinterfragen würden, wie wir es tun?"

„Nun, mit allem Respekt, verehrter Rat, aber Sie sind die Stimme des Volkes und daher sollte das Volk einen Teil zu dieser Entscheidung beitragen."

„Genug jetzt!", fuhr der alte Mann Sams Vater an. „Wir entscheiden für sie, dazu haben sie uns erwählt und diese Aufgabe erfüllen wir mit bestem Gewissen. Hiermit ist Ihre Anhörung beendet, Professor. Sie dürfen dort hinten Platz nehmen." Verärgert deutete Mister Winson auf einen Sessel, der nahe dem Eingang stand. Sam erkannte die Enttäuschung seines Vaters und er wusste nicht, was er noch tun konnte.

Der Rat richtete sein Wort an Sky. „Wir kommen nun zu dir, R2. Oder sollen wir dich lieber Sky nennen?"

Sie nickte vorsichtig, sagte aber nichts weiter.

„Nun gut. Wie fühlst du dich bislang in der Nähe deines Paten oder des Professors? Gab es irgendwelche Differenzen oder fühltest du dich in irgendeiner Weise unwohl?"

„Nein, verehrtester Rat." Sky lernte schnell und hatte die offizielle Anrede des Rates prompt übernommen. „Bislang bin ich sehr glücklich, in ihnen meine Zukunft zu sehen. Der Professor ist ein sehr liebenswerter Mensch. Er ist stets vorsichtig im Umgang mit mir und übermittelt unglaublich viel Wissen. Ich fühle mich bei ihm gut aufgehoben, aber dasselbe empfinde ich in Sams Nähe."

„Sam? Du meinst Samuel, nicht wahr?"

Sam hätte am liebsten danach gefragt, wen sie wohl sonst meinen sollte, doch diese Unhöflichkeit konnte er sich hier keineswegs erlauben. Auch wenn er Mister Winson sehr wohl gern einmal darüber aufgeklärt hätte, wie viel Arbeit sein Vater sich im vergangenen Jahr gemacht hatte und dass ihm dieser ganze Zirkus im Angesicht dessen und der ganzen Zeit, die er aufgebracht hatte, undankbar erschien.

Sky hatte längst zugestimmt, während Sam sich mal wieder in seinen Gedanken verloren hatte, doch als sie ihn zu loben begann, war er sofort bei der Sache.

„Er ist unglaublich clever. Genau wie sein Vater. Sie sollten Sam einmal hören, wenn er von der Erde spricht. Man kann seine Vorstellungen in seinen Augen leuchten sehen und er hat mich damit direkt fasziniert. Ich glaube, dass er ein sehr fantasievoller Mensch ist. Er hat mir versprochen, dass er mir die Erde zeigen würde und ich konnte sie vorhin tatsächlich sehen. Ich habe einfach das Gefühl, dass ich ihnen vertrauen kann und bin in ihrer Nähe sehr glücklich."

„Das klingt sehr schön, Sky." Dann sah er zum Professor hinüber. „Ich hoffe, dass ihre Antworten nicht auch eine Abmachung aus dem Forschungszentrum sind?"

„Nein, Mister Winson. Es gibt keine anderen Abmachungen, über die Sie nicht informiert sind", erklärte Sams Vater.

Eine von Mister Winsons in Falten gelegten, grauen Augenbrauen hob sich skeptisch, doch er widmete sich prompt erneut Sky. „Eine letzte Frage: Bist du über den aktuellen Krieg zwischen den Magiern und uns im Bilde?"

Sie sah zu Sams Vater zurück, ehe ihr Blick wieder den von Mister Winson traf. Man sah ihr an, dass sie sich um eine Antwort bemühte, die ihrem Dasein nicht schadete. Doch sie war ehrlich, denn sie hätte nichts darüber erzählen können. „Nein. Ich weiß, was ein Krieg ist, aber ich bin leider noch nicht darüber informiert, dass Sie sich scheinbar in einem Gefecht befinden, verehrtester Rat."

Mister Winsons Blick traf erneut prüfend die anderen Ratsmitglieder, die scheinbar auch mit Skys Anhörung zufrieden waren. Und so wurde diese für beendet erklärt. Als er Sam darum bat nach vorn zu treten, schickte er Sky und den Professor vor die Tür.

„Den Paten wollen wir allein sprechen", waren die Worte gewesen, die Sam das Herz in die Hose rutschen ließen. Als er hören konnte, wie sich die Tür schloss, war der Druck plötzlich so groß, dass er den Tränen nah war.

KAPITEL 5

Sam kam mit roten Augen aus dem Anhörungsraum. Sein Vater erkannte auf Anhieb, dass er geweint hatte und nahm seinen Sohn in die Arme. „Was ist denn passiert?", fragte Robert besorgt.

Doch Sam löste sich aus seiner Umarmung. Er mochte es nicht, wenn er Schwäche zeigte. Wieso musste sein Vater so einen Moment dann nur noch schlimmer machen? Doch als auch Sky ihn fragend ansah, blieb ihm nichts anderes übrig, als den beiden von der Frage des Rates zu erzählen. Ihre Zukunft hing davon ab und Sam konnte nicht einschätzen, ob er dazu beigetragen hatte, dass sie Leben durfte oder ob sie sterben musste.

„Mister Winson hat mich gefragt, ob ich es bedauern würde, wenn Sky nicht bei uns bleiben könnte." Sein Vater ballte nachdenklich die Hände zu Fäusten. „Ich konnte nicht antworten. Ich weiß nicht, wieso. Irgendwie war ich durcheinander und nervös. Mir stiegen Tränen in die Augen und ich brachte einfach kein Wort heraus. Ich will nicht schuld sein, wenn sie gehen muss, Dad."

Sein Vater konnte ihn gut verstehen. „Schon gut."

Dann ergriff er Sams Hand. Er zog ihn ohne ein weiteres Wort zum Aufzug. Sky folgte den beiden schnellen Schrittes.

Als Sam etwas sagen wollte, schüttelte sein Vater kaum merklich mit dem Kopf, doch in seinen Augen lag ein lautes *Nicht hier!* und so schluckte Sam die Worte hinunter, die ihm auf der Zunge lagen. Auch Sky passte sich der Stille an. Sie hielt ihre Neugier zurück, als spürte sie die Eile, die plötzlich vom Professor ausging. Auch durch die Eingangshalle spurteten sie und hetzten die Stufen hinab.

Er wusste nicht warum, doch Sam fürchtete sich vor der Ungewissheit. Irgendetwas stand hinter der Frage, die Mister Winson ihm gestellt hatte - wie ein Schatten, der es seinem Vater Angst und Bange werden ließ. Dabei war das Ratsoberhaupt auch ohne etwas zu sagen furchteinflößend. Winson hatte eine ungemütliche Aura und so war Sam froh darüber, das Regierungsgebäude endlich verlassen zu können.

Sky und er setzten sich auf die Rückbank und sein Vater navigierte das Fahrzeug mit dessen Kontrollfeldern. Sam konnte sehen, dass es scheinbar nach Hause ging. Während er auf die Finger seines Vaters achtete, versank Sky erneut im gewaltigen Anblick Cyrons, als hätte sie schon vergessen, welche unangenehmen Fragen ihnen gestellt worden waren.

Als das Fahrzeug sich in die Lüfte hob, schien Sams Vater jedoch noch immer voller Anspannung zu sein. „Du gehst gleich in dein Zimmer und packst etwas Kleidung ein. Danach hilfst du Sky dabei ein paar Kleidungsstücke auszuwählen. Aber ihr müsst euch beeilen. Ich werde in der Zeit ebenfalls einiges zusammensuchen und mich danach um Jenna kümmern."

„Was soll das heißen?", fragte Sam und auch Skys Blick fiel verständnislos nach vorn.

Sein Vater wirkte plötzlich traurig, als er sagte, dass er sich um Jenna kümmern müsse. Was sollte das überhaupt bedeuten? Nie zuvor hatte sein Vater so etwas gesagt. Jenna war doch selbst dazu da, um sich um alles zu kümmern.

„Dad?“ Sam wurde mit jedem Augenblick unruhiger. „Was meinst du damit? Wir werden doch nicht abhauen, oder?“

„Sam, bitte nicht jetzt“, entgegnete sein Vater streng. „Ich erkläre es dir später. Konzentrier dich darauf, welche Dinge du zusammenpacken wirst. Entscheide dich jetzt, wir haben nur wenig Zeit.“

Sam spürte, wie seine Beine zu zittern anfingen, hilflos sah er Sky in die Augen.

„Ganz ruhig“, flüsterte sie. „Ich verstehe nicht, was los ist, aber ihr macht mich beide sehr nervös.“

Sam wusste nicht, was er sagen sollte. Seine Gedanken rasten, als er erkannte, dass Skys Augen zu leuchten begannen. Ihr Verteidigungsmodus schien sich langsam zu aktivieren und sie begann sich nach möglichen Gefahren umzusehen.

„Dad, du machst uns Angst“, ertönte panisch Sams Stimme, den Skys Reaktion erneut aufwühlte.

„Ihr müsst mir jetzt vertrauen. Im Haus wird kein Wort gesagt, bis Jenna die Energiezufuhr unterbrochen hat und wir von Coroc abgeschirmt sind. Danach muss alles ganz schnell gehen. Beruhig dich bitte, Sam, denn es bleibt vorerst keine Zeit für Fragen.“

Der Professor hatte sich diesmal nicht umgedreht. Er sah fixiert aus. Der Gleiter raste wie ein Geschoss durch die Luft und es dauerte nicht lange, bis ihr Zuhause in Sicht war.

Das Fahrzeug hielt über dem Parkplateau, das direkt über dem Haus lag. Als es hinabgesunken war, sprang Sams Vater umgehend heraus und sah sich mehrmals um, bevor er Sam und Sky hektisch hinauswinkte. Danach rannten sie zum Aufzug und ließen sich in das zweite Geschoss hinab.

Als sich die Türen öffneten, stand Jenna bereits im Flur. „Guten Tag, Mister Stanson."

Sein Vater nickte ihr nur kurz zu und entgegnete ihr: „Unterbrechen Sie die Energieversorgung aller Räume."

Jenna machte sich umgehend auf den Weg und es dauerte nicht lang, bis das Licht kurz erlosch, bevor die Notenergieversorgung des Hauses ansprang. Sam spürte, wie sein Vater ihn drängend nach vorn schob, und er schnappte sich Skys Hand, bevor er mit ihr losrannte.

Sie hatte keine Zeit sich ihr eigentliches Zuhause anzusehen. Sam führte sie in sein Zimmer und griff nach seinem Hologramm-Armband. Zügig legte er es sich um, bevor er sich eine kleine Tasche an den Gürtel heftete. Es handelte sich um ein kleines Wunder der Technik, das die Fähigkeit besaß Dinge zu komprimieren und sie dadurch kleiner und leichter zu machen. So verstaute er in ihr sein Körperfunktionsmessgerät, einige Klamotten, seine Aktionsbrille und einen Allzweckstab, der viele Funktionen übernehmen konnte, ähnlich einem Taschenmesser, welche es einst bereits auf der Erde gegeben hatte. Sky verfolgte jeden seiner Schritte, noch immer leuchteten ihre Augen und sie schien sich keineswegs in Sicherheit zu fühlen. Das sollte eigentlich ihr neues Heim werden, doch sie hatte längst begriffen, dass das nicht geschehen würde.

Als Sam mit dem Packen fertig war, rief er ihr umgehend zu: „Nun zu dir!" Erneut ergriff seine Hand die ihre. Im Eiltempo liefen sie die Flure des Hauses entlang, bis sie eines der hintersten Zimmer erreichten. Es hatte eine große Glasfront, durch die Sky eine wunderbare Aussicht auf das Stadtarchiv gehabt hätte. Das große weiße Bett mit seiner schwungvollen

Form sah unglaublich gemütlich aus. Sie hätte sich ganz bestimmt sehr wohl gefühlt.

Doch so sehr sie diesen Raum auch bewunderte, er half ihr nicht die Sorge um ihren Paten abzulegen. Ihre Aufgabe lag darin Sam zu beschützen und irgendetwas Schlimmes ging vor sich. Der Professor hatte keinen Zweifel daran gelassen und so zog sie ohne große Überlegungen einige der weißen Kleidungstücke aus der Ankleide, die sich aus dem Boden heraus vor ihnen aufgebaut hatte.

Unterdessen hatte auch Sams Vater alles Wichtige eingepackt und trat nun Jenna entgegen.

„Es tut mir leid", flüsterte er. Ihm war klar, dass sie in Wirklichkeit nichts von all dem verstehen würde, doch es war ihm eine Herzensangelegenheit und so umarmte er die treue Seele seines Hauses.

„Kann ich etwas für Sie tun, Mister Stanson?", fragte sie mit ihrer verzerrten Stimme und dem Professor trieb dieser Augenblick Tränen in die Augen.

Liebevoll blickte er in die Augen der alten Maschine. „Sie haben genug für uns getan, Jenna. Es ist an der Zeit Abschied zu nehmen."

Und als sein Vater gerade die kleine Klappe über ihrer Brust öffnete, vernahm er die Schritte von Sam und Sky, die sich dem Wohnraum eilig näherten. Sich seiner Sache völlig sicher drückte der Professor einen kleinen gelben Knopf, der neben vielen anderen lag. In wenigen Minuten würde sie sich selbst zerstören und dadurch den Alarm Corocs auslösen.

Sam ahnte, was sein Vater getan hatte, als er sah, wie dieser sich das Gesicht am Ärmel abwischte. „Dad? Warum hast du das gemacht?" Er stand wie versteinert da, nur Skys Hand gab ihm in diesem Moment noch Halt.

„Wir haben maximal fünf Minuten, bis dahin müssen wir bei der Hauptschleuse sein", drängte sein Vater, der noch immer keine Zeit hatte auf die Fragen seines Sohnes zu antworten. Sam schluckte den Klos hinunter, der wie ein Stein in seinem Hals lag. Zügig begleiteten er und Sky den Professor zum Aufzug. Sie würden die Stadt tatsächlich verlassen. Und sie schienen dies eindeutig unerlaubt zu tun.

„In den Gleiter, schnell!", rief Robert, als er seine Tasche in das Fahrzeug warf und sich eilig hineinsetzte. „Manuelle Steuerung", gab er als Befehl an dessen Computer. Die Armatur verformte sich und ein Steuerknüppel richtete sich vor dem Professor auf. Als Sam und Sky Platz genommen hatten, glitten die Türen zu.

„Anschnallen!", rief sein Vater unter Hochdruck und beide gehorchten.

Sam spürte, wie schwer es war den Sicherheitsgurt mit seinen zittrigen Händen zu schließen. Es war lange her, dass sein Vater von ihm verlangt hatte, dass er sich anschnallte. Doch diese Fahrt schien rasant zu werden.

„Drei Minuten", flüsterte Sam mehr zu sich selbst, als er auf sein Hologramm-Armband blickte.

Sein Vater navigierte das Fahrzeug in die Lüfte und sie nahmen umgehend an Geschwindigkeit zu. Sie sahen, wie die Gebäude immer schneller an ihnen vorbeirauschten.

Sam warf einen Blick zurück. Ihr Zuhause entfernte sich Stück für Stück. Wie sollten sie es in der kurzen Zeit nur zur Hauptschleuse schaffen? Der Professor hatte das jedoch längst bedacht. Er verließ die gekennzeichneten Luftstrecken und schoss plötzlich mit dem Gleiter durch den Spalt zwischen zwei Gebäuden hindurch. Sam krallte sich in den Stoff der Sitze und Sky klammerte sich an ihren Gurt. Sie schloss die Augen, deren Licht im Schutz ihrer Lider verschwand. Die Fenster der umliegenden Büros und Wohnungen waren so dicht an ihnen dran, dass Sam fast meinte, jede Einzelheit darin erkennen zu können. Dann ertönte ein Knall aus der Ferne und nur einen Augenaufschlag später erklang der Alarm Corocs, der durch ganz Cyron hallte. Jenna hatte sich und ihr Zuhause zerstört. Fassungslos versuchte Sam aus dem Rückfenster etwas erkennen zu können, doch ihr Haus lag mittlerweile zu weit entfernt. Nur der dunkle Rauch, der hinter den Gebäuden aufzog, deutete auf das Flammenmeer hin, in dem all ihre Habseligkeiten untergingen. Der Knall hallte noch immer durch Sams Kopf. Dieser Moment hatte ihm eine Gänsehaut beschert. Jenna war tot und mit ihr starb so vieles aus der Vergangenheit. Es gab kein Zurück mehr. Er wusste, dass sie nun Gejagte waren.

„Sie werden die Schleusen schließen, Dad!", rief Sam, dem angst und bange war. Nun würden die Soldaten der Stadt einen Gleiter auf den Sicherheitskameras entdecken, der mit hoher Geschwindigkeit unerlaubten Luftraum durchquerte. Sie würden sicher begreifen, dass sie auf der Flucht nach draußen waren.

„Da ist sie!", schrie sein Vater auf, als er endlich die Hauptschleuse in Sicht hatte.

Hinter ihrem Gleiter tauchten umgehend Fahrzeuge der Luftwache auf, die über ein Funksignal plötzlich im Innenraum zu hören waren. „Halten Sie sofort an oder wir werden schießen müssen!"

Sam lief der Schweiß die Stirn hinab. Er dachte, er müsse gleich sterben. Er war sich sicher, dass sie gleich abgeschossen würden. Die Angst, die ihn beherrschte, blockierte ihn. Schockiert saß er sprachlos auf der Rückbank, die Finger noch immer in den Sitz gekrallt und die Augen weit aufgerissen. Sein Vater zog den Steuerknüppel nach rechts und der Gleiter wich zur Seite, während ein Geschoss an ihnen vorbeizog und in die Schutzkuppel Cyrons einschlug. Sky riss erschrocken die Augen auf und warf einen prüfenden Blick auf ihren Schützling. Wie betäubt vernahm Sam den Befehl sich festzuhalten, als sich ihr Gleiter der Hauptschleuse näherte. Sie war bereits fast geschlossen und der kleine Spalt schien viel zu winzig zu sein, um dort lebend hindurchzukommen. In diesem Augenblick drehte sich das Fahrzeug gänzlich auf die Seite und Sam drohte mit dem Oberkörper auf Sky zu rutschen. Er schrie aus Leibeskräften und Sky schlug sich den Kopf an der Scheibe. Sein Vater durchbrach die Hauptschleuse und sie hörten das Energiefeld, das sie zu berühren drohte.

Dann schwang sich der Gleiter wieder in die Horizontale und Sams Körper sackte erschöpft in sich zusammen. Dicht hinter ihnen vernahmen sie das laute knisternde Geräusch, das ihnen sagte, dass die Energiewand sich nun vollkommen geschlossen hatte.

Sams Vater atmete schwer. „Ist alles in Ordnung?“, erklang seine Stimme. „Geht es euch gut?“

„Ich habe mir den Kopf gestoßen, aber ich bin nicht verletzt, Robert“, antwortete Sky, die sorgfältig ihre Stirn abtastete. Auch sie sah erschöpft aus, doch das Leuchten ihrer Augen erlosch. Sie spürte die plötzliche Erleichterung des Professors. Sam hingegen fühlte den Schmerz seiner Finger, die sich vollkommen verkrampft hatten, doch auch ihm ging es ansonsten gut.

„Habe ich jetzt Zeit etwas zu fragen?“, brachte er leise hervor. Er konnte das Nicken seines Vaters sehen. „Wohin fliegen wir?“

„Wir fliegen erst einmal, bis wir aus der Reichweite ihrer Detektoren sind. Sie werden uns mit großer Wahrscheinlichkeit folgen. Die Explosion durch Jenna wird sie vermutlich glauben lassen, dass sie hinter Attentätern der Magier her sind. Bis sie alle Aufzeichnungen analysiert haben, sollen sie auch genau das glauben. Wir fliegen in das Gebiet der Jäger und werden dort erst einmal Schutz suchen.“

Sam glaubte sich verhört zu haben. „Bei den Jägern?! Dad! Sie werden uns umbringen!“ Er lehnte sich aufgewühlt nach vorn und griff seinem Vater an die Schulter. „Halt an! Du bringst uns alle um, wenn wir da reinfliegen!“

Doch Robert entzog sich entschieden dem Griff seines Sohnes. „Es gibt jemanden unter ihnen, der das nicht tun wird.“

Sky verstand die plötzliche Aufregung nicht. Gespannt lauschte sie dem Gespräch. Noch ohne Kenntnis über die sogenannten Jäger verließ sie sich einzig und allein auf den Professor. Er würde seinem Kind nicht schaden und sie sah dahingehend derzeit keine Gefahr für ihren Paten.

„Du kennst einen von ihnen?“ Sam ließ sich zurück in den Sitz sinken und wischte sich mit der Hand den Schweiß von der Stirn.

„Ja, sie ist deine Tante und auch wenn sie andere Prinzipien hat als wir, so ist sie doch keine Befürworterin dieses Krieges.“

Er hatte eine Tante? Noch nie hatte er etwas über andere Verwandte gehört. Sams Eltern hatten nie irgendjemanden erwähnt und er hatte schon als Kind begriffen, dass jegliche Fragen nach seiner restlichen Familie unbeantwortet bleiben würden. Nun ahnte er auch warum. In seiner Familie gab es also Jäger, Menschen, die sich von der Technik abgewandt hatten. Und so hatte sich seine Tante mit großer Wahrscheinlichkeit auch von seinen Eltern distanziert. Schließlich waren sie bedeutende Personen in der technischen Forschung Hopes.

„Aha“, presste Sam hervor. „Und wovor fliehen wir?“

„Mister Winson hätte keine Freigabe erteilt, Sam. Seine Fragen ließen kein Stück Neugier zu, nur Skepsis. Ich kann das nicht zulassen. Ich sehe nicht zu, wie sie diese Arbeit vernichten und Skys frisch begonnenes Leben beenden.“

Sams Gesicht verzog sich weinerlich. „Aber du hast Jenna auf dem Gewissen! Wir haben kein Zuhause mehr. Wo sollen wir denn hin? Wo sollen wir leben, wenn man nach uns sucht?“ Der Schock, den die Ereignisse des Tages hervorgerufen hatten, wich den Tränen der Verzweiflung. Er vergrub weinend das Gesicht in beiden Händen. Sein geliebtes Stadtarchiv lag mit jeder Meile, die sie zurücklegten, weiter von ihm entfernt. Die Vorstellung seiner Zukunft verschwamm in der Ungewissheit. Der Traum von einem Besuch auf der Erde zerplatzte. Wieso sollte man dem Sohn eines durchgeknallten Forschers diese Expedition gewähren? Noch vor wenigen Augenblicken war sein Vater ein erfolgreicher und geschätzter Wissenschaftler gewesen. Nun war er nur noch ein Flüchtling, der einen R2 gestohlen hatte und der die Schuld an einer Explosion trug.

„Ich weiß das, Sam!“, fuhr sein Vater ihn plötzlich ebenfalls aufgebracht an. „Aber es muss sein. Das ist das Ergebnis meines ganzen Lebens. Sie ist die größte technische Errungenschaft unserer Zeit und sie ist ein Teil der Antworten auf unsere Fragen. Wir wurden wie sie erschaffen. Wenn wir in der Lage dazu sind eine fast perfekte Kopie von uns herzustellen, dann war es jemand vor uns vielleicht ebenfalls! Ich lasse mir das nicht nehmen, Sam! Nicht so!"

Danach herrschte Stille zwischen den beiden. Sein Sohn schniefte, obwohl die Tränen schlagartig versiegt waren. Er hatte seinen Vater noch nie so aufgebracht erlebt. Er hat seine geliebte Jenna für Sky geopfert. Für ihn war es kaum vorstellbar, wie sich sein Vater nun fühlen musste. Der Professor ließ sich jedoch nichts anmerken. Er konzentrierte sich mit starrem Blick auf die Landschaft vor ihnen. Berge erstreckten sich am Horizont und Wälder lagen in der Ferne um sie herum. Noch war der Boden sandig und trocken, doch schon bald würden sie über hohe Baumkronen hinwegsausen.

Noch schien ihnen niemand zu folgen, doch Sky blickte immer wieder zurück. Jeden Augenblick könnte man ihre Verfolgung aufnehmen. Doch auch vor ihnen gab es vieles, das ihr unbekannt war. Es fiel ihr schwer alles, was passiert war, zu verstehen. Sie hatten die Stadt so schlagartig verlassen, dass sie erst jetzt wirklich begriff, was eigentlich passiert war. Noch vor einem Tag hatte sie sich auf ein friedvolles Leben gefreut: angekommen in einer Familie, mit einem eigenen Zimmer und in der Annahme, dass die Gesellschaft sie aufnehmen würde. Doch nun hatte sie Skepsis durch den Stadtrat erfahren und ihr Zuhause glich längst keinem Heim mehr. Nur einen Augenblick hatte sie in ihrem Zimmer verbracht. Nun wusste sie plötzlich, dass es außerhalb ihrer Vorstellung einen andauernden Krieg gab, einen, in dem sie scheinbar eine Gefahr darstellte – zumindest erinnerte sie sich in diesem Augenblick an die skurrilen Fragen des Ratsoberhauptes. Sie dachte an all das Misstrauen und Sams gerötetes Gesicht und wie er nicht in der Lage gewesen war zu antworten. Er hatte Angst um sie. So wie sie nun um ihn. Diese Welt befand sich schließlich in einem Krieg. Einem, von dem ihr der Professor nichts gesagt hatte. Aber warum nicht? Lag es daran, dass man glaubte, sie könnte sich den Gegnern anschließen, ganz so, wie Mister Winson es befürchtete? Oder hatte Robert sie auch damit nur schützen wollen? Sie war schließlich der Grund für diese Flucht. Er wollte offenbar um jeden Preis, dass sie am Leben blieb. All das tat er für sie. Sky blickte bekümmert zu Sam hinüber. Sie hoffte, dass sein Vater das Richtige tat. Sie wollte nicht, dass ihr Pate ihretwegen in Gefahr gebracht wurde. Doch was konnte sie schon tun? Sky musste einfach vorsichtig bleiben und versuchen weiter auf die Entscheidungen des Professors zu bauen.

KAPITEL 6

Es wurde langsam dunkel und der Gleiter glitt vorsichtig durch das Blattwerk nach unten. Es gab keine Verfolger. Bisher schienen sie tatsächlich glimpflich davonzukommen, doch der Professor war sich sicher, dass man sich dennoch bald auf die Suche nach ihnen machen würde. Die Öffentlichkeit sollte nichts über das R2-Modell wissen, also würde Mister Winson alles daran setzen, dass die Sicherheitskräfte Cyrons weitgehend vorsichtig handeln würden. Mittlerweile würden sie längst erfahren haben, dass es sich bei den Flüchtlingen nicht um Magier handelte. Jagdgleiter zu entsenden hätte die Stadt vermutlich nur unnötig mehr geängstigt. Es gab für den Rat schon genug Lügen zu erfinden, wieso es eine Explosion gegeben hatte und ein Gleiter beschossen worden war. Der Stadtrat würde seine Sache wie immer gut machen.

Nun galt es Frank vom Forschungszentrum zu kontaktieren und über ihn eine kurze Nachricht an Roberts Frau zu übermitteln. Vorsichtig blickte der Professor auf die Rückbank. Sam schlief tief und fest. Ihm hatte die Aufregung ziemlich zugesetzt und so hatte er es sich, so gut es eben ging, etwas gemütlich gemacht.

Sky sagte nichts. Mit großen Augen sah sie den Professor nur an und nickte, als wollte sie ihm deuten, dass es Sam gut ginge. Robert griff in seine Tasche und zog ein Laser-Skalpell hervor. Er reichte Sky das kleine Metallröhrchen. Sie griff behutsam danach.

„Was ist das?", flüsterte sie.

„Ich werde gleich wieder mit Coroc Verbindung aufnehmen müssen. Das ist der einzige Weg, ein Gespräch mit einem meiner Kollegen aufnehmen zu können. Sie werden das Fahrzeug danach orten können und selbst, wenn wir es bis zu ihrer Ankunft verlassen haben, werden sie nach uns suchen. Sam und ich tragen Implantate in den Oberarmen. Mit diesen kann man die Körperfunktionen messen und somit sämtliche Verletzungen oder Krankheiten identifizieren. Aber es gibt noch eine andere Funktion", Robert sah besorgt zu seinem schlafenden Sohn hinüber.

„Es übermittelt euren Aufenthaltsort", vollendete Sky seinen Satz.

Der Professor nickte. „Nur wenn sie sich in einem Radius von etwa zehn Meilen befinden. Noch sind wir weit genug entfernt und der Gleiter weiterhin von Coroc getrennt. Aber da wir in den nächsten Tagen, so gut es geht, ohne technische Hilfsmittel auskommen müssen, kann ich nur jetzt meine Nachricht senden."

Sie nickte verständnisvoll. „Wie viel Zeit werden wir haben?"

„Etwa fünf Stunden. Ich schätze, dass sie Jagdgleiter schicken werden und diese legen die Strecke doppelt so schnell zurück. Wenn wir Glück haben, entsenden sie diese von einer Außenstation und nicht direkt aus Cyron. Das könnte uns noch eine weitere Stunde Zeit verschaffen. Sams Implantat entferne ich selbst. Meins musst du für mich herausholen. Schaffst du das?“

Ihre blauen Augen fielen auf das Röhrchen in ihrer Hand. Sie wollte nicht, dass man die beiden finden und für all das bestrafen würde. Seit ihrem Aufbruch gingen ihr immer wieder die Worte des Stadtrates durch den Kopf.

„Schaffst du das, Sky?“, ertönte das durchdringende Flüstern des Professors.

Sie wollte keine Gefahr sein. Sky wollte es dem Professor und auch Menschen wie Mister Winson, der ihr so misstrauisch entgegengetreten war, unbedingt beweisen.

Fest entschlossen umklammerte sie das Röhrchen und blickte entschieden und mit neuer Kraft auf. „Ja, Robert.“

„Gut“, er lächelte und drehte sich dann zur Konsole des Gleiters. „Automatische Steuerung deaktivieren“, lautete sein Befehl. Der Steuerknüppel glitt wie Wasser in die Armatur zurück und die Leuchtdioden, die bis dahin grünes Licht gegeben hatten, strahlten nun in Gelb.

„Kontakt zu Frank Steele herstellen!“

Sky beobachtete, wie der Professor nervös mit den Fingern auf der Armlehne tippelte. Noch hörte man aus dem Fahrzeug nur eine Stimme, die darum bat zu warten.

Sam schlug verschlafen die Augen auf, als er von diesem Geräusch geweckt wurde. „Dad?“, murmelte er.

„Sscchhtt“, wandte Sky sich behutsam an ihn. Ihr Zeigefinger lag auf ihren gespitzten Lippen und Sam runzelte verwundert die Stirn. Er hatte nichts von ihrem Gespräch mitbekommen. Neugierig sah er in die Dunkelheit hinaus.

„Wo sind wir?", fragte er leise.

„Forschungszentrum Cyron, Frank Steele", meldete sich plötzlich eine ihm bekannte Stimme.

„Frank, ich bin es, Robert." Die Worte waren hektisch. Sam spürte den Druck, der auf seinem Vater lag, und richtete sich nervös auf.

„Robert, was ist passiert? Wir werden seit heute Vormittag gedrängt die Tore des Zentrums zu öffnen und Zugriff auf sämtliche Daten zu gewähren. Wir mussten Verone vorübergehend abstellen, weil Coroc versuchte über sie Eintritt zu erlangen."

„Frank, ich habe keine Zeit für Erklärungen", drängte Sams Vater. „Ihr müsst die Daten der R2-Serie und ihren Lagerraum versperren. Sie können alles haben, aber das nicht!"

„Sie wollen sie nicht freigeben, oder?" Frank klang besorgt.

„Ach, verdammt! Das ist es nicht wert, Robert." Man konnte förmlich hören, wie er sich verzweifelt über das Gesicht strich.

„Sag meiner Frau, dass wir in der Vergangenheit sind. Sie wird das verstehen. Sie muss uns dort abholen."

„Natürlich, das werde ich umgehend tun", erwiderte Frank. „Aber ich kann dem Stadtrat die R2-Serie nicht ewig verwehren. Wir machen uns strafbar und du riskierst mit dieser Aktion außerdem deinen Standpunkt. Denk daran, was du erreicht hast, Robert."

„Genau daran denke ich ja, Frank. Irgendetwas stimmt da nicht. Vertrau keinem von ihnen!"

Sein Vater beendete ohne weitere Worte die Verbindung und wies den Gleiter erneut an, in den manuellen Modus zu wechseln.

„Werden sie uns jetzt nicht finden?“ Sam warf einen fragenden Blick nach vorn.

Nur langsam drehte sein Vater sich zu ihm um. „Der Gleiter bleibt hier, mit ihm kommen wir niemals unbemerkt in das Gebiet der Magier.“ Er zog den rechten Arm aus dem Ärmel seiner weißen Jacke. Danach rückte er näher zur Mitte des Innenraums. Auch Sky richtete sich weiter nach vorn.

„Was wird das?“, Sam erkannte das Skalpell und obwohl er die Frage stellte, wusste er bereits, was sie vorhatten.

„Mach ganz schnell, Sky. Ertaste es mit deinen Fingern. Es ist achteckig und sehr flach, daher reicht es aus, wenn du einen Schnitt daneben setzt und es dann vorsichtig herausdrückst. Wenn du die Stelle gefunden hast, musst du deinen Zeigefinger nur in der kleinen Vertiefung halten, um den Laser des Skalpells zu aktivieren.“

Sie nickte.

„Nein!“, wandte Sam beunruhigt ein. „Wir schneiden hier mit Sicherheit keinem von uns den Arm auf.“ Er schluckte und rieb sich augenblicklich nervös Daumen und Zeigefinger, doch sein Vater warf ihm einen liebevollen Blick zu.

„Ich habe ein paar Betäubungskerne dabei. Du wirst nichts merken. Denk an die Heldengeschichten aus deinen Büchern, an jene, die ein Leben oder viele zu retten haben. Das ist deine Geschichte, Sam. Du musst Sky jetzt retten und es gibt keinen anderen Weg als diesen, mein Junge.“

Dann bat er den R2 den Schnitt zu setzen. Sam wollte eigentlich nicht hinsehen, doch wie gebannt konnte er den Blick nicht von diesem Szenario lösen. Ihre Finger fuhren vorsichtig über die Haut seines Vaters.

Das ist meine Geschichte, schoss es ihm durch den Kopf.

Sky fühlte das Implantat und man konnte es ganz leicht erkennen, als sie die umliegende Haut straffte.

Es gibt keinen anderen Weg, hallten die Worte seines Vaters wie ein Echo in seinem Inneren wider. Sie schaltete den Laser ein und aus dem Röhrchen erschien ein heller Lichtstrahl, zart und gerade einmal zwei Zentimeter lang. Sie setzte den Laser auf und sein Vater biss die Zähne zusammen. Er stöhnte kurz, gab danach aber keinen Laut mehr von sich, als sie seine Haut Durchschnitt. Blut floss.

Ich werde ihr Leben retten, tanzten die Worte in Sams Kopf umher. Dann schob sie das Plättchen bis zur Wunde. Sein Vater hatte inzwischen die Augen geschlossen. Er sah konzentriert aus. *Gleich ist es geschafft,* sprach Sam ihm in Gedanken Kraft zu, als ein Stück des Implantates zu sehen war. Wie einen Glassplitter zog sie diesen mit zwei Fingern aus dem Spalt in Roberts Arm.

„Gut gemacht“, flüsterte er ihr dankbar zu. Dann griff er in seine Tasche. Er reichte ihr ein Tuch und presste sich selbst eine kleine durchsichtige Scheibe auf den Arm. Ein Pflaster, das sich umgehend mit der Haut verband, sobald man es aufdrückte und das für eine schnelle Heilung sorgte. In wenigen Stunden würde man nichts mehr davon erkennen. Deshalb gab es auf Hope auch keinen einzigen Techniker mit Narben. Sein Vater hatte an alles gedacht.

„Nun zu dir, mein Sohn.“ Der Professor nahm Sky das Skalpell ab.

Sam nickte, fest entschlossen nun genauso tapfer zu sein. Er zog den Arm aus seinen weißen Ärmel und streckte diesen seinem Vater entgegen. Sky legte das Implantat vorerst auf dem Boden ab und rubbelte sich schnell das Blut von den Fingern.

„Bereit?“ Sein Vater sah ihn erwartungsvoll an.

„Ja“, gab Sam zur Antwort.

„In meiner Tasche befindet sich ein kleines rundes Gefäß, darin findest du die Betäubungskerne, Sky. Sie sehen aus wie gewöhnliche Pflanzensamen. Farbe Blaugrau.“

Sie gab ein „Alles klar“ von sich und lehnte sich zum Vordersitz herüber. Ihre Hand glitt in die finstere Öffnung der Tasche. Sie tastete nach einer winzigen Dose und zog diese unglaublich schnell heraus. In ihrer Hand wuchs das Gefäß auf seine doppelte Größe an. Sky begutachtete es fasziniert.

„Einfach aufdrehen“, erklärte der Professor, der bereits Sams Oberarm abtastete.

Sie schraubte den Verschluss auf und entnahm behutsam einen der vielen Kerne. Sie packte das Gefäß zurück und ließ sich auf den Sitz fallen. Dann sah sie Sam grinsend an. „Mund auf!“, forderte sie.

Auch er musste lächeln und sein Mund öffnete sich. Sie ließ den Kern in seinen Schlund fallen und Sam schluckte.

„Eins … Zwei … Drei …“, zählte sein Vater langsam und setzte sogleich den Schnitt. Sam wollte schon das Gesicht verziehen, doch er spürte nichts. Erleichtert atmete er auf. Mit wenigen gekonnten Handgriffen hatte sein Vater das Implantat entfernt und gab es an Sky weiter, die es zu dem anderen legte. Dann wischte er sich kurz die Finger ab und strich auch einmal über Sams Arm, bevor er eines der Pflaster auftrug.

„Wir lassen sie einfach hier im Gleiter liegen“, schlug der Professor vor. „Da draußen folgt ihr mir auf Schritt und Tritt. Bleibe ich stehen, bleibt ihr auch stehen. Deute ich euch in Deckung zu gehen, versteckt ihr euch schnell hinter einem Baum oder einem dichten Blattwerk. Sky, du wirst uns den

Weg leuchten, deine Augen werden uns durch die Dunkelheit führen, aber das Licht muss sofort aus sein, wenn ich die Hand hebe", gab er die ersten Anweisungen.

Sam warf eine Frage ein: „Wie weit werden wir durch den Wald wandern müssen?"

„Wenn wir uns beeilen, erreichen wir unser Ziel noch vor Sonnenaufgang."

Beide nickten.

„Sobald wir das Fahrzeug verlassen, sind wir in ständiger Gefahr. Du wirst mir notfalls Rückendeckung geben, Sky. Aber es wird nicht geschossen, bevor ich nicht selbst einen Schuss abgegeben habe. Verstanden?"

„Natürlich. Kein Problem", gab sie zur Antwort.

Dann richtete er das Wort an seinen Sohn: „Hast du deinen Allzweckstab eingepackt?"Sam zog diesen umgehend aus seiner Tasche und präsentierte ihn seinem Vater.

„Gut. Stell ihn auf Messer und halte ihn in deinem Gürtel bereit. Es lauern heimtückische Tiere in der Dunkelheit. Denk an die wichtigsten Regeln, die du in der Schule gelernt hast."

Sam kannte diese gut und sagte sie laut auf. „Kein Lärm, keine hektischen Bewegungen und im Notfall die Wunden sofort verarzten."

Sein Vater strich ihm stolz durch das Haar. „Sehr gut, Sam."

Dann stellte Sam seinen Allzweckstab auf Messer und dieser formte an seiner Spitze eine scharfe Klinge. Eilig schob er diese in eine der Halterungen an seinem Gürtel. Robert zog Atemmasken aus seiner Tasche hervor. Umgehend presste er Sam eine davon auf Mund und Nase. Dann zog er den Riemen straff um seinen Kopf herum und verband das Ende mit der vorderen Verankerung.

„Fest genug?", fragte er behutsam.

Sein Sohn nickte zustimmend. Dann setzte auch er sich die Atemmaske auf und legte seine Finger auf die Steuerkonsole. Skys Augen leuchteten auf. Der Professor betätigte den Türöffner und legte sich noch schnell seine Tasche um.

„Auf geht's", sagte er, bevor er sich aus dem Gleiter schwang. Sam und Sky folgten ihm umgehend. Um sie herum lag nichts als Dunkelheit und man hörte in weiter Ferne das unheimliche Lachen einiger Kichereulen. Langsam entfernten sie sich vom Fahrzeug, während Sams Vater voranging und sie dank des Lichts aus Skys Augen zumindest einen kleinen Teil der Umgebung erblicken konnten.

Der Wald war dicht bewachsen und so musste Robert hin und wieder Gestrüpp beiseite schlagen. Dann hob er plötzlich die Hand und forderte die beiden auf anzuhalten. Ruckartig blieben sie stehen. Sky schloss die Augen und um sie herum wurde es sofort stockfinster. Erst danach konnte Sam ein Knacken aus der Ferne wahrnehmen. Etwas zog durch das Unterholz und es schien sich zu nähern.

Sam kam es in jenem Moment so vor, als könnte er seinen Herzschlag hören. Er versuchte ganz still zu bleiben und erstarrte vollkommen, um kein Geräusch zu erzeugen. Mit den Augen tastete er die Dunkelheit ab und tatsächlich konnte er in einiger Entfernung leuchtende Augen erkennen, die aufmerksam nach Beute suchten. *Eine Raubkatze,* schoss es ihm durch den Kopf. Vielleicht nur eine kleine Erdkatze, aber es war schwer die Größe richtig einzuordnen. Im schlimmsten Fall könnte es sich um einen Schattenmansuren handeln, schwarz wie die Nacht, riesige Krallen und fähig des Nachts Beute bis in die Ferne zu erkennen. Sie wären in größter Gefahr, denn diese Tiere hatten eine Schulterhöhe von etwa einem Meter und waren somit nicht gerade klein. Als die leuchtenden Augen plötzlich zum Stillstand kamen, schien es Sam, als starrten sie ihm direkt ins Gesicht. Er schluckte. Es war wirklich ein Schattenmansur.

„Jetzt, Sky!“, brüllte sein Vater und sie riss unmittelbar die Augen auf. Licht durchströmte die Dunkelheit und das Tier preschte augenblicklich auf sie zu. Sam zog blitzartig sein Messer und sein Vater zielte mit seiner Waffe auf den Ankömmling.

„Eins ...“, zählte er und konzentrierte sich auf den Schuss. „Zwei ...“ Zum ersten Mal erblickten sie im Licht ihren Gegner. „Drei ...“ Robert drückte ab. Ein Laser traf den Schattenmansuren und streifte ihn am Kopf. Die Raubkatze schreckte kurz zurück und fletschte wütend die Zähne. Sie war riesig. Sam zitterte am ganzen Leib. Er spürte, wie Sky ihn mit ihrer rechten Hand zurückdrängte. Dann streckte sie ihre linke Hand aus und spreizte ihre Finger. Der Mansur sprang plötzlich los und riss Sams Vater zu Boden, der zuvor noch einen weiteren Schuss abgeben konnte, doch das Tier schien wie in Rage und ließ sich von dem Treffer nicht beirren.

„Nein!“, schrie Sam auf, als das riesige Maul versuchte nach dem Kopf seines Vaters zu schnappen. Robert wich mehrmals aus und drückte mit aller Kraft gegen die monströse Raubkatze. Dann schossen Blitze aus Skys Fingern und der Schattenmansur zitterte am ganzen Leib. Mehrere Sekunden lang ließ sie Strom durch seinen Körper jagen, bevor dieser kraftlos über dem Professor zusammenbrach. Dann gab es nichts als Stille. Erschrocken stand Sam hinter dem R2, der so etwas noch nie gesehen hatte. Mühsam befreite sich sein Vater und stand vorsichtig auf. Blut befleckte seine weiße Jacke.

„Alles in Ordnung", beruhigte er Sam, dem man seine Befürchtung ansah, „das ist nicht meins." Dann steckte er seine Waffe in den Gürtel. „Vielen Dank, Sky."

Sie sah ihn schwer atmend an. „Ein Schattenmansur?"

„Ja. Davon gibt es hier noch eine ganze Menge, also beeilen wir uns besser", antwortete Robert ernst. Auch Sam steckte sein Messer zurück und folgte den beiden sprachlos. Noch immer schlug ihm das Herz bis zum Hals. Das hätte auch ganz anders ausgehen können, wusste er. Doch es gab noch weit Schlimmeres in den Tiefen der Wälder. Die meisten Bedrohungen lauerten unauffälliger auf ihre Opfer und so blieb jeder Schritt weiterhin gefährlich.

KAPITEL 7

Es dämmerte, als sie am Rande einer Waldlichtung ankamen. Das Licht von Skys Augen war bereits erloschen und sie sah lächelnd auf Sam zurück.

„Sind wir endlich da?", fragte er seinen Vater erleichtert. „Wir sind ganz in der Nähe, hier liegt irgendwo ihre Hütte. Wir können die Atemmasken jetzt abnehmen. Dieses Gebiet wird von den Magiern irgendwie mit einer Art Sauerstoff angereichert. Aber passt auf, wir sind nun im Bereich der Magier und Jäger." Dann sah er plötzlich besorgt auf Sam herab, der sich am Handrücken kratzte. „Was hast du da?" Er steuerte direkt auf ihn zu und ergriff seine Hand.

„Nichts ich habe mich wohl irgendwo gekratzt." Erschrocken sah der Professor zu ihm auf.

„Oh mein Gott", flüsterte er. „Sky!", rief er besorgt und sie eilte auf der Stelle zu ihnen hinüber.

„Was ist denn?“, fragte Sam, der nun auch nervös wurde. „Dad?“

Sein Vater ließ seine Hand los und nahm seine Tasche ab. „Du bleibst jetzt hier bei Sam und drückst ihm hin und wieder den Kühlstein auf die Wunde. Den findest du in der Tasche, ebenso ein paar Handschuhe für dich. Ich suche die Hütte. Ihr rührt euch nicht vom Fleck. Die Hand kann jeden Augenblick anschwellen, sie wird ohne Gegengift nicht aufhören. Du musst dem entgegenwirken und sie kühlen.“

Sky sah ihn erschrocken an.

„Sie wird nicht aufhören?“ Sam sah auf seine Hand hinab, die noch immer wild juckte. „Was passiert denn dann?“, erklang seine Stimme besorgt.

„Dazu wird es nicht kommen. Ich beeile mich“, versprach sein Vater und rannte ohne ein weiteres Wort los. Sams Augen sahen in die von Sky. Sie sah ihn fassungslos an. Sie brauchte einen Moment, ehe sie sich aus ihrem Schock lösen konnte und einen klaren Kopf fasste. Ihre Finger griffen in die Tasche, während Sam sich die Atemmaske vom Kopf strich. Sie zog sich eilig die Handschuhe über und hielt schon bald den blauen Kühlstein in den Händen.

„Es fängt an zu brennen“, sagte Sam, während er das Gesicht schmerzhaft verzog.

„Er wird gleich zurück sein“, versuchte Sky ihn zu beruhigen und presste ihm behutsam den Stein auf den Handrücken. „Was ist das für ein Gift?“, fragte Sam unruhig - in aller Hoffnung, sie würde etwas darüber wissen.

Doch sie schüttelte den Kopf. „Keine Ahnung. Wir können nur hoffen, dass sie nicht anschwillt. Willst du dich setzen?“

Er nickte.

„Gut, da drüben ist ein kleiner Felsen." Vorsichtig begleitete sie ihn ein Stück auf die Lichtung. Schleunigst setzte Sam sich auf den kalten Fels. Erneut nahm sie seine Hand und presste den Stein auf die Wunde. „Ist es schon besser?"

Mit großen Augen sah er zu ihr auf. „Ich spüre das kaum, Sky."

„Die Kälte?", fragte sie beunruhigt.

„Auch deine Hände nicht", antwortete Sam, der sich den Daumen der anderen Hand mit dem Zeigefinger rieb.

„Alles wird gut. Der Professor kennt sich sehr gut aus, er findet die Hütte und deine Familie hat sicher ein Gegengift."

„Was, wenn nicht, Sky?!" In ihm stieg eine beunruhigende Hitze auf. „Mir wird langsam warm."

„Denk nicht an so etwas. Das ist gleich wieder vergessen, Sam." Doch auch sie war sich plötzlich unsicher. Ihre Augen suchten zwischen den Bäumen nach den Umrissen seines Vaters.

„Er ist gleich zurück", flüsterte sie, während sie innerlich darum bat, er würde tatsächlich gleich auftauchen.

„Sky, sie juckt noch immer", teilte Sam ihr mit. Ihre Augen sahen auf seine Hand herab. Sie schwoll langsam an. Nervös leckte sie sich über die Lippen, als sie den Kühlstein ein weiteres Mal auf die Hand presste.

Sam ließ den Kopf in den Nacken sinken. „Warum passiert immer mir so etwas?"

„Dafür kann niemand etwas. Solche Dinge passieren einfach, Sam", noch immer redete sie ihm gut zu.

„Du kennst sowas ja nicht, Sky, aber ich bin ein Tollpatsch. Mit mir hat man nur Ärger."

„So wird es wenigstens nicht langweilig", entgegnete sie mit einem aufgesetzten Lächeln. Man sah ihr die Nervosität eindeutig an.

Als er das bemerkte, sah er auf seine Hand hinab. „Oh nein", stieß er hervor, „sie schwillt an." Panisch sah er sich um. „Dad!", rief er laut und holte gerade Luft für einen weiteren Ruf, doch dazu kam es nicht.

Eilig legte Sky ihre andere Hand auf seinen Mund. „Die Regeln, Sam. Du musst dich ruhig verhalten. Bitte!", erinnerte sie ihn.

Es war ein vorsichtiges Nicken, als würde sein Kopf es eher andeuten.

Langsam nahm sie die Hand von ihm. „Alles in Ordnung?", fragte Sky.

„Tut mir leid", entgegnete er. In Sams Vorstellung würde seine Hand wie ein Ballon anschwellen und von einem auf den anderen Moment platzen. Seine Fantasie ließ Panik in ihm aufsteigen, die er nur schwer zurückhalten konnte. „Was machen wir denn jetzt?" Er atmete schwerer.

„Wir beruhigen uns und warten auf deinen Vater. Solange kühlen wir die Wunde. Das wird helfen."

„Aber es hilft doch gar nicht. Sie schwillt plötzlich an, Sky, und ich spüre nichts mehr außer diesem Jucken."

Wieder drückte sie den Stein fest auf seinen Handrücken. Ohne ein weiteres Wort erledigte sie ihre Aufgabe. Immer und immer wieder. Sie wollte Sam keineswegs durch dieses Gift verlieren. Ohne ihn würde sie sich wie verloren vorkommen. Sie nahm ihre Aufgabe ihn zu schützen instinktiv sehr ernst. Doch da war noch mehr als das. Dieser schlaue und liebenswürdige Junge hatte es nicht verdient ihretwegen zu sterben. Sie mochte ihn. Sie konnte das Gefühl nicht benennen, doch ihn so leiden zu sehen, tat ihr furchtbar weh. Innerlich bat sie immer wieder darum, dass Robert gleich auftauchen würde. Sie glaubte fest daran, dass er alles daran setzen würde, seinem

Sohn, so schnell es ginge, zu helfen, doch die Zeit schien knapper zu werden und sie sorgte sich immer mehr um ihren Paten.

„Mir ist heiß", sagte Sam erneut.

„Du wirst langsam blass, Sam", erkannte Sky. „Tief durchatmen. Willst du vielleicht etwas trinken?"

Er schüttelte den Kopf. „Ich bekomme jetzt wirklich nichts runter."

Beunruhigt blickte sie in seine Augen, während sie mit ihrer Hand erneut den Kühlstein aufpresste. Sky musste ihn ablenken. Er war aufgebracht, sein Herzschlag war erhöht, das Blut rauschte dadurch schneller durch den Körper und somit auch das Gift.

„Wer hat eigentlich die Rettungskapseln gebaut, von denen du mir im Forschungszentrum erzählt hast?"

Ungläubig runzelte Sam die Stirn. „Meinst du die der Erde?"

Lächelnd nickte sie.

„Na, da waren so einige beteiligt", begann er nachdenklich. „Sie wussten ja lange vor den Kriegen, dass ihre Rohstoffe versiegen würden. Also gab es mehrere Länder, die gemeinsam den Bau eines Raumschiffes in Auftrag gaben. Das geschah, kurz nachdem sie die Meldung erhalten hatten, dass es einen Planeten geben würde, auf den sie sich retten konnten." Sam verzog kurz das Gesicht und blickte auf seine Hand.

„Oh, entschuldige", entfuhr es Sky und sie hob umgehend den Kühlstein von der Wunde.

„Es brennt nur schon wieder so", erklärte Sam, bevor er fortfuhr. „Naja, das Raumschiff hatten sie gemeinsam fertiggestellt. Dafür wurde Geld aus den Kassen der Länder und privater, schwer reicher Investoren genutzt. Und die wollten selbstverständlich alle mit. Es gab mehrere Raketen, die dafür vorgesehen waren, die auserwählten Menschen in das Weltall zu befördern, damit sie am großen Rettungsraumschiff andocken konnten. Doch diese Raketen wurden nie gezündet. Sie wurden alle vorher zerstört."

Sky schien verwirrt. „Aber wie haben sie es dann bis hierher geschafft?"

Sams Mund verformte sich zu einem breiten Grinsen. „Na, sie hatten einige sehr kluge Köpfe dabei. Menschen wie meinen Vater, die vorausschauend waren und denen ihr Projekt so wichtig war, dass sie die Auftraggeber täuschten."

Auch sie lächelte erstaunt und legte erneut den kleinen blauen Stein auf seine Hand.

„Es gab also noch einen anderen Weg?" Sky klang beeindruckt.

„Ja, die Rettungskapseln. Die Wissenschaftler gaben falsche Zahlen an und somit gingen gefälschte Schätzungen der Baukosten an die Investoren. So war es ihnen möglich zehn dieser Rettungskapseln zu bauen. Sie hatten genügend Fassungsvermögen für hundert Personen. Also insgesamt gerade einmal für tausend Männer und Frauen. Da die reichen Geldgeber und die Oberhäupter der Länder nichts davon wussten, konnten sie ihre eigene Auswahl treffen. Dabei ging es ihnen nicht darum, ihre eigene Haut zu retten. Sie retteten die Menschheit, Sky. Sie wählten mit Bedacht Menschen, die diese Reise körperlich überstehen würden und jene, die auch die Intelligenz besaßen, hier etwas Neues aufzubauen."

Skys Mund stand vor Erstaunen offen. „Das ist wirklich clever!", sagte sie überrascht.

Sam nickte zustimmend. „Ja, sie waren wohl die Größten ihrer Zeit."

Die Hand des R2 ergriff Sams Oberarm. „Dein Vater ist auch so ein Mensch. Sicher würde er dir das hier nicht antun, wenn es keinen tieferen Sinn für ihn hätte."

„Mag schon sein“, flüsterte Sam nachdenklich.

Danach herrschte für eine kurze Zeit Stille zwischen ihnen. Behutsam kümmerte Sky sich weiter um seine Hand, doch sie war bereits bedrohlich stark angeschwollen. Auch Sam war das keineswegs entgangen. Doch obwohl er sich vor lauter Aufregung den Daumen immer schneller an seinem Zeigefinger rieb, blieb er still. Hilflos sah Sky sich noch einmal um. Von Robert fehlte aber weiterhin jede Spur und das, obwohl ihr Pate langsam totenbleich aussah.

Dann hörte sie wieder Sams Stimme. „Irgendwie fühle ich mich langsam ziemlich schwach.“

„Es ist alles in Ordnung, Sam“, versuchte sie ihn weiterhin zu beruhigen. „Du darfst jetzt nicht aufgeben.“ Er hörte ihre Worte, er versuchte auch ernsthaft sich nicht unterkriegen zu lassen, doch er spürte diese fürchterliche Hitze, die von seinem Arm ausging und sich immer weiter ausbreitete. Sam merkte, wie seine Augen zuzufallen drohten.

„Bleib stark, Sam“, Skys Stimme klang immer seltsamer in seinen Ohren.

„Irgendetwas stimmt nicht“, presste er mühsam hervor.

Sein Mund schien nun ebenfalls taub zu werden.

„Nein, nein, nein!“, entfuhr es Sky laut, als Sam langsam zur Seite kippte. Fest schlang sie ihre Arme um ihn und hielt ihn gerade rechtzeitig fest. „Sam!“, schrie sie laut auf.

„Sam!“, war das letzte Wort, das er trotz der plötzlichen Dunkelheit noch von ihr hörte.

Auch sein Vater vernahm den hilflosen Schrei. Umgehend rannte er los und preschte voller Panik durch den dichten Wald. Minutenlang hoffte er, noch irgendetwas zu hören, doch die Stille, die plötzlich um ihn herumlag, ängstigte ihn nur noch mehr. Sein Sohn drohte an dem Gift zu sterben. Es gab nichts mehr in jenem Augenblick als ihn, keinen Krieg, keine Flucht, keinen böseren Gedanken als diesen. Und so kam er unaufhaltsam auf die Lichtung zugelaufen.

Sky hielt sein Kind fest in den Armen. Sam schien das Bewusstsein verloren zu haben. Schlapp hing er in ihrem festen Griff.

„Wir müssen uns beeilen!", drängte er den R2. Schnell griff er von hinten nach seinem Sohn und hob ihn hoch.

„Er ist schon ganz blass", stammelte Sky aufgeregt. Doch Robert gab ihr nur die Anweisung ihm zu folgen.

Zügig verließen sie die Lichtung in die Richtung, aus der der Professor gekommen war. Eilig liefen sie über den Waldboden. Eine scheinbar endlos lange Strecke rannten sie einfach nur geradeaus. Jeden Augenblick hämmerte nur ein Gedanke durch Skys Kopf: Sam könnte sterben. Robert hatte ähnliche Gedanken, doch er wollte nicht aufgeben, noch blieb Hoffnung. Nervös huschte Skys Blick immer wieder auf die furchtbar große Hand ihres Paten. Kraftlos hingen seine Arme an seinem Körper herunter, beinahe leblos, dachte sie für einen kurzen Moment.

Und dann erblickte sie die Hütte zwischen einigen Bäumen. Die Rettung, so wollte sie fest glauben.

Mit dem Fuß trat Robert die angelehnte Holztür auf. Schnell legte er seinen Sohn auf den großen Esstisch, der inmitten des Raumes stand. Eilig durchwühlte er danach ein Regal, auf dem einige Kräuter aufbewahrt wurden. Sky stand wie erstarrt an Sams Seite. Sie fühlte sich nutzlos und wusste nicht, wie sie ihm ohne Anweisungen helfen konnte. In ihrer Hand hielt sie noch immer den Kühlstein. Vielleicht hatte sie etwas falsch gemacht. Vielleicht hätte sie irgendetwas anders machen müssen, sodass die Hand nicht so angeschwollen wäre. Sam fing plötzlich an stark zu zittern. Sein ganzer Leib bäumte sich immer stärker auf. Umgehend hielt Sky seinen Körper, so gut es ging, fest, damit er nicht vom Tisch fallen konnte.

„Er wehrt sich gegen das Gift", ertönte hektisch die Stimme des Professors. Und als dieser gerade nach einem Gefäß griff, sprudelte Schaum aus Sams Mund.

„Er stirbt, Robert!", schrie Sky schockiert auf. Der Professor eilte ihr zu Hilfe und griff nach dem Kopf seines Sohnes. Umgehend legte er diesen auf die Seite, damit sein Speichel ihn nicht ersticken konnte. Noch immer bebte der Körper des Jungen heftig.

„Kau das!", Robert stopfte Sky einige Blätter in den Mund. „Wir haben keine Zeit das anders kleinzumahlen. Er muss das schlucken!"

Prompt gehorchte sie und zermahlte das bittere Grünzeug zwischen ihren Zähnen. Auch Robert legte sich einige der Blätter in den Mund und kaute. Schnell spuckte sie den Inhalt ihres Mundes in ihre Hand. Sofort reichte sie die kleinen Blätterschnipsel an den Professor, der prompt auch seinen Mund leerte. Dann griff er erneut nach dem Kopf seines Sohnes. Das Schäumen hatte zum Glück nur einen Augenblick lang angedauert und so ließ er die Blätter in seinen Mund fallen. Dann hob er Sams Kopf und betete innerlich darum, dass er alles geschluckt haben möge. Die nächsten Minuten, in denen sein Körper noch weiter zitterte, schienen endlos lang zu sein. Tränen liefen über Skys Wangen, während sie Sams Körper sprachlos festhielt. Auch sein Vater konnte nicht mehr tun als abzuwarten. Es gab keine Uhr im Haus und so blieb ihnen einzig und allein ein ewig langes und nicht endendes Gefühl der Verzweiflung, das beide gepackt hatte.

Als Sams Körper langsam zur Ruhe kam, sackte Robert kraftlos auf einem der Stühle am Tisch zusammen.

„Wird er es schaffen?" Sky sah den Professor mit ihren blauen Augen besorgt an. Langsam wischte sie sich die Tränen von den Wangen.

„Ich hoffe es. Das wird jetzt die Zeit zeigen."

„Und diese Blätter können helfen?"

Robert nickte. „Die Giftpflanze, die am Stamm des Baumes hinaufwächst, schadet so ziemlich allem, was sie berührt, nur dem Baum selbst nicht. An so einer muss Sam sich irgendwie gekratzt haben. Aber der Baum, an dem die Pflanze wächst, hat ein Gegengift in seinen Zellen und die Jäger schützen sich mit solchen Mitteln."

„Woher wusstest du, dass es sich ausgerechnet darum handelte?", fragte Sky neugierig.

„Weil es das einzige Gift auf ganz Hope ist, das die Haut um die Wunde herum blass wirken lässt."

Dein Vater ist auch so jemand, schoss es Sky bewundernd durch den Kopf. Ja, er war eindeutig ein Mensch, von dem sie unheimlich viel lernen konnte. Er schien sich mit vielen Dingen auszukennen. Vorsichtig lehnte sie sich über Sam. „Halt durch", flüsterte sie ihm Kraft zu und strich ihm behutsam über die Stirn.

Der Tag verstrich langsam. Sam atmete ruhig, doch er war noch immer nicht bei Bewusstsein. Der Professor war sich jedoch nun deutlich sicherer, dass sein Sohn das Gift besiegt hatte. Fürsorglich hob er ihn vom Tisch und legte ihn in das Bett in dem angrenzenden Raum. Danach entzündete er ein Feuer im Kamin. Die Hütte war sehr klein und der größte Teil der Inneneinrichtung war einzig aus Holz hergestellt. Es gab keine elektrischen Lampen und so machte Robert sich daran für seinen Sohn mit einem Streichholz eine Kerze zu entzünden, damit er später nicht in vollkommender Dunkelheit aufwachen würde. Erst danach kam auch Robert innerlich zur Ruhe und ließ Sam das erste Mal etwas allein. Leise zog er die Tür bis auf einen kleinen Spalt zu. Sky hatte schon auf einem der beiden Sessel vor dem Kamin Platz genommen und Robert setzte sich zu ihr.

Er spürte, wie furchtbar erschöpft er war, und zog einen seiner Energiedrinks aus seiner Tasche. Nur einen Schluck genoss er, ehe er den Behälter wieder zurücklegte. Dann ließ er den Kopf in den Nacken sinken. „Sie werden bald hier sein, Sky“, murmelte er ausgelaugt.

„Was wird dann passieren?“, fragte sie. „Glaubst du, dass wir hier wirklich willkommen sind?“

Der Kopf des Professors erhob sich wieder und er sah Sky tief in die Augen. „Weder ich, noch du, aber Sam ganz bestimmt. Er wird der Grund sein, wieso sie uns nicht fortschicken werden.“

Neugierig stützte sie ihren Ellenbogen auf die Armlehne des Sessels und legte das Kinn auf ihrem Handrücken ab. „Aber so, wie es klang, kennen sie ihn doch gar nicht.“

Robert lächelte. „Er erinnert sich nur nicht an seine Tante. Sam war noch sehr jung, als sich unsere Wege trennten.“

Verständnisvoll nickte sie, aber dennoch blieben viele Fragen. „Weshalb habt ihr euch denn nicht mehr getroffen?“

Der Blick des Professors wandelte sich und der Mund der eben noch lächelte, verzog sich traurig.

„Das ist kompliziert, Sky. Es hat viel mit Persönlichkeiten und Ansichten zu tun, die sich irgendwie fremd wurden. Ich glaube, meine Frau und ich wollten Sam einfach schützen."

„Aber wovor? Ich verstehe das alles noch nicht, Robert. Du hast mir nichts von einem Krieg erzählt und dann heißt es, dass wir in ein Gebiet fliegen, in dem Jäger und Magier leben, von denen ich erst kurz zuvor gehört habe. Was spaltet euch so sehr? Und warum glaubt dieser Mister Winson, dass ich eine Gefahr sein könnte? Er kennt mich doch gar nicht."

Jetzt zeigte sich die Traurigkeit plötzlich auch in ihrem Gesicht. Der Professor wollte den R2 gerade trösten und ihm alles erklären, als die Tür plötzlich aufging und zwei überraschte Personen in den kleinen Raum traten. Erschrocken stand Sky auf, als sie die Schritte hörte. Im Eingang standen eine kleine, wohlgenährte Frau und ein großer, breit gebauter Mann, der zügig ein Messer zückte.

„Verlassen Sie sofort unser Haus!", schrie er reflexartig, doch sein Blick schien eher überrascht als verärgert.

„Was um alles in der Welt sind Sie?", fügte er fragend hinzu.

Der R2 hob vorsichtig beide Hände, um dem Paar zu deuten, dass sie keine bösen Absichten hatte. Erst dann erhob sich auch Robert aus dem Sessel und drehte sich zu den Ankömmlingen um.

Der Mund der Frau öffnete sich ungläubig und sie ließ vor Schreck ihren Beutel fallen, den sie mit beiden Händen getragen hatte. Dieser krachte laut zu Boden. „Robert …" Ihr entglitt nur der Name, ehe sie erneut verstummte. Sie schien ihren Augen nicht zu trauen. Immer wieder schüttelte sie fassungslos den Kopf. Nur der Mann trat ein paar Schritte auf sie zu. Noch immer hielt er schützend die Klinge vor sich.

Skys Augen begannen aufzuleuchten und so schob Robert sie behutsam hinter sich. „Wir brauchen dringend eure Hilfe. Bitte! Wir sind nicht hier, um Ärger zu machen."

Der große Dunkelhaarige zog skeptisch eine seiner Augenbrauen hoch. „Du tauchst nach 14 Jahren einfach so hier auf und bittest uns um Hilfe?", sagte er mit tiefer Stimme.

„Ich bin nicht allein", wehrte sich Robert in aller Hoffnung bleiben zu dürfen.

„Das sehe ich", antwortete der Mann. „Ist das eines eurer Spielzeuge?" Er klang abwertend und dementsprechend ließ er seinen Blick über Sky gleiten.

„Sam ist auch hier und daher bitte ich dich, Terry, lass uns das doch in Ruhe besprechen. Ohne Waffen und ohne Misstrauen."

Der Mann sah auf seine Frau Kira zurück, die zustimmend nickte. Erst dann legte er das Messer auf dem Esstisch ab. „Also gut, Robert", sagte er, „setzen wir uns."

Terry deutete auf die Stühle, die um den Tisch herum standen und nahm selbst an dessen Ende Platz. Sky folgte Robert vorsichtig, während das Leuchten in ihren Augen langsam erlosch. Der Professor setzte sich ans gegenüberliegende Tischende und bot dem R2 den Stuhl neben sich an.

„Bring uns etwas zu trinken", forderte Terry von seiner Frau. Sie gehorchte wortlos. Sky hatte noch nie jemanden gesehen, der ihren Körperumfang hatte. Sie sah beleibter aus als die anderen Menschen und auch ihr Mann war breiter, jedoch sah er nicht weich, sondern eher kräftig aus.

„Ist Sam nebenan?", durchbrach Terrys dunkle Stimme ihre Gedanken.

Robert nickte. „Er ruht sich aus. Wir mussten eine große Strecke durch den Wald zurücklegen und dabei hat er sich an einer Dunkelranke vergiftet, aber wir konnten dank eures Vorrats etwas dagegen tun."

Kira stellte einen großen Krug vor ihren Mann auf den Tisch. Danach sah sie Robert und Sky fragend an, sagte aber noch immer nichts.

„Nein, danke", antwortete der Professor auf ihre stumme Frage. Danach nahm sie neben ihrem Mann Platz. Gedankenverloren heftete sich ihr Blick auf die Tischplatte, während Terry nicht begeistert schien.

„Du jagst mit deinem Sohn unvorbereitet durch den Wald, stiehlst unsere überlebenswichtigen Kräuter, bettest Sam in unserem Schlafzimmer und zu allem Überfluss bringst du dieses Ding in mein Haus!" Er sah Sky so überaus böse an, dass sie am liebsten weggesehen hätte, doch sie wollte standhaft bleiben und so starrte sie ausdruckslos zurück.

„Ihr seid unsere einzige Hoffnung, bis Sarah uns abholen kommt", erklärte Robert. „Wir können nicht zurück nach Cyron. Ich glaube, dass da etwas nicht stimmt und vielleicht wisst ihr irgendetwas darüber."

Höhnisch lachte Terry laut auf. „Worüber? Über irgendwelche Pläne der Magier? Irgendwelche Verschwörungstheorien, die du dir einbildest?" Dann wurde er wieder ganz ernst. „Kira und ich gehören nicht zu den Jägern, die den Krieg unterstützen und mit den Magiern losziehen. Das weißt du genau. Wir wissen also gar nichts über deine Heimatstadt Cyron und wenn du nicht ausgerechnet an meinem Tisch sitzen würdest, wäre es mir auch durchaus egal, ob du vor irgendwas davonlaufen musst. Aber du sitzt nun mal hier. Also was hast du angestellt, dass du deinen Sohn nach all den Jahren endlich mal hierher bringst?"

Robert sah kurz zu Sky hinüber, bevor er wieder zu seinem Gesprächspartner blickte.

„Ich habe sie erschaffen und sie haben diesem Modell keine Freigabe erteilt. Der Stadtrat überhäufte uns mit Skepsis und so hätte ich sie und alle anderen Exemplare dieser Serie zerstören müssen. Aber das kann ich nicht, Terry, weil sie bereits lebt."

Die Faust des Mannes schlug kräftig auf den Tisch. Sky und Robert fuhren erschrocken zusammen.

„Bist du verrückt geworden?!", fuhr er den Professor an und stand deutlich wütend auf. Seine Frau legte bittend ihre Hand auf seinen Arm, in aller Hoffnung er würde sich wieder setzen.

„Du könntest der Grund sein, wieso sie ihre Truppen in unser Gebiet schicken. Weißt du eigentlich, was das bedeutet?!"

Robert schluckte. „Das werden sie nicht tun."

„Ach nein?! Wie kannst du dir da sicher sein? Hast du nicht eben eine Ansprache gehalten, in der du sagtest, dass da etwas nicht stimmt? Und wenn dem so ist und sie nur auf solch einen Moment gewartet haben, dann sitzen Kira und ich jetzt inmitten des Kriegsgebiets. Genau dort, wo wir nie hin wollten!"

Nun stand auch Robert plötzlich auf. „Du bist doch kein Narr, Terry, der Krieg kommt irgendwann sowieso hierher. Die Techniker werden sich doch nicht ewig in ihrem Terrain angreifen lassen. Sie bereiten sich längst vor. Sie werden zurückschlagen und den Krieg auch zu euch bringen."

„Ja, mag sein", Terry klang augenblicklich ruhiger, „aber bis jetzt hatten sie noch keinen Grund, ausgerechnet hierher zu kommen." Dann setzte er sich, er war sichtlich besorgt.

„Wann wird Sarah hier sein?“, fragte er.

Auch Robert nahm wieder Platz. „Ich hoffe, dass sie es in zwei bis drei Tagen schafft.“

Terry vergrub nachdenklich das Gesicht in seinen Händen und stieß fest seinen Atem aus. Erst dann nahm er einen großen Schluck aus seinem Krug.

„Ihr Gleiter wird die Magier aufschrecken. Das überlebt sie niemals, Robert.“

„Sarah ist sehr klug, sie würde sich damit nicht in euer Gebiet wagen. Außerdem ist sie mit Coroc verbunden und kann deshalb unmöglich so auffällig sein. Sie wird einen anderen Weg finden. Wir haben schon damals andere Möglichkeiten gefunden.“

„Du vergisst aber die Kontrollen. Jeden Augenblick könnte es an dieser Tür klopfen und die Magier durchsuchen das ganze Haus, jeden gottverdammten Winkel! Und wo verstecken wir euch dann?“

Sky sah Robert besorgt an, der sich ausführlich umsah.

Unterdessen stand Kira auf. Sie zog die Vorhänge zu, ehe sie ihren Beutel vom Boden aufhob. Sie eilte zu der kleinen Kochstelle neben dem Ofen und zog ein großes Stück Fleisch heraus. „Wollt ihr auch etwas essen?“, fragte sie plötzlich.

Robert sah überrascht zu ihr hinüber. „Nein, danke“, stammelte er. „Ich habe seit Jahren keine feste Nahrung zu mir genommen und Sam bisher nie. Das würden unsere Mägen nicht mitmachen, denke ich.“

Terry lächelte zum ersten Mal kurz. „Ihr könnt einem nur leidtun. Das Fleisch eines Wühlers ist ausgezeichnet.“

Auch Robert lächelte zurück. „Ja, ich erinnere mich an den Geschmack eines guten Schweins.“

„Na, dann versuch es doch wenigstens. Kira kann es sicher ganz klein schneiden", bot Terry ihm an.

Nachgiebig willigte Robert ein, etwas davon zu probieren. Sky selbst wusste, dass sie es nicht hätte essen können, doch sie war sichtlich enttäuscht darüber, dass man sie scheinbar nicht einmal einbezogen hatte. Skys Augen tasteten die Wände ab, während die beiden sich weiter über sämtliche Gerichte unterhielten und Kira dabei war, das Fleisch zuzubereiten. Ihr Blick wanderte über mögliche Verstecke und landete dann ganz oben. „Was ist mit den Dachbalken?", fragte Sky überraschend.

Robert und Terry blickten auf. „Was soll damit sein?", ertönte die Stimme des Jägers.

„Suchen sie auch dort?"

Erstaunt sah Terry den R2 an und schüttelte den Kopf.

Robert grinste breit und lobte Sky: „Sehr gut. Wir werden uns dort verstecken, falls sie kommen sollten."

KAPITEL 8

Langsam öffneten sich Sams Augen. Es dauerte einen Augenblick, ehe sich das Bild schärfte und er statt der verschwommenen Umgebung endlich klare Linien erkannte. Neben ihm saß eine beleibte Frau auf dem Bettrand. Liebevoll lächelte sie ihn an.

„Hallo Samuel", erklang ihre sanfte Stimme. Vorsichtig strich sie ihm durch das Haar. Obwohl es ihm ein Graus war, dass sie ihn mit seinem vollen Namen ansprach, genoss er die mütterliche Art dieser für ihn fremden Frau. Natürlich war Sam direkt klar gewesen, dass es sich um seine Tante handeln musste, die Ähnlichkeit mit seiner Mutter war nicht zu übersehen, doch bis vor Kurzem hatte es sie in seiner Welt nicht gegeben. Es hatte etwas Eigenartiges sich von einem Menschen umsorgen zu lassen, der einem eigentlich so nah und doch stets so fern gewesen war.

„Mein Name ist Kira. Ich bin deine Tante“, erklärte sie. „Geht es dir besser?“, fügte sie besorgt hinzu.

Sam richtete sich prompt auf und zog die Hand unter der Decke hervor. Sie sah aus wie immer. Es schien, als wäre alles nur ein böser Traum gewesen. Erleichtert atmete er auf.

„Ja, es scheint alles wieder gut zu sein“, antwortete er und lächelte kurz zurück.

„Wo ist mein Vater?“ Eilig sah Sam sich um. „Geht es ihm und Sky gut?“

Kira erhob sich und deutete auf die Schlafzimmertür. „Sie sind nebenan. Du musst dir keine Sorgen machen.“

Einen Augenblick lang herrschte eine nachdenkliche Stille zwischen den beiden, ehe seine Tante das Wort ergriff: „Ich lasse dich erst einmal allein. Ruh dich weiter aus und ruf mich einfach, wenn du etwas brauchst!“

Sie wollte sich gerade auf den Weg zur Tür machen, als Sam sie stoppte. „Nein, warte“, bat er und Kira blieb prompt stehen.

Fragend blickte sie zum Bett hinüber.

„Ich hatte gehofft, du könntest mir einige Fragen beantworten.“ Sam sah vorsichtig auf. Er dachte, er könnte ihr vielleicht mehr entlocken als seinem Vater.

Seine Tante trat erneut zum Bettrand und nahm an der gleichen Stelle wie zuvor Platz.

„Was willst du denn genau wissen?“, fragte sie.

Sam rieb sich im Schutz der Decke nervös Daumen und Zeigefinger.

„Ich würde gern wissen, was passiert ist. Ich meine, ich kenne dich ja gar nicht, aber das müsste ich doch. Und ich will einfach nur wissen wieso."

Seine Tante versuchte zu lächeln, doch man sah ihr die Bekümmerung an.

„Du erinnerst dich also gar nicht daran", sagte sie leise.

Sam runzelte die Stirn.

„Ich bin mir nicht sicher, ob dein Vater möchte, dass ich dir von all dem erzähle. Diese Geschichte hat zwei Seiten, Samuel. Deine Eltern würden dir sicher eine ganz andere Sichtweise erklären wollen."

Sam rollte mit den Augen.

„Ich weiß, du hast dir mehr erhofft", antwortete Kira, der das nicht entgangen war.

„Nein, darum geht es nicht. Aber sag doch bitte einfach Sam."

Verständnisvoll nickte Kira. „Na gut, Sam. Du solltest mit uns allen darüber sprechen", schlug sie vor.

„Möchtest du gleich rüberkommen?"

Er nickte und seine Tante stand langsam auf. Noch einmal sah sie lächelnd zu ihm herab, ehe sie aus der Tür verschwand.

Als Sam kurze Zeit später aus dem Schlafzimmer trat, fand er sich blitzartig in Skys Armen wieder. Erleichtert presste sie ihn fest an sich. Er lebte und sah vollkommen gesund aus. Sie konnte kaum fassen, dass sich sein Körper so schnell erholt hatte. Als sich ihre Umarmung gerade gelöst hatte, stand auch sein Vater neben ihm. Lächelnd blickte er auf Sam hinab und zog ihn behutsam an sich. Einen Augenblick lang standen sie wie erstarrt einfach nur da. Sein Vater genoss diesen

Moment, in dem er den Herzschlag seines Sohnes an seiner eigenen Brust spüren konnte.

Erst dann löste er sich und er erkannte, dass Sam peinlich berührt war.

„Ich dachte, ich verliere dich", schien sein Vater sich zu rechtfertigen.

Die Augen seines Sohnes rollten genervt in ihren Höhlen, ehe sich dessen Blick auf den Esstisch richtete.

Sam sah plötzlich überrascht aus. „Habe ich auch einen Onkel?" Die Frage schien an seinen Vater gerichtet zu sein, doch es sah gar nicht so aus, als würde er mit ihm sprechen. Er sah diesem kräftigen, großen Mann direkt ins Gesicht.

Der Magen seines Vaters knurrte hingegen plötzlich laut auf. Robert fasste sich an den Bauch.

„Ich habe wohl etwas zu viel von dem Fleisch gegessen", sagte er und grinste seinen Sohn an, der nur noch verwirrter schien. „Entschuldige, Sam. Ja, das ist dein Onkel. Sein Name ist …"

„Ich bin Terry", stellte sich der Mann vor, erhob sich im selben Augenblick und schnitt Robert das Wort ab.

„Möchtest du dich nicht zu mir setzen?" Auch er strahlte diese Freude aus, die Sam bereits zuvor bei Kira bemerkt hatte. Zustimmend machte sich Sam daran einen Platz zu wählen.

Sky ließ sich sogleich neben ihrem Paten nieder. Sein Vater warf unbemerkt einen fragenden Blick hinüber zu Kira, die still nickte.

Und so ging auch Robert zu seinem Platz zurück, um sich zu setzen.

„Du warst etwa drei Jahre alt, als wir das letzte Mal hier waren", erklärte sein Vater plötzlich ohne jegliche Fragen seines Sohnes.

Sam schluckte.

„Damals überraschte uns die Nachricht, dass ein Krieg begonnen hatte. Ein Krieg, der, wie du weißt, bis heute andauert."

Terry übernahm: „Deine Eltern mussten eine Entscheidung treffen. Es gab keinen Platz mehr für Techniker unter den Jägern. Es gab nur noch das Dafür oder das Dagegen."

Robert griff nach der Hand seines Sohnes. „Wir mussten sie zurücklassen, weil deine Tante und dein Onkel eine andere Entscheidung als wir trafen. Der Kontakt zu Jägern wurde uns in Cyron strengstens verboten. Anfangs haben wir nach Möglichkeiten gesucht, dennoch hierher zu kommen. Mal ging deine Mutter und mal machte ich mich auf den Weg. Doch das alles wurde immer gefährlicher. Man nannte die Menschen, die zwischen den Seiten pendelten, Schleicher und verurteilte sie wegen des Kontaktes zum Feind. Wir mussten dich beschützen und du durftest keinen von uns verlieren, Sam. Also wählten wir den Weg, der einfacher war: Wir brachen den Kontakt ab. Und um dich vor Dummheiten zu bewahren, haben wir dir nie etwas erzählt. Unsere Wurzeln liegen hier in den Tiefen des Waldes, aber unsere Herzen gehörten stets der Technik."

Sam wollte gerade etwas sagen, als ihm das Klopfen an der Tür die Sprache verschlug.

Panisch sah Terry erst auf die Schatten, die unter dem schmalen Spalt am Eingang hindurchlugten, ehe er einen Blick auf Robert warf. Der Professor deutete seinem Sohn still zu sein und zeigte zu den Dachbalken hinauf. Sky drängte ihn, auf den Tisch zu steigen. Sie schob ihn wie wild, als es erneut klopfte.

„Einen kleinen Moment noch!", rief Kira, die Mühe hatte, nicht beunruhigt zu klingen.

Umgehend hoben Robert und Sky Sam gemeinsam hinauf, während Terry ins Schlafzimmer schlich.

Sky sprang, hielt sich an einem der Balken fest und zog sich eilig nach oben. Danach reichte sie Robert die Hand. Kira machte sich langsam auf den Weg zur Tür. Ihre Schritte näherten sich den Schatten, die noch immer auf zwei Personen hindeuteten, die dort draußen auf sie warteten.

Gerade als Robert seine Beine auf den Balken schwang, hämmerte es erneut gegen die Holztür.

Kira öffnete.

„Was hat da so lange gedauert?", ertönte eine dunkle Stimme, die von einem knisternden Geräusch begleitet wurde. Noch konnte keiner der Drei etwas erkennen. Die Tür verdeckte noch immer die Ankömmlinge. Sam sah nervös zu seinem Vater hinüber, der ihm erneut zu verstehen gab, Ruhe zu bewahren.

„Ich hatte noch etwas auf dem Ofen", entschuldigte sich seine Tante und strich sich etwas Fett an der Kleidung ab. Dann erkannte Sam, wie ein Arm nach ihr Griff und sie beiseiteschob. Die Tür schwang weiter auf und er sah den ersten Magier eintreten. Er war in eine dunkelrote Robe gekleidet und trug eine Kapuze, die er sich umgehend abstreifte, als er das Haus betrat. Nun entblößte sich vor ihnen der nackte Kopf dieses blassen Geschöpfes. Große schwarze, mandelförmige Augen sahen sich behutsam um. Der zweite Magier folgte ihm auf den Fuß.

„Es ist an der Zeit euren Beitrag zu zahlen", knisterte es wieder aus dem Mund des ersten.

Kira nickte und eilte zum Schrank. Unterdessen sahen die beiden sich gründlich um. Sie beugten sich vor, um den Tisch zu untersuchen und warfen einen Blick hinter die Tür. Dann kam Kira zurück und legte ihm einen kleinen Lederbeutel in seine Hand. Sky zählte vier Finger, sie konnte erkennen, dass das definitiv keine Menschen waren. Sie waren schlanker und ihre Köpfe wirkten überdimensional groß. Ihre Haut war fahl, keine Ohren, keine Nase, es gab nur Vertiefungen, wo diese eigentlich hätten sein müssen. Sky beobachtete sie genau, als ihr plötzlich Roberts Tasche ins Auge fiel. Diese lag neben seinem Stuhl und war voll von technischem Spielzeug. Erschrocken schluckte sie und warf dem Professor einen ängstlichen Blick zu.

„Muss ich das zählen?“, fragte er grimmig mit diesem furchtbar befremdlichen Knistern in der Stimme.

Kira schüttelte den Kopf. Der Magier lehnte sich zu ihr vor und starrte ihr tief in die Augen.

„Ihr wirkt etwas nervös“, flüsterte er.

Äußerlich schien sie jedoch erstaunlich ruhig zu sein. „Mein Mann schläft nebenan. Er hat eine anstrengende Jagd hinter sich“, erklärte sie.

Der andere Magier wühlte gerade in einem der Regale herum, als er die Tasche erblickte.

Zügig durchforstete er die verbleibenden Regale, ehe er sich dem Stück Stoff näherte. Nun suchte auch Roberts Blick nach dem von Sky.

Sams Atem ging schneller. Er wusste, dass sie auffliegen würden, wenn nicht ein Wunder geschehen würde. Ein neues Knistern ertönte plötzlich vom zweiten Magier, der gerade dabei war die Tasche aufzuheben. Es kamen zwar keine Worte aus seinem Mund, doch der erste schien trotzdem etwas zu verstehen. Seine Aufmerksamkeit richtete sich nun ebenfalls auf den Fund seines Begleiters. Die Finger des Magiers tasteten sich zur Öffnung vor, als sich die Schlafzimmertür öffnete. Gähnend und streckend stapfte Terry in den Raum. Sofort hielt der Magier inne.

„Oh!“ Sams Onkel tat überrascht. „Guten Abend.“

Der Magier, der den Beitrag eingefordert hatte, schlich an Kira vorbei und trat näher zu Terry hinüber. Langsam bewegte sich der Kopf des Magiers von links nach rechts, während er in die Augen seines Gegenübers blickte. „Hier stimmt irgendwas nicht!“, zischte er knisternd und griff nach dem Kopf des Jägers. Terry wollte ihn zurückziehen, denn er wusste, dass der Magier versuchen würde in seine Gedanken zu blicken. Kira trat nervös von einem Fuß auf den anderen.

„Ja!“, schrie sie plötzlich auf.

Und der Magier ließ von ihrem Mann ab. Er drehte sich blitzartig zu ihr herum. Auch der andere Magier stellte die Tasche auf dem Tisch ab, um sich Kira zu nähern.

„Da draußen im Wald sind Techniker, nicht wahr, Terry?“ Ihre Augen sahen flehend in die ihres Mannes.

Und er nickte zustimmend, als ihn die Blicke der beiden Magier trafen.

„Ja, das ist wahr“, stieß er hervor. „Ich habe ihren Gleiter gesehen. Auf der Jagd bin ich vom Weg abgekommen und wohl zu weit gelaufen. Aber er steht unmittelbar in der Nähe unseres Gebiets.“

„Ein Gleiter?“, fragte der Magier düster. Dann knisterten sie wieder untereinander, diesmal jedoch schneller. Sams Onkel nickte zustimmend.

Der zweite ging in das Schlafzimmer, während der andere von Terry und Kira verlangte, dass sie sich setzten. Beide gehorchten und nahmen direkt unter den Dachbalken ihrer Besucher Platz.

Der Magier sah sich noch einmal um, ehe er sich erneut an Terry wandte. „Wann war das?“, fragte er.

„Etwa heute Mittag.“

Dann knisterte der Magier wieder seinem Begleiter etwas zu und dieser kam umgehend aus dem Nebenraum. Zwischen ihnen ertönte dieses Geräusch und sie schienen sich wortlos zu unterhalten.

Dann griff der zweite Magier nach Terrys Kinn. „Du führst uns dorthin.“

Und so stand er widerwillig auf. Sam hätte am liebsten „Nein!“ geschrien und auch sein Vater war kurz davor etwas Unüberlegtes zu tun. Nur Sky hielt ihn davon ab, indem sie ihre Hand auf seinen Arm legte. Robert hielt inne. Terry wusste nicht, wo der Gleiter stand und auch Kira war das durchaus klar.

„Aber vielleicht sind sie längst wieder weg“, sagte sie in der Hoffnung, sie würden ihren Mann nicht mitnehmen.

Doch der erste der beiden Magier winkte ab. „Techniker gehen nicht einfach, wenn sie so eine weite Reise hinter sich haben.“

Das Knistern verebbte nach diesem Satz. Sie schoben Terry zur Tür hinaus und das, obwohl die Sonne schon fast gänzlich hinter dem Horizont verschwunden war.

Roberts Magen knurrte erneut laut auf und der gesamte Raum hielt den Atem an, als einer von den Magiern sich wieder umdrehte. Skeptisch sah er Kira in die Augen. „Was war das?“, fragte er sie streng.

„Mein Magen, ich habe noch nichts gegessen. Ich sagte ja, ich hatte etwas auf dem Ofen.“

Und das Wesen sah zur Kochstelle hinüber, auf der noch immer eine große Menge Fleisch lag.

Der Magier nickte verstehend, ehe er die Tür hinter sich zuzog.

Kira warf einen besorgten Blick zu Robert hinauf. Eilig ließ dieser sich vom Balken hängen und die restlichen Zentimeter auf den Tisch fallen. Seine Füße trafen das feste Holz. Dann kletterte er umgehend herunter und legte sich zügig seine Tasche um.

„Du kannst ihnen nicht folgen", sagte Kira, als sie begriff, was er vorhatte. Sky half unterdessen ihrem Paten beim Abstieg vom Dachbalken.

„Ich muss. Er wird den Gleiter nicht finden und selbst wenn doch, dort streifen vielleicht Soldaten der Techniker umher. Das ist zu gefährlich für Terry, ich muss sie von ihm wegführen und irgendwie beide ausschalten, denn wenn sie jetzt Alarm schlagen, dann wird es Sarah unmöglich sein hierher zu gelangen."

„Wunderbar", entfuhr es Sam sichtlich genervt. „Das hat ja schon alles prima angefangen, Dad. Und nun setzen wir mit dieser Aktion gleich noch einen drauf und bringen auch andere in Gefahr."

Robert schluckte, als er begriff, wie Recht sein Sohn eigentlich hatte.

Sky stieg gerade vom Tisch, als sie selbst einen Vorschlag machte. „Ich gehe und kümmere mich darum. Du kannst in der Dunkelheit kaum etwas sehen."

Sam sah erschrocken zum R2 hinüber. „Nein! Was redet ihr denn da? Wir sollten gar nichts tun. Sie werden den Gleiter nicht finden und Terry irgendwann nach Hause schicken. Die Sache ist doch sicher umgehend vergessen, wenn sie gar nichts sehen können."

Der Professor trat auf seinen Sohn zu. „Sam, sie werden etwas finden. Dort draußen am Rand ihres Gebiets sind sicher längst Wachposten, die nach unserer Spur suchen und sie werden nicht einfach gegangen sein. Wir haben jetzt keine Zeit für Diskussionen. Wir dürfen Terry nicht aus den Augen verlieren.“

Und kaum hatte er das ausgesprochen, rannte Sky ohne ein weiteres Wort los. Sie sauste an Kira vorbei und preschte aus dem Haus in die Dunkelheit.

Erschrocken wollte Robert ihr gerade folgen, als Sam ihn plötzlich am Arm festhielt. „Die Ranken, Dad! Sie könnten dich vergiften. Du siehst da draußen nichts, lass sie gehen!“, wies er seinen Vater streng zurecht.

Der Professor nickte widerwillig.

„Ich hätte ihnen irgendetwas anderes erzählen sollen“, sagte Kira traurig, als sie die Tür schloss.

Robert setzte sich. Er war ausgelaugt. Sein Herz raste vor Aufregung – ebenso wie seine Gedanken. Sky wusste nicht, womit sie es zu tun hatte. Was, wenn er sie nie wieder sehen würde? Dann wäre das alles umsonst gewesen …

KAPITEL 9

Zwischen den Bäumen erkannte Sky dank eines Lichts, das von einem der Magier ausging, die Schatten der drei Gestalten, die sie verfolgte. Vorsichtig trat sie durch das Gebüsch. Nur langsam holte sie etwas auf. Dann erkannte sie, dass einer der Magier in seinen Händen eine Flamme hielt. Sie schien direkt in seiner Handfläche zu schweben. Wie funktionierte das nur, ohne dass er sich verletzte? Sie dachte angestrengt nach, konnte sich das jedoch einfach nicht erklären. Nun begriff sie, weshalb man diese Wesen Magier nannte. Die tanzende Flamme glich Zauberei. Sky konnte kaum einschätzen, wozu sie noch in der Lage waren, doch sie wollte keineswegs umkehren. Terry und Kira ließen keinen Zweifel daran, dass sie von Cyborgs nicht viel hielten, umso wichtiger war es ihr, sie vom Gegenteil zu überzeugen. Sie war mehr als eine Maschine. Sie hatte Kiras Angst gespürt und auch das Unbehagen, dass von Terry ausging, als er von den beiden Magiern hinausgeführt wurde. Sie musste ihnen helfen. Sky hatte gut zugehört, als Robert von dem Beginn des Krieges sprach. Scheinbar spalteten sich die Menschen nur aufgrund ihrer unterschiedlichen Ansichten. Vielleicht war es Sky möglich Skeptiker umzustimmen. Der Professor hatte ihr genau das im Forschungszentrum gesagt. Sie sollte die Gesellschaft von sich überzeugen. Nun hatte sie die Gelegenheit dazu ihnen einen Beweis zu liefern.

Unterdessen führte Terry die beiden Magier weiter durch den Wald. Immer wieder zeigte er in die Dunkelheit hinaus. Schritt für Schritt entfernten sie sich von seinem Zuhause. Sky wurde unruhig. Sie wusste, dass sie sich ohne ihn verlaufen würde. Sie konnte die Magier nicht einfach weglocken und abseits von ihm angreifen. Es musste schnell gehen, direkt in seiner Nähe, um ihn keinesfalls zu verlieren. Aber wie nur?

Skys Augen richteten sich, wie sie es bereits im Haus getan hatten, nach oben. Die dicken Äste waren ohne Frage stark genug, um sie zu tragen. Eilig kletterte sie an einem der Baumstämme hinauf. Vorsichtig balancierte sie über einen der vielen starken Äste und hielt sich dabei an einem anderen naheliegenden Ast fest. Sie hatte die Magier und Terry unbemerkt eingeholt, doch die drei drohten sich erneut von ihr zu entfernen. *Jetzt oder nie,* ging es ihr noch durch den Kopf, bevor sie sich auf den Magier mit der Flamme stürzte.

Sein Kopf schlug fest auf dem Erdboden auf und er lag reglos da. Sky kniete auf dem Körper des Magiers und blickte entschlossen zu dem anderen auf. Das Licht ihrer Augen erstrahlte und Terry ging erschrocken einen Schritt zurück.

Der Magier hingegen lächelte. „Ein Cyborg", knisterte es aus seinem Mund.

„Er hat auch einen Namen", antwortete Sky mit düsterem Blick.

Terry schluckte. Er fürchtete nun mehr denn je um sein Heim. Was um alles in der Welt tat sie da?!

Der Magier öffnete seine Hand und es sah aus, als packte er etwas Unsichtbares, das sich über ihm befand und das er mit aller Kraft nach unten schleuderte. Sky sah verwundert nach oben, als sie bereits einer der schweren Äste an der Schulter traf. Sie presste das Gewicht umgehend von sich, doch als sie sich aufgerichtet hatte, war Terry längst in der Gewalt des Magiers. Das Licht ihrer Augen traf die beiden.

„Er wird sterben, wenn es versucht mich anzugreifen", sagte er.

Sky blickte sich um. Es? Meinte er sie?

„Bitte geht", presste Terry hervor, der sichtlich um sein Leben bangte. Eine Hand des Magiers lag um seinen Hals, während er ihn mit der anderen schützend vor sich hielt.

„Lasst ihn gehen", bat Sky. „Ihr wollt ihn doch gar nicht. Er ist nicht euer Feind."

Der Kopf des Magiers neigte sich nach links. „Was will es dann mit ihm?", fragte er.

„Ich will ihn nicht", antwortete Sky. „Ihr seid doch auf der Suche nach mir."

Auf dem Gesicht des Magiers zeichnete sich erneut dieses furchterregende Lächeln ab. „Ist es nicht andersherum? Ist es nicht so, dass es sich in unserem Gebiet befindet?"

Sky schluckte nervös. Irgendetwas näherte sich ihnen. Sie hörte, wie es sich seinen Weg durch die Dunkelheit und das Unterholz bahnte. Ihr Blick fiel kurz in die Richtung des Geräusches, ehe sie erneut zum Magier sah.

„Ich bin nicht wegen euch hier. Bitte lasst ihn gehen", antwortete Sky nervös.

Das Rascheln war nun auch von dem Magier und Terry bemerkt worden. Sie sahen sich beide eilig um, doch noch immer hielt das außerirdische Wesen Sams Onkel fest im Griff.

„Hier ist nicht der Ort um sich zu unterhalten", drängte Sky. Ihr Licht wandte sich erneut von ihnen ab und richtete sich gerade auf einen nahegelegenen Busch, als ein Schattenmansur durch die Zweige brach. Der Magier löste die Hände von Terry und schleuderte einen Eisstrahl auf die ankommende Raubkatze. Prompt verlangsamte sie sich. Ihr Fell war plötzlich mit Frost bedeckt und sie schien mehr und mehr zu erstarren. Sky blieb keine Zeit, um sich auch nur einen Augenblick lang zu wundern und ließ Strom durch ihre Fingerspitzen schießen. Dieser erfasste den Magier. Terry kauerte sich, die Hände über den Kopf geschlagen, verängstigt zu Boden. Der Körper ihres Gegners zitterte stark, ehe er erschöpft zu Boden sackte.

Sky ging auf die beiden zu. Sie zog Terry auf die Beine, der unmittelbar Abstand nahm. Dann kniete sie sich zum Magier und griff fest nach seinen Händen.

„Hau ihm einen Stein auf den Kopf!", befahl sie Terry.

Der regte sich jedoch nicht. Noch immer schien er viel zu erschrocken.

„Mach schon!", drängte sie ihn.

Die Augen des Magiers blickten düster in ihre. Wieder ertönte das knisternde Geräusch, ehe sich seine Stimme tatsächlich erhob. „Ich kenne das Gesicht. Es muss mich schon töten, wenn es nicht gesucht werden will.“ Mühsam brachte er die Worte hervor.

„Ich bin weiblich, also hör auf, mich wie einen Gegenstand zu behandeln.“ Sky drehte an seinen Händen und der Magier schrie auf vor Schmerz. Sie wollte gerade wieder nach dem Stein fragen, als der Kopf des Magiers bereits schwer von einem solchen getroffen wurde. Sofort wich sämtliche Kraft aus seinem Körper. Der R2 ließ ihn los und atmete tief ein.

Auch Terry ließ sich auf die Knie nieder. Er legte den Stein zu Boden und vergrub das Gesicht in seinen Händen. „Wir sind sowas von erledigt“, sagte er verzweifelt. „Gott!“, stieß er hervor. „Warum bist du uns gefolgt? Warum um alles in der Welt musstest du sie auch noch angreifen? Sie wussten nicht, dass du da bist.“ Sams Onkel stand aufgebracht auf. „Was sollen wir denn jetzt machen?“

„Wir müssen sie wohl vorerst mitnehmen“, sagte Sky, die sich ebenfalls aufrichtete.

„Mitnehmen?“, Terry glaubte sich verhört zu haben. „Hast du gerade mitnehmen gesagt?“

„Es gibt nur die zwei Möglichkeiten: Wir nehmen sie lebend oder tot mit. Es würde sicherlich bald rauskommen und Aufmerksamkeit erregen, wenn man sie hier fände oder sie ihr Volk informierten“, erklärte sie. Ihr Blick fiel auf den eingefroren Mansuren. „So etwas habe ich noch nie gesehen“, sagte sie plötzlich.

Terry schüttelte ungläubig den Kopf. „Du greifst sie an und hast keine Ahnung, wozu sie fähig sind? Bist du überhaupt für den Kampf gebaut worden?“

Sky sah ihm in die Augen. Noch immer strahlte ihr Licht durch die Dunkelheit. „Nicht hauptsächlich."

Verwundert sah Terry auf die beiden Magier hinab. „Ich dachte, die Techniker würden mittlerweile ausschließlich Cyborg-Soldaten bauen."

„Scheinbar wisst ihr Jäger genauso wenig von euren Gegnern, wie ich von meinen", antwortete Sky und bat Terry ihr zu helfen. „Wir brauchen starke Ranken, damit wir sie fesseln können."

Sams Onkel nickte. Es dauerte noch eine ganze Weile, ehe sie die Arme und Hände der beiden fest genug verbunden hatten. Dann zog Terry sie über den Waldboden zu seinem Haus zurück. Mit jedem Meter, den sie zurücklegten, konnte er es weniger fassen. Er entführte gerade zwei Magier und hatte noch keine Ahnung, wo er sie verstecken sollte. Sie zu töten brachten weder er noch Sky zustande. Keiner von ihnen wollte ein Leben auslöschen, auch wenn das vielleicht einfacher gewesen wäre. Sie hätten ihre Körper im Wald begraben können und dann wäre jede Spur zu ihnen verlorengegangen. Aber nein, er zog sie immer näher an sein Heim heran!

Sie lehnten die beiden Kreaturen hinter dem Haus an die gelagerten Holzspalte, die zur Befeuerung des Kamins dienten. Noch war keiner von ihnen bei Bewusstsein. Doch das war nur eine Frage der Zeit …

Als sie das Haus betraten, fiel von den Wartenden die Anspannung ab. Kira eilte direkt zu ihrem Mann und drückte ihn fest. Robert bot unterdessen Sky an sich zu setzen, doch sie schüttelte mit dem Kopf. „Wir haben da noch ein kleines Problem", sagte sie, während ihr Blick auf Terry fiel.

Alle sahen ihn fragend an.

„Oh nein“, wehrte er sich. „Nicht wir haben eins, sondern ihr und ihr werdet euch jetzt allein Gedanken darüber machen können, wie ihr das hier gelöst bekommt.“

Keiner der Anwesenden wusste von dem Mitbringsel der beiden.

„Terry, bitte ...“ Sky trat auf ihn zu. „Wenn ich euch nicht gefolgt wäre, was wäre denn dann passiert?“

Er verzog das Gesicht genervt. „Das werden wir nie herausfinden.“ Dann sah er kurz zur Tür zurück und sagte sarkastisch: „Oh doch, warte! Wir können ja mal nachfragen.“

„Nachfragen?“, Robert verstand kein Wort und auch Sam und Kira sahen noch immer ratlos aus.

„Eure Freundin hier hatte die glorreiche Idee zwei bewusstlose Magier mit hierher zu bringen“, donnerte Terry los.

Schockiert setzte sich der Professor nun selbst erst einmal. Kiras Hände glitten fassungslos an ihrem Mann herab. Auch Sam stand mit offenem Mund da.

„Wir konnten sie ja nicht umbringen“, sagte Sky abwehrend.

Robert biss sich auf die Unterlippe, bevor er Sky darum bat sich zu ihm setzen. Der R2 gehorchte und nahm neben dem Professor Platz.

„Wir befinden uns mit ihnen im Krieg, Sky“, sagte er und sah ihr dabei tief in ihre blauen Augen. „Sie hätten dich ohne zu zögern getötet. Du bist für sie nur eine Gefahr, die von ihren Gegnern ausgeht. In ihren Augen bist du eine Maschine und eine Waffe. Es gibt keinen Grund zu zögern, dasselbe mit ihnen zu tun. Du kannst ihnen nicht trauen, Sky.“

Ihr Blick senkte sich nachdenklich zu Boden. „Ich kann das nicht, Robert.“ Dann sah sie wieder zu ihm auf. „Ich bin das eben nicht. Nur weil sie mich dafür halten, bin ich es nicht.“

Der Professor nickte nachgiebig. „Dann tue ich es." Er stand entschlossen auf. „Ich habe euch in diese Lage gebracht und dann bringe ich das auch zu Ende."

Robert zog seine Waffe und war im Begriff nach draußen zu gehen, doch Terry packte ihn am Arm. „Nein, das wird keiner von uns tun", sagte er. „Es muss eine andere Möglichkeit geben."

„Aber was ist, wenn sie aufwachen?" Kira klang besorgt. „Was tun wir dann? Sie werden uns mit ihnen in Verbindung bringen können."

Sam atmete tief ein. Seine Gedanken rasten. Ja, es musste eine andere Möglichkeit geben. Eine, durch die er seinen Onkel und seine Tante vor ihrem sicheren Tod retten konnte. Und als er schon glaubte, dass es keinen Ausweg geben würde, kam ihm eine Idee.

„Wir fesseln euch!", sprudelte es aus Sam heraus. Die Blicke der anderen fielen auf ihn. „Ja, wir fesseln euch", wiederholte er. „Wir werden es so aussehen lassen, als wärt ihr ebenfalls gefangen genommen worden. Wenn sie erwachen, werden sie nicht ahnen können, dass ihr eigentlich Verbündete seid."

Terry schüttelte den Kopf. „Euer Cyborg bat mich lautstark darum einen der Magier mit einem Stein niederzuschlagen. Ich denke, die Idee ist super, aber nach der Nummer ist sie leider unnütz."

Enttäuscht verzogen sich Sams Mundwinkel.

„Es gibt keine andere Möglichkeit, Terry", warf Robert ein. „Ich muss es tun. Sie werden euch sonst nur in Schwierigkeiten bringen."

„Und was ist, wenn ihre Leichen doch gefunden werden? Von einer Laserpistole erschossen ... Denk doch mal nach, Robert. Sie werden davon ausgehen, dass ihr euch in ihrem

Gebiet rumtreibt. Der Krieg wird auch in unseren Regionen eröffnet. Die nächste Stadt der Techniker ist Cyron. Und Cyron wird dann ebenfalls der Krieg erklärt. Wofür bitte? Etwa wegen uns? Das können wir nicht tun", gab Terry zu bedenken.

Sky stand auf. „Was ist mit der Giftpflanze? Die, die Sam fast das Leben gekostet hat. Sind sie immun?"

Kira schüttelte den Kopf. „Nein, das ist ja auch eigentlich nicht ihr Planet. Ihnen ergeht es so wie uns, wenn sie damit vergiftet werden."

Sam sah verwundert aus. „Jetzt willst du sie vergiften?"

Sky schüttelte den Kopf. „Nein, nicht ich. Aber dein Vater könnte es tun."

„Aber das ist doch viel grausamer", lenkte Sam ein. „Das könnt ihr nicht tun. Ich weiß, wie sich das anfühlt." Seine Augen sahen in die seines Vaters. „Dad, bitte", flehte er, „du musst dir etwas anderes einfallen lassen!"

Robert fühlte den Druck, der auf ihnen lag und den alle auf seinen Schultern abluden. Sie hatten ein ernsthaftes Problem. Die Magier würden sicherlich irgendwann nach den Vermissten suchen und dann wäre das keineswegs mehr ein sicheres Versteck. Außerdem galt es Terry und Kira in Sicherheit zu bringen.

Der Professor entschied sich für den Lösungsvorschlag seines Sohnes. Sie würden Terry und Kira fesseln müssen.

Er erklärte der Truppe, dass es sehr wohl danach aussehen könnte, dass sie einander kannten, doch es sollte auch danach aussehen, als hätte Robert sie in eine Falle gelockt.

„Wir werden es so machen", erklärte der Professor, „du hast den Gleiter gesehen, Terry, und du wusstest, dass es meiner war. Deshalb wart ihr nervös, denn offiziell sind wir ja

Feinde. Du wolltest die Magier dort wirklich hinführen, doch mein Cyborg griff euch an. Du kanntest Sky zuvor nicht, aber es ist durchaus möglich, dass ihr in ihrem Gedächtnis abgespeichert wurdet. Sie kannte dein Gesicht, weil ich es kenne und nicht anders. Wer weiß, ob ihm wirklich bewusst war, dass sie dich mit dem Stein meinte. Sie wissen ja gar nicht, ob noch mehr von uns in der Dunkelheit lauerten. Du wurdest nach dem Angriff samt der Magier von uns hierhergebracht. Kira überwältigten wir dann hier."

Terry stöhnte nervös auf. „Was ist, wenn sie in unseren Gedanken lesen? Dann bringt uns das alles nichts."

„Ihr müsst sie davon abhalten. Lenkt sie ab, Terry", schlug Robert vor.

„Wie um Himmels Willen sollte ich das tun?"

Sky mischte sich in das Gespräch der beiden ein. „Sie müssen euch vertrauen. Man befragt doch niemanden, dem man vertraut. Es muss nur echt genug aussehen."

Terry fand die Idee riskant, doch ihnen blieb keine Zeit mehr. Sie mussten es zumindest versuchen. Als Alternative würde Robert noch immer den Vorteil mit der Waffe haben. Sie sprachen alles genau ab und überlegten, welche Umstände sie hierhergeführt haben könnten. Nun galt es zu schauspielern - und im besten aller Fälle mehr als preisverdächtig.

Als der erste Magier erwachte, kauerten Terry und Kira längst neben den beiden in der Dunkelheit. Sams Onkel hatte zuvor noch ein paar Schläge von Robert einstecken müssen und so sah sein Gesicht tatsächlich aus, als hätte man ihn ebenfalls niedergeschlagen. Erschöpft stöhnte Terry auf.

Der Magier wand sich und versuchte die Fesseln zu lösen. Als Sky Terrys Stöhnen vernahm, wusste sie, dass einer der Magier erwacht war. Eilig trat sie um die Hausecke herum. Das Licht ihrer Augen erstrahlte und fiel auf die Gefangenen. Sie lächelte. „Der Versuch sich zu befreien, hat doch keinen Sinn. Die Fesseln sind sehr eng“, sagte Sky.

Der Magier sah zu ihr auf. „Ein Spielzeug der Techniker. Na, sieh mal einer an. Ihr hattet Recht mit dem Gleiter“, wandte er sich an Kira und Terry.

In Kiras Augen erkannte man Furcht, doch der gefangene Magier würde in seiner Lage nie erkennen, dass es die Angst vor ihm statt vor dem Cyborg war.

Terry kniff kurz die Augen zu und biss die Zähne zusammen. Er tat, als hätte er große Schmerzen. „Das ist allein unsere Schuld“, presste er mühsam hervor. Der Magier sah verwundert aus. „Ich kenne den Besitzer des Gleiters. Ich wusste, er würde sich eines Tages dafür rächen, dass wir uns für eure Seite entschieden haben.“

„Wovon sprecht ihr?“, fragte der Magier, während das knisternde Geräusch seine Worte begleitete.

Doch Sky trat näher. „Haltet den Mund!“, forderte sie und stieß mit der Hand Terrys Kopf zurück. Hasserfüllt sah Sams Onkel zu ihr auf. Der R2 hätte in jenem Augenblick schwören können, dass er tatsächlich verärgert war. „Wir sind bald wieder verschwunden. Wir brauchen nur ein paar Vorräte und einige Antworten“, erklärte sie.

„Ausgerechnet aus meiner Küche?“, keuchte Terry.

„Wenn Mister Stanson etwas will, dann tue ich es auch.“

Sams Onkel leckte sich etwas Blut von den Lippen. „Ja, so wie jedes andere seiner Spielzeuge.“

Roberts Stimme erklang. Er rief nach dem R2 und Sky verschwand eilig, um die drei allein zu lassen.

„Was geht hier vor?“, fragte der Magier.

Terry sah ihm fest in die Augen. „Robert J. Stanson geht hier vor, Professor und Entwickler in der Cyborg-Industrie, ein Verwandter von uns, der durchgeknallt zu sein scheint. Er faselte meiner Frau etwas davon vor, dass er aus Cyron abgehauen sei. Scheinbar hat er diesen Cyborg gestohlen und ist nun auf der Flucht. Er sagte ihr, er wolle keinen Ärger, aber wenn ihr Magier glauben würdet, dass Cyron euch angreife, wäre das für ihn umso besser.“

Der Magier schien noch etwas benommen und konnte nur schwer folgen. „Er will, dass wir glauben, dass die Techniker uns in unserem Gebiet angreifen?“

Kira und Terry nickten. „Sieht ganz danach aus.“

„Was hat er denn davon?“ Der Magier verstand noch rein gar nichts.

Terry wand sich, als versuchte er ebenfalls die Fesseln zu lösen, während er sich darum bemühte den Magier aufzuklären. „Er ist auf der Flucht. Wenn auch hier der Krieg ausbricht, dann sucht doch keiner mehr nach ihm. Ich denke, dass er genau das will.“

Der Magier nickte. Es knisterte, als der andere Magier langsam erwachte. Sofort stöhnte Terry wieder laut auf.

„Der Zweite ist wach“, flüsterte Robert Sky zu. „Auf zum Showdown.“

Entschlossen nickte der R2. Nun würde sie die beiden Magier erneut niederschlagen müssen. Doch zuvor musste Terry vor ihren Augen als Opfer hinhalten. Alles musste so echt wie möglich aussehen, also konnte Sky sich nicht nur den Magiern widmen.

KAPITEL 10

Sky packte Terry und zog ihn auf die Beine. „Steh auf!“, befahl sie ihm rau. Mühsam richtete er sich unter ihrem groben Griff auf. Der R2 donnerte seinen Oberkörper fest gegen die Holzscheite. „Wo ist Sam?!“, brüllte sie. Zornig antwortete Terry, dass er keine Ahnung habe.

Die beiden Magier sahen gebannt zu ihnen auf.

„Wo sollte er sonst hinlaufen, wenn nicht zu euch?“, drängte Sky weiter.

Doch Terry sah ratlos aus. „Ich weiß es nicht. Ich weiß es wirklich nicht“, stammelte er.

Kira schluckte. Sie war nervös, doch die beiden schienen ihre Sache durchaus gut zu machen. Aber die Angst blieb. Je länger sie schauspielern mussten, desto größer war die Gefahr, dass einer der Magier den Braten riechen würde.

„Er ist weggelaufen und meine Aufgabe ist es ihn zu finden, Terry“, erklärte Sky.

Dann fiel ihr Blick auf den Magier, mit dem sie schon im Wald gesprochen hatte. Der Kopf des Außerirdischen wich etwas zurück. „Ganz schön rauer Umgang plötzlich“, sagte er höhnisch.

Sie befahl Terry sich zu setzen und kniete sich vor den Magier. „Ihr …“, flüsterte sie. Das Licht ihrer Augen strahlte bedrohlich in seine. „Ihr hättet ihn töten können. Ich wollte nicht, dass ihr Jagd auf meine Beute macht.“ Als sie sich das sagen hörte, machte sie sich selbst ein wenig Angst. Diese boshafte Art war nicht ihre und sie wollte nur, dass all das so schnell wie möglich vorbei war.

Der Magier lachte dunkel auf. „Ich habe doch gewusst, dass es ihn wollte. Ich habe es schon geahnt, als er zuvor so nervös war. Ich habe nur nicht gewusst, was ihm solche Angst eingejagt hat. Was ist es für ein verdammtes Modell?"

„Ein R2", antwortete Sky. „Und noch immer kein Es. Eine Sie." Sie sah kurz zu Terry und Kira. Sie wusste, dass sie ihre Sorgen um die technische Entwicklung vorantreiben würde. Jede ihrer Kampffähigkeiten war der Inbegriff dessen, wovor sie sich fürchteten: übermenschlich, wie die Magier.

Und dennoch blieb ihr keine Wahl, sie musste überzeugend sein. Sie griff nach dem Hals des Magiers. Erneut glitt Strom durch seinen Körper. Er zitterte kurz, aber kräftig. Erst dann ließ sie von ihm ab.

Erschöpft sah er auf. „Was will es von uns?", brachte er stöhnend hervor.

„Ich will nichts von euch. Wir suchen nach jemandem. Wir sind bald verschwunden, aber es werden weitere Techniker folgen. Der Krieg wird auch zu euch kommen.

Der andere Magier sah zu seinem Verbündeten. „Sie wollen uns täuschen", stammelte er. „Das ist Unsinn." Das knisternde Geräusch begleitete seine Stimme.

Der andere nickte und blickte zu Sky auf. „Sie wollen Frieden", ertönte seine erschöpfte Stimme, „es gibt längst einen Vertrag."

Skys Augen weiteten sich überrascht. Unsicher sah sie zu Kira und Terry, die Mühe hatten, sich die Verwunderung ebenfalls nicht ansehen zu lassen. Eilig stand Sky auf und bog ohne ein weiteres Wort um die Hausecke.

Wortlos griff sie Robert am Arm und zog ihn mit sich in die Hütte. Sam stand umgehend auf, als die beiden über die Schwelle traten.

„Haben sie es geschluckt?“, fragte er nervös.

Sky nickte kurz, dann richtete sich ihr Blick auf Robert. „Hast du das nicht gehört?“ Sie klang nervös.

Der Professor schüttelte mit dem Kopf. Besorgt sah er sie an. „Was ist denn plötzlich los?“

„Er sagte, es gebe einen Vertrag und die Techniker würden Frieden wollen.“

Sam setzte sich sogleich wieder und auch sein Vater schien überrascht. „Einen Vertrag? Was für einen Vertrag? Es gibt keine Meldungen über irgendwelche Vertragsverhandlungen. Vielleicht lügen sie uns nur an, Sky.“

„Und was ist, wenn nicht?“ Ihre Augen sahen ernst in seine.

Robert atmete tief ein. Sie mussten sich beruhigen und sie mussten unbedingt mehr herausfinden. Die Magier jetzt k.o. zu schlagen wäre das Sicherste, aber es würde auch bedeuten, dass sie nicht an weitere Informationen gelangen würden.

Der Professor ergriff Skys Schultern. „Hör zu! Du musst da jetzt wieder rausgehen und noch mehr aus ihnen herausholen. Erst dann können wir sie erneut ausschalten und uns noch etwas Zeit verschaffen. Sarah wird bereits auf dem Weg sein, wir können hier ohne sie nicht weg.“

„Wenn es einen Vertrag gibt, Robert, dann hat er auch Bedingungen. Was ist, wenn wir gerade einen sehr großen Fehler machen und die Verhandlungen dadurch beeinflusst werden?“ Sky war ernsthaft in Sorge, sie wollte keine Schuld daran tragen, dass ein Friede vielleicht gar nicht zustande kommen würde.

„Das gilt es ja herauszufinden. Sky, bitte, du hast deine Sache bislang sehr gut gemacht. Lass dich jetzt nicht aus der Fassung bringen!“ Der Professor redete auf sie ein. Er wollte sie unbedingt beruhigen, denn die Leben von Kira und Terry standen noch immer auf dem Spiel.

Unsicher traf ihr Blick den von Sam. Eilig nickte er ihr zu. „Dad hat Recht, Sky. Du kannst ihnen nicht trauen. Vielleicht nutzen sie die Gelegenheit gerade und versuchen sich zu befreien. Wir müssen das jetzt durchziehen."

Der R2 hatte keine andere Wahl als ihrem Paten und dem Professor in dieser Angelegenheit zu vertrauen. Sie kannten die Magier viel besser, als sie es tat. Sofort machte sie sich auf den Rückweg und trat erneut hinaus in die Dunkelheit.

Das Licht ihrer Augen flammte erneut auf und sie packte eilig den Magier, der von dem Vertrag gesprochen hatte. „Aufstehen!", forderte sie.

Er stemmte sich auf die Beine und Sky zog ihn von seinem Kameraden weg. Sie presste seinen Körper gegen einen Baum und drohte ihm: „Ich habe so viel Kraft, dass meine Stromschläge in der Lage sind euch zu töten, also werdet ihr mir jetzt sagen, was ich wissen will."

Der Magier sah sie ausdruckslos an, doch sie hoffte, er würde ihr die harte Nummer abkaufen.

„Mit wem habt ihr einen Vertrag geschlossen?", fragte sie ihn ernst.

Das Knistern ertönte, bevor er überhaupt ein Wort von sich gab. „Mit den Technikern", antwortete er.

Sky schüttelte den Kopf und schlug ihn erneut kräftig gegen den Baum. „Etwas genauer!", drängte sie ihn zornig.

Der Magier schluckte. „Mit den Ratsmitgliedern in Cyron", sagte er und erschütterte sie mit seiner Antwort. Ihr Mund öffnete sich leicht. Damit hatte sie nicht gerechnet.

„Unter welchen Bedingungen?“, fragte sie ihn weiter aus und als er nicht antwortete, presste sie ihn fester gegen den Baum. Ein Geräusch ertönte hinter ihr und eine Stimme folgte, noch bevor sie sich umdrehen konnte.

„Bedingungen, die es rein gar nichts angehen! Lass ihn los und leg deine Hände an den Baumstamm!“

Sky blickte in die Richtung, aus der die Stimme kam. Das Licht ihrer Augen erfasste zwei weitere Magier und drei Jäger, die mit Pfeilen auf sie zielten. Vorsichtig ließ sie von ihrem Gefangenen ab und legte die Hände an den Baumstamm. Prompt eilte einer der Jäger zu Terry und Kira. Er löste ihre Fesseln und die der beiden Magier.

Unterdessen schnappte ein anderer nach Skys Händen. Er verband ihr diese fest hinter dem Rücken. Gleich würden sie die Hütte stürmen und der Plan war dahin. Sky schluckte schwer. Sie hatte Angst um Sam und auch Robert würde mit seiner Waffe gegen die Mehrheit nichts anrichten können. Doch noch etwas anderes ging ihr durch den Kopf: Mister Winson und seine Männer hatten nach Aussage des Magiers einen Vertrag unterschrieben, einen, in dem für sie scheinbar kein Platz war.

Unterdessen wurden Sam und Robert ebenfalls von einem Magier überrascht. Sofort richtete er seine Hand gegen sie und der Professor bat seinen Sohn darum ganz ruhig zu bleiben.

„Hände auf den Tisch!“, forderte der Magier und die beiden gehorchten. Hinter ihm drangen zwei Jäger in die Hütte ein und fesselten sie an die Stühle. Erst dann wurde Sky zu ihnen gebracht. Auch sie musste sich setzen und wurde an einen Stuhl gebunden.

„Schön festmachen!", befahl einer der Magier.

Terry und Kira betraten mit dem dritten Jäger den Raum. Noch schien niemand Verdacht zu schöpfen, doch es dauerte nicht lange, bis auch die Magier, die zuvor in ihrer Gewalt gewesen waren, die Hütte mit den anderen ihrer Art betraten.

Einer von ihnen sah fragend zu Sam herüber. „Wer bist du denn, Kleiner?"

Sam schluckte nervös und sah hilflos zu seinem Vater herüber.

Der schüttelte nur andeutend leicht mit dem Kopf. Da war er wieder, der Blick, den Robert ihm bereits im Fahrstuhl des Stadtratsgebäudes zugeworfen hatte, dieser Blick, der förmlich schrie, dass Sam nichts sagen sollte.

Und so blieb Sam still.

Der Magier trat langsam auf ihn zu. Er umfasste fest Sams Kinn und näherte sich mit seinen großen Augen. Sie hatten die Fähigkeit seine Gedanken zu lesen - und nicht nur das. Keine Erinnerung war vor ihnen sicher, wenn sie sich durch ihre Augen an das Bewusstsein ihres Opfers hefteten, doch Sam wusste das und kniff schnell die Lider zu.

Der Magier zog den Kopf zurück und lachte bösartig. „Ein ganz Schlauer, was?", ertönte seine Stimme mit dem unangenehmen Knistern. „Na, du wirst uns deinen Namen schon noch verraten." Er befahl einem der Jäger Sky zu packen.

Sofort riss Sam die Augen auf. Er sah, wie der Mann Skys Kopf in seine Hände nahm. Sie drohten ihm damit, sie zu zerstören. Das Blau ihrer wunderschönen Augen verschwamm hinter dem Licht ihres Verteidigungsmodus'.

Der Jäger erschrak. Fragend warf er einen Blick zu dem Magier hinüber.

„Es kann dir nichts tun. Ich habe es kämpfen sehen und seine Kraft kommt nicht aus den Augen", redete er dem Mann gut zu.

„Nein!", unterbrach Sam sie plötzlich. „Tut ihr nichts!"

Sein Vater senkte enttäuscht den Kopf. Ihr fast perfektes Schauspiel würde vielleicht gleich von seinem Sohn gelüftet werden. Er schien so verängstigt, dass er den Kopf verlieren und einfach drauf los reden würde. Terry und Kira waren dann keinesfalls mehr in Sicherheit. Er betete noch, dass der R2 sie davor bewahren würde.

Und Sky schnitt Sam tatsächlich jedes weitere Wort ab: „Sein Name geht euch rein gar nichts an."

Der Magier lachte erneut auf. „Ganz schön frech für einen Cyborg in solch einer Situation. Du bist ja richtig heldenhaft."

„Und ihr seid gleich richtig müde", antwortete sie lächelnd. Sie presste die Augen zusammen und stieß mit ihrem Körper eine Schallwelle aus, die auf das Nervensystem aller Anwesenden einwirkte.

Der Jäger vor ihr fiel sofort um und alle anderen wollten sich gerade noch irgendwie vor ihrem Angriff schützen, als auch sie schlagartig davon erfasst wurden. Reihenweise glitten sie kraftlos zu Boden.

Auch Sam und Robert nickten augenblicklich weg. Nur Sky blieb von ihrem eigenen Abwehrmodus unberührt. Sie hatte sich nun ausreichend Zeit verschafft. Die Fesseln waren sehr eng, doch ein Seil war für sie kein Problem. Nun gab es schließlich niemanden mehr in der Hütte, der sie aufhalten konnte. Mit den Fingerspitzen griff sie nach einem Stück Seil und bündelte den Strom dort. Sky erzeugte dadurch kleine Blitze, die Wärme erzeugten. Sie spürte, wie die Hitze langsam aufstieg und ihre Fesseln sich zu lockern begannen. Es dauerte nicht lange, bis sie genug Bewegungsfreiheit hatte, um ihre Hände gänzlich davon zu lösen. Eilig band sie das Seil an ihrem Bauch und ihren Beinen los, danach befreite sie Sam und Robert. Behutsam legte sie die beiden zu Boden. Danach widmete sie sich den Magiern und Jägern. Sie fesselte die vier Magier an die Stühle, die Jäger band sie Rücken an Rücken aneinander. Auch Terry und Kira wurden erneut von ihr gefesselt. Es musste weiterhin so aussehen, als seien auch sie Feinde.

Sky kniete sich zu Boden und legte die Hand auf Roberts Arm. Mehrmals gab sie ihm leichte Stromschläge und weckte ihn damit aus dem tiefen Schlaf. Der Professor riss die Augen auf und fuhr erschrocken hoch. Überrascht blickte er in das Gesicht seines R2. Der Schreck wich langsam einem Lächeln.

„Verone hatte wohl Recht. Du beherrschst jede deiner Fähigkeiten."

Sky nickte und lächelte zufrieden zurück. Sie wollte auch Sam erwecken, doch Robert bat darum ihn vorerst dort wegzuschaffen. Der Professor wusste, dass ihnen ausreichend Zeit bleiben würde, um sich weit genug von der Hütte zu entfernen. Sie mussten ein Versteck finden und dringend Sarah warnen. Sie dort abzuholen war unter den jetzigen Umständen viel zu gefährlich.

Sein Blick fiel auf Kira und Terry. „Glaubst du, sie werden die beiden mittels Gedankenkontrolle überprüfen?"

Sky sah zu ihnen herüber. „Ich sehe keinen Grund dafür. Sie scheinen es ja erreicht zu haben ihr Gebiet vor Technikern zu sichern. Wir sind nur Unruhestifter, die auch für Cyron ein Problem sind", antwortete sie.

„Meinst du wegen dieses angeblichen Vertrages?“ Robert sah besorgt aus.

Der R2 nickte. „Der Magier sagte, sie hätten ihn mit Cyrons Stadtrat geschlossen.“

Robert stand verärgert auf. „Oh, jetzt verstehe ich!“, schnaubte er. „Mister Winson hatte also doch ein Problem mit deiner Freigabe … und es lag sicher nicht an dir.“

Der Professor steuerte auf das Fenster hinter dem Tisch zu und schob den Vorhang beiseite. Nachdenklich blickte er hinaus. Es wurde langsam hell draußen. Mit den Fingern rieb er sich angespannt über die Stirn.

„Wir sollten uns dringend überlegen, wie wir deine Frau kontaktieren können“, schlug Sky vor.

Robert nickte. „Es gibt nur den Gleiter, den wir nutzen können. Ich habe keine Kommunikationsmöglichkeit in die R2-Serie einbauen lassen, weil ich glaubte, dass es die soziale Akzeptanz verringern würde. Man telefoniert ja nicht über einen Freund mit einem anderen.“ Der Professor lachte kurz auf, doch es war eher ein Laut, der seiner Frustration Ausdruck verleihen sollte. „Wenn sie beim Gleiter auf uns warten, ist das Spiel hier aus“, fügte er hinzu.

„Können wir nicht etwas bauen?“, fragte Sky. Doch sie wusste, dass es hier keinerlei technische Hilfsmittel geben würde.

Robert warf ihr einen Blick zu. „Wir könnten eine alte Methode nutzen … Aber das ist zu riskant. Ich weiß nicht, ob Sarah dort nachsehen wird, bevor sie hierher kommt.“

Sky horchte interessiert auf. „Was für eine Methode meinst du?“, fragte sie wissbegierig.

„Als wir hier aufgewachsen sind, haben wir uns Botschaften geschrieben, ganz schlicht mit einem Kohlestift auf ein Blatt Papier. Wir legten die Nachricht immer in einen hohlen

Baum. In der Nähe ist ein Wasserfall, hinter dem sich eine kleine Höhle verbirgt. Wir haben uns dort oft getroffen und als Kinder dort gespielt." Er versank für einen kleinen Moment in seinen Erinnerungen.

„Das ist doch perfekt", sagte Sky aufgeregt.

Robert warf einen weiteren Blick aus dem Fenster. „Nicht wenn sie direkt hierher kommt."

Eilig griff Sky nach der Tasche des Professors. „Du sagtest, dass sie uns in der Vergangenheit finden würde. Du hast keinen Ort genannt, ebenso wenig einen Zeitraum in der Vergangenheit. Vielleicht sucht sie von dem ältesten an. Habt ihr nicht davon gesprochen, dass sie sehr klug ist?"

Robert warf wieder einen überraschten Blick auf den R2.

„Ja", antwortete er nachdenklich. „Das könnte sie durchaus genauso machen."

Sky grinste breit. „Vielleicht könnten wir ihr notfalls Hinweise geben", schlug sie zudem vor.

„Wir brauchen nur einen einzigen", sagte der Professor entschlossen. Schnellen Schrittes trat er auf Sam zu und kniete sich zu ihm nieder. Vorsichtig zog er den Allzweckstab aus der Halterung seines Gürtels. Eine Klinge formte sich an seiner Spitze, als Robert die Einstellung auf Messer vornahm.

„Hier", sagte der Professor, als er es Sky entgegenhielt. Auf der Stelle nahm sie das Messer an sich.

„Ritz ein großes X in die Tür. Sie wird sich daran erinnern. Während andere dies als Markierung deuten, wird sie es als Warnung erkennen. Sarah und ich haben unsere ersten Erfindungen versteckt, auf Landkarten, die wir erstellten, markierten wir damit die Orte, die zu unsicher waren."

Sky gehorchte und kümmerte sich um das Zeichen an der Holztür. Unterdessen sammelte Robert seine Tasche auf und legte sie sich um. Er spürte, dass die Müdigkeit ihn bald in die Knie zwingen würde. Sie mussten dringend zu der Höhle vordringen, damit er sich endlich ausruhen konnte. Daher sputete er sich dabei, die Schränke und Regale im Haus nach Papier zu durchsuchen. Erst im Schlafzimmer wurde er fündig. Es war gelblich und sehr dünn - wie das Pergamentpapier, das Sam so an seinen Büchern und ihren Erzählungen liebte. Vielleicht gerade weil es nicht so perfekt schien. Keine Bleiche, keine Massenproduktion, eben noch ganz einfach. In dem Schrank lagen zudem eine Schreibfeder und ein kleines Tintenfässchen. Sofort machte Robert sich daran eine Nachricht für seine Frau zu verfassen.

Du findest uns in unserem Versteck, lauteten die wenigen Worte, die er aufschrieb. Er pustete die Tinte trocken und faltete das Blatt vorsichtig zusammen. Danach legte er die Nachricht in seine Tasche. Erst dann ging er zu seinem Sohn zurück, um ihn endlich in Sicherheit zu bringen.

KAPITEL 11

Sie hatten die Nachricht in dem hohlen Baumstamm abgelegt und sich eilig auf den Weg zum Wasserfall gemacht. Der Tag war längst angebrochen und das Licht der Sonne brach durch das Blattwerk über ihnen. Die Luft wurde immer dünner und Robert bekam immer mehr Probleme zu atmen. Das Gebiet der Magier war riesig, aber nicht alle Orte wurden ausreichend mit Sauerstoff versorgt. Bereits als Kinder hatten sie sich am Wasserfall mit Atemhilfen schützen müssen.

Sie waren also bald da.

„Ich muss uns die Atemmasken aufsetzen", sagte Robert und legte seinen Sohn erschöpft ab. Er bat Sky darum, Sam die Maske umzulegen und kümmerte sich dann um seine eigene.

„Wir sind gleich da", sagte Robert. „Die Gegend scheint noch immer sicher zu sein, wenn es hier auch heute noch keine Anreicherung der Luft gibt, dann sind sie hier zu selten, als dass sich der Aufwand für sie lohnen würde."

Sky sah nachdenklich zum Professor auf. „Ist das nicht seltsam?"

Fragend hob er eine Augenbraue. „Was meinst du?"

„Dass ihr dieselbe Atmosphäre benötigt", antwortete sie.

Robert grinste plötzlich. „Sie machen das nicht für sich, sondern für die Jäger."

Sky lächelte zurück. „Achso", sagte sie. „Aber wenn dem so ist, dann war es also schon vor dem Krieg so. Warum haben sie das für sie getan?"

„Ich denke, wir sollten uns erst einmal darum bemühen uns in Sicherheit zu bringen", antwortete er sanft.

Der R2 nickte und Robert hob seinen Sohn erneut hoch.

Als sie den zum Wasserfall gehörigen See erreichten, blieb Sky für einen Augenblick stehen. Sie beobachte erstaunt, wie das Wasser metertief nach unten stürzte und lauschte dem tosenden Geräusch, das es bei seinem Aufprall erzeugte. Sie gingen am Ufer entlang, bis sie die Felswand erreichten. Vorsichtig kletterten sie über einen schmalen Felsvorsprung. Er führte sie direkt hinter den Wasserfall. Beeindruckt streckte Sky ihre Hand nach der kühlen und kraftvollen Flüssigkeit aus. Nur wenige Schritte später erreichten sie die kleine Höhle, von der Robert gesprochen hatte. Tageslicht brach sanft durch die Wasserstrahlen hindurch. Behutsam legte Robert seinen Sohn auf den Boden und setzte sich zu ihm. Mit dem Rücken lehnte er sich erschöpft gegen die Felswand.

„Die Magier haben sich ihr Vertrauen erschlichen“, sagte der Professor plötzlich.

Erstaunt sah Sky zu ihm herüber. Dann nahm sie eilig gegenüber von ihm Platz. „Warum das alles? Sie scheinen beeindruckende Fähigkeiten zu haben. Wozu dann die Verbindung mit den Jägern?“, fragte sie wissbegierig.

Robert sah nachdenklich zu Boden. Wo sollte er nur anfangen? Dann räusperte er sich kurz, bevor sein Blick wieder ihren traf. „Die Menschen, die damals von der Erde nach Hope kamen, nennen wir die erste Generation. Als diese landete, war noch keiner der Magier hier. Sie kümmerte sich darum eine Siedlung aufzubauen. Sie kundschafteten die Rohstoffe auf diesem Planeten aus und die damit verbundenen Möglichkeiten. Sie alle wussten, dass sie einiges an Technik zum Überleben brauchen würden. Die erste Generation sah zum Beispiel das Problem mit der Atmung als einen der wichtigsten Punkte ihrer Agenda an. Die Atemmasken waren für einen Zeitraum die Lösung, aber je schneller wir uns vermehren würden, desto mehr Bereiche müssten wir für uns umgestalten. Damit gingen schon die ersten Streitigkeiten unter den Menschen los.“

Sky nickte. „Die Frage, ob man Hope verändern müsste“, sagte sie und der Professor nickte.

„Wenn man einen Planeten an seine Lebensbedingungen anpasst, nennt man das Terraforming. Das Problem ist, dass jedes andere Lebewesen auf Hope unter unseren Bedingungen eben nicht hätte überleben können.“

Die Augen des R2 weiteten sich erschrocken. „Aber das habt ihr ja auch gar nicht getan."

„Noch nicht", wandte Robert ein.

Sky stand der Mund weit offen.

„Nein, nicht so", beschwichtigte er. „Wir wollen dem Planeten nicht schaden, also suchen wir nach Möglichkeiten, die Anpassung von einer Seite her irgendwie möglich zu machen. Man könnte unsere DNA verändern. Du weißt, dass sie der Bauplan jeden Lebens ist. Man könnte sich also selbst der Umgebung anpassen."

Sky verstand noch immer nicht, wieso man aus diesem Grund einen Krieg entfacht hatte. „Aber wenn ihr doch gar nicht der Umwelt schaden wollt, wieso gibt es dann diesen Kampf gegen die Jäger, die das ja offensichtlich auch nicht wollen?"

Robert atmete tief ein. „Unter den ersten Generationen gab es immer wieder Streitigkeiten. Jeder wusste, dass wir uns zwar dank, aber auch wegen unserer Forschungen hier befinden. Selbst, wenn man Dinge aus einem guten Grund baut, wird es immer wieder Menschen geben, die ihre Kraft und die Technik anderweitig nutzen wollen. So war es auch, als die Magier mit ihren riesigen Schiffen am Himmel auftauchten. Es gab Menschen, die direkt das Feuer eröffnen wollten. Man bombardierte sie, noch bevor man überhaupt wusste, was sie wollten. Als das erste ihrer Raumschiffe abstürzte, schreckten die Magier vor einer Landung in der Nähe unserer Siedlungen zurück. Sie landeten hier in diesen Gebieten und es gab eben Menschen, die ihrer Spur folgten - unbewaffnet und in aller Hoffnung, man könne mit ihnen kommunizieren."

Sky nickte verständnisvoll. „Und aus ihnen wurden die Jäger", sagte sie.

Robert stimmte ihr zu: „Ja, die Magier konnten Dinge, die wir nicht konnten. Sie änderten den Sauerstoffgehalt in einem großen Umfeld und, wie auch immer sie das getan haben, es schadet den heimischen Lebensformen nicht. Es war wie Magie, die die Jäger nicht verstanden, eine übermenschliche Kraft, der sie zu folgen bereit waren. Sie hielten eben mehr von ihrem Fortschritt als dem unseren. Dabei wird auch das alles einen technischen Hintergrund haben, Sky, eine viel weiter entwickelte Technik, die wir einfach noch nicht verstehen können. Aber die Jäger wollen nicht wahrhaben, dass wir vielleicht selbst irgendwann dazu in der Lage wären."

Sky sah zu dem Wasserfall hinüber. „Und dann seid ihr euch einfach aus dem Weg gegangen?"

Ihr Blick wanderte fragend zum Professor herüber. „Das ging eine lange Zeit sehr gut. Jede Fraktion hatte ihre Gebiete und es gab keinen Grund, sich zu bekämpfen. Niemand wollte einen Krieg entfachen. Als Sarah und ich noch sehr jung waren, war es zwar nicht gern gesehen, dass wir uns für Technik interessierten, aber man hielt uns auch nicht wirklich davon ab. Also entschieden wir uns eines Tages dafür die Seite zu wechseln. Wir zogen nach Cyron und schrieben uns in Hochschulkurse ein. Sie interessierte sich für die Energiegewinnung und ich mich für Cyborgs."

„Warum dann der plötzliche Krieg?", fragte Sky.

„Man begann künstliche Intelligenzen zu erschaffen. Das ging den Magiern und Jägern wohl einen Schritt zu weit. Die Magier predigten ihren Jägern, dass dies ein großer Fehler von uns sei, dass wir nicht weit genug denken würden. Was wenn sich diese Maschinen irgendwann verselbstständigen würden? Und so erklärten sie uns den

Krieg. Sie wollen uns aufhalten und unsere Forschungen beenden."

„Mister Winson fürchtete sich ebenfalls davor", sagte der R2 wie in Gedanken versunken.

„Ja", stimmte Robert bedrückt zu. „Eine K.I. mit Gefühlen ist ein weiterer Schritt, den wir gegangen sind."

Mit den Fingern strich Sky nervös über den Felsboden. Einen Augenblick lang herrschte Stille. „Warum sind sie überhaupt hier?", lautete plötzlich ihre nächste Frage.

Robert zuckte mit den Schultern und schüttelte den Kopf. „Ich weiß es nicht. Vielleicht aus demselben Grund wie wir. Sie sind eines Tages gekommen und nie wieder gegangen. Ich glaube, dass sie diesen Planeten ebenso dringend zum Überleben brauchen wie wir und ich fürchte auch, dass dieser ganze Zirkus nur dazu dient, unsere Zahl zu dezimieren, wenn nicht sogar dazu uns ganz auszulöschen. Wenn sie die Techniker stürzen, Sky, dann sind doch Menschen mit Dolchen, Pfeilen, Bogen und solchen Dingen ein Leichtes für sie."

Der R2 zog die Beine an seinen Oberkörper und umschlang diese mit den Armen. „Aber ihr könntet eines Tages zu eurer Heimat zurückkehren. Vielleicht braucht diese Welt nur ein Abkommen, Robert."

Die Mundwinkel des Professors zogen sich erfreut nach oben. „Du bist wirklich ein sehr kluges Mädchen. Aber solange es diesen Weg zurück nicht gibt, ist Hope tatsächlich unsere einzige Hoffnung", antwortete er. „Stell dir vor, die Menschen würden diesen Kampf verlieren. Wäre dann nicht alles umsonst gewesen, was die erste Generation mit ihrer Flucht versucht hat zu retten?"

Sky nickte vorsichtig. „Ihr Mut wird sich auszahlen", sagte sie sicher.

Der Professor lächelte erneut und bat sie darum ein wenig schlafen zu dürfen. Auch Sky bot er an in den Ruhemodus zu wechseln. Sie seien hier sicher, erklärte er ihr.

Doch auch, als er längst fest schlief, war sie noch immer wach. Sky beobachtete, wie sich Sams Bauchdecke hob und sank. Ihre Gedanken kreisten um die Frage, wohin ihre Reise sie wohl noch führen würde. Noch schienen die Magier nicht verstanden zu haben, dass sie eine K.I. mit Gefühlen war. Doch was würde passieren, wenn sie es erfuhren? Sie würden doch weiterhin auf der Flucht sein, bis sie Sky in die Finger bekämen. Dann wären sie Gejagte - ob nun von den Technikern oder den Jägern. Die ganze Welt würde nach ihnen suchen. Was sollte dann aus ihrem Paten werden? Er hatte doch noch sein ganzes Leben vor sich!

Bedrückt lehnte sie ihren Kopf an die Felswand. Sie brauchte eine Pause von all der Ungewissheit. Sky wollte der Realität entfliehen und für einige Stunden im Ruhemodus auf andere Gedanken kommen. Und so schloss sie ihre Augen. Sie stellte sich das Leben vor, das ihr versprochen worden war.

Sam öffnete langsam die Augen. Er spürte die Atemmaske, die um seinen Kopf geschnallt war, und hörte dieses dröhnende Geräusch, welches er nicht zuordnen konnte. Unsicher setzte er sich vorsichtig auf. Wo auch immer er war, es war stockfinster, kalt und feucht. Seine Finger tasteten um ihn herum den Boden ab.

„Dad?“, flüsterte er verängstigt in die Dunkelheit. Dann spürte er den Körper neben sich. Erschrocken fuhr seine Hand zurück. Lag dort sein Vater? „Dad?“, flüsterte er erneut, aber nun energischer. Er fasste den Körper noch einmal an und schüttelte ihn leicht.

Plötzlich tönte ein anderes Geräusch durch das dröhnende hindurch. Es klang so, als näherte sich jemand.

„Dad, bitte!", rief Sam verängstigt. Licht erstrahlte und Sam wich erschrocken zurück. Sky saß auf der anderen Seite des Raums und sah ihn mit ihren leuchtenden Augen an, doch ihr Blick wanderte zum Wasserfall, den Sam nun auch endlich dem dröhnenden Geräusch zuzuordnen wusste.

„Da ist jemand", flüsterte sie.

Erneut packte Sam eilig seinen Vater, den er nun endlich auch tatsächlich als diesen erkannte. Panisch rüttelte er an ihm. Noch immer wusste Sam weder, wo er war, noch was passiert war. Er wusste nur eines, die Schritte, die er gehört hatte, hatte auch Sky hören können.

Robert schlug erschrocken die Augen auf und fuhr blitzartig hoch. „Oh mein Gott, Sam!", sagte er schwer atmend. „Du hast mich zu Tode erschreckt!"

„Robert", erklang Skys Stimme nervös. Der Professor sah, wie sie zum Wasserfall starrte und ihre Hand dorthin ausstreckte. Zügig drehte er sich um, denn auch sein Sohn sah vollkommen verängstigt aus.

Ein Magier stand plötzlich im Höhleneingang und sah zu ihnen herab. Robert schluckte. *Das kann nicht sein,* sagte er sich immer wieder in Gedanken.

„Ganz ruhig!", ertönte plötzlich die Stimme des Magiers. „Du kannst die Hand runternehmen."

Doch Sky schüttelte den Kopf.

„Ich soll Sie abholen", sagte die Gestalt vorsichtig.

Sam sah fragend zu seinem Vater und auch dessen Blick traf kurz und verwundert den seines Sohnes.

Robert ging in die Knie und hielt sich und seinen Arm schützend vor Sam. „Wir kommen aber nicht mit Ihnen", sagte er entschlossen.

Der Magier bat darum, etwas aus seiner Manteltasche ziehen zu dürfen.

Skys Hand zitterte, sie wusste nicht, ob es wieder einer ihrer Zauber sein würde, womit sie als nächstes konfrontiert würden.

Robert zog seine Waffe und richtete diese nun auf den Magier. Erst dann ließ er ihn gewähren. Vorsichtig und ganz langsam griff der Fremde in seine Tasche. Er zog ein Blatt Papier heraus. Behutsam faltete er es auf und hielt es dem Professor hin, damit er die Zeilen darauf erkennen konnte.

Du findest uns in unserem Versteck.

Robert sah nervös zu Sky hinüber, die das alles nicht begreifen konnte.

„Wie konnten Sie uns finden?", fragte der Professor, während ihm das Herz vor Aufregung bis zum Hals schlug. Hatten sie seine Frau erwischt? Aber das war beinahe unmöglich, sie konnte es noch gar nicht bis hierher geschafft haben.

Der Magier schien ebenfalls aufgeregt zu sein. Immer wieder sah er nervös zu Sky herüber. „Sie hat mich geschickt, um Sie abzuholen. Ich meine Ihre Frau, Sarah."

Sam glaubte sich verhört zu haben und da war er in diesem Moment auch nicht der Einzige. Was um alles in der Welt hatte sie mit einem Magier zu tun?

„Sie müssen mir vertrauen", drängte er. „Bitte! Woher sollte ich diesen Ort sonst kennen? Sarah wird nicht kommen. Sie wird im Grenzgebiet auf Sie warten."

Robert senkte die Waffe in seiner Hand. „Wie soll ich Ihnen vertrauen? Vielleicht haben Sie meine Frau ja in Ihrer Gewalt."

Der Magier versuchte erneut sich zu erklären: „Robert, Sie müssen mir glauben. Sie werden hier nicht ewig sicher sein. Ich war bei Kiras und Terrys Hütte. Was auch immer Sie dort veranstaltet haben, die Magier und die Jäger glauben, dass Sie Ihren Sohn mit in Ihre Machenschaften hineinziehen, dass er geflohen ist, nachdem Sie Cyron überstürzt verlassen haben und er sich dann bei seinem Onkel und seiner Tante verstecken wollte. Dann seien Sie gekommen und hätten ihn wieder mitgenommen. Ab sofort werden Sie nicht nur vom Stadtrat Cyrons gesucht, man sucht Sie auch wegen Störung der Vertragsverhandlungen, weil Sie sich während dieser Zeit als Techniker in das Gebiet der Magier gewagt haben. Außerdem glaubt man, Sie hätten Ihr eigenes Kind entführt. Ich weiß nicht, wieso Sie die Jäger und die Magier all das glauben machen wollten, aber Sie haben ein großes Problem und Sie werden hier nicht rauskommen, wenn Sie mir nicht vertrauen."

Robert schluckte nervös. „Falls Sie uns schnappen, ist Sam also in Sicherheit?"

Der Magier sah überrascht aus. „Natürlich, die denken, Sie sind vollkommen durchgedreht. Was sollte Ihr Sohn damit zu tun haben, wenn er sich scheinbar nur retten wollte?"

Sky und Robert fiel ein Stein vom Herzen. Man glaubte tatsächlich, dass ihr ganzes Schauspiel echt war. Kira und Terry schienen es aus der gefährlichen Situation geschafft zu haben und somit lief alles nach Plan. Auch wenn Robert scheinbar nun weit mehr Probleme am Hals hatte als beabsichtigt.

„Robert?", ertönte Skys Stimme und sie deutete ihm mit einem Kopfnicken zu ihr herüberzukommen. Vorsichtig stand er auf und trat auf sie zu, während sie noch immer die Hand auf den Fremden richtete. Erwatungsvoll lehnte er sich zu ihr herunter.

„Er macht dieses komische Geräusch nicht“, flüsterte sie dem Professor zu.

Der nickte und ging wieder schützend zu seinem Sohn zurück.

„Sarah hat Sie also geschickt, sagen Sie?“, fragte er.

Der Magier stimmte zu. „Ja, sie bat mich darum, Sie alle abzuholen. Sie nannte mir die Möglichkeiten. Sie sprach von der Hütte, dem Baumstamm und erwähnte auch diese Höhle.“

„Woher kennen Sie Sarah?“, wollte Robert wissen.

„Ich habe sie schon kennengelernt, als sie noch ein kleines Mädchen war. Was glauben Sie, woher sie bereits so viel technisches Wissen und Verständnis hatte, bevor Sie damals nach Cyron gezogen sind?“, antworte der Magier.

Noch immer konnte Robert sein Misstrauen nicht ablegen. „Warum helfen Sie uns? Das werden Sie ja nicht einfach so tun …“ In der Stimme des Professors schwang noch immer Nervosität mit.

Der Magier lächelte. „Sie sind wirklich ein harter Brocken, Robert. Ihnen zu helfen wird nicht leicht.“

„Antworten Sie einfach!“, drängte ihn der Professor lauter.

Der Fremde nickte eilig. „Schon gut! Ich bin nicht Ihr Feind und das war ich auch nie. Ich will nur in Frieden leben und bin keineswegs für diesen Krieg. Mein Volk hat sich damals wie Ihres auf diesen Planeten gerettet. Unsere Heimat wurde von einer anderen Spezies eingenommen, wesentlich kaltblütiger und brutaler. Auch wenn sie noch nicht so weit entwickelt waren wie wir, war ihre Kriegsführung durch ihre Blutgier durchaus wirksamer als unsere. Mein Volk fürchtet sich vor Ihrer Spezies, Robert. Sie erkennen in Ihnen einen Feind wie diesen. Als wir hier landeten, wurde direkt auf eines unserer Raumschiffe geschossen. Es gab nicht einmal einen Versuch der Kommunikation. Und ja, die Menschen sind technisch sehr weit entwickelt, aber ihr Bewusstsein hat sich nicht ausreichend erweitert. Die Menschheit ist vorsichtig und unsicher, das macht sie nervös und unüberlegt."

„Das beantwortet mir nicht die Frage, wieso ausgerechnet Sie anderer Meinung sein sollten und uns helfen wollen", entgegnete Robert ernst.

„Wegen ihr", der Magier deutete auf Sky. „Riskieren Sie nicht gerade Ihr Leben für etwas anderes als sich selbst oder Ihr Volk?"

Erstaunt sah der R2 zu ihrem Schöpfer hinüber. Hatte der Magier sie tatsächlich als weiblich anerkannt?

Robert schluckte und der Magier ergriff erneut das Wort. „Vielleicht sind Sie soweit. Vielleicht ist ein Krieg bald nicht mehr nötig, wenn die Menschen das Leben um sich herum anerkennen, wenn sie aufhören in Dingen nur einen Nutzen zu sehen und begreifen, dass es um viel mehr geht als nur um eine Maschine, viel mehr als nur eine Waffe. Oder auch viel mehr als nur um einen Arbeiter. Verstehen Sie das?"

„Reden Sie von Wertschätzung?", fragte Robert, dem noch unklar war, worauf der Magier hinaus wollte. Doch zu seiner Überraschung nickte dieser.

„Die Gier des Menschen wird immer Unglück und Neid erzeugen. Ihnen mag es gut gehen, aber es gibt auch hier Orte, an denen Ihresgleichen hart arbeiten und fast nichts dafür erhalten. Sie gefährden ihr Leben, weil Sie ihre Familien ernähren wollen. Sie befinden sich in einem Kreislauf, der ihnen eines Tages sowieso den Krieg gebracht hätte. Und wenn der Mensch nicht den Wert jedes Lebens anerkennt, wenn er weiter so tut, als wäre einer mehr wert als der andere oder wenn er weiterhin glaubt, dass eine Arbeit wertvoller als eine andere sei, dann ist dieses Volk nicht für die Zukunft bestimmt. Und ich spreche da aus Erfahrung. Wir haben vielen Völkern wie dem Ihren beim Untergang zugesehen."

„Aber vielleicht sind die Menschen nicht bereit diesen Cyborg als Lebewesen anzuerkennen", antwortete Robert. „Durch den Stadtrat Cyrons haben wir einen Einblick in ihre Befürchtungen bekommen."

Der Fremde hielt Robert die Hand entgegen und Sky wusste einen kurzen Augenblick lang nicht, ob sie etwas tun sollte. Es schien, als wolle er ihm die Hand reichen. War er ernsthaft auf ihrer Seite?

Die Sekunden, in denen der Professor auf die Hand des Magiers blickte, erschienen ihm selbst wie eine kleine Ewigkeit. Er wusste nicht, ob er ihm Vertrauen schenken sollte, doch schließlich griff er tatsächlich nach der Hand.

Sie schüttelten sich die Hände und der Magier stellte sich vor: „Mein Name ist Gallad und ich bin mir sicher, dass Sie etwas erreichen werden, Robert. Sie müssen nur weiterhin daran glauben."

Die Hand des R2 senkte sich und auch Sam atmete erleichtert auf.

KAPITEL 12

Da der Tag schon vor der Tür stand, beschlossen sie bei Sonnenaufgang aufzubrechen, doch bis dahin blieb noch etwas Zeit. Sky hatte sich zu Sam gesetzt und ihren Kopf auf seiner Schulter abgelegt, während er durch die Büchersammlung in seinem Hologramm-Armband blätterte. Robert unterhielt sich weiterhin mit Gallad. Sie sprachen über den Weg, den sie gehen würden und darüber, wohin Sarah sie dann bringen würde.

Fasziniert deutete Sky auf einen Eintrag in Sams Sammlung. „Letzte Worte", las sie vor.

„Sind das alles Geschichten?", fragte sie.

Sam lächelte. „Das, worauf du gerade gedeutet hast, ist nur ein Dokument. Es ist ein Interneteintrag, den ein Junge kurz vor dem Untergang der Erde verfasst hat. Seine Worte zogen dank des Netzwerks der Menschen durch die ganze Welt."

Sky konnte sich ein erstauntes Lächeln nicht verkneifen. „Was hat er denn geschrieben?", fragte sie neugierig.

Sam fuhr mit dem Finger über den Eintrag und öffnete das Dokument.

„Bitte", flüsterte Sky. „Lies es mir vor!"

Der Text leuchtete vor ihren Augen auf und Sam begann die Zeilen laut zu lesen:

„Ich bin fünfzehn Jahre alt und statt mir meine Zukunft auszumalen, befürchte ich mittlerweile, dass ich keine haben werde. Heute sind die westlichen Truppen auch bis zu uns vorgerückt. Es knallt und donnert unentwegt in der Ferne und ich begreife einfach nicht, warum es soweit kommen musste. Auch wenn meine Familie und ich versuchen würden uns zu retten, wohin sollten wir denn gehen? Es gibt längst kein Öl mehr, unser Strom läuft nur noch bedingt durch die Notversorgung und unsere Vorräte sind fast aufgebraucht. Meine Eltern machen gute Miene zum bösen Spiel, aber ich weiß, wie es ihnen wirklich geht. Nachts kann ich meine Mutter weinen hören und das Zittern ihrer Hände verheißt nichts Gutes. Als ich eben vom ersten Atombomben-Abwurf im Osten gehört habe, ist mir fast das Herz stehengeblieben. Eines der Rettungsraumschiffe wurde zerstört. Was tut ihr denn da? Wer auch immer diesen Eintrag lesen wird, hier schreibt ein Junge, der furchtbare Angst hat und der nur will, dass ihr damit aufhört. Es muss doch einen anderen Weg geben als diesen! Wieso bombardiert ihr die Rettungsraumschiffe um den anderen ihre Chance auf das Überleben zu nehmen? Wir sind doch gestraft genug. Weshalb nimmt man uns dann die letzte Hoffnung, indem ihr einander mit Atombomben attackiert? Und wenn ihr doch bereits vor langer Zeit wusstet, dass all dies kommen würde, warum habt ihr nie gehandelt? Eure Rettung ins All ist doch gar keine Rettung, sie ist doch nur eine Flucht. Niemand müsste von hier fliehen, wenn alles anders gelaufen wäre. Aber was weiß ich schon? Ich bin ja erst fünfzehn! Das sagte mir zumindest vor wenigen Wochen einer unserer Nachbarn. Mittlerweile ist er tot. Er starb an einem Grippevirus. Etwas, gegen das wir uns sonst einfach haben impfen lassen, aber dafür fehlen uns nun die Mittel. So wie es uns jetzt fast an allem fehlt. Wenn ich schon keine Zukunft habe, dann möchte ich zumindest, dass meine Worte ihren Weg finden werden. Wer auch immer von uns allen überleben wird, er soll mehr aus seinem Leben machen und sich daran erinnern, wie furchtbar Krieg ist, damit kein anderer das jemals wieder erleben muss."

Erstaunt hob Sky den Kopf von Sams Schulter. „Schade, dass er nie erfahren wird, wie weit es seine Worte geschafft haben", sagte sie gerührt.

„Er ist meine größte Motivation", antwortete Sam.

Fragend sah der R2 ihn an.

„Ich will vor allem wegen ihm zur Erde zurückkehren."

„Was glaubst du dort zu finden?" Sie klang überzeugt von dem Gedanken, dass er es einmal schaffen würde.

„Erinnerungen“, lautete Sams Antwort. „Natürlich nicht meine, sondern die von Milliarden Menschen. Vielleicht hat irgendetwas ja die Zeit überdauert und wartet nur darauf gefunden zu werden. Und was es auch ist, es hat zumindest seine ganz eigene Geschichte.“

Sky lächelte. „Ich würde gerne mit dir auf diese Reise gehen.“ Sams Mundwinkel hoben sich erfreut.

„Das wäre sehr schön“, antwortete er, als sein Vater die beiden darum bat sich zum Aufbruch bereit zu machen.

Gemeinsam gingen sie den schmalen Weg hinter dem Wasserfall hinaus aus der Höhle. Gallad führte sie in eine andere Richtung als die, aus der sie gekommen waren. Die wenigen Sonnenstrahlen, die am Horizont durch die vielen Baumstämme brachen, ließen den See rötlich schimmern. Sam sah zum ersten Mal wieder wirklich glücklich und entspannt aus. Seinem Vater fiel ein Stein vom Herzen, als ihre Blicke sich trafen.

„Was wird aus Kira und Terry?“, fragte Sam, als sie sich langsam vom Wasser entfernten und die Bäume um sie herum immer dichter standen.

„Ihnen geht es gut“, antwortete Gallad.

Robert nickte zustimmend. „Du hast ihn ja gehört. Die Magier haben keinen Zweifel an der Geschichte.“

Doch obwohl Sam eben noch glücklich gestrahlt hatte, machten sich nun umgehend Sorgenfalten auf seinem Gesicht breit. „Was werden wir jetzt tun, Dad?“

Sein Vater blieb stehen, bis sein Sohn auf seiner Höhe war. Gemeinsam ging er wortlos ein Stück mit ihm. „Wir werden unser Glück erst einmal außerhalb von Cyron suchen. Vielleicht sind die Menschen eher wie die Forscher und Sponsoren der R2-Serie und nicht so voreingenommen wie der Stadtrat."

Fragend sah sein Sohn zu ihm auf: „Aber es gibt einen Friedensvertrag! Oder zumindest ein Angebot! Schließlich sagte Gallad, du hättest die Vertragsverhandlungen gestört."

Robert nickte zustimmend. „Den scheint es zu geben. Aber solange wir nicht wissen, welche Bedingungen gestellt wurden, sollten wir uns darauf noch nicht verlassen."

Der Magier blieb plötzlich stehen und auch die anderen hielten an. „Die Bedingungen?", fragte er. „Ich dachte, deshalb seid ihr geflohen."

Überrascht sah Robert ihn an. „Wieso sollten wir deshalb fliehen?", fragte er. Und so entspannt er auch wirken wollte, sein Sohn spürte Unruhe in seinem Vater aufsteigen.

Der Magier atmete fest aus und warf einen kurzen Blick zu Boden. „Die Jäger und meinesgleichen verlangen die Abschaffung jeglicher K.I."

Der Professor spürte, wie ihm das Herz wild in der Brust schlug. Erschrocken warf er einen Blick zu Sky hinüber, die wie erstarrt schien. Auch Sam stand mit offenem Mund da. Die drei brauchten einen Moment, ehe die Worte in ihrem Verstand Fuß fassten.

„Das ist unmöglich", stammelte Robert. „Coroc ist eine K.I. und wenn wir unser Hauptnetzwerk abschalten, sind wir viel zu leicht anzugreifen."

Gallad nickte. „Ja, das ist ja auch ihr Ziel", antwortete er ehrlich.

„Aber das müssen Mister Winson oder eines der anderen Mitglieder des Stadtrates doch erahnen können." Der Professor konnte das kaum begreifen.

„Da ist nicht viel nötig gewesen. Glauben Sie mir, Robert, wenn der Mensch eines ist, dann gierig."

Sky strich sich über die Stirn. Sie sah in jenem Augenblick verloren aus. Die Welt, an die sie glaubte, gab es nicht. Und mit jedem Tag schien die Realität sich von ihren Träumen weiter und weiter zu entfernen.

„Das werden die Techniker nicht zulassen", sprach Sam ihr plötzlich gut zu.

Auch Robert entging nicht, wie ihr diese Nachricht auf den Magen schlug. „Ich werde das verhindern", versprach er ihr.

Der Magier lächelte. „Alleine werden Sie da nicht weit kommen, aber ich verrate Ihnen etwas." Gallad trat auf Robert zu. „Gewinnen Sie die Massen für sich. Ein Spieler, den die Leute lieben, gewinnt sein Spiel auch dann, wenn er es eigentlich verliert. Denken Sie immer daran." Dann ging er einfach weiter.

Nachdenklich begannen die anderen ihm zu folgen. Robert blieb noch eine ganze Weile wie in Gedanken versunken, während Sky mit ihrer Hand in der von Sam Halt suchte. Eigentlich war sie dazu da ihn zu beschützen, doch in diesem Moment war es genau anders herum. Sam spürte, wie sehr sie ihn brauchte. Er war ihr erster und einziger Freund. Was auch immer sie in der Zukunft erwarten würde, er würde nicht von ihrer Seite weichen.

Sie waren den ganzen Tag durch den Wald gewandert. Der Weg, den Gallad sie entlangführte, gehörte zu einem mit Sauerstoff angereicherten Gebiet und so konnten sie auf die Atemmasken verzichten. Vorsichtig schlichen sie sich Meter für Meter voran. Gallad war ein wahres Geschenk für die drei. Er hatte das knisternde Geräusch nicht ertönen lassen, weil die Magier damit untereinander kommunizierten. Dies funktionierte nach seinen Angaben auch über weite Entfernung. Es war wie ein kollektiver Gedanke, den die Menschen zwar hören, aber nicht wirklich aufnehmen konnten. Das erklärte auch, wieso sie von anderen Magiern in der Hütte überrascht wurden. Es war allgemein bekannt, dass es sich dabei um ihre Art der Kommunikation handelte, doch bislang hatten sie nie erfahren, dass es viel mehr als eine Sprache war. Je mehr Gallad über sein Volk und dessen Vorhaben preisgab, desto mehr schenkten sie ihm ihr Vertrauen. Dass sie diesen Weg gemeinsam bestritten, brachte ihnen ein Verständnis dessen, wieso Sarah sich mit diesem Magier verbündet hatte. Er mochte einer ihres Volkes sein, doch er war im Herzen so wie sie. Er war nur einer von vielen auf der Suche nach Ruhe und Frieden. Doch all das wollte er nicht durch einen Sieg über die Menschen erringen, sondern dadurch sich ihnen anzunähern. Er wollte ihnen Wissen vermitteln und ihnen dabei helfen in der Zukunft zu bestehen.

Gallad sprach davon, wie er Sarah das erste Mal getroffen hatte. Sie war furchtlos auf ihn zugelaufen und hatte ihm Löcher in den Bauch gefragt. Er war von ihren Vorstellungen fasziniert gewesen. Sie war wissbegierig und unerschrocken zugleich gewesen. Es war eine Freude ein so unvoreingenommenes Mädchen zu treffen. Er erzählte den dreien, dass er Sarah von Beginn an gemocht hatte und dass er in ihr die Hoffnung auf ein friedliches Zusammenleben gesehen hatte. Vielleicht konnte man keinen erwachsenen Menschen in seinem Denken und Handeln ändern, aber es war für ihn durchaus vorstellbar, dass Kinder und Jugendliche viel flexibler wären. Sie waren allem gegenüber offener und unvoreingenommen. Wieso sollte man ihnen nicht erklären können, wie viel mehr Wert die Natur hatte, als ihre Währung jemals haben könnte? Dass man nicht von einem Kristall, aber durchaus von einem Apfel einen weiteren Tag überleben könnte? Dass die Natur Krankheiten schuf um die Welt im Gleichgewicht zu halten, wie ein Schutzschild vor Überbevölkerung? Robert war fasziniert von den Überlegungen des Magiers. Sie entfernten sich keineswegs von seinen Wünschen, doch der Professor spürte auch, wie Recht dieses Wesen hatte. Für ihn gab es in seinen Vorstellungen keine Welt, in der man nicht versuchte Krankheiten zu heilen, oder durch Handel den Gewinn aller zu erhöhen.

„Ein Bauer, der nur Weizen anbaut, würde auch nur Weizen erhalten", gab der Professor zu bedenken. „Tauscht er mit dem Milchbauern, hat er zumindest noch etwas Milch."

Doch der Magier lenkte sofort ein. „Ja, aber ist ein Glas Milch nicht etwas anderes als ein Kristall? Nehmen wir an, Ihr Weizenbauer erhielte stattdessen für seine halbe Ernte einen Kristall. Nun will er davon eine Zeit später bei dem Milchbauern etwas Milch kaufen, doch der Bauer kann den Kristall nicht mehr gegen sein Gut eintauschen. In der Zwischenzeit hat jemand einen großen Vorrat an Energiekristallen aufgespürt und durch den Verlust ihrer angeblichen Seltenheit ist nun auch ihr allgemeiner Wert gesunken. Einige Liter Milch sind plötzlich wesentlich mehr wert. Auch das Ersparte des Bauern bringt ihm für seinen geplanten Einkauf in der Nachbarschaft nichts mehr. Dann bleibt ihm also nur noch die andere Hälfte seiner Ernte, um bis zum nächsten Abbau damit über die Runden zu kommen. Nun denken Sie aber einmal weiter, Robert. Was wäre, wenn er seine ganze Ernte gegen viel mehr Kristalle getauscht hätte?"

Der Kopf des Professors senkte sich nachgiebig. „Sie scheinen sich gut über uns informiert zu haben“, antwortete er.

„Nein“, sagte Gallad, „wir haben bereits viele Ihrer Fehler selbst gemacht.“

Das Gespräch zwischen den beiden verstummte, als Sam plötzlich den Arm ausstreckte und in die Ferne zeigte. Zwischen den Bäumen konnte man eine kleine Waldlichtung entdecken, deren Gebiet sich etwas vom Rest der Umgebung abhob. Sarah stand neben einem Gleiter und winkte ihnen freudestrahlend zu. Sky erkannte schon aus der Entfernung, wie wunderschön sie aussah. Sie war schlank und hatte lange Beine. Ihre Haare waren, genau wie die von Sam, hellblond. Seine Mutter trug ihr volles Haar hoffen und es wehte leicht im Wind, als sie sich ihr langsam näherten.

Für Robert gab es kein Halten mehr, er hatte seine Frau schon so lange nicht mehr gesehen. Eilig stürmte er an Gallad vorbei und fiel Sarah überschwänglich in die Arme. Sofort presste er sie fest an sich, als sich ihre Lippen berührten. Sky blieb stehen, als sie spüren konnte, wie es auch Sam zu seiner Mutter hinzog. Seine Schritte näherten sich ihr und auch wenn Sky ihn nun nur noch von hinten sehen konnte, so kam es ihr vor, als könne sie das Lächeln sehen, dass sich auf seinem Gesicht ausbreitete. Der Blick seiner Mutter löste sich vom Professor und ihre grünen Augen sahen in die von Sam. Tränen funkelten in ihnen und ihr Gesicht erstarrte für einen Moment in einem überwältigten Ausdruck. Behutsam streckte sie die Arme nach ihm aus. Sam ging auf sie zu und sie drückte und streichelte ihn. Immer wieder flüsterte sie seinen Namen und strich ihm stolz durch die kurzen Haare in seinem Nacken. Er war genauso groß wie sie und es schien dennoch, als wäre er noch immer ihr kleiner Junge. Erst, nachdem sie Sam ausgiebig begrüßt und begutachtet hatte, nickte sie Gallad dankbar zu. Sein Kopf senkte sich ebenfalls kurz. Dann nahm sie ihren Sohn etwas beiseite und sah Sky an, die noch immer wie angewurzelt dastand.

Sie war nur wenige Meter vom Waldrand entfernt und hatte sich noch immer keinen Schritt weiter gewagt. Der R2 wollte diesen Augenblick nicht stören, doch nun waren alle Augen nur auf sie gerichtet.

„Das ist Sky", sagte Sam und seine Mutter begann erneut zu lächeln. Sarah streckte ihr die Hand entgegen und Sky näherte sich ihr umgehend. Als sich die Hände der beiden berührten, sahen sie einander kurz in die Augen.

„Du bist unglaublich", flüsterte Sarah überwältigt, als ihr Blick jeden Zentimeter von Skys Gesicht abzutasten schien. Strahlend sah sie zu ihrem Mann hinüber. „Ich kann gut verstehen, warum du all das hier tust."

Ihre Worte durchfluteten jede von Roberts Zellen. Es tat ihm gut, das von ihr zu hören.

„Wenn wir angekommen sind, erwartet dich vielleicht nicht das Zuhause, das dir ursprünglich versprochen wurde", sagte Sarah plötzlich zu ihr. „Aber ich verspreche dir, dass es dem zumindest nahe kommt."

Skys blaue Augen leuchteten erfreut auf. „Danke", antwortete sie leise, nicht wissend, was sie sonst hätte sagen sollen. Ihr Traum schien doch noch Gestalt anzunehmen. Auch wenn die Umstände sich weit von ihren Vorstellungen entfernt hatten, schien es dort draußen doch ein Zuhause für sie zu geben.

„Steigt schon einmal ein", sagte Robert zu seinem Sohn. „Ich muss kurz allein mit deiner Mutter sprechen." Sam nickte und öffnete umgehend die Türen des Gleiters.

Der Professor nahm seine Frau ein paar Meter zur Seite. „Wie kommt es, dass du jetzt schon hier bist?", fragte er sie nun unter vier Augen.

Sie warf einen prüfenden Blick zum Gleiter zurück, bevor sie sich wieder an ihren Mann wandte. „Vor ein paar Tagen haben wir im Lager die Nachricht erhalten, dass die Arbeiter vorerst mit dem Schürfen aufhören sollten. Uns wurde nicht gesagt, wieso wir keine Energiekristalle mehr fördern sollten, aber unsere dortigen Labore wurden ebenfalls gesperrt", erklärte sie. „Ich war schon nicht mehr dort, als Frank mich kontaktierte. Ich war längst hier bei Gallad, um herauszufinden, ob er mehr weiß."

Robert sah sie mit großen Augen an. „Es ist wegen diesen Vertragsverhandlungen, nicht wahr?" Er klang nervös.

Seine Frau nickte zustimmend. „Sie werden die Kristalle nicht mehr benötigen, wenn wir unsere Maschinen abschalten."

Sarahs Worte drangen an seine Ohren, doch sie fühlten sich so bitter an, als könnte er sie schmecken. „Was ist mit den anderen Städten? Werden die auch darüber nachdenken?" Robert spürte, wie ihn die Sorge um Hope packte.

„Lass dir jetzt nichts ansehen", drängte Sarah ihn bittend. „Aber ja, es scheinen bereits zwei weitere Stadträte über ihr Angebot nachzudenken."

Robert schluckte den Kloß in seinem Hals hinunter. Dann lächelte er aufgesetzt, damit Sam und Sky nichts merkten. „Das ist unser Untergang. Wie können sie darüber überhaupt nachdenken?"

Sarahs Hände suchten nach seinen und drückten diese fest. „Gallad ist sich in dem Punkt nicht ganz sicher, aber er meinte, es gehe um einen einfachen Handel. Sie würden weiterhin die Macht über die Techniker behalten, aber eben zu den Bedingungen der Magier."

Die Stirn des Professors runzelte sich kurz angestrengt, ehe er wieder zwanghaft lächelte. „Es geht hier um die Wahlen, oder? Sie wollen nicht abgewählt werden, weil die Attentate der Magier sie beim Volk unter Druck gesetzt haben."

Sarah rieb mit ihren Fingern die ihres Mannes. „Bitte", flüsterte sie. „Ganz egal, worum es ihnen geht, wir müssen doch irgendetwas tun können."

„Die Menschen werden vielleicht zulassen, dass sie eine Maschine abschalten, aber sie werden niemals zulassen, dass sie dasselbe mit einem lebendigen Wesen tun." Er sah zum Gleiter hinüber und küsste seine Frau fest auf die Stirn, als er ihren Kopf behutsam zu sich zog. „Ich werde mir etwas einfallen lassen", versprach er und trat an ihr vorbei.

Sein Weg bahnte sich zu Gallad. Robert ergriff seine Hand. „Vielleicht brauchen wir Sie bald noch einmal", sagte er zu ihm.

Der Magier lächelte. „Vielleicht ist es umgekehrt", antwortete er.

„Wir werden sehen." Auch wenn der Professor in jenem Augenblick kein Wort des Danks sagte, so hörte man die Dankbarkeit doch in seiner Stimme.

Dann stieg er zu Sam und Sky in den Gleiter. Sie konnten sehen, wie Sarah den Magier fest umarmte und ihm ein letztes Lächeln schenkte, ehe sie ebenfalls zu ihnen stieg.

KAPITEL 13

„Sie ist der Wahnsinn!“ Der dunkelhaarige Lionel warf einen aufgeregten Blick durch den Spalt der Tür.

Sam war mit Sky und seinen Eltern in eine nahgelegene Siedlung der Techniker geflogen. Den Ort nannte man Edge, weil dieses Gebiet so nah an dem der Magier lag. Sams Mutter hatte hier schon vor ein paar Tagen bei alten Bekannten Unterschlupf gefunden. Ihr Haus war zwar kleiner als das, was sie selbst in Cyron bewohnt hatten, aber sie versuchten sich, so gut es ging, damit zu arrangieren. Sam sollte sich mit Lionel ein Zimmer teilen, während Sky vorerst die Nacht im Wohnzimmer verbringen sollte. Seine und Lionels Mutter wollten ihr bis zum nächsten Tag das Büro einrichten. Es gab zudem bereits ein Gästezimmer, das von seinen Eltern genutzt wurde. Sam hatte diese Familie zuvor nicht gekannt, aber scheinbar war er als kleines Kind bereits bei ihnen zu Besuch gewesen. Immer wieder sagte Julie, Lionels Mutter, wie groß Sam doch geworden sei. Ihr Sohn war gerade einmal ein Jahr älter als Sam und die beiden hatten schon in den ersten Minuten gemerkt, dass sie scheinbar so gar nichts gemeinsam hatten. Dennoch schien sie eines zu verbinden: das Interesse an Sky - auch wenn das von Lionel ein gänzlich anderes war als das von Sam.

„Oh Mann, sieh dir nur diesen Körper an!“ Lionel winkte Sam, der bereits auf dem Bett saß, zu sich herüber.

Der dachte jedoch keineswegs daran Sky heimlich beim Umziehen zu beobachten.

Kopfschüttelnd verdrehte Sam die Augen. „Sie ist ein Cyborg, jetzt krieg dich mal ein“, antwortete er beabsichtigt lauter.

Schnell zog Lionel den Kopf ein, als Skys Blick zur Zimmertür fiel.

„Na toll", sagte er genervt, als er sich hinter der Tür auf den Boden setzte. „Jetzt hat sie ganz sicher was gemerkt."

Sam schaltete stumm sein Hologramm-Armband ein und versuchte Lionel, so gut es ging, zu ignorieren, doch es dauerte nicht lange, bis dieser die Tür schloss und sich zu ihm setzte.

„Was ist denn los mit dir?", fragte Lionel. „Willst du mir weismachen, dass du das einfach ausblendest?"

Sam sah ihm in die braunen Augen. „Nein", antwortete er ernst, „ich will dir nur deutlich machen, dass du da einen ziemlich abgedrehten Gedanken hast."

Lionel lachte plötzlich laut auf. „Ach, komm schon", entgegnete er Sam, „mach dich mal ein bisschen locker." Er verschränkte die Arme hinter seinem Kopf und ließ sich mit dem Oberkörper aufs Bett sinken. „Wenn ich seit Tagen mit ihr unterwegs gewesen wäre, hätte ich sicherlich schon einen Versuch gewagt, der Kleinen näherzukommen."

Sam sah Lionel mit hochgezogenen Augenbrauen überrascht an. „Ist das dein Ernst?", fragte er ungläubig. „Hast du mir nicht erst vorhin erzählt, dass du eine Freundin hast?"

Lionel grinste breit. „Ja, aber doch nicht so eine", antwortete er, als wäre es für ihn kein Problem sich einen schnellen Wechsel vorzustellen.

„Ah ja", gab Sam genervt von sich. Er mochte diesen Typen nicht. Schon jetzt wollte er am liebsten seine Sachen zusammenpacken und lieber freiwillig ins Gebiet der Magier zurückwandern, als Lionels Art auch nur einen Moment länger ertragen zu müssen. Er mochte ja mehr Erfahrung im Umgang mit Mädchen haben als er, aber Sam konnte sich nicht vorstellen, dass er auch nur einen Funken Respekt vor ihnen hatte. Schließlich waren ihm die Gefühle seiner Freundin scheinbar ganz egal und er hatte auch keinen Moment lang darüber nachgedacht, ob es richtig wäre, Sky heimlich zu beobachten.

Sam atmete tief ein und schaltete gleichzeitig sein Armband aus. Er konnte sich hier keinesfalls aufs Lesen konzentrieren.

„Wollen wir uns rausschleichen?“, fragte Lionel plötzlich. „Ich könnte dir und Sky ein wenig die Gegend zeigen.“

Sam schüttelte gelangweilt den Kopf. „Nein, danke. Die letzten Tage waren aufregend genug für uns.“

Lionel setzte sich wieder aufrecht hin. „Gut“, antwortete er, „dann frage ich eben, ob Sky Lust hat.“ Er sprang auf und eilte zur Tür hinaus.

Nachdenklich sah Sam ihm nach. Auch er sprang jetzt auf die Beine und blickte nun selbst durch den Spalt der Tür. Er konnte beobachten, wie Lionel sie scheinbar versuchte zu überreden. Plötzlich drehte sie den Kopf und sah zu Sam herüber, der wie versteinert hinter der Tür stand. Nun traf ihn auch Lionels Blick. Sky deutete ihm mit dem Kopf zu ihnen herüberzukommen. Sam hielt kurz inne, es dauerte einen Moment, ehe er sich auf sie zubewegte. Ihm gingen tausend Gedanken durch den Kopf. Was sollte er tun, wenn Sky nun tatsächlich daran interessiert war sich die Siedlung näher anzuschauen?

„Ohne ihn gehe ich nirgendwohin“, hörte er Sky sagen.

Lionels Blick traf ihn abwertend, als er sich zu ihnen stellte.

„Er will uns die Gegend zeigen“, sagte sie und sah ihn dabei erwartungsvoll an.

„Ja, aber ich bin wirklich müde“, log Sam, denn eigentlich fühlte er sich nach dem langen Schlaf, den ihr Schallausstoß ausgelöst hatte, mehr als ausgeruht. Für einen kleinen Augenblick hätte er schwören können, dass sie ein wenig enttäuscht wirkte.

„Dann bleibt er eben hier“, gab Lionel plötzlich von sich.

Dieser Kerl gibt echt nicht auf, ging es Sam durch den Kopf.

„Ich weiß nicht“, antwortete Sky unsicher. „Ich glaube nicht, dass das so eine gute Idee ist. Robert hat mir seine Regeln sehr deutlich gemacht.“

Lionel strich sich lächelnd durch sein dunkles Haar. Sam rollte erneut genervt mit den Augen, denn er befürchtete, dass Sky tatsächlich schwach werden könnte. Der Typ sah ja nicht schlecht aus und er schien das auch zu wissen.

„Bitte“, sagte er mit zuckersüßer Stimme. „Ich will dir unbedingt etwas zeigen.“

Skys blaue Augen leuchteten neugierig auf. Sie lächelte zurück. „Was willst du mir denn zeigen?“, fragte sie.

Sam stand wie ein Zuschauer am Spielfeldrand. „Das gilt es ja herauszufinden“, lockte Lionel sie.

Ihr Grinsen wurde breiter. „Na gut“, stimmte sie ihm tatsächlich zu. „Aber nur kurz! Wir sind gleich wieder zurück.“

Ihr Blick traf den von Sam, der sie ungläubig ansah. „Aber …“, stotterte er plötzlich.

„Was ist denn?“ Er kam gar nicht dazu noch etwas zu sagen.

„Ganz cool bleiben, Sam, ich passe schon auf.“ Lionels Worte mochten nett klingen, aber Sam konnte sich schon vorstellen, wie das aussehen würde.

„Dann komme ich auch mit“, brach es plötzlich aus ihm heraus.

Sky strahlte. „Das freut mich“, sagte sie und griff umgehend nach ihrer weißen Jacke. Unterdessen traf Lionels Blick den von Sam mehr als feindselig. Scheinbar gehörte er nicht zu seinem Plan für den Abend. Nervös biss Sam sich auf die Unterlippe. „Also dann", sagte er, „ich hole nur kurz meinen Mantel."

„Nur noch ein paar Meter und dann sind wir auch schon oben", erklang Lionels Stimme in der Dunkelheit. Das Licht von Skys Augen leuchtete ihnen den Weg, der sie auf die Aussichtsplattform eines großen Hügels führte.

„Hier nennt man ihn den kleinen Berg." Man konnte Lionels Lächeln in seiner Stimme hören.

„Ich bin schon ganz gespannt auf den Ausblick", sagte Sky aufgeregt. Nur Sam blieb stumm und trottete abwesend hinter ihnen her. Sein Magen spielte verrückt. Eigentlich sogar sein ganzer Körper. Er war furchtbar nervös und er konnte dieses Gefühl einfach nicht abschütteln. Ihm gefiel das alles nicht. Weder die Nachtwanderung, eine Aktivität, die ihm sein Vater vor nicht allzu langer Zeit in Cyron strengstens verboten hatte, noch das ständige Baggern von Lionel. Sam ärgerte sich unglaublich darüber, dass Sky überhaupt auf den Kerl reinfiel. Natürlich konnte sie noch nicht wissen, dass er vielleicht Hintergedanken hegte, aber ihr konnte doch keinesfalls entgangen sein, wie er sie ständig ansah.

Noch während er versuchte mit seinen Gefühlen fertig zu werden, betrat Sky bereits mit Lionels Hilfe die Plattform. Vorsichtig zog er sie den letzten Schritt mit seiner Hand zu ihm herauf. Erstaunt drehte sie sich um und bewunderte die vielen kleinen Lichter der Siedlung. Dann hob sich ihr Blick, das Licht ihrer Augen erlosch und sie widmete sich den Tausenden von Sternen über ihnen.

„Das ist unglaublich", flüsterte sie aufgeregt.

Sam setzte seinen Fuß auf die Plattform und warf selbst einen Blick nach oben.

„Ja, nicht wahr?", antwortete ihr Lionel mit seiner aufgesetzt liebevollen Stimme.

Sam wischte sich hilflos mit der Hand über das Gesicht. Sie hatten ja Recht, es war ein großartiger Anblick, aber er hätte ihn lieber ohne Lionel genossen.

„So habe ich den Himmel noch nie gesehen", sagte Sky bewundernd. „Ich stehe hier draußen vollkommen im Freien und sehe zum ersten Mal, wie viele Sterne da oben eigentlich sind."

Als Lionel sich Sky etwas näherte, beobachtete Sam die beiden, so gut das in der Dunkelheit ging. Lionel umfasste ihre Hand und deutete mit ihr zusammen in den Himmel.

„Siehst du das Sternenbild da?", fragte er.

Sky nickte.

„Man nennt es ‚die Schöne', weil es wie eine Frau aussieht. Kannst du das erkennen?" Er malte die Umrisse mit ihrem Zeigefinger nach und Sky lächelte stolz.

„Ja, ich sehe sie", antwortete der R2 aufgeregt.

Sams Atem ging schneller. Das Gefühl, das ihm eben noch so undeutlich schien, war nun ganz klar zu erkennen. Ja, er war eifersüchtig. Er hatte keine Ahnung warum, aber Lionel schaffte es tatsächlich sie zu überraschen. Sam schmeckte es überhaupt nicht, wie er sich bei ihr einschmeichelte. Sofort sah er sich selbst aufmerksam um.

„Sky?", ertönte seine Stimme leise. Sie sah zu ihm hinüber. „Komm mal her", bat er sie.

Und tatsächlich löste sie sich aus Lionels Fingern, um sich neben ihn zu stellen. Sam sah ihr tief in die Augen. Er war aufgeregt, sein Herz klopfte. „Ich habe versprochen, dir die Erde zu zeigen", sagte er und deutete selbst in den Himmel. „Dort, in diesem Bereich, ist sie. Dieser Stern ist die Sonne unserer Heimat."

Sky atmete tief ein, während sich ihre Augen langsam nach oben bewegten. Sie lächelte, als sie diesen kleinen Punkt zwischen all den anderen fand.

„Da ist es wirklich", sagte sie gerührt, „euer Zuhause."

Sam nickte und so schön dieser kurze Augenblick auch für ihn war, Lionel drängte sich umgehend wieder dazwischen.

„Wegen der Erde nennen sie dich also Sky, oder?", fragte er plötzlich.

Der R2 nickte zustimmend.

„Ja, das passt sehr gut." Das Lächeln, das er ihr entgegenbrachte, hatte sicher auch seine Freundin zum Dahinschmelzen bewegt. Sam kam sich direkt blöd vor, als er erkannte, was er eigentlich gerade tat. Er buhlte um Skys Gunst. In diesem Augenblick fragte er sich, wie er überhaupt darauf kam, dass er auch nur den Hauch einer Chance gegen diesen Kerl haben würde. Lionel sah gut aus und hatte scheinbar überhaupt keine Hemmungen. Er strotzte nur so vor Selbstbewusstsein. Was hatte Sam dagegen schon zu bieten? Mit seiner hellen Haut und dem blonden Haar wirkte er immer wie ein kleiner Junge. Lionel sah für sein Alter schon wesentlich männlicher aus. Er war muskulös und groß. Während Sam bei der Größe zwar mithalten konnte, sah er doch im Gegensatz zu Lionel eher schmächtig aus. Er kam sich richtig armselig vor. Noch nie hatte ein Mädchen sich für ihn interessiert. Wollte er sich ernsthaft um einen Cyborg bemühen, damit er überhaupt mal von jemandem angehimmelt wurde?

Seinen Kopf senkend verließ Sam wortlos die Plattform.

„Wo willst du denn hin?“, rief Sky ihm fragend nach, doch er antwortete nicht einmal.

Stur ging er eilig den Hügel hinab. Er warf keinen einzigen Blick zurück. Er konnte das einfach nicht länger mit ansehen.

Verärgert breitete Sam die Schlafdecke auf dem Boden von Lionels Zimmer aus. Sie schienen ihm nicht einmal zu folgen. Der Stoff der Decke war viel zu dünn. Als Sam sich darauflegte, konnte er noch immer den harten Boden fühlen. Selbst das ärgerte ihn nun maßlos. Genervt drehte er sich von einer Seite zur anderen. In Cyron hatten sie für Gäste ganz andere Möglichkeiten gehabt. Es gab bei ihnen im Haus Teppiche, die sich je nach Temperatur veränderten. Bei normalen Wohnraumtemperaturen blieben sie dünn und kuschelig. Stellte man die Temperatur auf 16 Grad, also auf die optimale Schlafzimmer-Temperatur, ging der Stoff des Teppichs auf. Er wurde dicker und glatter. Es war unheimlich gemütlich. Es war eben etwas ganz anderes als das, womit er sich gerade versuchte zu arrangieren. Sam hatte sich eines der dicken Kissen von Lionels Bett geschnappt und legte es sich in den Nacken. Noch immer fragte er sich, wann die beiden denn endlich zurückkommen würden. Nervös startete er das Hologramm-Armband, um sich ein wenig abzulenken. Gerade, als er sich für eine der vielen Geschichten entschieden hatte, sprang die Tür auf. Lionel betrat sichtlich glücklich das Zimmer. Er schloss die Tür und warf sich umgehend aufs Bett. Noch während er sich die Schuhe im Liegen auszog, verkündete er seine Neuigkeiten.

„Sie hat ganz sicher angebissen“, sagte er zufrieden. „Ich dachte echt, du versaust mir das.“

Sam blieb stumm. Er starrte innerlich bebend auf die ersten Zeilen des Buches. Lionel warf die Schuhe vom Bett und nur kurze Zeit später folgten weitere Kleidungstücke. Noch immer brachte Sam es nicht einen Moment lang fertig zu lesen. Als Lionel sich zugedeckt hatte und sein Kopf auf eines der vielen Kissen sinken ließ, ertönte seine Stimme erneut.

„Lies du nur", sagte er deutlich amüsiert. „Ich kenne jedes Ende, denn am Schluss bekommt der Held immer das Mädchen." Er lachte kurz auf und drehte sich dann um.

Endlich herrschte Stille. Sams Augen rollten nachdenklich hin und her. Er schaltete das Armband aus, ohne auch nur einen Satz in Ruhe gelesen zu haben. Es ging einfach nicht. Zum ersten Mal in seinem Leben konnte er sich nicht auf eine Geschichte konzentrieren. Er konnte nicht in die Worte versinken und die Welt um ihn herum ausschalten. Sam lag noch stundenlang gedankenverloren wach, ehe ihn endlich der Schlaf überkam.

Am frühen Morgen wurden sie von Julie geweckt. Sie bat darum, dass sich beide umgehend frisch machten, damit sie zusammen frühstücken konnten. Als Sam und Lionel im Esszimmer des kleinen Hauses ankamen, standen auf dem Tisch viel mehr Dinge als nur ein paar Energiegetränke. Er war gedeckt mit Obst, einem Wasserkrug, Brot sowie Wurst und Käse. Robert winkte seinen Sohn zu sich. Er und Sams Mutter hatten sich bereits mit Sky hingesetzt. Der Platz neben dem R2 war eindeutig für ihn reserviert. Auf ihren Plätzen standen keine Teller, nur Energiegetränke. Sam setzte sich und warf noch einen Blick auf die bunte Auswahl. Lionel nahm währenddessen schräg gegenüber von ihm Platz und hatte so direkten Blick auf Sky. Howard und Julie besetzten die noch freien Stühle. Sie griffen nach den Broten, schenkten sich Wasser ein und aßen immer mal wieder etwas von dem Obst.

Wortlos nahm Sam einen großen Schluck seines Getränks.

„Und? Wie war deine erste Nacht hier, Sam?", fragte ihn sein Vater plötzlich.

Er sah zu ihm auf und zuckte kurz mit den Schultern. „Ganz okay", antwortete er und nahm einen weiteren Schluck.

Im Augenwinkel konnte Sam sehen, wie Lionel Sky zulächelte. Dieser eingebildete Kerl ließ wirklich keinen Versuch aus. Er baggerte selbst jetzt wieder an ihr herum. Genervt rollte Sam unabsichtlich mit den Augen. Diese Geste war Robert mehr als bekannt und es war ihm nicht entgangen. Still musterte er seinen Sohn, als auch er sein Frühstück trank.

„Es gibt heute Mittag eine Sondersendung. Sie soll auf allen Sendern laufen", sagte Julie in diesem Augenblick.

Sarah sah erschrocken zu Robert hinüber. „Bestimmt haben die Magier und ihr Jägerpack die Stadt Delta bereits eingenommen", entgegnete ihr Howard. Er sah zum Professor auf. „Die letzten Bilder, die sie vor Wochen gezeigt haben, sahen wirklich schlimm aus. Durch die verdammten Elementarmagier sind schon so einige Häuser eingestürzt oder abgebrannt. Ich hab schon immer gesagt, dass die Schutzkuppeln totaler Mist sind. Das Einzige, was da etwas abhält, sind die Energietore, aber die kommen ja nicht aus dem Arsch. Man müsste sie endlich mal erweitern, damit sie ganze Städte abschirmen."

„Howard, bitte", sagte Julie. „Achte auf deinen Tonfall! Wir haben Gäste."

Ihr Mann nickte. „Ich weiß, aber Sarah und Robert wissen doch, wie ich bin. Es regt mich einfach auf, dass wir nicht einfach mal in ihre Heimat vordringen, anstatt uns immer angreifen zu lassen. Die Jäger wollten doch diesen Krieg. Warum dann noch der ganze Anstand? Ich verstehe einfach nicht, wieso die Techniker so an ihrem Vorhaben festhalten und sich weigern in den Kampf gegen ihresgleichen zu ziehen. Die kennen doch auch keine Moral mehr."

Robert brachte sich ins Gespräch ein. „Wir sollten die Sendung abwarten. Vielleicht geht es um etwas ganz anderes."

Interessiert sah Howard ihn an. „Mag sein, aber man ist ja langsam an ihre Sondersendungen gewöhnt. Da geht es immer um die Kriegsgebiete und etwas Besonderes heißt bei denen immer, dass wir wieder eine Stadt verloren haben."

Lionel ließ Sky unterdessen nicht aus den Augen und Sam beobachtete ihn wiederum auch weiterhin ganz genau.

„Ich meine ja nur, dass wir uns vorher nicht verrückt machen sollten", erklärte sich Robert.

„Ich sage euch etwas", sagte Howard ernst. „Die sind doch nicht doof. Die hätten uns doch längst auslöschen können, aber irgendwas wollen die noch von uns."

Julie stöhnte plötzlich genervt auf. „Nicht das Thema!", sagte sie mehr zu sich selbst als zu dem Rest der Runde.

„Da ist doch was im Busch, Robert. Erst krallen sie sich die Jäger und blenden sie mit ihren Zaubern und dann greifen sie nach und nach unsere großen Städte an. Für die kleinen Orte wie diesen hier interessieren sie sich nicht einmal. Ich meine, wir sitzen hier quasi in ihrem Vorgarten, aber es passiert seit Jahren nichts. Die wollen ganz eindeutig unsere Technik. Es mag verrückt klingen, weil sie ja ach so tolle Dinge selbst können, aber eines können sie nicht, Robert, sie erschaffen kein Leben. Nicht so wie wir. Sie haben keine intelligenten Maschinen, die für sie in den Kampf ziehen. Ich meine, das ist doch logisch. Sie haben vorher nie angegriffen. Erst, als wir die K.I. schufen, ging das ganze Theater los."

Die Augen des Professors weiteten sich. Er erinnerte sich an das, was Gallad ihm erzählt hatte. Ihm kamen dessen Worte darüber in den Sinn, wie die Magier selbst ihre Heimat verloren hatten. Ja, sie hatten ein gänzlich anderes Bewusstsein entwickelt, sie waren weit fortgeschritten, aber sie hatten ihren technischen Fortschritt scheinbar nicht in andere Dinge als in sich selbst investiert. Sie waren den Truppen der unterentwickelten Spezies unterlegen, weil diese scheinbar viel kaltblütiger waren. So wie wir, ging es Robert durch den Kopf. Gallad sagte, dass sie sich vor uns fürchten würden, weil wir wie sie seien. Howard hatte Recht, sie unterschieden sich durch die Maschinen der Menschen voneinander. Sie mochten Raumschiffe haben, aber er hatte ansonsten nichts wirklich Technisches bei ihnen gesehen. Was war, wenn sie die Cyborgs haben wollten? Und all die Baupläne? Vielleicht ging es ihnen selbst nicht in erster Linie um Hope, sondern um die Rückeroberung ihrer eigenen Heimat. Der Professor schluckte.

„Das ist es vielleicht ...", flüsterte er noch immer gedankenverloren.

Howard lächelte zufrieden. „Na, sage ich doch. Wir wären ja schön blöd, wenn wir diesen Kreaturen freiwillig auch noch unser Wissen dazugeben würden." Dann lachte er laut. „Stellt euch mal vor, was da für eine Armee aufmarschieren würde! Tausende von Maschinen, die von Magiern dirigiert würden. Erst walzt uns unsere eigene Entwicklung platt und den Rest erledigt dann die Zauberer-Elite, die uns mit ihren Fähigkeiten den Rest gibt." Er schlug sich mit der rechten Faust in die Handfläche der anderen Hand. „Und bäm!", rief er. „Das war es! Ruckzuck wäre es aus mit uns! Dann hätten sie ganz Hope und die intelligente Technik, die sie sicher umgehend mit ihren Fähigkeiten erweitern würden."

Mit großen Augen sah jeder am Tisch zu ihm herüber.

„Das wäre wirklich fatal", stammelte Robert, der versuchte diese Vorstellung sacken zu lassen.

KAPITEL 14

„Sam, warte mal einen Augenblick", bat Robert seinen Sohn, als sie den Tisch abgedeckt hatten. Sky und Lionel verschwanden mit den anderen nach draußen in den Garten.

Unsicher sah Sam seinem Vater in die Augen. „Was ist denn los?", fragte er.

Robert lächelte zurückhaltend. „Nun, das wollte ich dich eigentlich fragen." Sein Vater deutete auf einen der Esszimmerstühle. „Vielleicht sollten wir uns kurz setzen", schlug er vor und nahm selbst Platz.

Zögerlich griff auch Sam nach einer der Stuhllehnen, um sich den Stuhl vorzuziehen. Sein Blick wanderte noch einmal zum Fenster hinaus in den Garten, bevor er sich setzte.

Robert stützte sich unterdessen mit den Ellenbogen am Tisch ab und lehnte sich zu Sam herüber. „Willst du mir nicht einfach sagen, was mit dir los ist?", fragte er behutsam.

Sam rollte mal wieder genervt mit den Augen. Scheinbar wollte er nicht mit ihm darüber reden, aber sein Vater konnte sich seinen Sohn so nicht länger ansehen.

„Ich war früher wie du", sagte er plötzlich und Sam blickte überrascht zu ihm auf. Robert lächelte gedankenverloren. „Als ich in deinem Alter war, hatte der Zauber aus unserer

Kindheit längst aufgehört und deine Mutter hat mich kaum mehr angesehen."

Sam schluckte. „Du musst mir jetzt nicht mit sowas kommen, Dad."

Doch sein Vater ließ sich nicht beirren. „Doch, es wird Zeit", antwortete er und fuhr einfach fort. „Ich war ein cleveres Kerlchen, aber ich habe meine Freizeit deshalb eben anders verbracht als mit Sport oder meinem Aussehen. Andere Kerle waren viel erfahrener und vielleicht auch viel imposanter mit ihren Muskeln. Deine Mutter war damals schon so bildschön wie heute und das hat die Männerwelt eben angezogen. Ich stand immer nur da und habe mit angesehen, wie sie um sie geworben haben. Das ging eine ganze Zeit so und mit jedem Tag verschwand auch mein Selbstbewusstsein mehr und mehr. Ich konnte sie nicht haben und ich dachte, dass ich auch nie eine andere haben könnte. Ich war mehr und mehr davon überzeugt, dass ich ein langweiliger Technikfreak war. Doch ich hatte eines nie bedacht: Ich war ihr schon immer ein Freund gewesen und Liebe hält nur durch einen solchen Bund. Sie musste diese Erfahrung erst machen, um zu mir zu finden." Er sah seinem Sohn fest in die Augen. „Also, was auch immer dieser Lionel alles haben mag, Sky ist ein schlaues Mädchen und sie wird das Richtige tun. Früher oder später."

Sam sah nachdenklich zum Fenster zurück. Er konnte sie neben ihm sitzen sehen und warf dann einen fragenden Blick zu seinem Vater. „Wie kommst du darauf, dass mich das stört?"

Wieder breitete sich auf Roberts Gesicht ein Lächeln aus. „Du bist eben mein Kind und manchmal weiß man so etwas einfach."

Sam dachte kurz darüber nach alles abzustreiten, aber die Worte seines Vaters hatten ihn nachdenklich gemacht. Plötzlich tat es ihm leid, sich nachts aus dem Haus geschlichen zu haben. „Ich habe deswegen etwas wirklich Dummes gemacht, Dad", berichtete er.

Sein Vater nickte, als wüsste er längst, was vorgefallen war.

„Du hast es mitbekommen?", fragte Sam überrascht.

„Ja, das habe ich. Eigentlich müsste ich dir jetzt eine Standpauke halten, aber ich bin einfach sehr stolz auf dich. Du hast sie nicht allein gelassen." Mit diesen Worten stand sein Vater einfach auf. Er wollte gerade an Sam vorbeigehen, als er doch noch einmal stehenblieb. „Sei einfach du selbst und lass den Dingen ihren Lauf."

Sein Sohn nickte und beobachtete ihn, wie er in den Garten hinausging.

Es dauerte einen Moment, bis auch Sam sich von seinem Stuhl erhob. Er wollte gerade selbst in den Garten gehen, als Sky plötzlich wieder hereinkam. Sie sah bedrückt aus.

„Sie zeigen die Sondersendung heute bestimmt wegen dem Friedensvertrag." Ihr Brustkorb hob und senkte sich aufgeregt. „Vielleicht haben sie zugestimmt, Sam."

Er näherte sich ihr etwas. „Wir sollten wirklich erst einmal abwarten", schlug er vor, doch sie schien sich dadurch nicht zu beruhigen. In ihren Augen sah man die Sorge, von der sie wie gefesselt schien.

„Ich kann kaum an etwas anderes denken", sagte sie plötzlich.

„Doch, das kannst du", redete er ihr gut zu. „Du könntest gedanklich mit mir zur Erde reisen."

Sie lächelte kurz. „Ja, das wäre schön."

Er schlug sich freudig in die Hände. „Na gut", sagte er grinsend. „Dann komm mit mir!" Er reichte ihr einladend die Hand. Sie griff gerade danach, als Lionel zu ihnen stieß.

„Was wird das denn?", fragte er neugierig.

Prompt zog Sky ihre Hand zurück. Verwundert sah Sam sie an, bevor sein Blick nervös auf Lionel fiel. „Wir wollten gerade gehen", sagte er zurückhaltend und zog den Arm ein.

„Na wunderbar, wohin gehen wir denn?", fragte Lionel.

Sky warf Sam einen verwunderten Blick zu und schien dabei selbst von seiner Aufdringlichkeit überrascht zu sein.

„Um ehrlich zu sein, wollten wir allein gehen", erklärte Sam vorsichtig.

Entrüstet sah Lionel ihn an. „Aha", stieß er sichtlich enttäuscht hervor.

„Wir können ihn ja mitnehmen", warf Sky plötzlich mitleidig ein.

Doch Sam schüttelte den Kopf. „Wir machen das ein andermal", sagte er und ging eilig an den beiden vorbei. Seine Schritte führten ihn umgehend nach draußen. Er wollte nicht wieder um Skys Aufmerksamkeit buhlen müssen und so entschied er sich, es in diesem Augenblick gut sein zu lassen.

Bis zum Mittag saßen sie zwischen all den grünen Beeten und ließen sich die Sonne auf den Körper scheinen. Sam nutzte die Zeit, um sich nach all den Monaten ausgiebig mit seiner Mutter zu unterhalten.

Sie hatte viel zu erzählen, denn sie war der Meinung, sie könnten in Zukunft auf Energiekristalle verzichten. Der Abbau dieser Steine würde Hope früher oder später schaden und sie wollte keineswegs Schuld daran tragen, dass die Menschheit einen weiteren Planeten ausbeutete. Sie wollte die Energie der Sonne nutzen, ähnlich den Solarzellen, die bereits auf der Erde zum Einsatz gekommen waren. Natürlich in einem ganz anderen Ausmaß, denn sie brauchten schon jetzt Unmengen an Energie für ihre Cyborgs, die Kommunikation, den Verkehr und die ganzen anderen technischen Hilfsmittel. Auch Sky würde mit dem ihr eingesetzten Kristall nicht ewig leben können. Eines Tages müsste er ersetzt werden. Wenn sie gezwungen war, weiterhin häufig ihre Fähigkeiten zu nutzen, würde dies deutlich schneller der Fall sein als ursprünglich gedacht. Solarenergie könnte sie dauerhaft versorgen, denn sie würde sich speichern lassen. Aber bis dahin war es nötig, Materialien zu testen, die für die Speicherung in Frage kamen und die sie im großen Ausmaß nutzen konnten.

Seine Mutter hatte sich der Sache bereits angenommen und versprach weiter daran zu forschen. Als Julie sie hereinrief, warf Sam einen besorgten Blick zu Sky hinüber. Die Sondersendung würde gleich beginnen, doch sie schien gedankenverloren und beachtete ihn gar nicht. Sky war deswegen immer noch nervös. Wenn man dem Vertrag zustimmen würde, würde das ihr Ende bedeuten. Ihr Leben hatte doch gerade erst angefangen. Das durfte noch nicht alles sein. So langsam begriff sie, was um sie herum geschah, sie verstand nun den Grund für diesen Krieg. Und außerdem war da noch Sam. Mit jedem Tag schloss sie ihn mehr ins Herz. Mittlerweile war er nicht nur ihr Pate, den es zu beschützen galt, er war ihr ein Freund, einer, den sie nicht verlieren wollte. Niemals würde sie es zulassen können, ihn in dieser unheilvollen Zeit alleine zu lassen. Sie hatte längst mitbekommen, dass er sich in Edge nicht sonderlich wohl fühlte. Vielleicht lag es an diesem Lionel oder es lag einfach an ihr und der ungewissen Zukunft. Eventuell wollte Sam sich ebenso wenig wie sie einen Tag vorstellen, an dem sie voneinander getrennt sein würden. Doch was es auch war, sie selbst war dankbar dafür, an diesem Ort noch so etwas wie ein Zuhause geboten zu bekommen. Sky konnte nur hoffen, dass man ihrem Leben kein Ende setzen würde. Sie wollte mehr Zeit mit Sam und seiner Familie. Sie wollte einfach weiter ihre Gefühle ergründen, mehr sehen und erleben. Nur daran konnte sie in diesem Augenblick noch denken.

Gemeinsam versammelten sich alle um den Esstisch. Sie schoben einige der Stühle herum, damit jeder zum Fenster blicken konnte. Als sie Platz nahmen, fuhren Howards Finger über das Eingabefeld im Fensterrahmen, um das Medium zu starten. Sofort tauschte der Ausblick auf den Garten mit dem ersten Bild der Sondersendung. Eine Reporterin stand auf einem Platz, den Sam eindeutig als den Hauptplatz Cyrons erkannte. Im Hintergrund sah man das Regierungsgebäude. Sarah schaute unruhig zu Robert hinüber, der ihren Blick kurz erwiderte und schluckte.

„Mein Name ist Dillan Weight und ich berichte heute live aus Cyron“, ertönte die zarte Stimme der brünetten Frau. „Hinter mir können Sie das Regierungsgebäude der Stadt sehen“, sie deutete kurz nach hinten und die Kamera zoomte einen Augenblick die Eingangstore heran. „Sie werden es kaum glauben, aber vor etwa einer Stunde haben Magier, mit der Erlaubnis des Stadtrates, diese Hallen betreten.“

Sam stieß nervös seinen angehaltenen Atem aus. Julie und ihre Familie gaben überraschte Laute von sich. Damit hatte keiner von ihnen gerechnet. Sams Eltern hatten ihnen also nichts erzählt.

„Cyron ist die zweitgrößte Stadt auf Hope und war in den letzten Monaten das Ziel einiger Anschläge der Magier. Heute soll dies ein Ende nehmen. Die Nachricht hat auch uns überrascht, aber scheinbar gibt es schon seit einigen Tagen Verhandlungen über einen Friedensvertrag, der die Stadt vor weiteren Angriffen schützen soll."

Howard lehnte sich gespannt nach vorne. „Na, endlich sehen sie ein, dass das sinnlos ist", sagte er erfreut. Doch ihre weiteren Worte ließen einen Schreck auf seinem Gesicht zurück.

„Der Preis für den Frieden ist für die Techniker in Cyron hoch, denn sie sollen dafür die künstliche Intelligenz abschaffen. Da so ziemlich jedes Gebäude damit ausgerüstet ist und zudem noch viele Abwehrmechanismen wie das Hauptsystem Coroc damit arbeiten, könnte das einen erheblichen Einschnitt in das Leben der hier Ansässigen nehmen, doch wir denken noch einen Schritt weiter. Was passiert, wenn andere Städte auch ein solches Angebot erhalten? Was wird dann aus unseren Vorstellungen von der Zukunft? Man möchte meinen, dass wir also alle vor dieser Entscheidung zittern sollten. Schließlich gilt es sich daran zu erinnern, mit wem wir hier verhandeln."

Danach blendete der Sender einige Bilder aus den Kriegsgebieten ein und untermalte diese Szenen mit treffend trauriger Musik. Sky sah erschrocken weg, als sie die zerstörten Städte sah und man auch Bilder von leblosen Körpern zeigte. Lionel saß schräg hinter ihr und tätschelte Sky tröstend die Schulter. Sam runzelte verärgert die Stirn und sah umgehend zu seinem Vater, der ihn tatsächlich beobachtete. Stumm nickte Robert ihm Mut machend zu und Sam versuchte sich weiterhin auf die Sendung zu konzentrieren. Die dunkelhaarige Reporterin kam wieder ins Bild, sie sah aufmerksam um sich und man erkannte, dass sie eine Nachricht aus dem Studio bekam.

Ihr Blick veränderte sich und sie schien plötzlich überrascht. „Also“, begann sie scheinbar um Worte ringend, „uns hat gerade die erste Nachricht aus dem Inneren des Gebäudes erreicht. Bislang haben zwei der Ratsmitglieder abgelehnt, aber auch tatsächlich zwei dafür gestimmt. Die Entscheidung liegt bei Ratsoberhaupt Peter Winson, der die Übermittler der Magier scheinbar zuvor noch einmal allein sprechen möchte.“

Nein, bloß nicht der!, ging es Sky noch durch den Kopf, als die Reporterin erneut aufmerksam zuzuhören schien.

„Ich muss meine Aussage korrigieren“, sagte die Reporterin entschuldigend, „Mister Winson hat seine Stimme bereits abgegeben und damit die Entscheidung gefällt. Hiermit darf ich also mitteilen, dass Cyron offiziell unter dem Schutz des Vertrages steht. Die nötigen Maßnahmen müssen laut unseres Wissens innerhalb einer Woche durchgeführt werden und der Stadtrat scheint schon morgen mit dem Abbau der ersten technischen Intelligenzen zu beginnen.“

Schockiert schloss Robert kurz die Augen, um die Nachricht sacken zu lassen.

„Schon morgen“, sagte Sarah hilflos.

Julie und Howard sahen besorgt zu Sky hinüber. „Oh, mein Gott“, brach es plötzlich aus Julie heraus, „du wurdest in Cyron gebaut, Liebes.“

Skys blaue Augen sahen wie betäubt in die von Lionels Mutter.

„Das können wir doch nicht einfach zulassen“, brach es aus Howard heraus. „Das ist ja völlig krank, das ist, als würde man vor einem Schattenmansur stehen und seine einzige Waffe meterweit von sich entfernt in den Sand werfen. Wer tut denn so etwas Dummes?“ Er war vollkommen außer sich, als im Hintergrund die Bilder des Volkes eingeblendet wurden. Einige schienen zu feiern, andere waren so schockiert wie sie selbst.

„Du wirst sie doch nicht dorthin zurückbringen?“, fragte Julie besorgt und sah dabei Robert an.

Der Professor schüttelte den Kopf. „Natürlich nicht“, sagte er, „sie dürfte ja nicht einmal hier sein, also mache ich es auch nicht schlimmer, wenn ich sie weiterhin davor schütze.“

Howard horchte auf. „Was meinst du damit, dass sie nicht hier sein dürfte?“

Sarah berührte Robert bittend an der Schulter und deutete auf das Medienfenster. Mister Winson stieg die Stufen des Regierungsgebäudes hinab, dicht gefolgt von den zwei Magiern, hinter denen auch die anderen Ratsmitglieder hinaustraten. Auf der letzten Stufe blieb er stehen und stellte sich der Kamera.

Augenblicklich übergab die Reporterin ihm das Wort.

„Liebe Bürger und Bürgerinnen Cyrons, heute ist ein Tag, der in die Geschichte eingehen wird. Wir haben uns um des Friedens Willen dafür entschieden dem Wunsch der Magier und Jäger nachzukommen. Cyron wird daher als erste Stadt bis auf Weiteres auf die Hilfe der künstlichen Intelligenz verzichten. Im ersten Augenblick mag das Unbehagen in Ihnen wecken, aber wir erinnern Sie an die Zeit vor diesem Krieg. Wir lebten in Frieden, Seite an Seite mit den Magiern und unseren Brüdern und Schwestern. Wir brauchen dringend wieder ein Licht in diesen dunklen Stunden. Wir brauchen Hoffnung. Nicht umsonst haben wir unseren Planeten nach diesem Wort getauft. Er ist unsere Rettung gewesen und zu unserer Heimat geworden, doch der Mensch lebt hier nicht allein. Wir haben kein Recht, diese Welt vollends für uns zu beanspruchen. Wir wollen nicht dieselben Fehler wie in der Vergangenheit machen und uns durch einen Krieg zerstören. Wir wollen nur in Frieden leben und dafür werden wir lernen müssen zu teilen und uns mit unseren Nachbarn zu arrangieren. Cyron hofft heute mit seiner Entscheidung ein Zeichen zu setzen. Wir werden den Vertragsbedingungen umgehend nachkommen und mit dem Beginn des morgigen Tages anfangen die K.I. abzubauen. Jeder Cyborg und jedes intelligente technische Gerät, dessen Ursprung in unserer Stadt zu finden ist, wird in den nächsten Tagen abgebaut und abgeschaltet werden müssen. Dafür werden auch in anderen Städten sogenannte Kontrollen durchgeführt. Alle Käufer erhalten eine ausreichende Entschädigung und können selbst entscheiden, wie sie ihre K.I. ersetzen möchten. Cyron wird in Zukunft keinerlei derartigen technischen Geräte mehr herstellen und seine Forschungen in andere Richtungen fortführen. Als Oberhaupt der Stadt bitte ich Sie daher also um Ihre Mithilfe, denn wenn wir den Frieden wollen, dann müssen wir uns jetzt dafür entscheiden. Vielen Dank."

Mit diesen Worten verabschiedete sich Mister Winson von den Zuschauern und reichte den beiden Magiern die Hand. Der unterzeichnete Vertrag wurde kurz in die Kameras gehalten und der Sender zeigte weiterhin die ersten Eindrücke aus der Stadt.

Howard hatte die Worte von Sams Vater nicht vergessen und knüpfte sofort an ihr voriges Gespräch an.

„Was meintest du gerade, Robert?", fragte er ihn.

Sams Vater befeuchtete sich mit der Zunge die Lippen. Er sah nervös aus. „Das ist eine lange Geschichte", antwortete er sichtlich angespannt.

Sam war überrascht, dass seine Eltern Howard und Julie scheinbar nichts von den Geschehnissen erzählt hatten.

„Das trifft sich gut", sagte Howard plötzlich sehr ernst, „ich habe ausreichend Zeit."

Auch Julie sah Robert erwartungsvoll an, doch ehe der Professor ihnen etwas erklären konnte, ergriff Sarah bereits das Wort.

„Die R2-Serie hat keine Freigabe erhalten. Robert hätte Sky gar nicht mitnehmen dürfen. In unserem Haus wird auch nicht renoviert, sondern er hat es auf seiner Flucht in die Luft gesprengt, um alle Hinweise auf seine möglichen Rückzugsorte zu zerstören. Robert hat es nicht übers Herz gebracht ihr das Leben zu nehmen, das er ihr geschenkt hat. Sie hatte nicht einmal die Chance sich zu beweisen. Und nun sind wir hier. Es tut uns leid, dass wir euch angelogen haben, aber ihr habt selbst gesagt, dass sie ein Wunder ist. Wenn ihr uns jetzt rauswerfen wollt, verstehe ich das, aber bedenkt bitte auch, dass mein Mann für sie sein ganzes Leben aufgibt. Ihr kennt ihn gut, ihr wisst, dass er das niemals getan hätte, wenn es ihm nicht wirklich wichtig wäre."

Dankbar griff Robert die Hand seiner Frau und drückte sie fest. Julie sah mitfühlend zu Sky hinüber und flehte dann mit ihrem Blick ihren Mann an.

„Ist schon gut", sagte Howard nachdenklich. „Aber ihr habt ihn gehört. Sie werden Kontrolleure schicken. Und wenn sie sich ihre Kennung ansehen, werden sie sie mitnehmen."

Sarah nickte zustimmend. „Wir müssen sie nur lange genug verstecken."

Doch Sky lenkte plötzlich ein. „Nein", sagte sie fest entschlossen. Jeder im Raum warf einen überraschten Blick auf sie. „Für euch mag es nur eine Kleinigkeit sein, eine Maschine abzuschalten, aber auch, wenn sie nichts fühlt, so weiß sie doch, was es bedeutet. Ihr Leben ist damit beendet. Strenggenommen ist das ein Aufruf zum Massenmord."

In Skys Augen sammelten sich Tränen. Ihr Kopf senkte sich. „Ich kann das nicht zulassen", sagte sie traurig.

Ihr Mitgefühl packte auch Sam. Ihm kam in den Sinn, was es bedeuten würde, wenn sie Sky von ihm trennen würden. Auch er war den Tränen nahe, doch er versuchte sich zu beherrschen. Immer wieder schluckte er das Gefühl herunter.

Lionel stand auf und kniete sich neben Sky. „Du kannst da nichts machen", sagte er ihr. „Wenn du nach Cyron zurückkehrst, wirst du wie sie enden."

Sky wusste, dass er Recht hatte, aber sie wollte das in diesem Augenblick nicht wahrhaben. „Ihr habt sie doch geschaffen", stieß sie weinerlich hervor. „Wieso?", fragte sie. „Wieso, wenn sie euch scheinbar ganz egal sind?"

Auch Robert stand auf und bat Julie um den Platz neben Sky. Freundlich überließ sie ihm ihren Stuhl und der Professor setzte sich. Behutsam ergriff er die zittrigen Hände des R2. „Es ist uns nicht egal, Sky. Es ist uns keineswegs egal. Sie bieten uns seit Jahren den nötigen Schutz, sie unterstützen uns in vielen Dingen. Aber Lionel hat Recht. Wenn wir nun zurückgehen, dann war das alles umsonst. Dann wird dich der Rest der Welt nicht zu Gesicht bekommen. Mister Winson wird dich sofort zerstören lassen und dann hast du niemandem geholfen. Um ehrlich zu sein, hättest du nur die Menschen in diesem Raum sehr traurig gemacht. Eine Welt ohne dich, Sky, wie kann ich das zulassen, wenn ich dich von Beginn an nur retten wollte?"

Ihre blauen Augen sahen entschuldigend in seine. „Es tut mir leid", flüsterte sie. „Aber ich weiß nicht, wie ich helfen kann, wenn ich hier nur rumsitze."

Robert setzte ein kleines Lächeln auf. „Du magst es vielleicht nicht merken, aber die Zahl derer, die dich kennenlernen, steigt. Und mit ihnen steigt die Zahl derer, die davon überzeugt sind, dass du lebst und dass es sich lohnt dieses Leben zu schützen.“

Seine Finger streichelten über ihren Handrücken. „Wir werden uns etwas einfallen lassen“, sagte er und bat mit den Augen seine Frau zu Wort.

„Ja, das tun wir“, versprach ihr auch Sarah.

KAPITEL 15

Am frühen Abend konnte Sky das hergerichtete Büro betreten. Julie und Sarah hatten einige Möbel verrückt und aus dem Wohnbereich einen Liegesessel in der Mitte des Raumes platziert. Außerdem hatte Sarah einige Pflanzenkübel aufgestellt, um den ansonsten eher kalt wirkenden Raum etwas gemütlicher zu machen. Dankbar strich Sky mit den Fingern über den Stoff des Sessels.

„Das ist Kabula-Fell, es ist etwas ganz Besonderes“, erklärte Julie.

Sky nickte, sie kannte diese Rinderart aus den Lehrstunden mit Robert. Das Fell war sehr beliebt, weil es durchgehend weiß und sehr glatt war. Dennoch wurden nur Tiere gehäutet, die bereits verstorben waren. So hatte ihr Fell einen sehr hohen Wert, denn diese Rinder wurden meist über fünfzig Jahre alt.

Sky lächelte den beiden Frauen zu. „Wir haben ein paar Kleidungsstücke ausgepackt und sie dort in die Wandschubladen gelegt“, sagte Sarah. „Aber sieh dich ruhig selbst einmal in Ruhe um.“

Sky bedankte sich und ging zum Fenster hinüber. Sie konnte von ihrem Zimmer aus den Hügel sehen, auf dem sie mit Sam und Lionel gewesen war. Unterdessen verließen Julie und Sarah das kleine Zimmer und nur kurze Zeit darauf klopfte jemand an der Tür. Sky drehte sich um und sah Lionel bereits in das Büro treten.

Er lächelte sie an. „Gefällt es dir?", fragte er.

„Ja, sehr", antwortete sie.

Ohne zu fragen nahm Lionel auf dem Liegesessel Platz. Sky wäre eigentlich gern einmal einen Augenblick allein gewesen, doch sie brachte es nicht übers Herz darum zu bitten. Ihr war nicht entgangen, dass Lionel ihre Nähe suchte. Er war ihr gegenüber sehr freundlich und sie wollte auf keinen Fall unhöflich sein. Schließlich war er sehr darum bemüht, dass es ihr gut ging. Dafür war sie ihm wirklich dankbar. Er und seine Familie hatten Sky freundlich aufgenommen. Sie hatten extra für sie dieses Zimmer hergerichtet. Sie alle standen offensichtlich hinter ihr. Lionel war da keine Ausnahme und so wollte sie ihn nicht vor den Kopf stoßen. Er sollte nicht denken, dass sie ihn nicht mochte.

Sam hatte beobachten können, wie Lionel ihr Zimmer betrat. Still blieb er noch einen Augenblick lang im Flur stehen und lauschte, doch er konnte nichts verstehen und Sam traute sich auch keinen Schritt näher heran. Wenn sie ihn erwischen würden, käme er sich nur wieder blöd vor und daher ging er zu den anderen in den Essbereich. Seine Eltern waren bereits in ein Gespräch mit Lionels Eltern vertieft.

„Ich hatte Recht mit meinen Vermutungen", hörte Sam Howard sagen, als er sich ihnen näherte. „Sie schalten die Cyborgs ja nur ab, während sie unsere Verteidigungsmechanismen scheinbar gänzlich abbauen wollen. Da drängt sich mir doch die Frage auf, wer diese Cyborgs und Bauteile behüten wird, damit man sicherstellen kann, ob der Vertrag eingehalten wird."

Robert antwortete direkt: „Mit Sicherheit die Magier." Seine Stimme klang von dieser These überzeugt.

Sam setzte sich still dazu.

„Wir müssen uns jetzt dringend etwas einfallen lassen", sagte sein Vater ernst.

Sarah faltete nachdenklich ihre Hände ineinander und legte diese auf dem Tisch ab. „Ich denke, es ist an der Zeit, dass wir die Jäger davon überzeugen, dass sie sich einen gefährlichen Verbündeten angelacht haben. Die Menschen müssen jetzt zusammenhalten. Sie müssen erfahren, dass das nicht unserem Frieden, sondern nur unserem Untergang dient."

Howard lächelte amüsiert. „Ja, und wie stellen wir das an? Wir können ja nicht einfach in ihr Gebiet platzen und sie aufklären! Sie haben schließlich keinerlei Medien, durch die wir mit ihnen Kontakt aufnehmen könnten."

Sarah presste kurz die Lippen aufeinander. „Mundpropaganda", sagte sie entschlossen.

„Bitte was?", fragte Howard, der das Wort zwar kannte, aber ihren Vorschlag kaum zu glauben schien. Auch Julie sah Sams Mutter unsicher an.

„Ich habe einen wertvollen Verbündeten, der sich in diesem Gebiet frei bewegen kann. Er kennt Sky und er ist davon überzeugt, dass es einen friedlichen Ausweg geben kann. Er wird uns in unserem Vorhaben sicher unterstützen."

Howard runzelte ungläubig die Stirn. „Einen Verbündeten?", fragte er. „Ich meine, einen einzigen? Wer auch immer dein Verbündeter ist, er ist sicher schneller tot, als du dieses Wort überhaupt nur aussprechen kannst."

Robert verteidigte umgehend das Vorhaben seiner Frau. „Er ist ein Magier", stellte er klar. „Wir reden hier nicht von einem Jäger, der sich vor anderen aufstellt und sie versucht zu überreden. Wir sprechen hier von einem Wesen, dem sie seit vielen Jahrzehnten folgen und das ihnen die ganze Wahrheit erzählen könnte."

Julies Blick traf den von Sam, der zustimmend nickte.

„Die ganze Wahrheit?", fragte Howard sogleich. „Die kennen wir doch selbst gar nicht! Das sind doch alles nur Vermutungen. Wir können doch kein Leben aufs Spiel setzen, um unsere Überlegungen zu verbreiten."

Robert hob einlenkend die Hand. „Es gibt noch weitere Städte, denen längst ein solches Angebot wie Cyron vorliegt. Sarahs Verbündeter sagte, dass es nicht viel brauchte, um ihr Interesse dafür zu wecken. Er sagte, dass wir Menschen gierig seien und dass sie tatsächlich wollen würden, dass wir unsere wertvollen Maschinen abschalten. Sie halten uns für eine Gefahr. Dabei geht es gar nicht darum, ob wir eine Gefahr für Hope sind. Nein", sagte er, „wir sind eine Gefahr für sie."

Howard lehnte sich völlig überrumpelt zurück. „Wow", sagte er leise, „ihr kommt hierher mit einem gestohlenen R2-Modell und sagt darüber kein Wort. Ihr setzt euch an unseren Frühstückstisch und hört euch meine Vermutungen an, ohne mir zu sagen, dass ihr bereits wisst, dass ich recht habe?" Enttäuscht schüttelte er den Kopf. „Ich dachte wirklich, dass ich euch gut kenne, aber momentan weiß ich überhaupt nicht, ob das je der Fall war."

Robert sah schuldbewusst aus. „Wir wollten euch nur schützen", entschuldigte er sich.

„Wovor denn?", fragte Howard ihn prompt. „Vor den Magiern und den Jägern? Oder vielleicht vor den Technikern, die meiner Familie gar nichts antun würden, wenn sie nicht ausgerechnet hier ein gestohlenes R2-Modell finden würden?"

Sams Vater strich sich mit den Fingern durch das Haar, während seine Mutter verzweifelt den Kopf senkte.

„Howard, bitte", sprach Julie beruhigend auf ihren Mann ein. „Sie tragen doch keine Schuld an dem, was gerade vor sich geht. Und Sky kann am allerwenigsten etwas dafür." Ihre Worte schienen als einzige wirklich zu Howard vorzudringen.

„Ich muss morgen zur Arbeit", sagte er mürrisch. „Wir sollten uns vielleicht alle erst einmal etwas ausruhen."

Die Runde am Esstisch löste sich nach und nach auf und auch Sam ging in Lionels Zimmer, um sich hinzulegen.

Lionel war noch gar nicht da. Er war scheinbar noch immer bei Sky. Sam legte sich eilig auf die dünne Decke und mummelte sich mit dem Rest davon ein. Er presste die Augen zu und versuchte seine quälenden Gedanken abzuschalten, doch es ging nicht. In seinem Kopf spielten sich immer wieder Szenarien ab, in denen er sah, wie Sky Lionels Hand hielt. Oder wie sie ihm all ihre Aufmerksamkeit schenkte, während sie an Sam einfach vorbeiging.

Er drehte sich nervös von links nach rechts. Erst zog er die Beine an, um sie dann auch wieder auszustrecken. Für einen kurzen Augenblick legte er sich gerade auf den Rücken, um sich danach auf den Bauch zu drehen. Egal, wie er sich hinlegte, er konnte einfach nicht zur Ruhe kommen. Das ging noch eine ganze Weile so, bis zu dem Moment, in dem Lionel endlich zurückkam.

Er grinste wie ein Honigkuchenpferd. „Ich habe sie einfach geküsst", sagte er.

Sam drohte sich an seinem eigenen Speichel zu verschlucken. Erschrocken fuhr er hoch. „Du hast was?!“, fragte er, ohne auch nur einen Augenblick lang nachzudenken.

„Nicht so, wie du denkst“, klärte ihn Lionel zum Glück ehrlich auf. „Ich meine auf die Wange, um ihr gute Nacht zu sagen.“

Für diesen Jungen schien das nichts wirklich Aufregendes zu sein, doch Sams Herz pochte wie verrückt. *Wie konnte sie das zulassen?,* ging es ihm durch den Kopf.

„Ich glaube, sie mag mich langsam“, strahlte Lionel, als er sich auf den Bettrand setzte.

Oh nein, dachte Sam verärgert. *Sie mag nicht dich, sondern den Typen, der du vorgibst zu sein,* schrie es in seinem Inneren. Laut sagte er aber gar nichts. Er nickte nur, um überhaupt deutlich zu machen, dass er noch zuhörte.

„Habe ich dich geweckt?“, fragte Lionel plötzlich.

„Oh nein“, antwortete Sam, „ist schon okay.“

Erleichtert zog Lionel sich die Schuhe aus. „Meinst du, sie mag Blumen?“, fragte er, als hätte er plötzlich ernsthafteres Interesse an Sky.

Verwundert sah Sam ihn an. „Ich weiß nicht“, sagte er langsam.

„Na, jede Frau mag doch eigentlich Blumen“, sagte Lionel, während er in Gedanken bereits plante, welche er pflücken könnte.

„Schwachsinn“, stieß Sam augenblicklich hervor und ließ sich zurücksinken. „Das sind doch eigentlich sterbende Pflanzen.“

Sofort lachte Lionel laut auf. Er legte sich auf das Bett und rutschte nah an den Rand, um einen Blick auf Sam herabzuwerfen.

„Recht hast du ja", sagte er noch immer grinsend. „Gibt's heute keine Gute-Nacht-Geschichte?", fragte er, als er sah, dass Sam einmal nicht in ein Hologramm blickte.

„Nein", bekam er als knappe Antwort.

„Ich glaube, Mädchen stehen auch nicht auf so belesene Typen. Du solltest öfter mal einen Spaß machen. Wenn sie über deine Witze lachen, hast du sie so gut wie im Sack."

Sam verdrehte daraufhin genervt die Augen. Jetzt musste er sich von diesem Kerl auch noch Tipps geben lassen! Er versuchte ruhig zu bleiben, auch wenn er ihm am liebsten ein Kissen ins Gesicht geschleudert hätte.

„Du bist nicht sehr gesprächig, oder?", fragte Lionel, dem nicht entgangen war, dass Sam scheinbar kein Wort mit ihm wechseln wollte.

„Mich stört einfach, wie du darüber redest", sagte Sam plötzlich.

Lionel sah ihn überrascht an.

„Dann hat man sie so gut wie im Sack", äffte Sam ihn nach. „Mal im Ernst, was weißt du schon?", fragte ihn Sam stinkig.

Lionel hob den Kopf und stützte sich mit dem Ellenbogen vom Bett ab. „Was ist denn auf einmal dein Problem?", fragte er nun auch verärgert.

Sam spürte, wie ihm die Wut durch die Adern schoss. „Ich will, dass du sie einfach in Ruhe lässt", schnauzte er ihn plötzlich an. „Sky ist viel zu gut für dich."

Wieder hörte er, wie Lionel lachte, doch diesmal klang es gehässiger. „Ach, da ist wohl jemand eifersüchtig", stellte er fest.

„Worauf denn?", fragte Sam, während er seinen Oberkörper wieder aufrichtete. „Auf einen Typen, der sich verstellen muss, damit er überhaupt eine Chance hat?" Er konnte sehen, wie sich Lionels Blick verdunkelte.

„Halt jetzt besser die Klappe!", forderte Lionel ihn laut auf.

„Glaubst du, ich habe Angst vor dir?", provozierte Sam ihn weiter.

Es dauerte nicht lange, bis Lionel vom Bett aufsprang und sich auf Sam stürzte. Die beiden rangelten miteinander und schlugen mit den Fäusten aufeinander ein. Dabei stießen sie mit ihren Gliedmaßen mehrmals gegen das Bett. Es rumpelte und polterte durch das ganze Haus. Robert stürmte plötzlich mit Howard im Schlepptau in das Zimmer der beiden. Auf der Stelle gingen sie dazwischen und zerrten die Raufbolde auseinander.

„Das will ich nie wieder sehen!", schrie Robert seinen Sohn an und schickte ihn umgehend aus dem Zimmer und auch Lionel erhielt eine Ermahnung seines Vaters.

Als sie am nächsten Morgen erneut beim Frühstück zusammensaßen, war es durchweg still am Tisch. Sam hatte ein blaues Auge und auch Lionel wies einige Prellungen im Gesicht auf. Sky hatte den Krach am Abend gehört und ihr war klar gewesen, dass die beiden sich geprügelt hatten, als sie sie erblickte. Ihr war jedoch völlig unklar, was passiert sein konnte. Als Lionel sie allein gelassen hatte, war noch alles in Ordnung und er war gut gelaunt gewesen. Sie hatten sich lange unterhalten und Sky war ihm auch für seine Freundlichkeit dankbar. Sie hatte ihm von ihrem Aufbruch in Cyron, von dem Gift, das Sam fast umgebracht hatte, und den aufregenden Stunden in Kiras und Terrys Hütte erzählt. Er hatte ihr aufmerksam zugehört und ihr viel Interesse entgegengebracht. Wieso um alles in der Welt hatten die beiden nun ein Problem miteinander? Sie waren sich doch so ähnlich. Sky verstand einfach nicht, was sie so sehr gegeneinander aufgebracht hatte. In ihren Augen müssten sie sich wunderbar verstehen, doch scheinbar gab es da etwas, das sie einfach nicht erkennen konnte. Hin und wieder griff Lionel mit seiner zerkratzen Hand zum Obst. Sie beobachtete die beiden aus dem Augenwinkel, denn noch immer warfen sie sich hin und wieder bösartige Blicke zu.

Als sich ihr Frühstück dem Ende neigte, ergriff Howard plötzlich das Wort. „Ab heute schalten sie nach und nach die Maschinen ab und beginnen auch mit dem Abbau. Wollt ihr vielleicht direkt heute euren Verbündeten aufsuchen?“, fragte er.

Robert nickte. „Ich denke, das ist das Beste“, antwortete er ihm.

„Ich werde mich unterdessen an der Arbeit ein wenig mit meinen Kollegen unterhalten. Vielleicht kann ich sie davon überzeugen, dass ich ihnen die Wahrheit erzähle und nicht nur wieder rumspinne“, bot Howard an.

Sams Eltern bedankten sich mehrmals.

„Wann sollen wir Sky in Sicherheit bringen?“, fragte Julie in die Runde.

„Erst, wenn uns die ersten Infos über Kontrolleure in der Gegend erreichen“, schlug Howard vor. „Ich will nicht, dass sie tagelang in der Dunkelheit festsitzen muss.“

Sarah und Robert willigten ein.

Dann glitt Roberts Blick ernst zu seinem Sohn. „Du schläfst ab sofort im Wohnbereich“, verlangte er.

Widerwillig nickte Sam.

„Wenn wir Sky versteckt haben, kannst du das Büro nutzen“, fügte sein Vater hinzu.

Auch Howard warf einen Blick zu seinem Sohn, der genervt in seinen Plantam-Eiern herumstocherte, die man auf

Hope von Pflanzen erntete. „Wollt ihr uns jetzt sagen, was euer Problem war?“, fragte er.

Doch Robert hob die Hand, um Howards Aufmerksamkeit zu erhalten. „Vielleicht ist es besser, wenn wir das später mit ihnen klären“, sagte er bittend.

Lionels Vater gab nach. „Nun gut, ich mache mich jetzt ohnehin besser auf den Weg.“ Er drückte Julie noch einen Kuss auf den Scheitel und verließ umgehend das Haus.

Robert bereitete den Flug zu Gallad vor und Sams Mutter half Julie beim Abräumen. Lionel, Sam und Sky saßen unterdessen noch immer am Tisch.

„Ihr könnt aufstehen“, gab Julie den Jungs die Erlaubnis. Prompt erhob Lionel sich und verzog sich in sein Zimmer. Die Tür krachte zu. Er war ganz eindeutig noch immer sauer.

Sky sah mit ihren blauen Augen in die von Sam. „Das sieht ziemlich schmerzhaft aus“, sagte sie mitfühlend.

„Halb so schlimm“, entgegnete er ihr. Dann lächelte er plötzlich. „Solltest du mich nicht beschützen?“, fragte er.

Sky grinste zurück. „Ja, aber wenn ich das getan hätte, würde Lionel jetzt wesentlich schlimmer aussehen.“

Sam gab einen Lacher von sich, doch sein Gesicht erstarrte danach ernst. „Du magst ihn, oder?“, fragte er sie ganz direkt.

Sie schien einen Augenblicklang darüber nachzudenken. „Ja, er ist ganz nett“, antwortete Sky.

„Er mag dich auch“, entfuhr es Sam einfach. Sein Kopf senkte sich. „Ich glaube, er mag dich sogar sehr.“

Sam sah Sky nicht einmal an, aber er hörte das Lächeln in ihrer Stimme, als sie sagte: „Mag sein.“

Vorsichtig lehnte sie sich etwas zu ihm herüber. „Warum habt ihr euch gestritten?“, wollte sie wissen.

„Wir verstehen uns einfach nicht“, erklärte Sam und blickte wieder zu ihr auf.

„Schlägt man sich deswegen gleich?“ Sky verstand sein Verhalten nicht. „Wieso seid ihr euch nicht aus dem Weg gegangen?“

Sam biss sich einen Moment lang auf die Unterlippe. „Bist du sicher, dass du mit mir darüber reden willst?“

Erstaunt sah Sky ihn an. „Natürlich“, entgegnete sie ihm verwundert.

Sam deutete mit einem Kopfnicken zur Zimmertür. „Ihr seid doch so gern allein und das ist jetzt wohl deine Chance.“

Fragend sah Sky zu Lionels Tür hinüber, bevor sie wieder Sam ansah. „Tut mir leid, aber ich verstehe nicht, was du meinst“, entschuldigte sich Sky und wirkte dabei noch immer durcheinander.

„Er mag dich!“, sagte Sam ein wenig zu laut und sah sich kurz um, um zu prüfen ob ihnen nun doch jemand Aufmerksamkeit schenkte, doch Julie und Sarah waren noch immer in der Küche verschwunden.

„Das sagtest du bereits“, ertönte Skys Stimme. Sie lehnte sich zurück. „Du verhältst dich gerade etwas eigenartig“, fügte sie hinzu.

Sam atmete tief ein und aus. „Ja, mag sein“, antwortete er. „Mir schlägt es etwas auf den Magen, dass Lionel dich geküsst hat“, gab er ehrlich zu.

Sky lächelte. „Ich verstehe“, sagte sie und stand umgehend auf.

„Wohin willst du?“, fragte Sam überrascht.

„Ich werde Lionel fragen, wieso er dich anlügt“, sagte sie und nun musste auch Sam wieder lächeln.

Er hatte sie gar nicht geküsst? Sam fiel ein Stein vom Herzen und er lehnte sich entspannt zurück, als Sky bereits auf die Tür zutrat.

KAPITEL 16

Robert, Sam, Sky und Sarah hatten sich auf den Weg zu Gallad gemacht. Langsam senkte sich der Gleiter zu Boden. Sie trafen sich mit ihm dort, wo der Magier sie zuvor bereits zusammengebracht hatte. Durch die Scheibe konnte Robert ihn schon neben einem Baumstamm erblicken.

Als Sarah die Türen des Gleiters öffnete, drehte sich der Professor zum Rücksitz um. „Ihr wartet hier", befahl er Sam und Sky. „Ich will, dass ihr auf alle Fälle im Gleiter bleibt und die Türen verschließt, sobald wir ausgestiegen sind."

Sky nickte, während Sam genervt mit den Augen rollte. Ihm gefiel es gar nicht, immer wie ein Kind behandelt zu werden. Wozu musste er überhaupt mitkommen, wenn er nicht einmal aussteigen durfte?

„Das habe ich gesehen, Samuel", sagte sein Vater ernst.

„Das solltest du ja auch", antwortete Sam.

Empört sah sein Vater ihn an. „Hätte ich dich etwa lieber bei Lionel zurücklassen sollen, damit ihr wieder aufeinander losgehen könnt?"

Sam verschränkte die Arme und starrte stur aus dem Fenster.

Sarah lenkte ein. „Wir sollten uns beeilen", sagte sie zu ihrem Mann. Robert willigte ein und stieg umgehend mit ihr aus. Gallad näherte sich ihnen, als er sie auf sich zukommen sah.

„Es ist schön euch so schnell wiederzusehen", sagte er lächelnd. Der Mager drückte Sarah fest und reichte danach Robert erfreut die Hand.

„Danke, dass du gekommen bist", sagte Sarah und übergab mit einem erwartungsvollen Blick das Wort an ihren Mann.

„Cyron hat dem Vertrag zugestimmt und sie beginnen bereits heute mit der Abschaffung der künstlichen Intelligenz."

Gallad nickte. „Das habe ich bereits gehört. Ich würde nur gern wissen, was ihr dagegen tun wollt. In eurer Nachricht sagtet ihr, dass ihr etwas Hilfe nötig hättet."

„Es ist wirklich nicht nur etwas Hilfe, Gallad", antwortete Robert ernst.

„Worum wollt ihr mich denn bitten?", fragte der Magier.

„Wir müssen die Jäger davon überzeugen, dass wir alle in Gefahr sind. Sie müssen die Wahrheit erfahren. Uns würden sie niemals Glauben schenken, aber euch mit Sicherheit."

Im Gesicht des Magiers war deutlich die Besorgnis zu erkennen, die ihn plötzlich einnahm.

„Ist euch klar, worum ihr mich da bittet?", fragte er, während sein Blick ungläubig zwischen beiden hin- und herglitt. Sarah ergriff das Wort. „Ich würde dich niemals in Gefahr bringen wollen, aber nun haben wir keine Zeit mehr nur über die Dinge zu sprechen. Wir müssen jetzt handeln und daher flehe ich dich an uns nicht einfach euren Mächten auszusetzen." Flehend griff sie nach seinen Händen. „Bitte", sagte sie leise.

„Wie soll ich das anstellen? Meine Meinung gegen die aller anderen Magier? Die Jäger werden mich für einen Verräter halten. Wieso sollten sie mir glauben?", fragte Gallad.

„Weil wir dich begleiten werden", warf Robert plötzlich ein. Gallad horchte auf. „Sie werden den Ernst der Lage vielleicht begreifen, wenn sie sehen, dass Techniker bereit sind ihr Leben zu riskieren, damit sie die Wahrheit erfahren", erklärte Robert weiter.

„Ich sage euch, was sie begreifen werden", lenkte Gallad ein. „Sie werden begreifen, dass wir Verbündete sind." Er entzog seine Hände denen von Sarah und verschränkte die Arme.

„Gallad, bitte", flehte Sarah erneut. „Vielleicht ist das genau das, was sie endlich einmal wissen sollten. Sie sollten sehen, dass auch ein Magier bereit ist den Technikern zu vertrauen."

Der Blick des Magiers fiel auf den Gleiter. „Was ist mit ihr?", fragte er plötzlich.

Verwundert sah auch Robert zu Sky hinüber. „Sie wird hier bleiben", wehrte er den Gedanken des Magiers ab.

„Nein", antwortete Gallad fest entschlossen. „Ich gehe nur mit ihr in ein Dorf der Jäger."

Überrascht sah Sarah ihren Mann an. „Sie ist die einzige Lebende ihrer Art, Gallad. Ich kann sie dort nicht hinschicken. Wenn die Jäger etwas mehr hassen als die Techniker, dann ist es das, was diese bauen."

Der Magier schüttelte mit dem Kopf. „Sie hassen es nicht, sie fürchten es, Robert. Sie würden keinen Angriff auf uns beide wagen und sie sollen selbst sehen, dass es sich um ein echtes Leben handelt. Sie müssen Sky kennenlernen, damit sie wissen, welche Forschungen ihr betreibt."

Sarah sah ihren Mann bittend an. Er wusste, dass sie bereit war Sky in das Dorf zu schicken, um ihre Ziele zu erreichen. Nur er selbst zögerte. Was, wenn ihr doch etwas passieren würde? Die Jäger waren gerissen. Sie stellten zu ihrem Schutz Fallen auf und er wollte sich gar nicht ausmalen, was alles passieren konnte, wenn Sky ihnen ins Netz ging. Noch einmal warf er einen Blick zu den beiden im Gleiter hinüber. Er fragte sich, ob Sam sie überhaupt gehen lassen würde.

„Wir sollten sie selbst fragen", entschied sich der Professor plötzlich. Zustimmend bat der Magier darum, Sky von dem

Vorhaben zu überzeugen. Schnellen Schrittes steuerten Sarah und Robert auf den Gleiter zu.

„Ich hoffe, wir können ihm wirklich vertrauen“, sagte Robert zu seiner Frau.

„Natürlich können wir das“, versprach sie ihm.

Die Türen des Fahrzeuges glitten auf und der Professor lehnte sich in den Innenraum. Eilig wandte er sich direkt an Sky. „Hör zu“, begann er, „wir brauchen deine Hilfe.“ Sofort nickte Sky aufmerksam. „Du weißt, dass sie bereit sind die künstliche Intelligenz in ganz Cyron abzuschaffen. Weitere Städte könnten folgen. Die Magier tun das nicht, um uns den Frieden zu bringen, Sky. Sie werden eine letzte Schlacht einläuten und uns dann einfach überrennen. Zumindest vermuten wir das. Daher ist es für die Menschheit wichtig, jetzt zusammenzuarbeiten. Verstehst du das?“ In seiner Stimme hörte man die Aufregung, die ihn beherrschte.

Erneut nickte Sky stumm. Nur Sam sah erschrocken zwischen den beiden hin und her.

„Um das zu erreichen, müssen wir die Jäger erst von dieser Wahrheit überzeugen. Sie sind geblendet von all dem Können der Magier. Seit langer Zeit sehen sie in ihnen nur das Gute und in uns das Böse. Aber wir müssen ihnen beweisen, dass wir längst aus vergangenen Fehlern gelernt haben. Wir müssen ihnen zeigen, dass sich unsere Forschungen nicht nur auf Waffen konzentrieren. Dafür müssen sie es mit eigenen Augen sehen. Sie müssen dich kennenlernen, Sky. Erzähl ihnen, was auch immer du willst, aber beweise ihnen, dass du mehr bist als eine Maschine. Wärst du bereit das zu tun?“

Sky sah Sam an, der bittend mit dem Kopf schüttelte.

„Ich soll vor den Jägern sprechen?“, fragte sie ruhig und sichtlich nachdenklich.

„Ja, aber du wirst nicht allein gehen. Gallad wird dich begleiten, damit sie erkennen, dass auch ein Magier bereit ist den Technikern zu vertrauen."

Sarah sah ihr liebevoll in die Augen, als der Blick des R2 sie traf.

„Das ist viel zu gefährlich", warf Sam ein, „du kannst sie da nicht einfach hinschicken."

Der Professor blickte ernst zu Sam hinüber. „Erinnere dich bitte daran, was ich dir schon einmal gesagt habe. Das ist deine Geschichte, Sam. Ich sagte, dass es darum geht, Sky zu beschützen, aber diese Geschichte hat einen noch viel intensiveren Kern bekommen. Es geht nicht nur um dich und Sky. Die ganze Menschheit ist in Gefahr und wenn du ein Held sein willst, dann musst du Entscheidungen treffen. Du musst hin und wieder etwas riskieren und manchmal muss man auch ein Opfer bringen. Aber vertrau mir bitte, wenn ich dir sage, dass es heute kein Opfer verlangt. Heute verlangt es nur Mut."

Sam dachte intensiv nach und ließ die Worte in seinem Inneren tanzen. Ihm kam Lionels Spruch in den Sinn, der, in dem er ihm gesagt hatte, dass stets der Held das Mädchen bekam. Wenn sein Vater Recht hatte und es Sams Abenteuer war, dann war es durchaus möglich, dass er zu einem Helden heranwachsen und sich sein Leben dadurch ändern würde. Er wusste schließlich, dass er stets ein Außenseiter gewesen war. Ihm war durchaus klar, dass viele seiner sogenannten Freunde keine wahren Freunde waren und dass er noch nie die Aufmerksamkeit eines Mädchens erregt hatte. Nur die von Sky und sie würde sicher bald merken, dass Sam sich derzeit oft in seiner Furcht verlor und vielleicht war es an der Zeit ihr Vertrauen zu schenken und den Mut aufzubringen, sie auch einmal gehen zu lassen. Sam konnte nur hoffen, dass sie zurückkehren würde. Er konnte nur fest daran glauben, dass sein Vater wirklich wusste, was er tat. Sie war schließlich die Einzige, deren Interesse er je geweckt hatte und die er keineswegs verlieren wollte.

„Kann ich vielleicht mit ihr gehen?“, fragte er dennoch und presste erwartungsvoll die Lippen aufeinander.

Robert schüttelte den Kopf, doch in Skys Augen sah er Dankbarkeit. „Ich bin gleich zurück“, sagte der R2 lächelnd.

Sam hielt sie vom Aufstehen ab und wühlte dann eilig in seiner Tasche. Er gab ihr ein kleines rechteckiges Gerät. „Das ist ein sogenannter Heuler“, erklärte er. „Eigentlich gehört er zu einem Spiel meines Simulators, aber es ist ziemlich laut. Also wenn du in Gefahr bist, dann starte ihn und wir werden kommen.“

Sky grinste dankbar. Sie gab Sam einen flüchtigen Kuss auf die Wange und steckte den Heuler in ihre Manteltasche. Dann stand sie auf und verließ den Gleiter.

Sam blieb wie versteinert sitzen, als sich die Türen des Fahrzeugs schlossen. Sein Herz schlug wild und ihm wurde schlagartig warm. Ungläubig berührte er den Punkt an seiner Wange, den sie mit ihren Lippen gestreift hatte. Erst dann warf er einen Blick aus dem Fenster und sah ihr verträumt nach. Er erkannte, wie sie Gallad die Hand reichte und ihm entschlossen in den Wald folgte.

Langsam näherten sich Gallad und Sky einigen einfachen Hütten und man hörte schon jetzt das Summen vieler Stimmen. Sky blieb dicht hinter dem Magier, als sie sich Schritt für Schritt näherten. Kaum erblickten die ersten Jäger Sky, kreischten einige erschrocken auf, während andere sofort ihren Pfeil und Bogen auf sie richteten, doch Gallad hob seine Hand und zwang sie mit unsichtbarer Kraft dazu ihre Waffen zu senken. Es dauerte nicht lange, bis er sie in die Dorfmitte führte und sich die Schaulustigen um sie herum versammelten.

„Ihr habt eine Technikerin gefangen genommen?", ertönte plötzlich eine erfreute Stimme hinter den beiden. Durch die Menge bahnte sich ein älterer Mann den Weg.

„Das ist der Anführer ihres hier lebenden Stammes", flüsterte Gallad Sky über seine Schulter hinweg zu. Wortlos nahm sie die Information auf.

Der Mann näherte sich ihr und Gallad schob sie weiter hinter sich. „Was soll das, Magier?", fragte der Alte, als er begriff, dass sein Gegenüber die Technikerin schützen wollte.

„Können wir kurz woanders mit Euch sprechen?", fragte Gallad ganz direkt.

Der Mann nickte und geleitete sie in eine ihrer Hütten. Der Raum war mit Stoffen abgeteilt und hinter dem dünnen Stoff erkannte Sky eine Frau, die sich verzweifelt um ein Kind zu kümmern schien. Immer wieder tauchte sie einen Lappen in eine Wasserschüssel und presste diesen dann auf die Stirn des Jungen. Wie angewurzelt hafteten Skys Augen an diesem Anblick.

„Warum schützt Ihr sie vor mir?", fragte der Stammesführer, während er Sky musterte.

„Sie ist keine Technikerin", sagte Gallad ohne Umschweife, „sie ist ein Cyborg."

Erschrocken trat der Alte einen Schritt zurück. „Was soll sie hier? Und wieso bringt Ihr dieses Ding in mein Dorf?", verlangte der Mann nach Antworten.

„Ihr seid ein schlauer Mann und ich weiß, dass Ihr bereit sein werdet uns zuzuhören“, entgegnete ihm der Magier. „Euer aller Leben hängt davon ab“, fuhr er fort. „Ich will, dass Ihr die Wahrheit erkennt und verbreitet.“

Misstrauisch sah der Alte ihn an. „Wovon sprecht Ihr?“

„Mein Volk hat einen Vertrag mit dem Stadtrat Cyrons geschlossen. Die Techniker dort sind dabei ihre künstlichen Intelligenzen abzuschaffen und die Stadt dadurch angreifbar zu machen“, erklärte Gallad und sogleich lächelte der Mann.

„Gut“, sagte er. „Endlich ein Sieg über sie.“

Doch der Magier schüttelte den Kopf. „Seid nicht dumm!“, fuhr er den Alten an, der direkt zusammenzuckte. „Begreift doch, was passieren wird! Sie werden diese Stadt und jede weitere, die sich diesem Vertrag unterwirft, niederwalzen. Und das nicht mit Eurer Hilfe, sondern mit Hilfe ihrer eigenen Technik“, versuchte Gallad ihm klarzumachen.

„Ihr sagt immer ‚sie‘, dabei redet Ihr doch von Eurem eigenen Volk. Verratet Ihr Euresgleichen und arbeitet mit denen hier zusammen?“ Er deutete auf Sky, die umgehend zu ihm aufsah.

„Habt Ihr mir nicht zugehört?“, fragte Gallad, der nicht begreifen konnte, wie man so stur sein konnte.

„Die Magier würden niemals die niedere Technik unserer Spezies nutzen“, wehrte er sich.

„Was ist mit ihm?“, fragte Sky plötzlich und riss beide aus ihren Gedanken.

Verwirrt sah der Alte zu dem Jungen und der Frau hinüber. „Er ist krank, das siehst du doch“, antwortete er dem R2 harsch.

„Mein Volk hat nicht vor, diesen Planeten ewig mit euch zu teilen“, warf Gallad ein, um zum Thema zurückzukehren.

Verwundert sah der Alte ihn an. „Wieso solltet Ihr mir so etwas erzählen, wenn es nicht eine blanke Lüge wäre?“, fragte er den Magier.

„Habt Ihr ihnen nicht alles geglaubt? Lebt Ihr wegen ihnen nicht hier in einem Wald anstatt in einer Stadt? Und was bietet Ihr an Waffen im Vergleich zu unseren Kräften?“

Gallads Worte wirkten auf den Alten ein. Er sah nachdenklich aus. „Wieso sollte ich Euch trauen, wenn Ihr scheinbar selbst Euer Volk zu verraten bereit seid?“

Sky sah noch immer zu dem kranken Kind hinüber. Sie konnte kaum begreifen, wieso sie ihn so leiden ließen. Er schien stark zu schwitzen und sah bereits furchtbar blass aus.

„Können wir ihm denn nicht irgendwie helfen?“, fragte sie scheinbar wie in Gedanken versunken.

Gallad sah sie fassungslos an. „Wir sind nicht wegen ihm hier“, erinnerte er sie an ihre Aufgabe, doch Sky schien weiterhin kaum zuzuhören.

„Wir könnten ihn doch mit nach Edge nehmen und ihn dort behandeln lassen“, schlug sie vor. Die Frau warf einen Blick zurück und starrte sie durch den leichten Stoff hindurch sprachlos an.

„Was ist das für ein Ding?“, fragte der Alte plötzlich, der kaum begreifen konnte, was hier eigentlich vor sich ging.

„Sie ist die einzige künstliche Intelligenz ihrer Art. Sie ist sehr menschlich und empfindet auch Gefühle. Ich glaube, dass dieses Kind sie ziemlich ablenkt. Vielleicht sollten wir uns woanders weiter unterhalten“, schlug Gallad vor.

Der Alte nickte und wollte die beiden gerade nach draußen führen, als die Frau plötzlich flehend „Nein“ rief. Sofort hielt der Mann inne. Fragend sah er zu ihr hinüber.

„Wenn sie ihm helfen kann, dann soll sie es tun“, sagte sie und sah kurz auf den Jungen hinab, ehe ihr Blick wieder auf Sky fiel.

„Sie können ihm nicht helfen“, sagte der Alte, doch Sky lenkte auf der Stelle ein.

„Doch, das können wir. Euch mögen hier die Mittel fehlen, aber uns dort draußen nicht. Es gibt Maschinen, die innerhalb kürzester Zeit erkennen, um welchen Virus es sich handeln könnte, und die sofort die notwendigen Medikamente verabreichen. Bitte lasst ihn uns mitnehmen“, bat sie und ergriff die Hände des Jägers. Der zog diese erschrocken zurück, während Gallad sich fassungslos über das Gesicht wischte. Der Blick des Alten traf fragend den der Frau, die ihm flehend zunickte.

„Wie soll ich Euch unseren Enkel mitgeben, ohne zu wissen, ob ich ihn dann je wiedersehen werde? Vielleicht bringt Ihr nur Kummer über meine Familie“, sagte er und man spürte seine Unsicherheit.

„Ihr müsst uns wohl vertrauen“, antworte Sky sanft und trat durch den Vorhang aus Stoff hindurch. Sie kniete sich zu dem Jungen und legte prüfend ihre Hand auf seine Stirn. „Er hat sehr hohes Fieber“, sagte sie. „Wenn er nicht mit uns geht und ihr es nicht schafft, es schnell zu senken, wird er die Nacht sicher nicht überleben.“

In den Augen der Frau standen Tränen und sie nickte immer wieder.

Der Magier rang unterdessen mit sich selbst. Er wusste, dass alles von dem kleinen Jungen abhängen würde, wenn sie ihn mitnehmen würden, doch ihm blieb keine Zeit eine andere Möglichkeit zu finden. Er hörte in seinem Kopf die Stimmen seines Volkes.

„Gut", willigte Gallad umgehend ein, „ich bin bereit ihn mitzunehmen und wir kümmern uns darum, dass er gesund wird. Wenn ich mit Eurem Enkel zurückkehre, habe ich hoffentlich Euer Vertrauen."

Der Alte willigte ein und reichte dem Magier besiegelnd die Hand. „Wenn es unserem Jungen gut geht, dann werde ich Euch anhören und in unserem Dorf davon berichten. Aber solltet Ihr ohne ihn zurückkommen, dann werdet Ihr nichts weiter als ein Verräter sein, den ich bei den Magiern enttarnen werde."

Gallad schluckte. Ihm war bewusst, dass sein Leben nun von dem des Jungen abhing. Eilig griff er nach dem schwachen kleinen Körper und hob ihn hoch. Vorsichtig trug er ihn aus der Hütte, während Sky den feuchten und kühlen Lappen aus den Händen der Frau nahm.

„Wir werden wiederkommen", versprach sie ihr, noch bevor sie nach draußen trat. Der Magier drängte den R2 umgehend, denn er hatte in seinem Kopf das Knistern wahrgenommen, welches ihm verriet, dass sich andere seiner Art langsam näherten.

Eilig drängte sich Gallad durch das dichte Blattwerk des Waldes. Mühsam schlug Sky die Äste und Sträucher beiseite. Der Junge auf seinem Arm wimmerte. Er schien nach seiner Mutter rufen zu wollen, doch er war zu schwach. Die Worte, die er sprach, gingen ihm nur leise über die Lippen. Sky versuchte sich den Weg einzuprägen, den sie so schnell zurücklegten. Schritt für Schritt wurde Gallad immer nervöser.

Panisch trieb er Sky zur Eile an. „Los, los", sagte er immer wieder, während er einen Blick zurück warf. Sky wollte sich nicht umdrehen. Sie wollte gar nicht wissen, was ihnen auf der Fährte war. Sie spürte nur den Druck, der von Gallad ausging und sie zwang immer schneller zu werden. Ihre Finger umklammerten fest den Heuler in ihrer Tasche, den sie von Sam erhalten hatte. Was auch immer ihnen zu folgen schien, dieses kleine Gerät gab ihr etwas Sicherheit.

„Warte!“, sagte Gallad plötzlich. „Dort“, er deutete auf ein dichtes Gebüsch, das große Blätter trug. Sofort schob Sky einige davon beiseite und erkannte eine ausreichend große Nische zwischen den wenigen Zweigen. Umgehend drängte sich Gallad an ihr vorbei. Er duckte sich und legte den Jungen bis an einen angrenzenden Baumstamm heran. Dann zog er an Skys Arm. „Los, los!“, drängte er ein weiteres Mal und sie gehorchte.

Auf Knien kroch sie bis zu dem Jäger heran, um auch Gallad Platz zu machen. Er folgte den beiden umgehend in den Schutz des Gebüschs. Die Blätter fielen hinab und ein Schatten umhüllte die drei. Es dauerte nicht lange, bis Sky Schritte hören konnte. Etwas näherte sich auf demselben Weg, den sie gekommen waren.

Sky legte dem Jungen die Hand auf den Mund. Er atmete so schwer, dass es kaum zu überhören war. Nervös warf Gallad einen Blick auf Sky. Der Magier führte einen Zeigefinger zu seinen gespitzten Lippen. Sie sollten ruhig sein. Das knisternde Geräusch ertönte, dass Sky direkt zuzuordnen wusste. Die Schritte verstummten und die Magier schienen stehenzubleiben. Sie konnte nur Umrisse ihrer Schatten durch die grünen Blätter erkennen. Der R2 zählte drei von ihnen, doch sie begriff nicht, wieso sie ihnen gefolgt waren.

Gallad schien sich in den Waldboden zu krallen. Er schob den Kopf zurück, als sich das knisternde Geräusch erneut ausbreitete. Sky sah ihm die Angst an. Der Blick der Magier fiel immer wieder zu Boden, ehe sich die Schatten zu ihnen zu wenden schienen.

Oh nein, bitte nicht!, ging es Sky noch durch den Kopf, als sie begriff, dass sie zu deuten wussten, wo sie sich versteckt hatten. Einer der Schatten duckte sich und Gallad schrie plötzlich laut auf. Eine Hand hatte ihn an seinem Knöchel gepackt und versuchte ihn herauszuziehen. Er rutschte einige Zentimeter, ehe Sky ihn an den Armen packte und mit aller Gewalt an sich zog.

Die Augen des kranken Jungen waren weit aufgerissen. Sky spürte, wie er sich hinter ihr wand, doch er konnte sich kaum bewegen. Die Kraft des Magiers war stärker und so drohte Gallad aus ihrem Griff entrissen zu werden. Die Blätter, die um seinen Körper herum hingen, raschelten wild, während er sich zu wehren versuchte. Nur noch ein kräftiger Ruck und sie würden den Verräter aus ihren eigenen Reihen erkennen können.

Verängstigt löste Sky zügig eine ihrer Hände und griff in ihre Manteltasche. Der Heuler war jedoch nicht mehr dort. Er musste herausgefallen sein, als sie in das Gebüsch gekrochen war.

Skys Augen tasteten den Boden nach dem Heuler ab, während ihre Hand erneut nach Gallad packte. Das schwarze Gerät lag zum Glück direkt neben ihr. „Drück ihn“, bat sie den Jungen über ihre Schulter hinweg. Panisch bettelte sie danach, er solle das kleine Kästchen, das auf dem Boden lag, fest drücken. „Es liegt direkt neben dir“, hörte sie sich selbst sagen, während Gallad ihr plötzlich zu entgleiten drohte. Die Augen des Jungen sahen sie ängstlich an. „Bitte!“, schrie sie verzweifelt auf. Seine blassen Finger tasteten langsam nach dem Heuler und nur einen Wimpernschlag später legte sich dessen Lärm über ihre panischen Schreie.

KAPITEL 17

„Sollten wir ihnen nicht langsam mal folgen?“, fragte Sam, dessen Beine aus dem Gleiter hingen und nervös wackelten.

„Es dauert eben seine Zeit“, entgegnete ihm sein Vater, der selbst immer wieder zum Waldrand blickte.

Sarah hatte sich unterdessen ebenfalls in den Gleiter gesetzt. Die Sonne trieb ihr den Schweiß auf die Stirn und so hatte sie im Schatten Zuflucht gesucht.

„Ich weiß nicht, zu welchem Dorf sie aufgebrochen sind“, fügte sein Vater ratlos hinzu. „Selbst wenn wir losgehen würden, wäre es schwer zu sagen, wo wir genau hingehen sollten.“

Sam blies nervös die Wangen auf und lehnte sich ein Stück zurück. „Notfalls hat sie ja den Heuler“, sagte er in aller Hoffnung, sie würde ohne ihn auskommen.

„Glaubst du denn, wir würden ihn wirklich hören?“, fragte Sarah plötzlich, die bislang kaum etwas gesagt hatte.

Robert grinste. „Oh Schatz“, entgegnete er ihr, „glaub mir, wenn ich dir sage, dass du froh sein kannst, in letzter Zeit nicht zu Hause gewesen zu sein.“

Erstaunt sah sie ihn an. „War es denn wirklich so laut?“

Der Professor lachte. „Ich hätte ein Spielzimmer einrichten sollen, das schalldicht ist. Ich wusste beim ersten Mal nicht, was überhaupt los war.“

Auch Sam musste augenblicklich grinsen, als ihm diese Erinnerung kam. „Er hat wie verrückt an die Tür gehämmert“, erklärte er seiner Mutter. „Er hat echt gedacht, dass es irgendein Alarm von Coroc wäre."

Die drei lachten und Sam konnte die Angst um Sky einen Augenblick lang vergessen. Er wollte seiner Mutter gerade das Spiel erklären, als das Geräusch des Heulers in der Ferne ertönte. Erschrocken fuhr Sam zusammen.

Sarah horchte überrascht auf. „Oh mein Gott", flüsterte sie, während Robert sich eilig in den Gleiter lehnte. Er griff an seiner Frau vorbei und wühlte eilig in seiner Tasche.

„Ist es das?", fragte sie nervös.

„Ja", antwortete er kurz und bündig. Der Professor zog seine Waffe und bat die beiden beim Fahrzeug zu bleiben.

„Nein, ich komme mit", entschloss Sam und zog seinen Allzweckstab aus der Halterung seines Gürtels.

„Wir wissen nicht, was uns dort erwarten wird", sagte sein Vater, doch Sam war bereits aus dem Gleiter gestiegen.

„Wir haben jetzt keine Zeit zu diskutieren, Dad!", drängte er ihn und ohne auch nur einen weiteren Gedanken an die Gefahren zu verschwenden, nickte ihm sein Vater überraschenderweise zu.

„Mach den Gleiter startklar, sobald du uns siehst", befahl Robert seiner Frau.

Sarah willigte nervös ein und presste ihm noch schnell einen Kuss auf seine Lippen. Sofort rannten sie los. Sie erreichten den Waldrand umgehend und preschten eilig durch das Gestrüpp des Waldes. Dabei folgten sie dem andauernden Geräusch des Heulers, das wie eine Sirene durch die Umgebung schallte. Je näher sie ihrem Ziel kamen, desto lauter wurde es. Es dauerte nicht lange, bis Robert den Schauplatz des Geschehens erblicken konnte. Er erkannte, wie drei Magier vor einem Busch knieten und jemandes Leib packten. Der

Körper wand sich wild und immer wieder löste einer der drei seinen Griff. Etwas schien sie immer wieder von ihrem Vorhaben abzuhalten.

Robert hob unmittelbar die Waffe und gab ohne zu zögern einen Schuss ab. Das Licht des Lasers erfasste den vordersten der drei Magier. Seine Finger lösten sich von dem Mann im Gebüsch. Wie in Zeitlupe erfasste Robert dieses Szenario. Die Hand des getroffenen Magiers legte sich auf seinen Hals, aus dem bereits Blut floss. Er stöhnte auf, scheinbar vor Schmerzen, ehe er zu Boden glitt. Nun ließen auch die anderen beiden von ihrem Opfer ab. Erschrocken sahen sie erst zu ihrem blutenden Gefährten, ehe sie zu Robert und seinem Sohn aufblickten. Ihre Mienen verdunkelten sich. Einer von ihnen hob die Hand und riss dem Professor mit seiner unsichtbaren Kraft die Waffe aus den Händen, ehe er einen weiteren Schuss abgeben konnte.

Sam sah noch hinter ihr her, als sie meterweit entfernt am Stamm eines Baumes abprallte. Sein Mund öffnete sich und er spürte, wie zittrig er seinen Stab in den Händen hielt. Arme schnellten plötzlich aus dem Gebüsch hervor und die beiden konnten sehen, wie Skys Kopf hervorlugte. Sie griff nach den Beinen des Magiers und versuchte ihn mit aller Gewalt zu Fall zu bringen. Noch immer jaulte der Heuler und der ohrenbetäubende Lärm donnerte durch Sams Kopf. Unsicher trat er einen Schritt zurück. Robert zog ihm den Allzweckstab aus der Hand und formte ihn zügig zu einem Dolch.

Der zweite Magier war im Begriff seine Kräfte auf sie zu schleudern. Er hatte bereits die Hände gehoben und formte einen Feuerball. Der Professor zog seinen Sohn hinter sich und warf prompt das Messer. Es schleuderte durch die Luft und traf den Außerirdischen direkt in die Brust. Wie erstarrt blickte er an sich hinab. Man sah, wie er den Treffer zwar erkannte, aber die Situation nur langsam begriff. Sein Begleiter stürzte gerade durch Skys Angriff zu Boden und warf ihn beinahe mit um. Mit letzter Kraft schleuderte er den Feuerball auf sie. Robert gab seinem Sohn einen Schubs und warf sich danach selbst auf die Knie. Er spürte, wie die Hitze über sie hinwegflog, und hörte, wie die Flammen auf einen Busch hinter ihnen übergingen.

Der Magier trat einige schwere Schritte bis zu einem nahen Baum und lehnte sich erschöpft an dessen Stamm. Seine Hand griff zittrig nach dem Dolch, der ihm tief in der Brust steckte. Wie einen Splitter zog er ihn ruckartig heraus. Sky kroch unterdessen auf den Magier am Boden zu und rangelte mit ihm. Ihre Stromschläge ließen seinen Körper erzittern und saugten langsam die Kraft aus seinen Gliedern. Immer wieder versuchte er die Hände zu heben, um sie anzugreifen, doch sie reagierte prompt. Sam hob den Kopf vom Boden und erkannte, wie ihre Augen leuchteten. Zum ersten Mal sah er sie in einem Kampf und obwohl er die Schreie des Magiers nicht hören konnte, so erblickte er doch in seinem Gesicht die Schmerzen, die sie ihm zufügte.

Robert hatte keine Zeit sich auch nur einen Moment lang auf Sky zu konzentrieren. Er beobachte den Magier am Baum, der seine Hände noch immer an dessen Stamm und auf seine Brust gelegt hatte. Eilig sprang er auf und rannte auf ihn zu. Er hatte keine Waffen mehr und so blieb ihm nur ein direkter Angriff. Der Magier bemerkte ihn gerade erst, als er bereits von der Wucht seines Sprints erfasst wurde. Gemeinsam schlugen sie auf dem Waldboden auf. Robert verpasste ihm einen kräftigen Schlag mit seiner Faust. Der Magier wehrte sich und stieß ihm das Knie in den Magen. Wild schienen sie sich zu prügeln und Sams Gedanken zogen ihn unweigerlich zu sich und Lionel. Immer wieder schlug die Faust seines Vaters auf den Kopf des Magiers ein. Wie gebannt lag Sam einfach nur da und starrte leeren Blickes auf das Schauspiel vor ihm.

„Die Waffe, Sam!", schrie sein Vater und riss ihn aus seinen Gedanken.

Der Magier hatte Robert schwer getroffen und Sam konnte die Platzwunde über seinem Auge erkennen. Erneut schlug der Außerirdische auf seinen Vater ein, bevor Sam sich endlich regte. Er sprang auf die Beine und rannte zu dem Baum hinüber, an dem die Waffe abgeprallt war.

Sky kauerte unterdessen noch immer auf dem Magier, den sie mit aller Gewalt auszuschalten versuchte, doch es steckte unheimlich viel Kraft in ihm. Sie spürte eine unheimliche Kälte auf ihren Arm übergehen, an den sich seine Hand plötzlich klammerte. Sky erinnerte sich an den Schattenmansuren, der umgehend zu Eis erstarrt war, als der Magier ihn attackiert hatte. Schockiert beobachtete sie, wie sich langsam Kristalle auf ihrem Ärmel bildeten. Sie setzte ihn erneut unter Strom, doch das löste seinen Griff nicht. Er klammerte sich nur umso fester an sie.

„Hilf mir!", schrie Sky in das Gebüsch hinein, als die Kälte unerträglich wurde. Ein Arm streckte sich aus dessen Schatten und legte sich auf das Bein des Magiers. Auch dieses wurde plötzlich von Kälte erfasst. Erschrocken blickte er an sich hinab, als er begriff, dass sie einem ihrer eigenen Art gefolgt waren. Er versuchte mit aller Kraft seinen Eisangriff zu stärken, doch er war längst schwächer als seine Gegner.

Sky spürte, wie die Kälte langsam von ihr abließ und sah, wie die Haut des Magiers sich veränderte. Seine Lippen wurden bläulicher, als er sie mit weit aufgerissenen Augen ansah. Langsam bildeten sich Eiskristalle, die ihn Stück für Stück umhüllten. Seine ohnehin schon fahle Haut, schien nun noch blasser als zuvor. Schnell stand sie auf, als das Eis drohte auf sie überzugehen, während ihr Gegner wie erstarrt liegen blieb. Er regte sich kaum noch, nur die Augen rollten hilfesuchend hin und her.

Robert spürte unterdessen, wie ihn ein weiterer Stoß im Magen traf und japste angestrengt nach Luft. Er wurde plötzlich schwächer und der Magier ergriff seine Chance. Der Professor erschrak, als ihn die Hände des Magiers packten und Hitze aufzusteigen schien, doch ehe er erneut seinen Sohn rufen konnte, lösten sich die Finger seines Gegners von ihm und das Leben wich prompt aus seinem Körper. Blut floss aus seiner Stirn und der Kopf des Magiers glitt reglos zur Seite.

Sam hatte längst abgedrückt. Robert sah zu seinem Sohn hinauf, der mit erhobener Waffe wie gelähmt dastand. Er atmete tief ein und rollte sich erschöpft vom Körper des Magiers hinunter. Ausgelaugt lag er auf dem Rücken und sah dankbar in die Augen seines Sohnes.

Sam ließ erschrocken die Waffe fallen. Seine Finger zitterten und er schaute sich ungläubig um. Drei Tote lagen auf dem Boden, der blutbefleckt war, und er begriff, dass er seinen Teil zu diesem Unglück beigetragen hatte.

Gallad schaltete den Heuler aus und kroch umgehend aus dem Gebüsch. Dann beugte er sich noch einmal hinein, als wollte er noch etwas herausholen. Und tatsächlich hob er einen kleinen Jungen aus den dunklen Schatten des Blattwerks.

Der Professor zog unterdessen dem toten Magier den Allzweckstab aus der Brust. „Wer ist das?", fragte Robert verwirrt, als er das Kind erblickte.

Sein Oberkörper richtete sich umgehend auf und er wischte sich das Blut von seinem getroffenen Auge. „Er ist krank und ihr müsst ihn nach Edge bringen. Wir haben keine Zeit für Erklärungen", drängte Gallad erneut. „Dieses Ding war unheimlich laut und das Geräusch wird die umliegenden Dörfer der Jäger sicher aufgeschreckt haben." Sky hielt Robert hilfsbereit ihre Hand entgegen und half ihm beim Aufstehen. Das Licht ihrer Augen erlosch und der Professor beugte sich zügig zu seiner Waffe hinunter.

„Sam, beeil dich!", sagte er über seine Schulter hinweg, als er mit der Laserpistole an ihm vorbeitrat, doch Sam regte sich noch immer nicht.

„Sam?", Robert klang beunruhigt. „Was ist los, Sam?" Er warf einen besorgten Blick auf seinen Sohn zurück.

Sam schien wie benebelt. Schockiert musterte er immer wieder seine zittrigen Finger.

„Verdammt, ich befürchte, er hat einen Schock", erkannte der Professor. Eilig steckte er die Waffe fest hinter seinen Gürtel und griff nach dem Arm seines Sohnes. Schritt für Schritt zog er ihn mit sich. Im Eiltempo legten sie den Weg bis zum Waldrand zurück.

„Hier, nimm ihn", sagte Gallad, der den kranken Jungen nur allzu schnell in Roberts Arme übergeben wollte.

Sarah konnte die vier bereits zwischen den Baumstämmen erblicken. Als sie schließlich erkannte, was Gallad mit sich trug, schlug ihr das Herz bis zum Hals. Prompt startete sie wie befohlen den Gleiter und machte sich somit für einen schnellen Aufbruch startklar.

Robert nickte dem Magier zu. „Nimm Sam an die Hand", sagte er zu Sky und nahm selbst den Jungen entgegen. Skys Finger umklammerten die von Sam und sie ging sofort mit ihm zum Fahrzeug.

„Entführen wir hier gerade ein Kind, Gallad?", fragte Robert noch völlig durcheinander.

Gallad warf einen Blick in den Wald zurück. „Nein", antwortete er, als sein Blick den von Robert traf, „ihr müsst ihm helfen und dann bringen wir ihn gesund zurück. Wenn ihr sie von eurer Technik überzeugen wollt, dann muss er das überleben."

Der Professor schluckte, denn der Junge sah wirklich furchtbar krank aus. „Was ist, wenn sie kein Jägerkind heilen werden?", fragte er besorgt.

„Dann ist das auch mein Ende, Robert, also tut bitte, was ihr könnt", sagte er und verabschiedete sich umgehend.

Robert lief, so schnell er konnte, zum Gleiter hinüber und legte den Jungen im Fußraum vor Sky und Sam ab. Dann nahm er selbst neben Sarah Platz, die sogleich die Türen schloss und umgehend abhob.

„Warum ist er hier?", fragte sie, während sie sich auf den Flug konzentrierte und starr geradeaus blickte.

„Wir müssen ihn in eine Klinik bringen, Sarah", erklärte Robert. „Dass wir uns um ihn kümmern und ihn heilen, ist wohl der Beweis, den sie als Zeichen für ihr Vertrauen wollen."

Sky sah immer wieder auf den schwachen Körper des Jungen hinab. Er sah mager aus und noch immer lief ihm Schweiß über den Körper. Sein dünnes Hemd war bereits ganz durchnässt. „Er braucht dringend Wasser", äußerte sie laut.

Sofort begann Robert in seiner Tasche nach einem Energiegetränk zu suchen. Als er dessen röhrenförmiges Behältnis ertasten konnte, zog er es hinaus und reichte es ihr. Der R2 öffnete den Verschluss und kippte dem Jungen kleine Portionen in den Mund. Gierig schluckte er die Flüssigkeit.

„Du blutest ziemlich stark", sagte Sarah, die einen kurzen Blick auf ihren Mann warf.

„Nur eine Platzwunde", beschwichtigte er. Immer wieder wischte er sich Blut ab, das ihm über sein linkes Auge lief.

„Du solltest trotzdem versuchen die Blutung zu stoppen und dir etwas um den Kopf binden", bat Sarah nervös, als sie seine roten Hände erblickte. Robert suchte in seiner Tasche nach etwas, dass er als Verband nutzen konnte. Die Wunde war so tief, dass die kleinen Pflaster nicht ausreichen würden, um sie zu verschließen. Er zog eines seiner weißen Oberteile heraus und riss es kräftig entzwei. Dann teilte er die Hälfte noch einmal, sodass er einen dünnen und langen Stofffetzen hatte. Den anderen Teil nutzte er, um diesen auf die Augenbraue unter den provisorischen Verband zu pressen. Eilig verband er sich, so gut es ging, selbst.

Sam hingegen schien nur langsam zu sich zu kommen. „Ich habe ihn erschossen", murmelte er fassungslos vor sich hin.

Sarah horchte auf. Schockiert sah sie in die Augen ihres Mannes. „Was ist dort draußen passiert, Robert?", fragte sie.

Er erklärte ihr, so gut er konnte, was sich bei dem Kampf zugetragen hatte, und er begriff schnell, dass sie keineswegs begeistert davon war, dass er seinen Sohn aufgefordert hatte, die Waffe zu ergreifen.

„Was hätte ich denn tun sollen? Ich war in dem Augenblick heilfroh, dass Sam bei mir war", erklärte er sich.

„Er ist siebzehn, Robert", herrschte sie ihren Mann wütend an.

„Du hast ihn doch mit mir gehen lassen und wir alle wussten, dass der Heuler nur ertönen würde, wenn sie in Gefahr wären."

„Du hättest ihn drängen sollen Schutz zu suchen", erwiderte sie. „Ich hätte nie gedacht, dass sein Vater ihn ernsthaft in einen Kampf verwickeln würde."

„Ohne ihn hätte mir der Magier das Fleisch von den Knochen gebrannt. Wäre das jetzt besser gewesen, Sarah?", fragte er fassungslos.

„Genug jetzt", antwortete sie sichtlich sauer. „Wir reden nicht hier darüber, Robert."

Der Professor schluckte mühsam die Worte herunter, die er noch zu sagen gedacht hatte. Zum Glück konnte er in der Ferne bereits die Schutzkuppel von Edge erblicken. Gleich wäre dieses Gespräch für einige Augenblicke vergessen und es würde vorerst nur um die Rettung des Jungen und somit auch Gallads gehen. Bis sie das Energietor passiert hatten, sprachen sie kein Wort mehr miteinander. Im Gleiter war es bis auf Sams fassungsloses Gemurmel still geblieben. Sky legte ihrem Paten die Hand auf die Schulter und streichelte ihn. Sie wollte ihm irgendwie helfen, doch er ließ sich nicht beruhigen. Sie konnte Sam gut verstehen, auch sie war fast dazu gezwungen worden zu töten. Nur dass Gallad das letztendlich für sie übernommen hatte, während Sam ganz allein für ein ausgelöschtes Leben verantwortlich war. Sky hoffte, dass er bald begreifen würde, dass er Robert damit gerettet hatte. Wenn er nicht abgedrückt hätte, wäre sein Vater dem Magier erlegen und würde nun an dessen Stelle auf dem Waldboden liegen.

Sarah deutete umgehend auf die Klinik, als sie in Sichtweite kam. „Ich hoffe, sie behandeln ihn überhaupt", sagte sie und landete den Gleiter auf dem Dach.

Robert hängte sich seine Tasche um und öffnete die Türen. Er stieg aus und hob den Jungen vorsichtig hoch.

„Sky bleibt am besten bei dir“, sagte er. „Ich werde sie bitten sich auch Sam und meine Wunde einmal genauer anzusehen.“

Sarah nickte, doch in ihren Augen erkannte er noch immer diese Wut.

„Du musst uns nicht abholen. Wir kommen dann direkt zum Haus“, fügte er hinzu, bevor er Sam bat aus dem Gleiter zu steigen. Sein Sohn gehorchte stumm und die Türen glitten augenblicklich zu.

Ein letzter enttäuschter Blick von Sarah traf ihn, als er sie noch einmal durch die Scheiben hindurch ansah. Dann hob das Fahrzeug ab und sie machten sich eilig auf den Weg in das Gebäude.

KAPITEL 18

Auf der Stelle nahm sich eine der Schwestern ihrer an. Eilig erklärte Robert ihr, dass der Junge dringend behandelt werden müsse und bat sie ebenfalls darum, sich um seinen Sohn Samuel zu kümmern. Sie rief über ihr Armband einen Arzt, der dringend in die Empfangshalle kommen solle.

Sam bekam all das kaum mit. Das Gespräch der beiden klang für ihn wie ein weit entferntes Gemurmel, während er noch immer die Bilder der toten Magier vor sich sah. Er konnte kaum begreifen, dass er ein Leben ausgelöscht hatte. Es war nur sein Zeigefinger, der den Abzug betätigt hatte. Etwas so Unscheinbares mit so verehrendem Ausmaß. Sam wusste, dass er seinen Vater gerettet hatte und doch fühlte er sich vollkommen leer, so als hätte ihn jedes Gefühl außer der Fassungslosigkeit verlassen.

Es dauerte nicht lange, bis einer der Ärzte einen der vielen Gänge hinuntergeeilt kam. „Was haben wir hier?“, fragte er die Schwester.

„Drei zu behandelnde Patienten, Dr. Miles. Der Junge leidet scheinbar unter einer Virusinfektion. Mister Stanson hat eine Platzwunde über seinem linken Auge und sein Sohn Samuel weist Zeichen eines Schockzustandes auf.“

Nachdenklich warf der Arzt einen prüfenden Blick auf den Jungen, bevor er konzentriert die Schwester ansah. „Der Junge muss vorsichtshalber in einen der Quarantäne-Räume. Lassen Sie ihn in B32 bringen.“

Die Schwester nickte und sprach erneut in ihr Armband. Sie rief nach weiteren Hilfskräften, wobei sie mehrmals das Wort „Notfall“ benutzte.

Robert sah besorgt auf den Jungen hinab, ehe er selbst von dem Arzt angesprochen wurde.

„Was ist mit Ihnen passiert?“, fragte er ausdruckslos.

„Wir sind in einen Kampf verwickelt worden“, antwortete Robert ohne weiter ins Detail zu gehen.

Der Arzt nickte sichtlich misstrauisch und bat die Schwester darum, die Wunde des Professors zu versorgen. „Um Ihren anderen Sohn kümmert sich gleich jemand“, versprach der Arzt, noch während zwei Männer mit Mundschutz zu ihnen stießen.

Eilig nahmen sie ihm das Jägerkind ab und legten es auf einen Transporttisch. Sie verschwanden mit dem Arzt in einem Gang, über dem ein großes Schild schwebte. Richtungspfeile deuteten darauf hin, dass in dieser Richtung die Intensivstation und ein Bereich für Quarantäne-Fälle lagen. Schlimmstenfalls war der Junge höchst ansteckend und Robert begriff langsam, in welcher Gefahr sie alle sein könnten.

Die Schwester bat Robert darum ihr zu folgen, während Sam vorerst im Empfangsbereich Platz nehmen musste. Sie führte ihn in einen überschaubaren Raum, in dem eine Versorgungsliege stand. Sie sah aus wie ein Bett, an dessen Kopfende und linker Seite einige technische Geräte angebracht waren. Die Schwester bat Robert darum sich vorerst hinzusetzen. Sofort nahm der Professor Platz.

„Wir scannen erst einmal Ihre allgemeinen Körperfunktionen. Wir müssen sichergehen, dass Sie sich nicht mit dem Virus des Jungen infiziert haben", sagte sie, während sie nach dem kleinen weißen Scanner griff. Robert wusste, dass sie ihr Vorhaben nicht umsetzen konnte und er nun in Erklärungsnot geraten würde. Sie öffnete einladend die Hand und bat eindeutig darum, dass Robert seinen Arm ausstreckte.

„Das wird so nicht funktionieren", sagte er reglos.

Die Schwester sah ihn fragend an. „Ich muss Ihren Chip scannen, Mister Stanson." Sie schien nicht zu begreifen, dass er genau darin ein Problem sah.

„Es ist so", begann er, „Sie werden weder bei mir noch bei meinen Sohn ein Körperfunktionsimplantat finden." Dann sah er zur Tür herüber. „Auch bei dem Jungen nicht", fügte er ruhig hinzu.

Verwundert ließ sie den Scanner sinken. „Es gibt ein Gesetz, welches Ihnen vorschreibt, ein solches Implantat zu tragen." In der Stimme der Schwester konnte man die Unruhe hören, die langsam in ihr aufzusteigen schien.

„Hören Sie mir zu, Miss!" Robert rutschte ein Stück auf dem Bett vor und lehnte sich zu ihr hinüber. Deutlich verunsichert wich die Schwester einen Schritt zurück. „Mein Sohn und ich haben in den letzten Tagen viel durchgemacht und selbst, wenn Sie mir nicht helfen wollen, dann helfen Sie ihm bitte. Sie haben gesehen, wie abwesend er war. Es gibt andere Methoden um seinen Zustand zu klären. Ich könnte Ihnen jetzt erklären, wieso wir kein Implantat tragen, aber das ist jetzt nebensächlich. Wichtig ist, dass er und der andere Junge dringend Hilfe brauchen."

Die Schwester schüttelte fassungslos mit dem Kopf. „Sie bitten mich hier nicht um eine Kleinigkeit, Mister Stanson. Sie verlangen von mir eine Straftat zu begehen."

Robert atmete tief ein. „Sie sind doch nicht ohne Grund Krankenschwester geworden. Sie wollen Menschen helfen und wir brauchen Ihre Hilfe jetzt wirklich dringend."

Einen Augenblick lang schien es, als würde sie zumindest darüber nachdenken die beiden zu behandeln, doch nur einen Moment später hob sie den Arm und rief erneut nach dem Arzt.

Sie hatte den Raum verlassen und Robert gingen etliche Gedanken durch den Kopf. Vielleicht würden sie ihn erneut nach dem fehlenden Implantat fragen, doch schlimmstenfalls würden sie direkt eine Suchanfrage nach seiner Person im Netzwerk starten und ohne Zweifel auf einen Vermerk über seine Flucht stoßen.

Er dachte noch darüber nach einfach aus der Tür zu stürmen, sich seinen Sohn zu schnappen und abzuhauen, doch ohne den Jungen konnten sie nicht gehen - und keinesfalls, ehe er nicht gesund war.

Die Tür des Raumes glitt auf und Dr. Miles betrat allein den Raum. Der Professor wollte aufstehen, doch der Arzt bat ihn darum sitzen zu bleiben. Er griff wortlos nach Roberts rechtem Oberarm und strich fest mit dem Daumen über dessen Haut.

„Der Junge ist an Gleson erkrankt, einem Tropenvirus, das durch die Nahrungsaufnahme in den Körper gelangen kann. Es handelt sich um Bakterien, die sich meist im Körper kleiner Nager befinden. Der Junge kann also keineswegs ein Techniker sein und da ich mich über Sie informiert habe, bin ich nun ganz sicher, dass er nicht Ihr Sohn ist."

Robert nickte. „Das habe ich auch nie behauptet", antwortete er.

„Sie sind den Daten aus Cyron nach zu urteilen auf der Flucht. Mir ist daher ganz klar, warum Sie sich und Ihrem Sohn Samuel das Implantat entfernt haben. Was ich jedoch nicht verstehe, ist, warum Sie einem Kind unserer Feinde das Leben retten wollen." Die Augen des Arztes sahen erwartungsvoll in die von Robert.

„Nun", sagte der Professor, „vielleicht genau deshalb, weil er eben noch ein Kind ist."

Der Arzt lächelte sichtlich amüsiert. Dann ging er behutsam in die Knie und sah zu Robert hinauf. „Ich begrüße das Abkommen von Cyron keinesfalls", sagte er plötzlich. „Sie scheinen mir kein gefährlicher Mensch zu sein, Mister Stanson. Wer jahrelang in der Cyborg-Industrie arbeitet und dort noch als ein führender und preisgekrönter Wissenschaftler gilt, ist zudem sicherlich auch kein dummer Mensch. Vielleicht wissen Sie einfach mehr als ich über das, was dort in Ihrer Heimatstadt derzeit passiert und sicher haben Sie Ihre Gründe für all das hier, aber ich kann von keinem Mitglied meines Teams erwarten Sie zu behandeln."

Robert senkte den Kopf. „Ich verstehe das", flüsterte er.

„Nein, Sie verstehen mich scheinbar nicht", entgegnete Dr. Miles und stand auf. „Ich werde alles selbst machen müssen."

Überrascht sah der Professor zu dem Arzt auf. „Sie wollen uns wirklich helfen?", fragte er.

Der Mann nickte. „Ich werde keine Krankenakten anlegen und einen längeren Aufenthalt hier nicht dulden können, aber der Junge darf solange bleiben, bis das Heilmittel Wirkung zeigt und es ihm besser geht."

„Wie lange wird das dauern?", wollte Robert wissen.

„Ich denke, dass Sie ihn spätestens in zwei Tagen abholen können. Er ist zum Glück nicht ansteckend und daher wird er gerade auf ein anderes Zimmer verlegt."

Sofort ließ die Anspannung des Professors nach.

„Ich sehe mir nun einmal Ihre Wunde an", sagte Dr. Miles und löste umgehend den provisorischen Verband. Robert bekam einige Spritzen. Aufgaben, die sonst die Maschinen des Versorgungsbettes durchführen würden, führte der Arzt nun selbst durch. Er legte Robert eines der großen Pflaster auf, bevor er seinen Kopf vorerst erneut verband.

„Ihr Sohn hat nur einen kleinen Schock", sagte der Arzt fast nebensächlich, als er die letzten Handgriffe tätigte.

„Er hat einen Magier erschossen", vertraute Robert sich ihm plötzlich an, doch der Arzt blieb professionell.

„Wenn er ansonsten keine labile Persönlichkeit hat, wird er das sicher bald vergessen können. Aber wenn er nicht darüber hinweg kommen sollte, wird er psychologische Hilfe brauchen."

Robert nickte. „Ich glaube, dass er stärker ist, als er denkt."

Dr. Miles lächelte. „Das ist auch sehr wichtig in diesen Zeiten. Wenn man die Medien beobachtet, dann scheint alles so weit weg zu sein und doch befinden wir uns inmitten eines

Krieges." Er sah nachdenklich aus. „Ich kann Ihnen jetzt nur noch alles Gute wünschen, Mister Stanson." Dann reichte ihm der Arzt freundlich die Hand.

„Vielen Dank für alles", sagte Robert und verabschiedete sich.

Unterdessen hatten sich Sky, Sarah und die anderen vor dem Medienfenster versammelt. Als sie mit dem Gleiter gelandet waren, wurden sie von Julie in Empfang genommen.

„Das müsst ihr euch ansehen!", drängte sie sichtlich schockiert und eilte zurück ins Haus.

Beide waren ihr gefolgt und nahmen ohne ein weiteres Wort am Tisch Platz. Auf den Bildern erkannten sie den Vorplatz des Forschungszentrums. Gespannt beobachtete Sky einige Soldaten, die hinter derselben Reporterin wie am Vortag zu erblicken waren.

„Wir befinden uns noch immer in Cyron", sagte die schlanke Frau in die Kamera. „Hinter uns können Sie das Forschungszentrum erblicken, dessen Vorplatz wir gleich gezwungen sind zu räumen."

Sarah sah besorgt zu Sky hinüber, die jedoch weiterhin wie gebannt auf das Medienfenster blickte.

„Vor den Absperrungen haben sich bereits einige Demonstranten versammelt, deren Leuchtschilder eine eindeutige Sprache sprechen. Sie sind gegen die Abschaffung der künstlichen Intelligenz. Cyrons Stadtrat ließ sich bislang nicht von ihrer Minderheit erschüttern und hält weiter an der Umsetzung der Vertragsforderungen fest. Doch hier und heute kann sich die Anzahl der Demonstranten erhöhen, denn das

Oberhaupt Mister Winson hat beschlossen das Forschungszentrum mit Gewalt einzunehmen."

Sky schluckte und ihr Blick fiel kurz auf Lionel, der im Schneidersitz vor der großen Glasfront saß.

„Seit Tagen sind die Türen des Forschungszentrums fest verschlossen. Sie wurden also bereits einige Zeit vor dem Abkommen mit den Magiern verriegelt. Das wirft für uns Fragen auf, denn die Wissenschaftler scheinen diesen Umstand bereits geahnt zu haben. In den gut geschützten Lagerhallen des Zentrums befinden sich tausende Cyborgs der neuesten R2-Serie. Was diese zu leisten im Stande wäre, ist der Öffentlichkeit noch unbekannt, doch sie scheint so fortschrittlich zu sein, dass die Entwickler beschlossen haben, sie vor der Zerstörung zu schützen."

Die Männer im Hintergrund näherten sich langsam den Reporterteams und Sky konnte sehen, wie sie aufgefordert wurden den Platz zu räumen. Die Frau sah eilig in die Kamera, als ihr Blick sich wieder nach vorn richtete. „Wir müssen dem Militär von Cyron nun Platz machen und es wird ein Sicherheitsabstand einzuhalten sein. Daher senden wir in wenigen Minuten einige Bilder aus der Luft. Bis dahin werden wir an unser Studio zu Mike und Nadine abgeben."

Sofort gab es eine Einblendung des Senders Hope29 und das Gesicht eines Mannes folgte.

„Was werden sie denn da tun?", fragte Sky besorgt.

Sarah zuckte ahnungslos mit den Schultern. Sie konnte sich kaum vorstellen, dass sie das Forschungszentrum ernsthaft bombardieren oder andere gewaltsame Mittel einsetzen würden, um dessen Tore zu öffnen.

„Frank ist noch da drin", murmelte sie in Gedanken versunken.

„Das war Dillan Weight live aus Cyron. Wirklich erschreckend, nicht wahr, Nadine?“

Die Kamera schwenkte auf die blonde Schönheit neben dem Nachrichtensprecher. „Oh, auf alle Fälle, Mike. In dem Gebäude arbeiten hunderte von Wissenschaftlern, die durchaus verletzt werden könnten.“

Sarah hatte nur noch Franks Bild vor Augen. Wenn ihm etwas passieren würde, dann würde sich Robert sicher vorwerfen, von ihm verlangt zu haben die Türen geschlossen zu halten. Sie erinnerte sich an das letzte Gespräch mit ihm.

„Ich soll dir sagen, dass sie in der Vergangenheit sind. Was auch immer das bedeuten mag“, hatte er gesagt. Und sie selbst hatte ihn darum gebeten, noch ein paar Tage länger auszuharren. Sie wusste, dass sie eine Mitschuld an dem Geschehen trug.

„Laut den Angaben, die wir bislang vom Pressesprecher des Stadtrates erhalten haben, wissen wir, dass die künstliche Intelligenz des Forschungszentrums namens Verone längst abgeschaltet war“, fuhr Mike aus den Nachrichten fort.

„Das ist richtig“, bestätigte Nadine. „Um eine Übernahme durch das Hauptnetzwerk Coroc zu verhindern, haben die Wissenschaftler bereits vor einigen Tagen die manuelle Steuerung des Systems übernommen.“

Das Bild wechselte zu einem Close-up von Mike. „Überraschend. Als hätten sie es geahnt! Aber warum schützen sie die Serie mit ihrem eigenen Leben?“

Die Frage stand kurz im Raum und Spannung baute sich deutlich auf, ehe die Kamera sich wieder auf die Frau richtete. „Es gibt einige Gerüchte, die von einer künstlichen Intelligenz mit Gefühlen sprechen. Diese Angaben sind nicht offiziell bestätigt worden, aber einer der Investoren scheint dies in einem Gespräch erwähnt zu haben.“

Die Kamera zeigte nun beide. „Die Namen der Investoren sind geheim, Nadine, also woher kommen diese Vermutungen?"

Die Blondine lächelte. „Männer, die Geld haben und sich an einem derartigen Projekt beteiligen, sprechen immer irgendwann mit irgendjemanden darüber - ob sie ihre Identität gefährden oder nicht."

Der Nachrichtensprecher nickte. „Vielen Dank, Nadine. Ich habe gerade die Nachricht erhalten, dass unsere Reporterin Dillan sich nun in unserem Newsgleiter über dem Forschungszentrum befindet. Daher schalten wir nun noch einmal zu ihr."

Prompt war die dunkelhaarige Reporterin wieder zu erblicken. Mit offenen Türen zog das Journalistenteam in einem Gleiter über dem Gelände seine Kreise. Die Kamera hielt dabei stets den Vorplatz im Bild.

„Der Platz vor dem Forschungszentrum ist, wie Sie sehen können, bereits geräumt worden", sagte sie. „Die beiden Kontrolleure, die das Zentrum in erster Instanz vor Gefahren schützen, wurden bereits abgeschaltet und soeben abtransportiert. Sie standen nicht sehr lange im Dienst von Cyron und werden daher sicherlich eine andere Aufgabe erhalten, sobald die künstliche Intelligenz entfernt wurde. Was genau mit den abgeschalteten Cyborgs passieren wird, ist seitens des Stadtrates bislang noch nicht kommentiert worden."

Eine wuchtige Maschine fuhr in diesem Moment ins Bild. Sie näherte sich dem Haupttor des Forschungszentrums. Schnell ergriff die Reporterin erneut das Wort: „Cyron fährt harte Geschütze auf, denn die Wände sind sehr massiv. Es handelt sich bei dem Forschungszentrum um eines der vielen Hochsicherheitsgebäude der Stadt."

Man konnte eine laute Stimme im Hintergrund vernehmen, die noch einmal dazu aufforderte die Türen zu öffnen. Bilder der Demonstranten wurden augenblicklich eingeblendet. „Ihr nehmt uns unseren Schutz", stand auf einem der Leuchtschilder. „Wir wollen den Frieden, aber nicht so!" auf einem der anderen. Die Menge war aufgebracht und schrie wild durcheinander. Sie wollten, dass der Angriff auf das Forschungszentrum gestoppt wurde. Dabei kamen einige von ihnen dem tödlichen Zaun furchtbar nah.

„Oh mein Gott", flüsterte Sarah fassungslos, „halten die das für einen Sicherheitsabstand?!"

Als das Bild wieder umschwenkte und man das Forschungszentrum erneut von oben sah, konnte man sehen, wie eines der Geschütze sich auf die Tür ausrichtete. Dann schien es, als würde alles furchtbar schnell gehen. Es knallte kurz und ein Geschoss schlug in die Tür ein. Staub wurde von dem Druck aufgewirbelt, doch noch immer hielt die Tür stand.

„Es werden nun einige Schüsse auf die Schutzmauern abgegeben, um die äußere Schicht zu durchbrechen. Danach wird mit einigen Flüssiggeschossen das spezielle Schutzmetall mit einem eigens dazu angefertigten Gemisch zersetzt", hörte man die Erklärung der Reporterin, ehe es erneut knallte. Man konnte sehen, wie sich große Platten langsam lösten und einige Stücke der Eingangstür bereits abbröckelten. Es dauerte nicht lange, bis sich das erste Geschützrohr nach hinten und ein anderes nach vorn auf die Tür ausrichtete. Nun kamen die Flüssiggeschosse zum Einsatz. Es knallte erneut und die säureartige Substanz fraß sich umgehend durch das dichte Metall. Einige weitere Schüsse folgten, ehe die ersten Soldaten in das Forschungszentrum eindrangen.

„Es gibt weitere Sicherheitsabschnitte“, sagte Sarah und Sky nickte.

„Was werden sie mit den Wissenschaftlern tun?“, fragte der R2 besorgt.

„Ich glaube, dass sie vorerst verhaftet werden“, antwortete sie, doch eigentlich war sie sich da gar nicht so sicher. In das Gebäude stürmten schwer bewaffnete Kräfte und sollte Frank es sich zur Aufgabe gemacht haben, die Serie ernsthaft zu schützen, würde er eventuell auch die Angriffsmechanismen des Forschungszentrums nutzen. Dann würde dort sicher eine gewaltige Schlacht ausbrechen. Wenn er auch nur einen Angriff auf das Militär von Cyron wagen würde, wäre es dem Stadtrat durchaus egal, ob sie die Wissenschaftler tot oder lebendig aus diesen Mauern holen würden.

Mit dem Eindringen in das Forschungszentrum wurden die Demonstranten vor den Toren aufgebrachter. Umgehend gab es Bilder von einer Kamera auf dem Boden. Die ersten Sicherheitskräfte vor den Toren wurden kräftig geschubst und weiter nach hinten gedrängt. Ein erster Schuss fiel, als einer der Wachmänner sich sichtlich in Gefahr durch den tödlichen Zaun befand. Er traf einen Mann, der auf der Stelle zu Boden glitt.

„Die Lage gerät allem Anschein nach bereits jetzt außer Kontrolle“, hörte man die Stimme der Reporterin.

Die Menge stürzte sich umgehend auf den Schützen und es folgten weitere Schüsse, die von den anderen Sicherheitskräften ausgingen. Man hörte das Geschrei der Menge und sah einen der Getroffenen zwischen den Beinen anderer hindurchkriechen. Er blutete stark.

Sofort schaltete der Sender Hope29 auf eine andere Kameraeinstellung. Einige mutwillige Demonstranten schlugen mit ihren Schildern auf den Schutzzaun ein, dessen Metallflüssigkeit daher wild umherspritzte. Eine Frau schrie auf, als sie von der Flüssigkeit am Auge getroffen wurde und hielt sich sogleich die Hände schützend vors Gesicht.

Das Bild des Medienfensters zeigte nun wieder Dillan Weight, die noch immer im Gleiter saß. „Es gibt bereits schwer Verletzte, so wie es aussieht", sagte sie hektisch.

Man konnte beobachten, wie die Menschen vor den Toren des Forschungszentrums versuchten den Zaun zu durchbrechen. Immer wieder nutzten sie ihre Schilder um sich dem tödlichen Metall nicht nähern zu müssen, doch auch, wenn andere von dessen Absonderungen getroffen wurden, hielt niemand inne.

„Ich höre gerade, dass sich einige weitere Militärkräfte auf den Weg gemacht haben, um die Demonstranten zurückzudrängen. Die Sicherheitskräfte vor den Toren haben eindeutig keine Chance gegen die Menge."

Man erkannte aus der Luft nicht allzu viel, doch man konnte durchaus das wirre Treiben der Demonstranten erkennen. Die Menschentraube blieb trotz der Verletzten weiterhin standhaft und versuchte mit allen Mitteln den Zaun zu überwinden. In diesem Moment ertönte ein lautes Signal, das sich über die Schreie aller legte: das Notfallsignal des Forschungszentrums, das die Einleitung der Verteidigungsmechanismen anzeigte. Frank machte Ernst und Sarah krallte sich nervös mit den Fingern in ihre Oberschenkel.

„Was um alles in der Welt tust du denn?", fragte sie sich noch, während die Menge vor dem Zentrum plötzlich in Panik auszubrechen schien. Sie stürmten von dem Zaun weg und überrannten dabei die Verletzten sowie einige gänzlich regungslose Personen.

„Das Geräusch, das Sie hören können, ist ein Warnsignal des Forschungszentrums. Bei einem Angriff soll es das Militär zur Unterstützung herbeirufen und von den Einwohnern Cyrons fordern, ausreichend Abstand zu halten. Allem Anschein nach wollen sich die Wissenschaftler der Verteidigungsmöglichkeiten ihres Gebäudes bedienen, um den Einfall der Militärkräfte zu verhindern!", schrie die Reporterin gegen den Lärm an.

Man sah erneut das Logo des Senders und das Bild wurde nun wieder aus dem Studio gesendet. Der Nachrichtensprecher klärte die Zuschauer umgehend auf: „Weitere Bilder dieses Unglücks wollen wir Ihnen live lieber ersparen. Sie erhalten natürlich umgehend Zusammenschnitte der Lage, sobald wir das Material vorbereitet haben. Bis dahin darf ich Ihnen versichern, dass wir bereits um ein Interview mit Mister Winson gebeten haben. Die Lage in Cyron hat sich zugespitzt, daher haben wir nun hier einen Experten für die Sicherheitszäune."

Der Nachrichtensprecher stellte einen älteren Mann vor und sie unterhielten sich über die Auswirkungen einer Berührung mit dem tödlichen Metall, doch in Julies Wohnbereich in Edge hörte niemand weiter zu.

„Der Krieg beginnt jetzt erst in Cyron", sagte Lionel, „einen ganz tollen Vertrag haben sie da."

Julie nestelte nervös mit den Fingern in ihrem schulterlangen Haar herum und sah ihren Sohn gedankenverloren an.

„Ich verstehe nicht, was Roberts Kollegen da tun", sagte Sarah noch immer schockiert von den Bildern.

„Sie tun das einzig Richtige", antwortete Sky plötzlich.

„Was redest du denn da?" Sarah sah sie erschrocken an. „Dort sind Menschen drin, Liebes. Sie könnten alle sterben."

Sky nickte und machte damit deutlich, dass ihr das sehr wohl bewusst war. „Da sind noch Tausende Leben mehr drin, Sarah", erwiderte sie ernst.

„Diese Cyborgs leben noch nicht, Sky. Sie wissen nicht einmal, dass sie existieren. Man kann nichts beenden, das noch nicht begonnen hat."

„Ein Ungeborenes weiß auch nicht, dass es existiert. Es ist ihm noch nicht bewusst, aber es lebt. Ich wünsche niemandem den Tod. Weder euch noch uns. Aber wer entscheidet denn, wann ein Leben beginnt?" Sky erhob sich sichtlich wütend vom Stuhl und verließ strammen Schrittes den Wohnbereich.

Sarah blieb sprachlos zurück. Der Krieg hatte sie alle eingeholt. Auch wenn sie weit entfernt waren, spürte sie, wie die Angst an ihren Nerven zerrte, eine Angst, die auch den R2 zu beherrschen schien.

KAPITEL 19

Robert und Sam wurden erst nach ihrer Rückkehr über die Vorkommnisse in Cyron informiert. Es war längst spät am Abend und die Sonne war bereits hinter den Bergen in der Ferne untergegangen. Sprachlos strich der Professor über den Behälter seines Energiegetränkes.

Auch Sam wusste nicht, was er dazu sagen sollte. Ihm ging es wieder deutlich besser als in den vergangenen Stunden, doch nun schien alles erneut so nah zu kommen. Er erinnerte sich an die Worte, die ihm so häufig über die Lippen gekommen waren, jene, mit denen er von dem albernen Krieg vor der Haustür gesprochen hatte. Sam begriff erst jetzt, dass man all das auf keinen Fall herunterspielen konnte. Der Krieg war real und forderte in seiner Heimat nun ebenfalls Menschenleben. Mit dem Wunsch nach Frieden brachte der Stadtrat ihnen den Krieg, einen Kampf, den sie nie wollten und den sie nun gegen sich selbst führten.

„Wir sollten vielleicht einige Möglichkeiten besprechen", sagte Robert erschöpft. Der anstrengende Tag zehrte langsam an seinen Kräften.

„Ich denke nicht, dass wir etwas tun können", antwortete Sarah. „Wir sollten an unserem Plan festhalten und weiterhin versuchen die Jäger zu überzeugen."

Robert sah verständnislos zu ihr auf. „Frank ist noch da drin." Er klang plötzlich sehr ernst. „Wir können uns das nicht einfach mit ansehen und rein gar nichts tun."

Sarah lächelte, doch es war kein freudiges Lächeln, das um ihre Lippen spielte. Sie sah eher enttäuscht aus. „Du bist Wissenschaftler, Robert. Du bist Vater und Ehemann. Du bist kein Soldat! Wir wissen alle, was passieren wird, wenn du nach Cyron zurückkehrst." Sams Vater nahm einen großen Schluck des Energiegetränkes und stellte den Behälter anschließend kräftig auf den Tisch zurück. „Wir sind alle keine Soldaten. Aber Sam hat heute einen Magier erschossen und ich ebenfalls. Gallad war gezwungen einen von ihnen zu gefrieren und ich war heute schon kurz davor verhaftet zu werden. Das haben wir heute für die Menschheit getan. Und nun ist es ein Problem, dass ich wenigstens irgendetwas für einen Freund tun will?"

„Sprich nicht so mit mir, Robert", sagte Sarah und Sam konnte erkennen, dass sie den Tränen nah war.

„Du hast uns in den Wald geschickt und danach meine Entscheidungen kritisiert. In einem Augenblick willst du mit mir die Welt retten und im nächsten gefällt dir aber die Vorstellung nicht, was dabei so alles passieren könnte. Weißt du eigentlich, was du wirklich willst, Sarah?"

Erste Tränen glitten über ihre Wangen. Die Anspannung, die sich in ihr angestaut hatte, bahnte sich nun den Weg über ihr Gesicht.

„Sam hätte heute etwas zustoßen können, Robert", schluchzte sie. „Oder dir. Und das ist ein Gedanke, den ich einfach nicht ertragen kann."

Sam legte seine Hand auf ihre und umschloss sie behutsam. „Mir geht es gut, Mom. Es ist wirklich alles okay", versuchte er sie zu beruhigen.

„Wenn niemand etwas tut, sind wir sowieso bald alle tot", ertönte plötzlich Howards Stimme, der den Wohnbereich so leise betreten hatte, dass es vorher von niemandem bemerkt worden war.

Überrascht sahen ihn die drei vom Tisch aus an.

„Ich habe die Nachrichten gesehen. Die Menschen in Cyron ahnen, dass dieser Vertrag ihr Untergang sein wird. Sie kämpfen dort und ihr kämpft hier. Wenn weder sie noch ihr etwas tun würdet, dann würden die Konditionen des Vertrags bald durchgesetzt und die nächsten Städte würden folgen. Solange die Augen der Welt aber auf Cyron gerichtet sind, besteht zumindest die Chance, dass keine andere Stadt dem Elend folgen möchte." Howard trat näher an die Gruppe heran. „Wenn ihr mich fragt, dann ist es langsam an der Zeit gewesen, dass auch einmal ein paar Magier sterben."

„In Cyron liegt ohne Frage ein Haftbefehl gegen mich vor", sagte Robert plötzlich. „Ich bin ein Bürger der Stadt und unterliege deren Gesetzen. Das bedeutet, dass ich eine Verhandlung bekomme. Das könnte durchaus mit meinem Tod enden."

Erschrocken sah Sarah mit roten Augen zu ihm hinüber. „Du gehst nicht zurück", entgegnete sie ihm.

„Vielleicht noch nicht, aber ich werde früher oder später zurückgehen müssen. Gallad hat mir etwas gesagt, das mir nicht aus dem Kopf geht und Howard hat Recht. Die Augen unserer Welt sind derzeit auf Cyron gerichtet."

Sams Mutter sah fassungslos aus. „Was hat er denn gesagt?", fragte sie sichtlich wütend. „Was bringt dich dazu darüber nachzudenken uns das anzutun?" Sie wischte sich die Tränen von den Wangen und sah Robert durchdringend an.

„Dass man die Menge für sich gewinnen muss", antwortete der Professor gedankenverloren.

„Du willst Publikum für deinen Prozess?", seine Frau stand auf. „Ich weiß nicht, was du heute in diesem Wald durchgemacht hast, aber du wirst niemandem helfen können, wenn du hinter Gittern sitzt, Robert." Dann ging sie strammen Schrittes und verschwand im Gästezimmer.

„Sie hat Recht, Dad", sagte Sam nachdenklich. „Jenna ist doch nicht dafür gestorben, dass du am Ende sowieso in irgendeiner Zelle versauerst. Wir haben das doch nicht alles durchgemacht, damit wir einfach wieder zurückgehen und Sky abgeschaltet wird. Ich verstehe ja, dass Frank dir viel bedeutet, aber damit hilfst du ihm nicht."

Robert stöhnte erschöpft. „Vielleicht bin ich einfach müde, Sam. Tut mir leid", entschuldigte er sich. Dann stand auch er auf und wünschte den beiden am Tisch noch eine gute Nacht, bevor er seiner Frau in das Gästezimmer folgte.

Am nächsten Morgen war die Situation zwischen Sarah und Robert noch immer angespannt. Sie sahen sich nicht einmal an. Welche Gespräche sie noch geführt hatten, war Sam völlig unklar, aber scheinbar hatte sich sein Vater nur bei ihm entschuldigt. Er wählte einen Platz neben seiner Mutter und hoffte, dass er sie etwas aufmuntern könnte.

Lionel und Julie waren gerade dabei den Tisch zu decken. Der Duft von frisch gebackenem Brot erfüllte die Umgebung und Sam atmete tief ein. Schon seit Tagen verspürte er den Drang etwas von ihrer festen Nahrung zu probieren. Er wusste, dass sein Magen damit nicht zurechtkommen würde, doch allein der Anblick dieses Aufgebots trieb ihm auf unerklärliche Weise Speichel in den Mund. Vor ihm stand wieder nur einer dieser Behälter, in dem es Brot und andere Lebensmittel in flüssiger Form gab. Die Energiegetränke wurden mit Zusatzstoffen angereichert, sodass sie trotz des Gemisches zwar schmackhaft, aber keinesfalls ansehnlich und absolut geruchsarm waren.

Lionel setzte sich, nach getaner Arbeit, ihm gegenüber und auch Howard betrat den Wohnbereich. Sofort sah Sam auf und warf einen fragenden Blick in die Runde. Sky fehlte. Er erhob sich gerade von seinem Stuhl, als es an der Haustür klingelte. Überrascht sah Julie auf. Ihr Blick wanderte fragend zu ihrem Mann.

„Ich mache das schon“, sagte er und ging den schmalen Flur in den Eingangsbereich des kleinen Hauses hinunter. Er legte die Hand auf den Scanner und die Tür glitt auf.

„Setz dich bitte hin, Sam“, sagte Sarah und ihr Sohn nahm widerwillig Platz. Nur zu gerne hätte er einen Blick in den Flur geworfen, doch von seinem Stuhl aus konnte er überhaupt nichts sehen.

„Guten Morgen, Mister Paul“, erklang dumpf die Stimme eines Mannes.

„Guten Morgen, die Herren“, antwortete Howard, der deutlich nervös klang.

Robert starrte erschrocken den Flur hinab. Er saß am Ende des Tisches und hatte einen guten Blick auf die Haustür.

„Wo ist Sky?“, fragte er leise, aber deutlich aufgeregt.

Sam sah zur Tür des Büros hinüber, doch noch immer tat sich nichts.

„Wir müssen Sie darum bitten, uns einmal umsehen zu dürfen. Es geht um das Cyron-Abkommen“, hörte man die Stimme des Mannes.

Julie stolperte vor Schreck fast über ihre eigenen Füße und auch die anderen blickten einander fassungslos an. Lionel stand erschrocken auf, doch Sarah forderte auch von ihm sich wieder zu setzen.

„Bleibt alle ganz ruhig“, bat sie. Robert nickte zustimmend.

Langsam nahm Lionel wieder Platz, während sein Vater Howard den Kontrolleuren Zutritt gewährte.

„Natürlich“, hörten sie ihn sagen, „kommen Sie nur herein.“

Die Schritte der Männer näherten sich ihnen und man hörte, wie die Haustür wieder zuglitt. Drei schwarz gekleidete Soldaten betraten den Wohnbereich.

„Guten Morgen“, sagte der Mann, der bereits zuvor mit Howard gesprochen hatte, „entschuldigen Sie die Störung, aber wir müssen uns kurz umsehen. Lassen Sie sich aber bitte nicht von Ihrem Frühstück abhalten.“

Julie starrte den Mann förmlich an, ehe sie sich langsam setzte. Robert hingegen nahm als Erstes seinen Behälter und trank, als wäre das überhaupt nichts Ungewöhnliches. Er versuchte die nötige Ruhe zu vermitteln, damit die Männer keinen Verdacht schöpften.

„Haben Sie irgendwelche technischen Geräte, deren Herstellung in Cyron erfolgte?", fragte der Mann nun Howard.

Nachdenklich sah er sich um.

„Viele unserer Küchengeräte sind aus Cyron und auch das Medienfenster dort drüben." Howard deutete auf die Glasfront, durch die man derzeit nur in den Garten sehen konnte.

„Ich gehe davon aus, dass diese Geräte bedient werden müssen?", fragte der Mann.

Howard stimmte ihm zu: „Ja, wir betätigen sie selbst. Wir besitzen keinerlei künstliche Intelligenzen."

Skeptisch sah sich der Soldat um. „Sie haben also auch keine Cyborgs?" Seine Frage klang, als wäre es vollkommen abnormal keinen technischen Bediensteten zu haben.

Howard schluckte nervös. Er spürte, wie seine Hände langsam feucht wurden. „Nein, ich arbeite drüben im Clippers."

Der Mann sah ihn fragend an. „Sie meinen das Lokal neben dem örtlichen Supermarkt?"

Howard nickte erneut. „Meine Frau kümmert sich um unseren Sohn und das Haus, daher können wir uns gar keinen Cyborg leisten."

Der Soldat schien nach dieser Antwort zu begreifen, dass sie hier sicherlich keinen Cyborg finden würden, doch er schien seiner Pflicht weiter nachgehen zu wollen. „Wir müssen uns trotzdem einmal umsehen", entgegnete er Howard.

Der Soldat wies die anderen an, die umliegenden Räume einmal genauer in Augenschein zu nehmen. Er selbst ging aufmerksam um den Tisch herum und betrachtete noch einmal das Medienfenster. Die Kennung deutete eindeutig auf die Herstellung in Cyron hin. Dennoch prüfte er mit einem kleinen Handscanner die hinterlegten Daten im Netzwerk.

„Keine künstliche Intelligenz", murmelte er vor sich hin, als er einen Blick auf den Bildschirm des Scanners warf. Lionel hörte den Mann hinter sich und versuchte irgendwie sein Brot hinunterzuwürgen. Ihm war vor lauter Aufregung so schlecht, dass er fürchtete, dass ihm das Essen gleich wieder hochkommen würde.

Seine Mutter sah wie betäubt auf ihren Obstteller. Sie war ebenfalls kaum in der Lage einfach etwas zu essen, ehe die Männer nicht verschwunden waren. Alle wussten, dass Sky jederzeit aus dem Büro treten konnte und die Lügen dann sowieso ein Ende finden würden.

„Ich sehe mich hier in den anliegenden Räumen selbst um", sagte der Soldat vor der Glasfront plötzlich und steuerte auf das Gästezimmer zu.

Howard stand wie angewurzelt da und sein Gesichtsausdruck schrie förmlich danach, dass er etwas zu verheimlichen hatte.

Robert beobachtete ihn nervös. „Setz dich doch zu uns, Howard, und lass die Männer ihre Arbeit machen", sagte er auffordernd.

Nur langsam traf ihn Howards Blick. Stumm nickte er und näherte sich einem der freien Stühle. Vorsichtig setzte er sich und lehnte sich zu dem Professor hinüber. „Sie werden sich das Büro ansehen", sagte er leise.

„Ich weiß", antwortete Robert, der unter dem Tisch bereits seine Waffe umklammerte.

„Sie haben ja wirklich kaum etwas aus Cyron", ertönte die Stimme des Soldaten, als er aus dem Gästezimmer trat.

„Die Lieferung ist einfach zu teuer", entgegnete Howard und setzte gezwungen ein falsches Lächeln auf.

„Ist auch wirklich kein Katzensprung", antwortete der Mann und öffnete die Tür zu Lionels Zimmer. „Das Zimmer Ihres Sohnes?", fragte er noch, ehe er eintrat.

Howard nickte. Sofort verschwand der Mann in dem kleinen Raum. Die anderen beiden waren unterdessen mit der Küche und dem Bad beschäftigt. Das Piepen ihrer Scanner verriet, dass sie fleißig dabei waren alle Geräte zu kontrollieren.

„Einen Raum weiter und sie haben Sky", stammelte Howard nervös und wischte sich mit dem Handrücken den Schweiß von der Stirn.

„Was macht sie denn noch da drin?", fragte Sam plötzlich.

Sarah stupste ihn an. „Sei still!", forderte sie leise.

„Ich ziele auf den Soldaten hier. Mit Glück treffe ich noch einen der hinteren. Aber um den dritten musst du dich irgendwie kümmern", sagte Robert.

Howard sah ihn entgeistert an. „Du willst sie erschießen?"

Die Blicke der anderen machten dem Professor deutlich, dass keiner von seiner Idee begeistert war. „Wenn es sein muss", entgegnete Robert jedoch fest entschlossen.

„Robert, tu jetzt bitte nichts Unüberlegtes", flehte Sarah.

In diesem Augenblick trat der Soldat aus Lionels Zimmer. „Ist bislang alles sauber, Jungs", rief er den anderen beiden zu. Auch sie teilten ihm mit, dass sie nichts gefunden hatten. Der Mann näherte sich dem Büro und jeder am Tisch hielt den Atem an.

Als sich seine Handfläche dem Türöffner näherte, konnte Sam keinen klaren Gedanken mehr fassen. Es war, als könnte er noch Skys Gesicht vor sich sehen, als sich die Tür langsam öffnete und er um ihr Leben bangte.

Robert wollte gerade die Waffe unter dem Tisch hervorziehen, als der Mann sich plötzlich noch einmal zu ihnen umdrehte. „Ein schönes kleines Arbeitszimmer haben Sie hier", sagte er freundlich. „Ich nehme an einer Ihrer Gäste nächtigt hier?"

Seine Frage überraschte die Runde am Tisch so sehr, dass für einen Augenblick keiner in der Lage war, überhaupt irgendetwas zu antworten. Tief atmete Robert ein, bevor er die Sicherung an seiner Waffe wieder aktivierte.

„Ja, der Junge schläft dort", antwortete Howard deutlich verwirrt.

„Ist alles in Ordnung?", fragte der Mann, dem nicht entgangen war, dass sein Gesprächspartner ziemlich aufgeregt wirkte.

„Ich habe nicht oft schwerbewaffnete Soldaten im Haus", stammelte Howard.

„Keine Sorge", antwortete der Mann. „Wir sind gleich wieder weg." Er trat in den Raum und man hörte ihn noch das Kontrollfeld des Computers scannen, ehe er auch schon wieder herauskam.

„Alles in Ordnung", teilte er seinen Männern mit. „Vielen Dank, Mister Paul", sagte er und verabschiedete sich bei der Runde. Dann traten sie wieder den Flur hinab und verließen umgehend das Haus.

„Wo zum Teufel ist Sky?", fragte Robert und sprang eilig auf.

Sam spürte noch immer, wie ihm das Herz bis zum Hals schlug.

„Sie ist gestern Abend ins Büro gegangen und danach habe ich sie nicht mehr gesehen", erklärte Sarah, die sich nun ebenfalls erhob.

„Ich auch nicht", fügte Julie nachdenklich hinzu. „Vielleicht ist sie weggelaufen", vermutete sie.

„Warum sollte Sky weglaufen?“ Robert sah sie verständnislos an.

Julie antwortete nicht. Sie sah nur zu Sarah hinüber, die sich plötzlich sichtlich schuldig fühlte.

„Ich habe vielleicht etwas gesagt, das sie enttäuscht haben könnte“, erinnerte sich Sarah an das letzte Gespräch mit dem R2.

„Was hast du denn gesagt?“, wollte Robert wissen.

„Es ging um das Forschungszentrum. Ich sagte, es seien Wissenschaftler dort drinnen und dass sie sterben könnten. Ich hielt es nicht für richtig, dass sie ihr Leben für die R2-Serie riskieren, aber Sky sah das eben anders.“

Man konnte Robert ansehen, dass auch er seine Frau nicht verstehen konnte. „Da sind Tausende von R2-Modellen drin, Sarah“, entgegnete er ihr.

„Ich weiß“, wehrte sie sich direkt. „Ich hatte nicht nachgedacht. Ich war eben durcheinander.“

Robert nickte. „Das ist jetzt sowieso unwichtig“, antwortete er. „Wichtig ist, dass wir sie schnell finden. Hier laufen Soldaten rum und sie ist so nicht sicher.“

Sofort schlug Robert vor, dass sich die sechs aufteilen sollten, um nach Sky zu suchen. Julie sollte vorsichtshalber im Haus zurückbleiben, falls sie doch von allein zurückkehren würde, während er Sarah bat vom Gleiter aus Ausschau zu halten und die Umgebung um Edge herum von oben abzusuchen. Howard bot sich an den Professor zu Fuß aus durch die Stadt zu begleiten. Sam hatte die Aufgabe so unauffällig wie möglich den Soldaten zu folgen. Diese konnten noch nicht weit sein. Vermutlich waren sie noch immer im Nachbarhaus beschäftigt. Somit blieb nur Lionel übrig, der sich umgehend dafür anbot die

Randgebiete von Edge, die sich noch unter der Schutzkuppel befanden, abzusuchen.

„Wenn einer von euch sie findet, bringt sie hierher ins Haus zurück. Dann kann Julie uns informieren. Howard hat seinen Kommunikator dabei und Sarah können wir durch den Gleiter informieren. Sam trägt sein Hologramm Armband, auf das ihr ihm eine Nachricht senden könnt."

Dann sah er seinen Sohn erwartungsvoll an. „Dafür musst du in Reichweite und somit wirklich in Edge bleiben", sagte er streng. Sam nickte.

Dann wandte sich Robert an Lionel, der augenblicklich seinen Kommunikator in die Luft hielt.

Der Professor lächelte. „Sehr gut. Dann hoffen wir mal, dass wir sie vor den Soldaten finden."

Der Suchtrupp verließ das Haus und Julie begann noch einmal ihr Heim nach Hinweisen zu durchforsten.

Die Sonne stand bereits hoch am Himmel und die letzten Stunden waren viel zu schnell vergangen. Von Sky fehlte weiterhin jede Spur. Sam sah immer wieder nervös auf sein Hologramm-Armband in der Hoffnung, es würde ihm endlich eine eingegangene Nachricht anzeigen. Doch wie schon seit er aufgebrochen war, wollte es einfach keine Meldung geben.

Erschöpft ließ er sich an einer Hauswand nieder und wartete darauf, dass die Soldaten aus dem gegenüberliegenden Wohnblock heraustraten. Bislang hatten sie erst dreimal Cyborgs aus den Häusern oder Wohnungen geholt. Zum Glück war der R2 bislang nicht dabei gewesen. Sam musste mitansehen, wie sie die Roboter hinausführten und noch an Ort und Stelle abschalteten. Danach wurden sie von Jagdgleitern eingesammelt und abtransportiert. Sicherlich wurden sie direkt nach Cyron gebracht, um dort ihr ungewisses Schicksal zu erwarten.

Sam fuhr verzweifelt durch sein blondes Haar und warf einen Blick den Gehweg hinab. In der Ferne konnte er Howard und seinen Vater entdecken. Auch ihnen schienen so langsam die Ideen auszugehen. Zumindest sah es so aus, als wären sie unsicher, wohin sie noch gehen sollten.

Sam war kein gläubiger Mensch und doch hatte er für einen kurzen Moment den Wunsch Gott tatsächlich darum zu bitten Sky endlich zu finden. Er konnte kaum begreifen, wie sie ihn einfach hatte verlassen können und er fürchtete langsam darum, dass sie vielleicht gar nicht mehr die Möglichkeit hatte zurückzukommen. Es war ja durchaus vorstellbar, dass die Soldaten sie bereits zuvor geschnappt hatten. Dann wäre all das hier auch keine Hilfe mehr. Sie wäre längst wie die anderen Cyborgs abgeschaltet und nach Cyron transportiert worden.

Sam spürte, dass ihm diese Gedanken furchtbar nahe gingen. Zum ersten Mal konnte er seinen Vater verstehen und er begriff, wieso er so an seiner Jenna gehangen hatte. Natürlich war sie nur eine Maschine und doch gehörte sie eben zu ihm. Sie nahm ihm so viele Aufgaben ab und er hatte sich schlichtweg an sie gewöhnt, an ihre Gesellschaft und sicher auch an ihre verzerrte Stimme. Ihm musste es furchtbar schwer gefallen sein ihre Zerstörung selbst auszuführen. Sams Vater hatte nicht die Möglichkeit gehabt, diese Bürde jemand anderem in die Hände zu legen. Er lebte mit dem Wissen es selbst getan zu haben und Sam verzweifelte bereits bei dem Gedanken, dass Sky überhaupt abgeschaltet werden könnte – ganz gleich durch wen. Er wollte sich gar nicht ausmalen, wie es ihm ergehen würde, wenn er dazu selbst gezwungen wäre. Mitfühlend blickte er erneut den Weg hinab, doch sein Vater und Howard waren scheinbar weitergezogen. Sam blieb nur die Hoffnung, dass er tatsächlich gleich eine Nachricht erhalten würde.

Unterdessen kämpfte sich Lionel bereits den steilen Hang zur Aussichtsplattform hinauf. Er hatte ganz ähnliche Gedanken. Auch er glaubte langsam, dass Sky längst abtransportiert worden war. Bislang hatte er sämtliche Parkanlagen und einen großen Teil der Gebiete am Rand der Schutzkuppel abgesucht, doch von Sky fehlte weiterhin jede Spur. Mit jedem Schritt, den er tat, konnte er den Schmerz in seinen Beinen fühlen. Er hatte nicht eine Pause eingelegt und musste langsam einräumen, dass er wirklich am Ende war. Lionel plante sich auszuruhen, sobald er endlich oben ankam, doch der Weg hinauf zehrte an seinen letzten Kräften. Mühsam kämpfte er sich Meter um Meter voran. Gleich würde er endlich oben ankommen und so hob er seinen Blick, um voller Freude die letzte kleine Stufe vor der Plattform zu überwinden. Doch plötzlich streckte sich ihm eine helfende Hand entgegen und er blickte in Skys Gesicht. Wie benommen griff er nach ihren Fingern und ließ sich auf die kleine Erhöhung hochziehen.

„Was tust du denn hier?", fragte er keuchend. „Wir suchen dich schon seit Stunden."

Der R2 sah ihn traurig an. „Ich musste einfach mal raus", entgegnete sie ihm und ging einige Schritte am Rand der Plattform entlang.

„Was ist denn los?", fragte Lionel ehrlich besorgt. Sie warf einen Blick auf die Stadt hinab und wandte sich ihm dann wieder zu.

„Ich habe nachgedacht“, entgegnete sie ihm.

„Du hast nachgedacht“, wiederholte Lionel, der noch immer nach Luft schnappte.

Sky nickte. „Ich frage mich einfach, was meine Rolle ist. Mir wurde gesagt, dass ich Sams Schutz diene, doch von Beginn an wurde doch nur ich geschützt. So langsam begreife ich einfach nichts mehr. So wie es für mich aussieht, werde ich doch sowieso bald abgeschaltet und das Schlimmste daran ist, dass ich Sam derzeit doch nur gefährde. Eigentlich müsste ich mich stellen, damit ihr alle irgendwie wieder Frieden finden könnt.“

Lionels Augen weiteten sich hilflos. Er hätte jetzt ohne Frage den Professor oder Sam selbst an seiner Seite gebrauchen können. Sie wüssten viel eher, was zu sagen wäre. „Ich glaube, du irrst dich“, entgegnete er ihr nachdenklich. „Wir haben so oder so Krieg und du scheinst ihnen Halt zu geben. Sie haben dank dir eine Aufgabe und Hoffnung. Ich sage das ja nur ungern, aber Sam mag dich nicht, weil du ihn beschützt.“

Sie sah überrascht aus, als er diese Worte ausgesprochen hatte.

„Wir suchen dich seit Stunden, das habe ich ja bereits gesagt. Wieso sollten wir nach dir suchen, wenn du unwichtig wärst? Du willst wissen, was deine Rolle ist, Sky? Du hast doch längst eine. Du bist ganz offensichtlich Teil ihrer Familie.“

Lionel atmete tief ein und ging zugleich in die Knie. „Tut mir leid, aber ich bin echt fertig von dem ganzen Rumrennen“, sagte er und lächelte.

Auch Sky grinste kurz und mit ihrem Lächeln erlosch auch die Traurigkeit in ihren Augen. „Ich dachte einfach, dass ihnen das Leben der Cyborgs im Forschungszentrum vielleicht doch ganz egal ist.“

Lionel schüttelte den Kopf. „Du verstehst die Menschen scheinbar noch nicht so richtig. Man schützt in der Regel erst einmal die, die man liebt, und erst danach sorgt man sich um andere."

Sky schien langsam zu begreifen, dass Sarah sich also nur um ihre Freunde sorgte. „Sie meinte das nicht böse, oder?", fragte sie und hoffte, er würde ihr diese Annahme bestätigen.

„Ganz und gar nicht", entgegnete ihr Lionel, der bereits ahnte, dass ihr Sarahs Worte wirklich zu schaffen gemacht hatten. „Vielleicht sollten wir gleich zurückgehen und dem ganzen Schrecken ein Ende setzen. Die Stadt wird von Soldaten durchforstet und du bist hier momentan wirklich nicht sicher."

Überrascht warf Sky erneut einen Blick auf die Siedlung. „Suchen sie die Cyborgs aus Cyron?"

Lionel nickte zustimmend. „Ja und eigentlich können wir heilfroh darüber sein, dass du ausgerechnet heute abgehauen bist." Dann lächelte er wieder und streckte ihr hilfesuchend die Hand entgegen.

Schnell half sie ihm auf die Beine.

„Gehen wir?", fragte er und Sky willigte ein.

„Ich danke dir", sagte sie noch zu ihm, ehe sie mit Lionel die Plattform verließ.

KAPITEL 20

Nach und nach drang die beruhigende Nachricht zu allen vor. Es dauerte nicht lange, bis die komplette Gruppe wieder in dem kleinen Haus versammelt war.

Sky saß unversehrt am Tisch im Wohnbereich und die anderen Stühle waren schon bald von allen besetzt. Robert war ohne Frage wirklich wütend auf sie, doch er wollte sie keinesfalls einfach anschreien. So etwas nützte gar nichts, das waren zumindest die väterlichen Erfahrungen, die er bislang gesammelt hatte. Aber es war ihm wichtig, dass sie darüber redeten. Sie sollte begreifen, in welche Aufruhr sie alle versetzt hatte. Er legte seine Waffe auf dem Tisch ab und er konnte sehen, wie Sky ihn dabei beobachtete.

„Wir sollten darüber reden", sagte er ruhig und lehnte sich zurück.

„Es tut mir wirklich leid", sagte Sky prompt, doch Robert schüttelte abwehrend mit dem Kopf.

„Das muss es gar nicht", antwortete er ihr. „Es war Glück im Unglück, aber du hast uns allen wirklich Angst gemacht."

Sky verstand und nickte zustimmend.

„Weißt du noch, was passiert ist, als wir aus dem Haus in Cyron flohen?", fragte er.

„Ja, ich erinnere mich ganz genau."

Robert warf einen kurzen Blick auf seinen Sohn, bevor er wieder den R2 ansah. „Ich habe unser Zuhause in die Luft gesprengt – und mit ihm auch meinen Cyborg Jenna."

Wieder gab es von Sky nur ein zustimmendes Nicken, während die anderen am Tisch still zuhörten.

„Erinnerst du dich auch daran, wie wir Kira und Terry allein durch unsere Anwesenheit in Gefahr gebracht haben?"

Sky presste die Lippen kurz aufeinander, ehe sie ihm dies bestätigte.

„Gut", sagte er, „in derselben Lage befinden sich derzeit Howard und seine Familie." Dann sah er kurz auf seine Waffe hinab, ehe sich sein Blick erneut an ihre Augen heftete. „So etwas habe ich nie zuvor getan. Ich habe nie zuvor etwas Derartiges von jemandem verlangt. Ich hätte weder mein Heim in die Luft gesprengt noch meine treue Jenna. Ohne jeden Zweifel würde ich meinen Sohn nicht in die gefährlichen Wälder Hopes mitnehmen. Ich hätte mir ganz sicher nicht grundlos den Arm aufgeschnitten, um das Implantat zu entfernen. Niemals hätte ich Frank darum gebeten sich vor den Soldaten von Cyron im Forschungszentrum zu verschanzen, doch ich habe all das gemacht. Du kennst den Grund, oder?"

Seine Augen sahen durchdringend in ihre. Sky schluckte nervös und sie traute sich kaum ihren Blick auf ihm ruhen zu lassen. „Du hast das wegen mir gemacht", antwortete sie.

„Ganz genau", entgegnete er ihr ernst. „Wenn du also alleine nach da draußen gehst und dich irgendjemand schnappt, dann war das alles umsonst. Dann kann ich dir nicht länger helfen und dann können wir auch keinen anderen Cyborg deiner Serie retten."

Sky senkte den Kopf. „Ich sagte ja, dass es mir wirklich leid tut", wiederholte sie.

„Wie gesagt, das muss es nicht. Aber ich will, dass du den Ernst der Lage begreifst. Ich möchte, dass du in Zukunft über all das nachdenkst, bevor du dein Leben so mutwillig in Gefahr bringst."

Sarah legte ihre Hand auf Skys Schulter ab und streichelte sie – dankbar dafür, dass es ihr gut ging. Sie entschuldigte sich für ihre Worte und der R2 war keineswegs nachtragend.

„Ich verstehe das schon", antwortete Sky ihr. „Ihr schützt erst die, die ihr liebt." Sarah nickte. „Deshalb wollen wir ja auch dich nicht in Gefahr wissen, Liebes."

Dieser Satz tat Sky sehr gut. Zum ersten Mal konnte sie wirklich von einem Mitglied ihrer Familie hören, dass sie ihnen etwas bedeutete. Natürlich hatten sie das mit ihren Taten schon immer gezeigt, aber Sky war sich dennoch unsicher gewesen, ob ihr Überleben nicht nur dem Frieden dienen sollte, einem Frieden, der nun ja auch durch ihren Tod zu erlangen war und vor dem sie sich plötzlich zu fürchten schien.

„Wie können wir ihnen helfen?“, fragte Sky nachdenklich.

Robert zuckte mit den Schultern. „Ich würde vorschlagen, dass wir erst einmal abwarten und uns in Ruhe etwas überlegen. Solange sich das Forschungszentrum wehren kann, bleibt uns noch etwas Zeit.“

Sam spielte in Gedanken versunken an seinem Hologramm-Armband herum. Seine Finger fuhren über den weichen Stoff, der sich fest um sein Handgelenk zog. „Kann man Frank denn noch kontaktieren?“, fragte er.

„Wenn er den Anruf denn annimmt, ohne Frage ja“, entgegnete ihm sein Vater.

„Vielleicht solltest du dir seinen Plan anhören“, schlug Sam vor. „Er verteidigt das Zentrum ja sicher nicht ohne Aussicht auf Hoffnung.“

Robert schien überrascht von seinem Sohn. Er schien sich immer mehr zu beteiligen und einzubringen. Seit Tagen hatte er ihn nicht mehr in einem seiner Hologramme versinken sehen. Er war im Hier und Jetzt. Die Gegenwart schien endlich mehr Aufmerksamkeit zu bekommen als die Vergangenheit. Das war wichtig für Sam. Nur so würde er an Selbstvertrauen gewinnen und sich sozial stärken können. Er brauchte das, um sich selbst nicht länger als Außenseiter zu sehen. Zudem war sein Vorschlag auch eine gute Idee. Selbst wenn Robert und Frank keinen Ausweg finden könnten, so wäre es ihnen sicher ein Trost einander noch einmal zu sprechen. Robert ließ sich Howards Kommunikator reichen.

„Forschungszentrum Cyron“, sagte er in das schwarze handliche Gerät. Sofort hörte man eine Stimme, die ihn darum bat zu warten. Es dauerte einige Zeit, bis sich tatsächlich jemand meldete.

„Forschungszentrum Cyron, Melanie Jules."

Robert sah überrascht auf den Kommunikator. Er hatte gar nicht damit gerechnet, dass überhaupt jemand das Gespräch annehmen würde. „Hier ist Robert", sagte er eilig, „Robert Stanson. Ich würde gerne Frank sprechen, Melanie."

Die Frau schien ebenso überrascht. „Oh, Robert", sagte sie aufgeregt, „geht es Ihnen gut?"

Robert nickte kurz, obwohl sie ihn ja gar nicht sehen konnte. „Ja, alles bestens, aber ich würde wirklich gerne mit Frank Steele sprechen. Wenn Sie ihm also bitte kurz Bescheid geben könnten?"

Sie willigte ein und man konnte hören, wie ihre Stimme durch die Zentrale hallte. Mehrmals rief sie nach Frank, während im Hintergrund noch immer das Signal des Forschungszentrums die Umgebung erfüllte.

„Frank Steele", meldete der Gerufene sich tatsächlich umgehend.

„Oh ich bin so froh, dass ihr das Gespräch angenommen habt, Frank", ertönte Roberts Stimme erleichtert.

„Robert?", hörte man Frank fragen.

„Ja, ich bin es wirklich. Was um alles in der Welt geht bei euch vor?", fragte der Professor seinen Kollegen.

Frank stöhnte kurz auf. „Hier läuft es etwas anders als erwartet. Ich sitze ziemlich tief in der ... Du weißt schon."

Robert lächelte einen Moment lang. „Ja, kann ich mir denken. Ich habe es in den Nachrichten gesehen."

Erneut ertönte Franks Stimme. „Ich dachte nicht, dass die sich hier gewaltsam Zutritt verschaffen würden, also hatte ich keine Wahl, Robert", erklärte er, während alle am Tisch wie gebannt lauschten.

„Du tust das Richtige, Frank", versuchte er seinen Kollegen zu beruhigen. „Ich werde mir etwas einfallen lassen um euch irgendwie zu helfen."

Es knackte noch in der Leitung, ehe man plötzlich nichts mehr außer Stille hörte.

„Frank?", fragte Robert plötzlich nervös. „Frank, kannst du mich hören?" Doch es kam keine Antwort mehr. Erschrocken sah Robert zu den anderen auf. „Oh mein Gott", flüsterte er, „schaltet sofort das Medienfenster ein."

Julie stand eilig auf und legte ihre Hand auf das Bedienfeld im Fensterrahmen. Noch immer war der Nachrichtensender Hope29 eingeschaltet, dessen Bild direkt aufleuchtete. Julie kehrte zu ihrem Platz zurück, während die anderen bereits erkennen konnten, wie sich der Nachrichtensprecher Mike an ein eingeblendetes Live-Bild von Mister Winson wandte.

„Also gibt es trotz der manuellen Übernahme der Hauptsteuerung dennoch Möglichkeiten für die Stadt Cyron die Kontrolle über das Forschungszentrum zu erlangen?", fragte er.

Mister Winson nickte zustimmend. „Selbstverständlich denken wir bei dem Bau solch einer Anlage auch an die Sicherheit vor uns selbst", bestätigte er, während seine Augen wie immer kühl wirkten.

„Wie genau wird Ihre Spezialeinheit in das Zentrum vordringen? Können Sie uns dazu etwas Genaueres sagen?" Mike lehnte sich gespannt auf das Pult vor ihm.

„Coroc hat bereits vor einigen Tagen die Hauptenergieversorgung unterbrochen, daher läuft die gesamte Anlage derzeit über einige Notenergieversorgungsanlagen. Wo genau diese Anlagen im Forschungszentrum untergebracht sind, kann ich der Öffentlichkeit nicht verraten, allerdings sind unsere Einheiten durchaus dafür geschult diesen Punkt problemlos zu erreichen und die Energieversorgung auf diese Weise zu unterbinden."

Mike wandte sich kurz von dem eingeblendeten Mister Winson ab und blickte aufmerksam in die andere Richtung. Scheinbar erhielt er eine dringende Information aus der Redaktion. Anschließend richtete er seinen Blick wieder auf seinen Gesprächspartner.

„Wie mir gerade aus der Redaktion bestätigt wurde, ist das Alarmsignal des Forschungszentrums verstummt. Daher würde ich Sie gerne noch fragen, wie nun das weitere Vorgehen des Militärs aussehen wird?"

Mister Winson lächelte, doch für Sam wirkte es keinesfalls sympathisch. Der Mann sah in jenem Augenblick für ihn eher wie ein Psychopath aus. „Nun, diese Antwort würde ich eigentlich gern an jemand anderen übergeben."

Mister Winsons Blick richtete sich ernst in die Kamera und man konnte sehen, wie Mike verständnislos zu seiner Redaktion hinübersah. „Vor einigen Tagen ist Professor Robert James Stanson bereits aus der Stadt Cyron geflohen", begann das Stadtoberhaupt seine Rede und Robert rutschte nervös auf den Rand seines Stuhles vor. „Im Gepäck hatte er einen R2-Cyborg, dessen Freigabe aufgrund der Vertragsverhandlungen noch nicht erteilt worden war. Dennoch war dieser bereits eingeschaltet und daher werden wir ohne Professor Stansons Mithilfe keineswegs den Vertragsforderungen nachkommen können, sofern uns dieses Modell nicht auch ausgehändigt wird. Daher würde ich gerne ein Wort an den Professor richten."

Mike sah noch immer völlig überrascht aus. „Selbstverständlich, Mister Winson."

Der Sender wechselte zu einem Vollbild des Stadtoberhauptes. „Ich fordere Sie hiermit auf den R2 umgehend nach Cyron zu bringen oder ihn an einer Militärstation auszuliefern. Andernfalls sehen wir uns gezwungen die verbliebenen Cyborgs aus dem Forschungszentrum einen nach dem anderen aus dem Erstschlaf zu erwecken und ihr Schicksal stündlich in Ihre Hände zu legen. Die Zeit läuft, Professor. Vielen Dank, Mike."

Für einen kurzen Augenblick konnte man noch sehen, wie Mister Winson sich von der Kamera abwandte, ehe das Bild wieder das Studio zeigte. Der Nachrichtensprecher bestätigte noch, dass sie vorhatten diese Mitteilung auch über andere Sender laufen zu lassen, doch Julie erhob sich schnell und schaltete umgehend das Medienfenster aus. Sie spürte die Aufregung in ihren Fingerspitzen, die sich zittrig von der Oberfläche lösten. Schockiert drehte sie sich zum Tisch um und sah besorgt zu Robert hinüber.

„Jetzt habe ich keine Wahl mehr." Seine Worte begleiteten hilflos den starren Blick, den er auf seine Waffe warf. Sky saß ebenfalls wie versteinert auf ihrem Platz. Alle wussten, was Mister Winson damit androhte. Erst würde er sie zum Leben erwecken, um sie dann abzuschalten oder schlimmstenfalls brutal zu zerstören. Der Professor konnte in diesem Augenblick keinen klaren Gedanken mehr fassen. Er könnte Sky weiterhin einfach von Cyron und den Militärkräften fernhalten, doch das würde weder seine Arbeit schützen noch eine Rettung für Frank sein. Es standen viel mehr Leben auf dem Spiel als nur seins und das von Sky.

„Ich kann selbst einen Gleiter fliegen“, riss ihn die Stimme des R2 plötzlich aus den Gedanken. Sofort sahen alle zu ihr auf.

„Nun wollen wir mal nichts überstürzen, warf Howard ein, „bislang ist das nur eine Drohung und mehr nicht. Wenn ihr jetzt losfliegt, dann hat er genau das erreicht, was er wollte. Hier geht es doch gar nicht mehr nur um seinen Vertrag. Du hast ihn veräppelt, bist ihm auf der Nase rumgetanzt und tust es selbst jetzt noch. Der Mann fühlt sich ganz eindeutig auf den Schlips getreten.“

Aller Augen richteten sich umgehend auf Robert, der stumm nickte.

„Ich halte es auch für keine gute Idee ihm jetzt nachzugeben. Wir erreichen genau, was wir wollten“, sagte Sarah. „Er kann dem Vertrag nicht nachkommen und die Magier werden nicht ewig auf dessen Einhaltung warten.“

Die Augen ihres Mannes sahen plötzlich ernst in ihre. „Und dann, Sarah?“, fragte er.

„Dann wird Cyron sowieso angegriffen. Den Krieg können wir nicht aufhalten, aber wir können weiterhin versuchen seine Spielregeln festzulegen. Ohne die Auslieferung der Cyborgs aus Cyron haben sie nicht mehr gegen uns in der Hand als vorher. Selbst zu diesem Zeitpunkt waren sie keine zu unterschätzenden Gegner. Wichtig ist, dass wir den Zusammenhalt stärken und uns endlich gemeinsam gegen sie zur Wehr setzen. Es muss ein Ende geben und auch wenn Mister Winson glaubt, mit meiner Rückkehr zu siegen, so wird er sich irren.“

Erschrocken wich Sarahs Kopf zurück. „Hast du nicht erst vorhin selbst zu Sky gesagt, dass alles umsonst gewesen wäre, wenn sie sich in Gefahr brächte?“

Robert griff nach seiner Waffe. „Das war, bevor er ganz Hope davon erzählt hat."

Sam wollte gerade etwas sagen, als Sky ihm das Wort abschnitt.

„Sie werden Bilder vom Professor zeigen", sagte sie, „wir sind nicht mehr in Sicherheit und ihr auch nicht, solange wir bei euch bleiben."

Sams Finger schoben sich über die Tischplatte zu Sky hinüber, als seine Eltern sich gerade wieder zu streiten begannen. „Geh bitte nicht", flüsterte er ihr zu.

Sofort ergriff sie seine Hand. „Aber ich muss, Sam", antwortete sie ihm.

Lionel beobachtete die beiden und verschränkte genervt die Arme. Ihm schmeckte es keineswegs, dass Sam scheinbar wesentlich besser bei ihr ankam als er. Sie hatte ihm überhaupt keinen Blick mehr zugeworfen, seit sie wieder im Haus waren und er war sich auch ganz sicher, dass seine Hand noch immer ins Leere greifen würde, wenn er diese Annäherung gewagt hätte.

„Begreif doch den Ernst der Lage, Sarah", sagte Robert.

„Hör dir doch mal zu", entgegnete sie ihm. „Erst willst du sie retten und jetzt willst du all das über Bord werfen und mit ihr zurückkehren."

Sams Augen sahen flehend in die von Sky, doch sie schüttelte behutsam den Kopf.

„Es reicht jetzt!", brüllte Howard plötzlich, der sich augenblicklich vom Stuhl erhob. Stille machte sich breit und die Anwesenden sahen erschrocken zu ihm auf. „Das ist mein Haus und mich fragt hier nie irgendjemand nach meiner Meinung. Ich wurde nicht gefragt, ob ich überhaupt einem gestohlenen Cyborg Unterschlupf bieten will. Stattdessen habt ihr uns dieses Detail des Diebstahls einfach verheimlicht und nun wollt ihr über unsere Köpfe hinweg entscheiden, was das Beste für uns ist. Wenn mich mal irgendjemand fragen würde, dann hätte ich euch längst gesagt, dass wir von Beginn an für euch da waren und das jetzt auch mit euch durchziehen werden. Hier geht niemand irgendwohin, ehe wir nicht wissen, ob wir diese Drohung überhaupt ernst nehmen können. Ich traue diesen Politikern nicht über den Weg und daher glaube ich, dass es nur eine verdammte Falle ist. Also werden wir uns jetzt alle erst einmal beruhigen und die Lage vorerst weiterhin von hier aus beobachten, um sie besser einschätzen zu können." Dann räusperte er sich kurz und nahm wieder Platz.

„Du hast Recht", stimmte Robert ihm vorsichtig zu. „Wir sollten weiterhin abwarten." Obwohl er diese Worte aussprach, war er ganz anderer Meinung. Er musste an Frank denken und an ihre gemeinsame Arbeit am Projekt der R2-Serie. Es war, als würde alles nach und nach zerfallen. Wie bei einem einstürzenden Haus brachen bereits einige Steine aus dem Gebäude. Es war längst von einer Erschütterung erfasst, die Robert nicht aufzuhalten vermochte. Seine Gedanken drehten sich um den Abriss des Gespräches mit seinem Kollegen und die Furcht klammerte sich an sein Gemüt. Die Soldaten waren vielleicht längst ins Gebäude eingedrungen und hatten Frank verhaftet, doch das war nur die hoffnungsvolle Vorstellung, die er besser ertrug als die, in der Frank vielleicht längst tot war. Wozu hatte Robert ihn nur getrieben? Wozu trieb er überhaupt alle? Er wollte Sky schützen, doch bislang hatte er das nicht alleine getan. Es hingen viel mehr Personen in der Sache drin, als ihm lieb war. Verzweifelt schob er die Waffe in die Halterung seines Gürtels und erhob sich langsam von seinem Stuhl. Er hörte Sarah noch fragen, wohin er ginge, doch er antwortete nicht. Sein Weg führte ihn stumm in das Gästezimmer. Als er die Tür hinter sich zugleiten ließ, trennte ihn wenigstens eine Wand von den anderen. Endlich war es still um ihn herum, ruhig genug um in sich hineinzuhören und endlich über alles nachzudenken.

Sams Blick fiel immer wieder zur Tür des Gästezimmers. Sein Vater war nun sicherlich schon länger als eine Viertelstunde da drin und seine Mutter schien ihm auch jetzt nicht folgen zu wollen. Im Augenwinkel konnte er Lionels starren Blick erkennen, der auf ihm ruhte. Julie hatte auf Howards Wunsch hin das Medienfenster wieder eingeschaltet und so liefen im Hintergrund erneut die Nachrichten.

Scheinbar hatte Lionel nicht vor, sich das weiter anzusehen. Sam drehte seinen Kopf zu ihm um und schaute ihm direkt ins Gesicht.

„Was ist los?", fragte er ihn ganz direkt.

„Ich guck dich doch nur an", antwortete Lionel.

„Ja, aber das nervt langsam", erwiderte Sam.

„Hört auf damit", warf Sarah streng ein.

Es war augenblicklich ruhig, doch Lionel hatte scheinbar nicht vor seinen Blick von Sam zu lösen. Er wollte ihn definitiv schon wieder provozieren und obwohl Sam sich wirklich darum bemühte ihn einfach zu ignorieren, fiel es ihm doch mit jeder Minute schwerer.

Der Nachrichtensprecher verkündete, dass bereits seit Tagen in der Datenbank eine Belohnung auf die Ergreifung seines Vaters ausgeschrieben war. Überrascht fiel Sams Blick auf die Glasfront, auf der ein Bild des Professors eingeblendet wurde. Für Hinweise zum Aufenthalt wollte die Stadt Cyron ganze zweihundert Energiekristalle zahlen und für die direkte Auslieferung sogar über fünfhundert. Das war eine ziemlich hohe Summe, wenn man bedachte, dass der Durchschnittslohn in Cyron gerade einmal bei etwa fünfzehn Kristallen im Monat lag. Scheinbar wollte Mister Winson seinem Vater die Flucht nicht nur schwer, sondern unmöglich machen.

Bislang war diese Belohnung nur für die ersichtlich gewesen, die in der Datenbank nach seinem Vater gesucht hatten. Von daher hatte es bisher nur eine kleine Gruppe Wissender gegeben, doch nun lief all das in den Nachrichten und war für ganz Hope zu sehen.

Sam schluckte. Keiner der Anwesenden sagte irgendetwas. Sie schienen alle zu begreifen, dass Robert kaum mehr eine Wahl blieb, wenn er sich nicht ewig in dem Haus verschanzen wollte. Noch immer fühlte Sam sich von Lionel beobachtet. Er konnte keinen Augenblick länger dort sitzen bleiben und das einfach ertragen. Er stand auf und folgte seinem Vater ins Gästezimmer, um ihn über die Neuigkeiten zu informieren.

KAPITEL 21

Langsam glitt die Tür auf und Robert blickte erwartungsvoll auf. Sein Sohn trat in den kleinen Raum. Robert saß auf dem Bett. Er hielt seine Waffe in den Händen und wirkte nachdenklich.

„Was willst du damit, Dad?", fragte Sam und nahm neben ihm Platz, doch sein Vater antwortete ihm nicht. „Auf dich ist eine hohe Belohnung ausgesetzt", sprach Sam weiter. „Sie haben es gerade in den Nachrichten gesagt und ein Bild von dir gezeigt."

„Dann täuscht mich mein Gefühl nicht", murmelte sein Vater und blickte entschlossen zu ihm auf. „Du musst mir einen Gefallen tun, Sam", antwortete Robert. Sein Sohn nickte. „Kannst du eine Nachricht an unseren Gleiter da draußen schicken?"

Roberts Frage erschien Sam seltsam, doch er stimmte erneut mit einem Nicken zu.

„Ich will, dass du Folgendes schreibst", begann er und sah seinen Sohn dabei erwartungsvoll an.

Sam startete das Hologramm-Armband und öffnete ein Nachrichtenfenster, in dem er den Gleiter seiner Mutter als Kontakt aufrief. Dann begann ihm sein Vater Folgendes zu diktieren: „Drück auf dem Bedienfeld das Haussymbol, dann navigiert dich das Fahrzeug direkt nach Cyron. Es wird eine Art Gittertunnel in der Frontscheibe angezeigt, den du nur durchqueren musst und der dich sicher vor das Energietor der Stadt führt. Komm nicht zurück. Du hast kein Implantat, daher musst du irgendwie einen Weg in die Stadt finden. Die Soldaten überprüfen jeden Gleiter mit unbekannten Ankömmlingen. Begib dich direkt zum Forschungszentrum und tu, was nötig ist. Ich folge dir bald, daher wird dir nichts passieren. Vertrau mir!"

Sam tippte die Nachricht in das Hologramm ein, doch als er fertig war, sah er ängstlich zu seinem Vater hinüber.

„Schick das ab, Sam", sagte Robert eindringlich.

„Die Nachricht ist für Sky, oder?", fragte sein Sohn.

„Schick sie bitte ab", wiederholte Robert.

Langsam näherte sich Sams Finger dem Sendefeld, doch er hielt erneut inne. „Ihr geht also doch?" Seine Stimme klang zittrig.

„Wir sind hier nicht sicher. Du wirst das gleich verstehen. Bitte tu einfach, was ich dir in den nächsten Minuten sage."

Sam spürte, wie sein Herz schlug. Die Vorstellung gleich Abschied nehmen zu müssen, ertrug er nicht. Er verstand im

Augenblick überhaupt nicht, was eigentlich los war. Wieso wollte sein Vater sie nun doch dorthin schicken und das auch noch alleine? Wie betäubt berührte er das Hologramm und bestätigte den Versand der Nachricht.

„Gut so", sagte sein Vater beruhigt. „Du sagst gleich kein Wort und du wirst dir auch nichts anmerken lassen. Sky muss dringend den Gleiter erreichen. Hast du das verstanden?"

Sam nickte, doch er spürte, wie ihm Tränen in die Augen zu steigen drohten.

„Sam, du darfst jetzt nicht weinen", hörte er seinen Vater noch sagen. Er atmete tief ein und versuchte sich zu beherrschen, doch der Gedanke daran, Sky zu verlieren, ließ die erste Träne unaufhaltsam fließen. Er spürte, wie sich der Arm seines Vaters um ihn legte, während er zittrig das Hologramm-Armband ausschaltete.

„Tut mir leid", wimmerte er.

„Schon gut, Sam", antwortete sein Vater. „Lass es lieber jetzt und hier raus als gleich da draußen."

Für Sam fühlte es sich so an, als schnürte ihm die Situation die Luft ab. Er atmete schneller, japste nach Luft, während er noch immer versuchte die Tränen aufzuhalten, doch es gelang ihm nicht. Er schmeckte das Salz auf seinen Lippen. „Ich werde sie nicht wiedersehen, oder?", fragte er noch, ehe er erneut nach Luft schnappte.

„Doch, das wirst du, mein Sohn", versuchte Robert ihn zu beruhigen. „Du musst keine Angst haben. Ich werde nicht zulassen, dass ihr etwas passiert."

Dann schoss Sam plötzlich ein Gedanke an seine Mutter in den Kopf. „Mom wird keinesfalls begeistert sein", sagte er und wischte sich die Tränen von der Nasenspitze.

„Wir haben keine Wahl mehr, Sam. Ihr werdet das verstehen“, erklärte sein Vater behutsam. „Wir müssen gleich wieder da raus gehen“, fügte er hinzu. „Glaubst du, dass du das schaffst, Sam?“

Sam blickte zu seinem Vater auf. Stumm nickte er.

Als sie aus dem Gästezimmer hinaustraten, versuchte Sam sich mit aller Gewalt zu beherrschen. Seine Augen tasteten einzeln die Gesichter der Personen am Tisch ab. Die anderen unterhielten sich noch immer, während das Medienfenster im Hintergrund lief. Er beobachtete sie alle aufmerksam, nur Sky konnte er keinen einzigen Blick zuwerfen. Er würde es nicht ertragen, sie jetzt anzusehen.

Howard steuerte gerade aus der angrenzenden Küche zurück in den Wohnbereich und gesellte sich still zu der Gruppe. Roberts Augen folgten ihm dabei kurz, ehe er seinen Sohn behutsam am Rücken berührte und ihn dadurch aufforderte ebenfalls zu ihnen zu gehen.

Schritt für Schritt steuerte Sam auf den Tisch zu. Wieder durchbohrte ihn dabei Lionels Blick, doch er hatte nun andere Sorgen. Gleich würde Sky gehen und er musste sie ziehen lassen. Sein Vater hatte ihm verboten sie zu begleiten. Er hatte immer wieder gesagt, dass er es gleich verstehen würde, doch noch verstand er gar nichts. Langsam nahm Sam Platz und stützte sich mit den Ellenbogen am Tisch ab.

„Ist alles in Ordnung mit dir?“, fragte seine Mutter besorgt. Sie schien sofort zu bemerken, dass etwas mit ihm nicht stimmte.

Sams Herz klopfte wie verrückt, als er spüren konnte, wie ihn die Angst um Sky langsam packte. Stumm nickte er, ohne seine Mutter dabei anzusehen. Er konnte es nicht. Er wusste, dass er direkt zu weinen beginnen würde, wenn er in ihr sorgenvolles Gesicht sah.

Unterdessen hörte er, wie sein Vater nach Sky rief und sie bat zu ihm zu kommen. Umgehend erhob sich der R2 und Sam schluckte. Ihm gingen plötzlich Zweifel durch den Kopf. Er dachte, er würde es keine Minute länger aushalten. Die Tränen, die erst vor kurzem versiegt waren, drohten erneut aus ihm herauszubrechen.

„Könntest du bitte mal zum Gleiter gehen?“, sagte Robert, als Sky ihn erreichte. „Uns fehlt eine unserer Taschen und ich glaube, wir haben sie dort liegen gelassen.“

Sofort willigte Sky ein: „Natürlich. Ich gehe kurz nachsehen.“

Howard warf einen verwunderten Blick zu den beiden hinüber und auch Sams Mutter sah fragend auf.

„Sie kann doch jetzt nicht da raus gehen“, sagte Sarah laut.

Sky drehte sich noch einmal zu allen um, doch Robert packte sie sanft an ihrem Oberarm.

„Komm nicht zurück“, flüsterte er eindringlich, ehe sie etwas sagen konnte. Skys Augen weiteten sich, als sie ihn verblüfft ansah. „Sie soll nur kurz etwas holen“, versuchte Robert die anderen zu beruhigen.

Sky sah noch einmal zum Tisch hinüber und warf einen Blick auf Sam, doch er drehte sich nicht zu ihr um. Er schien regungslos dort zu sitzen.

„Ich passe schon auf mich auf“, hörte Sam Sky noch sagen, ehe ihm die ersten Tränen über die Wangen liefen. Ihre Schritte entfernten sich, während Robert sich ihm umgehend näherte. Sam spürte, wie sich die Hand seiner Mutter auf seinen Rücken legte.

„Was ist denn los?“, fragte sie ihn leise, als sie sehen konnte, dass Sam plötzlich weinte. Auch die anderen warfen nun ihre fragenden Blick auf ihn. Er spürte, wie aller Augen auf ihm lagen.

„Was ist hier los, Robert?“, fragte Howard seinen Vater ernst.

„Es ist alles in Ordnung“, antwortete der Professor, als man von draußen hören konnte, wie der Gleiter sich in die Lüfte hob.

Howard warf einen Blick zur Tür, als der Professor blitzschnell seine Waffe zog und sie auf Lionel richtete.

Erschrocken sprang Julie auf. „Oh mein Gott, was tust du da?“, schrie sie panisch.

Howard hingegen blieb ganz ruhig, als er erfassen konnte, was soeben passiert war. Sam konnte spüren, wie sich seine Mutter fester an seinen Rücken klammerte. Ihr Atem ging schneller. Sie war allem Anschein nach nicht in der Lage etwas zu sagen, während Lionel so entsetzt war, dass ihm das Blut aus dem Kopf zu fließen schien. Er war leichenblass und zitterte am ganzen Leib. Sam wagte es nicht sich umzudrehen. Er ahnte längst, dass sein Vater mit erhobener Waffe hinter ihnen stand. Nun begriff er, wieso er sie so nachdenklich betrachtet hatte.

„Wohin fliegt sie, Robert?“, fragte Howard so ruhig wie möglich.

„Nach Cyron“, antwortete ihm der Professor, während er weiterhin die Waffe auf den Jungen richtete.

„Wir sind deine Freunde“, ertönte Howards Stimme erneut. Er versuchte den Professor zu beruhigen. „Du brauchst deine Waffe hier nicht.“ Doch Robert weigerte sich kopfschüttelnd. „Wolltet ihr uns nicht warnen, bevor die Kontrollen durchgeführt wurden?“, fragte er.

„Wir wussten nichts davon", wehrte sich Howard.

„Nein, ihr nicht", entgegnete ihm Robert ernst, „nur du."

Sarah drehte sich langsam zu ihrem Mann um, als sie ihre Hand von Sams Rücken löste. Sie konnte sehen, wie wütend er Howard ansah.

„Das würde er niemals tun", jammerte Julie unterdessen. Sie wollte sich ihrem Sohn nähern, doch Robert löste augenblicklich die Sicherung. Das Klicken ließ sie stoppen.

„Keinen Schritt näher", forderte der Professor und sie erstarrte förmlich. Er beobachtete Julie aus dem Augenwinkel, während sich sein Blick nicht von Howard löste. „Ich will, dass du deine Taschen leerst", sagte er zu ihm.

Howard sah ihn fragend an. „Bist du verrückt geworden?", antwortete er.

„Leere deine Taschen!", brüllte Robert ihn fordernd an.

Sam zuckte erschrocken zusammen. Er hielt sich augenblicklich die Ohren zu. Er begriff nicht, was plötzlich los war und er hatte furchtbare Angst.

„Schon gut", sagte Howard vorsichtig und führte seine Hände langsam zu seinen Hosentaschen. Er zog den leeren Stoff aus den Tiefen. „Ich habe hier nichts", erklärte er ruhig.

„Das sind nicht alle", erwiderte Robert hingegen.

Howards Hände glitten zu seinen Gesäßtaschen. Vorsichtig zog er scheinbar etwas heraus.

„Leg es auf den Boden und tritt es zu mir herüber", forderte der Professor weiter von ihm.

Als Howard einen kleinen Medikamentenbehälter vor sich ablegte, stockte den anderen der Atem.

Julie griff sich fassungslos an die Brust. Sie verstand in diesem Augenblick gar nichts mehr. Sofort tat ihr Mann, was

Robert von ihm verlangte und der Behälter glitt auf dem Fußboden bis vor die Füße des Professors.

„Heb das auf, Sam", sagte er zu seinem Sohn, doch Sam presste sich noch immer die Hände auf die Ohren. „Heb es jetzt auf", wiederholte Robert herrisch. Zügig erhob sich stattdessen Sarah und nahm die Metalldose umgehend an sich. Ihre Augen blickten kurz in die ihres Mannes, als er ihr seine Finger entgegenstreckte. Er konnte sehen, wie schockiert sie ihn ansah, als sie ihm zittrig das Medikament übergab.

Prüfend warf Robert einen Blick darauf. „Starkes Schlafmittel", sagte er mehr zu sich selbst. „Schlafstörungen hast du ja bekanntlich nicht." Ernst sah er Howard an. „Ein Teil deiner Belohnung ist jetzt bereits weit weg, aber ich bin noch hier, Howard. Also, was willst du tun? Willst du mir wirklich erzählen, dass du das selbst brauchst oder wolltest du uns alle damit ausschalten?", richtete er seine Worte an ihn.

Howard blieb stumm. Er sah ihn nur regungslos an.

„Wir sollten nicht gehen, nicht wahr? Wir sollten schön hier sitzen bleiben und darauf warten, dass du deine Chance nutzen kannst. Dein erster Plan hat ja nicht funktioniert, weil Sky einfach abgehauen ist. Du bist extra nicht zur Arbeit gegangen. Das war schon merkwürdig. Und dann deine übertriebene Nervosität obwohl eine Lüge den Wachen gegenüber so einfach gewesen wäre. Ich trage eine Waffe, Howard. Du hättest einfach behaupten können, dass ihr gezwungen wart, uns hier Obhut zu bieten. Aber du warst ja nicht ihretwegen so angespannt, sondern weil du dachtest, wir würden gleich abgeführt werden. Außerdem wolltest du mich unbedingt bei der Suche nach Sky begleiten. Ich bin nämlich die größte Gefahr für dich. Ist es nicht so?", Robert ging einen Schritt auf Lionel zu, der sich ängstlich krümmte. „Und jetzt kamst du mit leeren Händen aus der Küche und glaubst ernsthaft, ich merke nicht, dass du irgendetwas vorhast?"

„Sie haben damit nichts zu tun", antwortete Howard. „Du kannst die Waffe auf mich richten, aber nicht auf meinen Sohn."

Robert schüttelte den Kopf. „Ich will erst Antworten", entgegnete er ihm wütend. „Hast du an der Arbeit in der Datenbank nachgeschaut und dir dann ausgemalt, was du dir alles kaufen könntest, wenn du uns verrätst?"

Howard warf einen kurzen Blick zu Julie, ehe er wieder zu Robert hinüber sah. „Du weißt ja nicht, wie das ist. Für so viele Kristalle würde ich viele Jahre schuften müssen. Ich wollte nur meiner Familie endlich einmal mehr bieten können und das wäre eine gute Gelegenheit gewesen. Wir wissen doch alle, dass das Spielchen so oder so bald vorbei ist."

Robert leckte sich nervös die Lippen, während Julie fassungslos den Kopf schüttelte „Du hättest uns um Geld bitten können", sagte Robert enttäuscht, „stattdessen wolltest du mich lieber ausliefern?"

Howard nickte sichtlich angespannt. „Sie wissen längst, dass wir hier sind, nicht wahr?", fragte Robert weiter.

Erneut stimmte Howard ihm mit einem Nicken zu.

Verzweifelt ließ der Professor den kleinen Behälter sinken. „Dann bekommst du ja scheinbar, was du willst", sagte er, noch ehe er auch die Waffe senkte.

Sofort stürmte Julie auf ihren Sohn zu und umklammerte ihn erleichtert. Lionel griff nach ihr und presste sein Gesicht an ihren Hals. Die Angst brach aus ihm heraus und er weinte laut los.

Als auch Howard sich ihnen nähern wollte, richtete Robert die Waffe jedoch auf ihn. „Du nicht", sagte er fest entschlossen. „Du kommst mit mir."

Erschrocken blickte Sarah zwischen den beiden hin und her.

„Ich brauche einen Gleiter", hörte Sam die Stimme seines Vaters dumpf durch seine verdeckten Ohren. Nun drehte auch er sich zu ihm um. Er wollte eilig aufstehen, doch seine Mutter zog ihn auf den Stuhl zurück. Robert näherte sich unterdessen dem Verräter und drückte ihm den Lauf der Pistole auf die Stirn.

„Wir gehen sofort", verlangte er und Howard hatte keine andere Wahl als ihn zu begleiten. „Ihr müsst hier verschwinden", riet er noch seiner Frau und Sam.

Julie und Lionel hielten sich noch immer in den Armen, als sie mit ansehen mussten, wie ihr Mann und Vater gezwungen wurde voranzugehen.

Sky hatte von all dem nichts mitbekommen. Als sie in den Gleiter stieg, hallten Roberts Worte in ihren Gedanken nach.

„Komm nicht zurück", hatte er gesagt. Irgendetwas stimmte dort nicht und sie vertraute ihm so sehr, dass sie keinen Zweifel daran hatte, dass es richtig war seinem Wunsch zu folgen. Als sie die Türen schloss, warf sie einen letzten Blick auf das kleine Haus. Sie verstand plötzlich, wieso Sam sie nicht anzusehen vermocht hatte. Er war als einziger zuvor bei Robert gewesen und schien längst gewusst zu haben, dass sich ihre Wege nun trennen würden. In ihr stieg ein Gefühl auf, welches ihr bis dahin völlig unbekannt war. Sie fühlte sich schlecht bei dem Gedanken sich von ihm entfernen zu müssen. Ihr Herz wog schwer, als sie auf dem Steuerelement des Gleiters ein leuchtendes Signal entdeckte. Eilig legte sie ihren Finger auf das blinkende Feld.

Roberts Nachricht öffnete sich in der Frontscheibe des Gleiters und eine männliche Stimme las ihr den Inhalt vor. Ihre Augen suchten nach dem Haussymbol und ohne weitere Zeit zu verlieren, betätigte sie dessen Oberfläche. Die Nachricht erlosch und das eingeblendete Tunnelsystem wies ihr den Weg nach oben, ehe es sie in Richtung des Energietores führte. Einen letzten Blick richtete sie kurz zur Tür. Sie startete den Gleiter und folgte Roberts Anweisungen. Er schien begriffen zu haben, dass Mister Winson ohne Frage keine leeren Drohungen aussprach. Sie hatten das Forschungszentrum sicher längst gestürmt und erweckten vielleicht sogar die ersten Cyborgs. Sie schufen Leben, um es in Kürze wieder zu zerstören. Der Stadtrat schien nicht zu begreifen, was es bedeutete, wenn Maschinen in der Lage waren Gefühle zu empfinden. Sie waren intelligent genug ihr Dasein zu begreifen und ebenfalls fähig ihr Ende zu fürchten. Es war, als würden sie Neugeborene bedrohen und Sky konnte das nicht zulassen. Die R2-Serie sollte lieber weiterhin fest in ihrem Erstschlaf Frieden finden, als Derartiges zu erfahren.

Sie erinnerte sich an ihre eigene Erweckung, als sie Edge verließ. Sie war verwirrt und voller Scham aufgewacht. Im ersten Augenblick fühlte sie sich wie verloren, doch der Professor hatte ihr umgehend Aufklärung verschafft. Es war, als konnte sie noch immer hören, wie er sich und seinen Sohn vorstellte. Sam. Der Junge, der neben ihm gestanden und dessen Anblick sie irgendwie beruhigt hatte. Sein Name war das, was ihr Halt gegeben hatte. Er war ihr ein Begriff und sie hatte direkt gewusst, dass sie ihn schützen musste. Das war ihre Aufgabe. Dafür war sie dort und das hatte sie in diesem Augenblick beruhigt. Auch wenn vieles noch so unklar schien, hatte ihre Anwesenheit einen Sinn gehabt.

Sky wollte sich nicht vorstellen, wie es gewesen wäre, aufzuwachen und von Soldaten angeherrscht zu werden ihnen zu folgen. Hilflos und noch völlig verloren würde man hinter ihnen hergehen und nicht begreifen, was passierte und wo man war. Der Pate, dessen Name einem der einzig wichtige Begriff war, wäre nicht anwesend. Die Frage, ob man bereits versagt hatte, noch bevor man richtig zu leben begann, würde einen plötzlich einnehmen. Vielleicht wäre der Pate längst tot und es gäbe kein Ziel mehr, auf das man zusteuerte.

Sky schüttelte hilflos den Kopf um diese Gedanken von sich zu werfen, doch auch das half nicht. Ihr Inneres malte sich weiter aus, wie es sein würde, wenn sich unzählige Waffen auf einen richteten und die Gegner in der Überzahl wären. Nackt und verängstigt stünde man dort, während irgendjemand immer wieder einen Blick auf die Uhr warf. Man würde begreifen, dass sie auf etwas warteten. Man wüsste nicht worauf, doch man würde ahnen, dass die Zeit gegen einen selbst laufen würde. Das erste Gefühl, das man dann kennenlernte, wäre Angst, noch bevor man je Freude erfahren dürfte. Eine Geburt wie kein Cyborg sie erleben sollte. Und ein Leben, das man niemandem wünschte.

Sky klammerte sich an den Steuerknüppel und folgte im Eiltempo dem Gittertunnel. In Gedanken war sie längst nicht mehr beim Haus. Sie hatte Sams Schutz an seinen Vater übergeben. Sie sorgte sich nicht um ihn. Robert würde nicht zulassen, dass seinem Sohn etwas passierte. Ihre Aufgabe lag nun darin ihren Brüdern und Schwestern zu helfen. Sie musste sich zeigen um Mister Winson aufzuhalten. Er sollte ihnen nichts antun. Lieber war sie dazu bereit sich selbst zu opfern, wenn es sein musste. Bereits in diesem Augenblick versuchte sie einen Plan zu schmieden. Sie wollte niemanden töten müssen. Wenn sie Gewalt anwenden musste, dann sollte alles so sanft wie möglich geschehen. Die Soldaten waren schließlich nicht ihre Feinde. Sie führten nur blind Befehle aus. Wenn es jemanden gab, an den sie sich wenden wollte, dann war es Mister Winson. Sie fühlte noch immer seinen skeptischen Blick an sich haften. Sie spürte noch immer dieses unangenehme Gefühl, das seine bohrenden Fragen ausgelöst hatten. Sky rief sich dieses trügerische Gesicht ins Gedächtnis. Er war kein guter Mensch, das hatte sie spätestens gewusst, als er in den Nachrichten sein Wort an Robert gerichtet hatte. Er hatte so furchtbar fixiert in die Kamera gestarrt - wie ein Jäger auf der Suche nach Wild. Wenn man jemanden stoppen musste, dann ihn. Sie glaubte, dass Robert ihr ebenfalls dazu raten würde. Er war schließlich der Grund für ihre Flucht und nun auch der Grund für die Proteste in Cyron.

Angespannt rieb sie sich mit der linken Hand über die Stirn, während sie mit der anderen den Gleiter auf Kurs hielt. Bis Cyron würde sie einige wertvolle Stunden brauchen. Zeit, in der unzählige Leben ihrer Art auf dem Spiel standen. Sie war nervös und doch war sie längst bereit zurückzukehren. Es machte keinen Sinn mehr zu fliehen. So konnten sie nur sich selbst retten, doch der Preis dafür wurde Stunde um Stunde höher. Ihr Körper bebte vor Wut. Mister Winson lockte sie und ihr war das durchaus bewusst. Aber sie folgte seinem Ruf. Sie warf keinen weiteren Blick zurück. Es gab nur noch sie und ihn.

KAPITEL 22

Julie beteuerte minutenlang, dass sie nichts von dem Schlafmittel und dem Vorhaben ihres Mannes gewusst habe. Tränen flossen ihr die Wangen hinab, während sie die Hand ihres Sohnes streichelte. Lionel hatte sich bereits beruhigt. Sein Gesicht hatte nun wieder Farbe und auch sein Körper zitterte nicht mehr. Sein Blick verharrte jedoch auf der Hand seiner Mutter, die seine umschloss. Er wirkte nachdenklich und schien gedanklich so vertieft, dass er nicht einmal aufblickte, als Sam hinter die beiden trat, um das Medienfenster abzuschalten. Langsam ging Sam zurück zu seinem Platz. Er stützte sich auf der Stuhllehne ab.

„Wir sollten so oder so noch den Jungen aus dem Krankenhaus abholen", warf er plötzlich ein.

Sarah blickte zu ihrem Sohn hinauf. „Es wäre Skys Aufgabe gewesen ihn zurückzubringen", antwortete sie ernst. Sie war eindeutig wütend und sichtlich enttäuscht, doch hinter dieser Fassade konnte Sam auch ihre Angst spüren. Sie reagierte oft so, wenn sie sich fürchtete. Das hatte sie auch im Gleiter getan, als sie einen Streit mit seinem Vater angezettelt hatte, weil sie sich Sorgen um Sam machte.

Sam sah seine Mutter sanft an. „Ich übernehme das mit Gallad. Du musst mich nur dort hinbringen", sagte er entschlossen und ruhig.

Sarah sah ihn überrascht an. „Du willst das wirklich noch tun?", fragte sie, als könnte sie kaum glauben, dass er das wirklich ernst meinte.

Sam nickte. „Er wird zu Hause erwartet, Mom. Wir können ihn jetzt nicht zurücklassen."

Unverzüglich drehte sich Sarah zu Julie um. „Werden die Soldaten hierher kommen?“, fragte sie.

Julie zuckte augenblicklich mit den Schultern. „Ich weiß nichts darüber“, antwortete sie und wischte sich erschöpft über das Gesicht.

Dann blickte Sams Mutter erneut zu ihm auf. „Wir müssen hier schnellstmöglich weg, wir sollten uns Tickets für einen Gleitzug nach Cyron kaufen und deinen Vater von weiteren Dummheiten abhalten.“

Sam lehnte kurz den Kopf zurück und atmete tief ein. „Er wird so oder so verhaftet, sobald er in Cyron ankommt. Uns bleibt nur an unserem Plan festzuhalten und ihn so zu unterstützen.“

Sarah sah nicht begeistert aus. „Du weißt, was das letzte Mal im Wald passiert ist“, gab sie zu bedenken. „Dir hätte schon letztes Mal etwas passieren können und das, obwohl ihr zu viert wart.“

Sam presste die Lippen aufeinander. Er rang kurz mit sich selbst und wollte schon aufgeben, besann sich aber und sagte: „Nein, wir müssen, Mom“, stellte er sich schließlich gegen ihre Meinung. „Ich kann das. Ich schaffe viel mehr, als du mir zutraust“, fuhr er aufgeregt fort. „Ich habe schon eine Vergiftung überstanden und ich habe einen Magier erschossen. Mir ist bewusst, wie gefährlich der Wald ist, aber Dad sagte, man muss auch hin und wieder eine Entscheidung treffen und ich will ihm weiterhin helfen. Das ist meine Entscheidung.“

Sarah schien einen Augenblick lang vollkommen sprachlos zu sein. Sie starrte Sam fassungslos an. „Du warst vergiftet?“, fragte sie, als hätte er sonst nichts gesagt.

Genervt rollte Sam mit den Augen. „Das ist jetzt total unwichtig“, drängte er. „Wir müssen hier weg. Wir müssen uns den Jungen schnappen und wir brauchen einen Gleiter, damit wir zur Lichtung kommen."

Sarah warf erneut einen Blick auf Julie. „Du hast ihn gehört. Wir brauchen einen Gleiter, sonst können wir den Jungen nicht zurückbringen."

Überrascht sah Sam auf seine Mutter hinab. Hatte sie gerade eingelenkt und wollte seinem Wunsch folgen?

„Wir haben keinen Gleiter", antwortete Julie, die noch immer hoffte, dass Howard gleich zurückkommen würde. „Er wird ihm doch nichts antun, oder?", fragte sie, als ihr klar wurde, dass auch ihr Mann den Professor nicht zu einem Gleiter führen konnte. Sie hatten nicht das Geld dafür und Edge war überschaubar genug, um die wichtigsten Erledigungen und die Arbeit auch zu Fuß zu erreichen.

Sarah schüttelte behutsam den Kopf. „Nein, das wird er nicht", entgegnete sie ihr. Sie hoffte zumindest, dass er jetzt nicht vollkommen den Verstand verlieren würde, denn diese ganze Flucht nahm immer größere Ausmaße an, als er sicherlich zu Beginn gedacht hatte. Wahrscheinlich ging er ernsthaft davon aus, er könnte einige Zeit untertauchen und dann irgendwann zurückkehren. Er war mit Leib und Seele Wissenschaftler und hätte daher sicher versucht möglichst viele Menschen mit Sky zu beeindrucken. Würde es eine Nachfrage nach der R2-Serie geben, würde sich der Druck für ihre Freigabe erhöhen, doch nun kamen der Krieg dazwischen, der Vertrag und all die Öffentlichkeit, was noch mehr Druck ausübte. Es war kein kleines Delikt. Nicht mehr. Nicht seit dem Moment, als die ganze Welt ihren Mann in den Nachrichten gesehen hatte und ihm die Schuld dafür zugeteilt wurde, die Vertragsverhandlungen zu stören. Den Diebstahl eines Cyborgs hätte er ohne Probleme verantworten können.

Vielleicht hätte er auch überzeugende Argumente für die Explosion gefunden, doch nun würde er angeprangert werden den Krieg zu begünstigen und mit Sicherheit waren nicht alle gegen den Vertrag. Ohne Frage hatte sich die Anzahl von Roberts Gegnern drastisch erhöht. Nun war nicht mehr nur der Stadtrat an seiner Verurteilung interessiert. Ganze Menschenmengen könnten Höchststrafen für ihn fordern, wenn sie sich durch sein Handeln in Gefahr durch die Magier sahen. Menschenleben standen schließlich nur wegen ihm auf dem Spiel. Jeder würde erfahren, dass er von Frank verlangt hatte, das Forschungszentrum abzuriegeln.

Sarah atmete tief ein. „Wir brauchen einen Gleiter", sagte sie erneut und versuchte ihre Sorgen zu verdrängen.

Lionel löste sich von seinem Fixpunkt. „Bei meiner Schule haben wir einige Fahrzeuge, mit denen die Schüler das Gleiten lernen", sagte er plötzlich.

Sarah lächelte. „Na, das ist doch schon mal etwas. Du musst uns da unbedingt hinführen", schlug sie vor.

Sam sah skeptisch zu seinem Widersacher hinüber. Er traute Lionel nicht so richtig über den Weg. Vielleicht wollte er ihnen wirklich helfen, damit sie endlich sein Haus verlassen würden, aber anderseits könnte er sie mit dem Diebstahl eines Gleiters durchaus in Schwierigkeiten bringen. Noch gab es keinen Grund für einen Soldaten sich um seine und die Verhaftung seiner Mutter zu bemühen, aber durch eine solche Tat könnte sich das schnell ändern. Er wäre seinem Vater keine Hilfe, wenn er ebenfalls vor Gericht stehen würde.

„Nein, es muss einen anderen Weg geben", entfuhr es Sam. „Wir stehlen nicht."

Lionel sah ihn stutzig an. „Es leiht euch aber sicher keiner einen Gleiter", antwortete er.

Sarah hingegen hielt dies durchaus für möglich. Sofort zog sie einige Energiekristalle aus ihrer Hosentasche und zählte sie schnell durch. „Für acht Kristalle tut das ganz sicher jemand", sagte sie und stand auf.

Sie klopfte Sam auffordernd auf die Schulter und ging auf der Stelle ins Gästezimmer. Eilig griff sie nach ihrer Tasche und packte noch einige Dinge ein, die sie seit ihrer Ankunft ausgeräumt hatte. Auch Sam schnappte sich sein Hab und Gut. Er prüfte noch einmal den Zustand seines Allzweckstabs und begab sich schnell wieder in den Wohnbereich.

„Wir danken euch wirklich, Julie", hörte er seine Mutter sagen, doch Julie blieb stumm. Ihre geröteten Augen blickten in die von Sarah, doch es schien ihr nicht möglich noch etwas zu sagen. Auch Lionel nickte nur. Er sah Sam nicht einmal mehr an, als dieser sich verabschiedete. So blieb es bei diesen wenigen Worten und einem distanzierten Aufbruch.

Zu Fuß machten sich Sam und seine Mutter auf den Weg ins Krankenhaus. Die Sonne verschwand bereits langsam am Horizont und so nutzten sie den Schutz der einkehrenden Dämmerung um unbemerkt dort anzukommen. Sam steuerte geradewegs auf den Empfang zu. Eine der Schwestern tippte eifrig auf den Bedienfeldern ihres Terminals herum. Sie bemerkte überhaupt nicht, wie Sam erwartungsvoll zu ihr hinabsah. Seine Mutter stellte sich zu ihm und legte ihre Tasche auf dem Tresen des Empfangs ab. Erst in diesem Moment sah die Schwester zu ihnen auf.

„Oh, Entschuldigung", sagte die dunkelblonde Frau mit weicher Stimme. „Ich war ganz vertieft."

Sam lächelte. „Könnten Sie bitte Dr. Miles ausrufen?“, fragte er.

Der verwunderte Blick seiner Mutter entging ihm nicht. Sie wusste nicht, dass der Arzt der Einzige war, der sie zu dem Jungen führen konnte. Sam kannte schließlich weder den Namen des Jägerkindes, noch wusste er, auf welches Zimmer sie ihn gebracht hatten. Die Frau am Empfang nickte und tippte erneut einige Daten in ihr Terminal ein. „Einen kleinen Augenblick noch“, sagte sie währenddessen.

Sofort zog Sarah ihren Sohn ein Stück beiseite. „Wieso um alles in der Welt willst du jetzt noch mit dem Arzt sprechen? Frag bitte, wo wir das Kind finden und dann verschwinden wir, so schnell es geht“, entgegnete sie ihm beunruhigt.

Sam rieb sich nervös Daumen und Zeigefinger. „Ich kenne seinen Namen nicht“, flüsterte er.

Ungläubig sah ihn seine Mutter an. „Du kennst den Namen nicht?“, wiederholte sie, als könnte sie das kaum glauben. „Ihr setzt den Jungen hier ab und erfindet nicht wenigstens irgendeinen Namen, wenn ihr ihn schon nicht gefragt habt?“

Sam wollte sich gerade erklären, als sich die Schwester lächelnd erhob. „Dr. Miles hat zwar gerade Pause, aber er wollte Sie wohl sowieso noch einmal sprechen. Er wird gleich hier sein.“

Sam bedankte sich. Nur seiner Mutter schien es die Sprache verschlagen zu haben. Als die Frau wieder Platz nahm und hinter dem Empfangstresen verschwand, packte Sarah ihren Sohn am Arm. „Wir sollten jetzt lieber hier verschwinden. Der Arzt kennt deinen Vater und nach den ganzen Sondersendungen über ihn ist das hier keine gute Idee.“

Doch Sam blieb wie versteinert stehen. „Wir können jetzt nicht gehen, Mom“, antwortete er entschlossen. „Er ist der

Einzige, der uns zu ihm führen kann, und ohne das Kind können wir nicht weg."

Seine Mutter schluckte, als sie hörte, wie sich ihnen Schritte näherten. Nervös sah sie sich um und erkannte, wie ein Arzt geradewegs auf sie zusteuerte. Der Mann lächelte und Sam reichte ihm erfreut die Hand.

„Guten Abend", sagte er freundlich und hielt auch Sarah nun die Hand entgegnen. Unsicher griff sie danach und schüttelte sie behutsam. „Sie sind wegen des Jungen hier?", fragte er und Sam nickte. „Das trifft sich gut, denn die Medikamente haben angeschlagen. Ihm geht es deutlich besser und er kann sich nun ohne Bedenken auch zu Hause weiter auskurieren."

Sam spürte die Erleichterung, während seine Mutter noch immer nicht verstehen konnte, was eigentlich los war. Sah der Mann etwa überhaupt keine Nachrichten oder hatte er einfach ein so schlechtes Gedächtnis?

Der Arzt deutete ihnen, ihm zu folgen und Sarahs Misstrauen flammte erneut auf. Besorgt sah sie sich um, während sie viele der unübersichtlichen Gänge hinabgingen.

„Wo ist denn dein Vater?", fragte der Arzt plötzlich und Sarah spürte, wie ihr die Frage augenblicklich die Luft abschnürte.

„Er ist leider verhindert", antwortete Sam, als sei es vollkommen normal sich auf den Weg gemacht zu haben, um sich wegen einer Reihe von Straftaten dem Militär zu stellen. Sarah war gar nicht in der Lage irgendetwas hinzuzufügen. Sie sah bereits vor sich, wie sie in einen Raum eingesperrt wurde, um sich schon bald von Soldaten über ihren Mann befragen zu lassen.

Plötzlich blieb Dr. Miles stehen und deutete auf die angrenzende Tür. „Ich habe die Nachrichten eben erst gesehen", sagte er beiläufig und betätigte den Türöffner. Geräuschlos glitt sie umgehend auf und man konnte bereits das Ende des Versorgungsbettes erblicken.

Sarah spürte, wie ihre Hände langsam feucht wurden, als der Blick des Arztes sie traf.

„Ich hoffe, dass er in Sicherheit ist", fügte er hinzu und sah nun auch zu Sam hinüber. Sie konnte erkennen, wie ihr Sohn nickte.

„Das hoffen wir auch", antwortete Sam und betrat ohne weiteres das Zimmer. Nun blieb nur Sarah, die wie gelähmt vor der Tür stand.

„Wollen Sie nicht zu ihm gehen?", fragte der Arzt. „Er braucht ganz sicher noch etwas Hilfe, um aus dem Bett zu kommen."

Doch sie hatte nicht vor sich in das kleine Zimmer zu begeben. Sie hatte zu viel Angst davor in eine Falle zu tappen. Wenn sie sich irgendwelchen Fragen stellen würde, dann wollte sie selbst entscheiden, wann sie das tun wollte. Eine Festnahme wegen Verdachtes auf Beihilfe konnte sie nun keineswegs gebrauchen. Eisern schüttelte sie mit dem Kopf. „Mein Sohn macht das schon", entgegnete sie ihm.

Der Arzt lächelte. „Sie sind sichtlich besorgt, aber sie müssen sich keine Sorgen machen. Ich bin Arzt und kein Richter. Ich helfe Menschen und verurteile sie nicht." Dann ging er einfach. Die Tür stand weit offen und es war auch sonst niemand von der Belegschaft zu sehen, der vorgehabt hätte sie dort einzusperren. Überrascht folgten Sarahs Augen dem Arzt. Er bog um eine Ecke und verschwand ganz einfach. Sie konnte hören, wie ihr Sohn den Jungen darum bat mitzukommen. Sie eilte nun endlich zu den beiden hinüber. Das Jägerkind sah wirklich viel besser aus. Der Junge hatte richtig Farbe bekommen und schien durchaus bei Kräften zu sein. Sam half ihm beim Aufstehen und führte ihn an der Hand hinaus auf den Gang. Sarah folgte ihnen.

„Wo ist denn Dr. Miles?“, fragte Sam, als er sich umsah.

„Er ist schon weg“, hörte er die Stimme seiner Mutter hinter sich.

Sam senkte den Kopf. „Ich hatte gehofft, er würde uns einen Gleiter borgen.“

Sofort horchte seine Mutter interessiert auf. „Du glaubst, er würde das wirklich tun?“, fragte sie.

Der kleine Junge zog unterdessen an Sams Hand und schaute traurig zu ihm auf. „Ich will nach Hause“, entfuhr es ihm leise.

Daraufhin ging Sam in die Knie. „Du wirst auch nach Hause kommen. Wir bringen dich jetzt dorthin, okay?“

Der Junge nickte. In seinen Augen strahlte die Vorfreude.

Sarah beobachtete den Kleinen. Er war ein durchaus niedliches Kind und er hatte viel durchgemacht. Ihr Sohn hatte Recht gehabt: Der Junge gehörte zu seiner Mutter und es war nun an ihnen, ihn dorthin zurückzubringen. Sofort eilte sie den Gang hinab und folgte dabei dem Arzt. Sie hörte noch, wie Sam ihr nachrief und fragte, wohin sie denn gehe.

„Ich bin gleich zurück“, rief sie den Gang hinunter, ehe sie ebenfalls um die Ecke bog.

„Dr. Miles“, sagte Sarah und rang nach Luft. Der Arzt saß in einem der Pausenräume, dessen Türen zum Glück offen standen. Überrascht sah er zu ihr auf. „Ich weiß gar nicht, wie ich das jetzt sagen soll“, keuchte sie.

„Wollen Sie sich nicht vielleicht setzen?", fragte er und zog einen der Stühle vor.

Dankbar nickte sie und nahm Platz. Sie hatte sämtliche Türen geöffnet um ihn zu finden und war im Eiltempo von einer zur nächsten gehechtet.

„Wir brauchen wohl erneut Ihre Hilfe", entgegnete sie ihm.

Seine grünen Augen sahen freundlich in ihre. „Ich denke nicht, dass es Ihnen so schlecht geht, dass sie jetzt einen Arzt brauchen, oder?", antwortete er lächelnd.

Sarah schüttelte amüsiert den Kopf. „Nein, darum geht es nicht. Wir müssen den Jungen nach Hause bringen", erklärte sie, „aber Robert …" Sie stockte.

In diesem Augenblick machte sie sich erst wirklich Gedanken über das, was sie gerade tat. Sie wollte einen wildfremden Menschen um einen Gleiter bitten, ein Fahrzeug, das unverschämt teuer war und das man eigentlich nicht einmal gerne Freunden lieh.

„Er ist mit Ihrem Gleiter aufgebrochen. Ist es das, was Sie mir sagen wollen?"

Überrascht sah sie ihn an. „Woher wissen Sie das?", fragte sie.

„Nun ja, das Kind ist ein Jäger und die leben bekanntlich nicht gerade um die Ecke."

Erneut brachte seine Antwort Sarah zum Schmunzeln. „Sie sind wirklich witzig", sagte sie.

„Eher ein alberner Kerl", entgegnete er. Dann lehnte er sich zu ihr rüber und schob dabei sein Energiegetränk beiseite. „Sie müssen auch Humor haben, wenn Sie mich um einen Gleiter bitten wollen."

Obwohl er nun ganz offensichtlich nicht mehr witzelte, strahlten seine Augen dennoch Freundlichkeit aus.

„Ich weiß, wie unverschämt das ist. Sie kennen uns ja nicht einmal", antwortete Sarah beschämt.

„Vielleicht verraten Sie mir einfach, was genau es mit dem Kind auf sich hat", schlug der Arzt vor. „Ich verstehe dank der Nachrichten durchaus, wieso Ihr Mann auf der Flucht ist, aber ich komme einfach nicht dahinter, wieso er einem Jägerkind helfen will."

Sarah atmete tief ein. Sie überlegte kurz, ob es wirklich klug wäre, ihm die Wahrheit zu erzählen. „Sie wollen eine Antwort darauf und geben mir dann einen Gleiter?", fragte sie misstrauisch.

Der Mann nickte. „Ich verschenke ihn nicht, aber ich glaube, dass Sie ihn mir zurückbringen werden. Also ja, es sieht ganz danach aus."

Der Anblick des Jungen kam ihr in Erinnerung. Er wollte nach Hause und das war derzeit seine einzige Chance. „Es geht dabei um das Vertrauen eines Dorfes", sagte sie ganz direkt. „Der Vertrag von Cyron ist nur ein Manöver, um die Stadt zu schwächen und laut Plan der Magier werden Cyron weitere Städte folgen."

Der Arzt lehnte sich wieder zurück. Er sah erwartungsvoll aus und sagte nichts, also sprach Sarah einfach weiter.

„Sie haben keine Maschinen, aber stellen Sie sich einmal ihre Kraft vereint mit unseren Robotern vor. Das ist eine Vorstellung, an die Jäger keinesfalls glauben können oder wollen. Aber sie müssen! Wir alle müssen das, wenn Hope statt unserer Hoffnung nicht zu unserem Untergang werden soll."

Der Arzt fuhr sich mit der Hand durch das Haar. „Sie wollen ihnen also beweisen, dass unsere Technik nicht nur der Zerstörung dient, indem Sie das Kind retten?", fragte er sichtlich beeindruckt.

Sarah nickte. „So ist es", stimmte sie zu. „Und wir müssen es nun dringend zurückbringen, wenn die Dorfbewohner nicht glauben sollen, dass es längst tot ist."

Der Mann griff in die Tasche seines weißen Ganzkörperanzuges und legte einen Fingerabdruckscanner auf den kleinen Tisch. Er gab einen mehrstelligen Code in das Gerät ein, bevor er sich wieder zurücklehnte. Sarah beugte sich neugierig vor und las die Bezeichnung. Es war ganz eindeutig eine Schlüsselkarte für einen Gleiter.

„Platzieren Sie Ihren Zeigefinger und dann können Sie das Fahrzeug auf dem Dach nehmen. Es steht auf dem gekennzeichneten A4-Platz", sagte Dr. Miles.

Sie nickte dankbar und presste ihren Finger auf das Gerät. Prompt erstrahlte kurz ein blaues Licht und es bestätigte ihre Aufnahme in die Fahrzeugführer-Datenbank. Sarah erhob sich augenblicklich vom Stuhl und wollte gerade den Pausenraum verlassen, als der Arzt sie aufhielt.

„Ach, Madame?"

Sie drehte sich um.

„Viel Glück", sagte er und sie lächelte erneut.

„Danke", flüsterte sie und machte sich umgehend auf den Weg zurück zu ihrem Sohn.

KAPITEL 23

Sie hatten ihre Taschen in den Innenraum des Gleiters geworfen und halfen nun dem Jungen einzusteigen. Er war deutlich verunsichert, als sie ihm erklärten, dass sie ihn damit nach Hause bringen würden. Das Fieber des Jungen hatte ihm beim letzten Flug scheinbar so zu schaffen gemacht, dass er kaum noch etwas mitbekommen hatte. Sam nickte ihm freundlich zu, als die großen Augen des Kleinen ihn trafen und so hatte er es schließlich doch gewagt das Fahrzeug zu betreten. Er nahm auf dem weichen Stoff der Rückbank Platz. Sam setzte sich zu ihm, während sich seine Mutter nach vorn an die Steuerung setzte. Sie schloss die Türen und gab den Befehl zur manuellen Steuerung. Das Licht der Bedienelemente veränderte seine Farbe. Der Innenraum strahlte nun in einem blauen Licht, ganz anders als im Gleiter seiner Mutter oder seines Vaters. Es war ganz eindeutig ein anderes Modell, welches sich jedoch zum Glück nicht in der Steuerung unterschied. Der Steuerknüppel ergoss sich flüssig aus dem Bedienfeld und erstarrte in seiner endgültigen Form.

Der kleine Junge beobachtete gespannt, was vor seinen Augen alles passierte. Er konnte kaum begreifen, was er sah und schien erstaunt, als sich der Gleiter endlich in die Luft erhob. Sarah steuerte das Fahrzeug zum Energietor der Hauptschleuse und gab nebenbei eine Nachricht für Gallad ein. Sie bat ihn darum umgehend zur Lichtung zu kommen. Der Text wurde in der Frontscheibe des Gleiters sichtbar und der Junge versuchte zu erkennen, wie Sarah das anstellte. Noch nie hatte er so etwas gesehen. Auch der Ausblick aus der Luft schien ihm durchaus zu gefallen. Als sie Edge verließen und weiter an Höhe gewannen, klebte der Kleine förmlich an der Scheibe. Er erkannte den riesigen Schatten des Waldes am Horizont und deutete aufgeregt mit dem Finger dorthin. „Da", sagte er immer wieder, als sie sich den Bäumen näherten.

Sam blieb stumm. Sie würden noch eine Weile am Waldrand entlangfliegen, ehe sie wirklich da waren, aber dem Jungen schien längst bewusst zu sein, dass sie ihn nun nach Hause brachten.

„Ich setze euch dort ab und dann musst du dich wirklich beeilen", sagte Sarah plötzlich zu Sam.

Ihr Sohn schluckte. Je näher sie ihrem Ziel kamen, desto näher kam er auch dem Ort, an dem er den Magier erschossen hatte.

„Wenn sie auch nach uns suchen sollten, dann werden sie versuchen uns anhand meines Implantats zu finden."

Sam sah nach vorn zu seiner Mutter. Ihr Blick war starr geradeaus gerichtet. „Sie finden uns hier nicht", lenkte Sam ein. „Wir sind nicht mehr in Reichweite."

Seine Mutter warf einen ernsten Blick zu ihm nach hinten. „Nicht, wenn sie uns vielleicht schon im Visier haben", antwortete sie, ehe sie sich umgehend wieder auf den Flug konzentrierte.

Sam sah sich um. Er versuchte in der Dunkelheit Ausschau nach Lichtern zu halten, doch er konnte nichts sehen. Ihnen schien niemand zu folgen. Oder irrte er sich?

„Falls ich nicht mehr da sein werde, wenn ihr zurückkommt, hältst du dich an Gallads Anweisungen."

Erschrocken sah Sam erneut nach vorn. „Da ist niemand, Mom", sagte er aufgeregt. Die Vorstellung ganz allein im Wald zurückzubleiben ließ ihn unruhig werden.

„Wenn sie da sein sollten, dann sehen wir sie jetzt nicht, Sam. Jagdgleiter fliegen in vollkommener Dunkelheit. Deshalb will ich nicht davon ausgehen, dass wir wirklich in Sicherheit sind. Wir müssen für diesen Fall gewappnet sein. Du rennst gleich mit ihm in den Wald und wirst mit Gallads Hilfe das Dorf finden, aber wenn ihr zurückkommt, dann sei bitte vorsichtig. Gallad darf auf keinen Fall gesehen werden."

Sam nickte, auch wenn er im diesem Moment heilfroh gewesen wäre, wenn er Sky oder seinen Vater an seiner Seite gewusst hätte. Sie waren viel geübter im Umgang mit Waffen und daher hätte er sich in ihrer Nähe deutlich sicherer gewusst als einzig zusammen mit seiner Mutter. Es vergingen nur ein paar weitere Minuten, bis sich der Gleiter langsam dem Boden näherte. Sam hatte kein Wort mehr gesagt. Er konzentrierte sich auf das Hier und Jetzt, etwas, das ihm schon so oft schwergefallen war. Er war ein Träumer und er hatte sich unzählige Male ausgemalt, ein Held in einer der tausenden Geschichten zu sein, die er gelesen hatte, doch dass sein Leben einmal selbst einer Berg- und Talfahrt gleichen würde, damit hatte er nicht gerechnet.

Das Licht des Fahrzeugs erlosch und als die Türen aufglitten, schnappte Sam sich sogleich die Hand des Jungen und stieg mit ihm aus. Eilig rannte er in die Dunkelheit. Er erkannte nur schwach die Umrisse des angrenzenden Waldes und hoffte, dass Gallad ihn gleich empfangen würde. Hinter ihnen konnte er hören, wie sich die Türen des Gleiters wieder schlossen und vor ihnen erkannte er tatsächlich die Form des Magiers, die sich zwischen den Bäumen abzeichnete.

„Wo ist Sky?", ertönte die unsichere Stimme Gallads.

„Sie wird nicht kommen und auch mein Vater nicht", antwortete Sam direkt.

Der Magier sah auf den Jungen hinab. „Wir müssen uns beeilen. Mein Volk hat die Leichen gefunden und kundschaftet nun viel häufiger die Gebiete am Waldrand aus."

Zügig gingen sie einige Meter zwischen den Bäumen in den Wald hinein. Erst dann ließ Gallad eine Flamme in seiner Handfläche aufleuchten. Es schien, als tänzelte sie einfach in der Luft, nur wenige Zentimeter über seiner Haut. Nun war Sam es, der fasziniert zu sein schien. Der Junge war an diesen

Anblick gewöhnt, während Sam sich kaum davon abwenden konnte.

Sie gingen immer tiefer in den Wald hinein und hin und wieder blieben sie kurz stehen. Gallad sah konzentriert aus, als ob er Geräuschen lauschte, die überhaupt nicht da waren. Sam erinnerte sich an das knisternde Geräusch seiner Spezies und verstand umgehend, was der Magier tat. Gallad hörte auf die Stimmen seines Volkes. Sam konnte sich kaum vorstellen, wie es sich wohl anhören würde, wenn er weit mehr als seine eigenen Gedanken hören könnte. Der Magier deutete ihnen weiterzugehen und so näherten sie sich Schritt für Schritt ihrem Ziel. Sam versuchte die Umgebung wiederzuerkennen, in der sie ihren Kampf geführt hatten, doch ein Gebüsch glich dem anderen. Das schwache Licht der kleinen Flamme hatte nicht genug Kraft, damit er ausreichend sehen konnte. Sam war fast ein wenig froh darüber, auch wenn er nur allzu gern nach seinem Heuler gesucht hätte. Allerdings war die Angst, dass ihn die Bilder erneut einholen könnten, stärker als der Wunsch nach dem kleinen Gerät.

Gallad deutete plötzlich nach vorn. Unsicher hob Sam seinen Blick, als er die Armbewegung des Magiers im Augenwinkel erkannte. Hinter den Bäumen schien ein Licht zu brennen und man konnte einige Hütten erblicken.

Der Junge wollte schon loslaufen, doch Sam hielt ihn weiterhin fest. „Wir gehen ja schon“, sagte er leise und der Kleine nickte aufgeregt.

Langsam näherten sie sich dem Dorf. Man konnte nun das große Lagerfeuer erkennen, das in der Mitte zwischen den Hütten brannte. Noch hatte Sam keinen der Jäger gesehen, doch einige Vögel gaben plötzlich sehr viel mehr Laute von sich als zuvor. Unsicher sah er nach oben. Tatsächlich konnte

Sam einen jungen Mann auf einem der hohen Äste erblicken. Sein Gesicht war schwarz angemalt und die hellen Augen starrten aus der Dunkelheit auf sie hinab. Sam blieb stehen und auch Gallad richtete nun seinen Blick nach oben. Auf der Stelle erlosch seine kleine Flamme und er hob beide Hände als Zeichen seiner Friedfertigkeit.

Die Jäger schienen im Angesicht dessen, dass er erneut einen Techniker in ihr Dorf gebracht hatte, ausgesprochen nervös zu sein. Gallad deutete Sam mit einem Kopfnicken den Jungen loszulassen, doch Sams Finger klammerten sich weiterhin an ihn. Er fürchtete einen Angriff, sobald er das Jägerkind freiließ.

„Nun mach schon", drängte Gallad ihn leise. Sam spürte noch immer den Blick auf ihm ruhen, der sich von oben auf sie richtete. Nur langsam löste er die Finger von der Hand des Jungen. Sofort lief der Kleine los und verschwand in einer der gegenüberliegenden Hütten. Mit einem Mal war es furchtbar still. Nervös trat Sam einen Schritt zurück. Er hatte seine Aufgabe erfüllt und es schien, als wollten sie kein Wort mit ihnen wechseln, also beschloss Sam, dass es besser wäre einfach abzuhauen, solange er das noch konnte. Doch von ihm unbemerkt waren hinter ihnen längst Jäger von den Bäumen hinabgestiegen und drückten ihnen plötzlich Pfeilspitzen an die Hinterköpfe. Erschrocken atmete Sam laut ein. Er hielt augenblicklich die Luft an, wodurch er das Gefühl hatte seinen Herzschlag durch den ganzen Wald hämmern zu hören.

„Wo ist euer Anführer?", fragte Gallad ohne sich umzudrehen. Er hatte wohl längst begriffen, was vor sich ging. Er kannte die Jäger weitaus besser als Sam und er scheute sich deshalb auch nicht mit ihnen zu sprechen. Ein alter Mann trat plötzlich um die Ecke der angrenzenden Hütte auf sie zu. Er sah dankbar aus, als er Gallad ansah. Seine Hand erhob sich und senkte sich langsam wieder. Sam spürte, wie sich die Pfeilspitze von seinem Kopf löste. Erleichtert atmete er aus.

„Ihr habt ihn uns zurückgebracht“, sagte der Alte.

Gallad nickte. „Er ist wieder gesund, wie versprochen.“

Der Mann bat darum, dass sie ihm folgten und die beiden gehorchten. Er führte sie bis zum Eingang der Hütte, in der der Junge verschwunden war. Sie konnten beobachten, wie weitere Jäger von den Bäumen stiegen und einige aus ihren Hütten traten.

„Ihr habt es verdient, dass wir euch anhören“, ertönte die Stimme des Alten. „Also erzählt uns von eurem Wissen!“

Gallad drehte sich zu den Menschen um, die sich versammelt hatten, während Sam nicht von seiner Seite wich.

„Mein Volk täuscht euch“, sagte er geradewegs. „Wir bestärkten euch in dem Glauben daran, dass der technische Fortschritt euch in diese Lage gebracht hat. Ihr solltet glauben, dass nur eure Entwicklung Schuld war, euch eurer Heimat beraubt hat, und dass es ein Fehler sei weiter zu forschen. Wir wollten euch weismachen, dass euch dasselbe Schicksal bevorstünde, wenn ihr euch nicht ändern würdet und ihr habt uns all das geglaubt. Ihr seid unseren Worten gefolgt und führt einen Krieg mit uns gegen euresgleichen. Dabei habt ihr nie Fragen gestellt, weder uns noch euch selbst. Für mich war stets klar, dass euch euer Untergang bis hierher geführt hat, aber ich habe das nie als ein schlechtes Zeichen für eure Spezies gesehen. Ihr hättet euch ohne eure Technik auch nicht retten können. Sie hat dazu geführt, dass ihr euch selbst überlebt habt und wir haben euch all das nehmen wollen. Im Vergleich zu den Technikern seid ihr schwache Feinde für mein Volk und solange ihr all die Lügen nicht erkennt, werdet ihr für euren Untergang verantwortlich sein. Ihr seid nicht länger auf der Erde. Dort mögt ihr über alles geherrscht haben. Aber die Natur hat euch schon dort gelehrt, dass nur der Stärkste überlebt, die Gesetze der Natur gelten jedoch überall und nicht nur dort. Mein Volk erkennt in euch eine Bedrohung für sich selbst und ist durchaus bereit euch auszulöschen. Sie werden sich der Technik eurer Spezies ermächtigen und euch alle vernichten. Ohne Zusammenhalt seid ihr schwach und ohne den Glauben an diese Wahrheit ebenso. Ich will keinen Krieg mit euch führen. Mein Volk sucht, wie eures, nach einem Zuhause, doch im Angesicht eures Fortschritts und dem Wissen über eure Vergangenheit siegt die Furcht in den Magiern. Sie werden nicht aufgeben. Nicht noch einmal! Denn wir haben unsere Heimat an eine andere Spezies verloren und für uns gibt es kein Zurück, nicht so wie für euch. Sie werden euch zwingen zu gehen oder zu sterben. Eine andere Wahl werdet ihr nicht haben, wenn ihr euch nicht zusammen gegen die Kraft meines Volkes stellt."

Dann warf er einen Blick auf Sam, der ihn überrascht ansah. Für einen Augenblick dachte Sam, dass sein auffordernder Blick nur etwas Dramatik schaffen sollte, doch es schien, als wollte er ernsthaft, dass auch Sam etwas sagte. Nervös rieb sich Sam über die Stirn. Angestrengt dachte er darüber nach, was er nun sagen könnte. Dann räusperte er sich kurz.

„Ihr habt in den letzten Jahren insgesamt vier Städte komplett ausgelöscht. Seite an Seite mit den Magiern habt ihr diese Orte angegriffen und dort vielen Menschen das Leben und ihre Heimat genommen. Derzeit steht Delta unter Beschuss durch die Elementar- und Teleportmagier. Wir haben seit Wochen nichts aus dieser Stadt gehört. Wir wissen nur, dass dort mehr als eine Million Einwohner lebt, die unter ihrer Schutzkuppel wie gefangen ist und nicht die Möglichkeit hat einfach zu fliehen. Wenn sie nicht den Magiern oder euch zum Opfer fallen, könnten sie durch die Beschädigung der Kuppel der Atmosphäre erliegen. Wir haben in all den Jahren nicht einen Gegenschlag ausgeführt. Die Techniker haben sich bislang nur verteidigt. Mein Vater hat mir bereits, als ich noch ein Kind war, erklärt, dass wir nie wieder Krieg gegen uns selbst führen wollen. Das gehört zu einem der Grundgesetze, die die erste Generation festgelegt hat. Solange ihr also an ihrer Seite kämpft, werden wir Techniker keinen Gegenangriff starten. Wir werden uns weiter nur verteidigen, um unsere Städte zu schützen. Ihr wolltet scheinbar einen Beweis, dass ihr uns vertrauen könnt, dabei haben wir in den letzten Jahren viel mehr Beweise geliefert, als euch nur diesen Jungen zurückzubringen." Sam sah kurz zu den Sternen hinauf. „Mein Vater ist selbst ein Jäger gewesen, bevor er sich dazu entschied den Technikern beizutreten. Er riskiert gerade sein Leben, um das von uns allen zu beschützen."

Er spürte, wie ihn diese Worte aufwühlten und kehrte der Gruppe den Rücken. Nur der Alte konnte ihn jetzt noch sehen. Während Sam versuchte sich zu beherrschen, traf sein Blick kurz den des Mannes. Er spürte, wie ihm der Alte die Hand auf die Schulter legte und an ihm vorbeitrat.

„Wenn eure Worte wahr sind, dann riskiert ihr euer eigenes Leben, indem ihr uns gegen euer Volk auflehnt", hörte er den Alten zu Gallad sagen.

„Ich hoffe, dass es eine diplomatische Lösung geben wird, wenn mein Volk begreift, dass der Sieg nicht leicht zu erringen sein wird."

Sam drehte sich erneut um. Ihm wurde klar, dass Gallad bereits ein Held in dieser Geschichte war. Er stellte sich gegen seine gesamte Spezies und lief dabei Gefahr selbst alles zu verlieren. Beeindruckt sah er in die Runde der Jäger, die allesamt nachdenklich wirkten.

„Wir müssen jetzt gehen“, sagte Gallad plötzlich.

Der Alte nickte. „Ich werde eure Worte weitertragen, aber ich kann nichts versprechen“, entgegnete ihm der Mann.

Gallad senkte kurz den Kopf. „Wichtig ist, dass ihr euer Möglichstes versucht.“

Dann ergriff er Sams Hand und zog ihn durch die Menge der Jäger, weg von ihrem Dorf, um ihn schnellstmöglich aus dem Wald zu führen.

Auf dem Rückweg wirkte Gallad nachdenklich. Sein Blick war stur geradeaus gerichtet, während ihnen die Flamme in seiner Hand den Weg leuchtete. Sam ging ebenfalls so einiges durch den Kopf. Er hatte tausend Fragen, die er dem Magier nur zu gern gestellt hätte, doch er wusste nicht, ob dieser im Moment überhaupt bereit war ihm zu antworten. Vorsichtig warf er ihm immer wieder einen kurzen Blick zu. Es dauerte eine ganze Weile, bis Gallad ihn plötzlich ebenfalls ansah und sich ihre Blicke kurz trafen.

„Was ist?“, fragte der Magier angespannt.

Sam sah augenblicklich wieder nach vorn. „Ich frage mich nur, wie ihr das macht“, antwortete Sam.

Verwundert sah der Magier auf seine Handfläche hinab. „Meinst du die Elementarkraft?“, fragte er.

„Ich meine das alles“, antwortete Sam. „Das Lesen unserer Erinnerungen, die Telepathie, die Telekinese und die Teleportation, die sogar einige von euch beherrschen. Wie funktioniert das ohne Hilfsmittel?“

Der Magier ließ die Flamme stärker aufleuchten. „Das ist keine Zauberei", entgegnete er ihm.

„Aber was ist es dann?", fragte Sam ihn neugierig.

Der Außerirdische lächelte. „Ihr Menschen habt die Eigenschaft Dingen auf den Grund zu gehen. Was ihr nicht versteht und was über eure Vorstellungen hinausgeht, ist für euch Magie. Für uns ist es das nicht. Wir haben ein anderes und höheres Bewusstsein für uns selbst und die Natur erlangt. Wir sind eins damit und kontrollieren dadurch eine ganze Menge mit der Kraft unserer Gedanken."

Erstaunt sah Sam ihn an. „Kann man das lernen?", fragte er ihn weiter aus.

„Jeder kann das. Ihr verlernt es nur bereits als Kinder wieder, weil euch niemand darin schulen kann."

Der Magier musterte Sam währenddessen lediglich aus dem Augenwinkel. „Heißt das, ihr könntet es einem Kind beibringen?"

Die Flamme in Gallads Hand tänzelte plötzlich um seine Finger herum, als er begann damit zu spielen. Sam beobachtete das Schauspiel, doch er konnte sich noch immer nicht erklären, wie er das anstellte. Er versuchte selbst daran zu denken die Flamme bewegen zu können, doch in welche Richtung er sie auch lenken wollte, es passierte nichts.

„Ohne eure menschlichen Zweifel und euren Einfluss auf eure Jüngsten könnte ich das mit Sicherheit", antwortete Gallad.

„Habt ihr deshalb aufgehört zu forschen? Oder konntet ihr das schon immer?", fragte Sam weiter.

„Wir mussten, wie ihr, wieder erlernen auf die Natur zu hören. Wir hatten die Stimme unserer Einigkeit mit ihr längst vergessen und mussten uns ähnlichen Problemen wie die der

Menschheit stellen. Für uns war es fast zu spät, als wir uns dazu entschieden, unser Schicksal dem Universum anzuvertrauen. Wir bauten und erschufen fast nichts mehr. Wir lebten im Einklang mit unserer Umwelt. Für uns gab es nur noch die Gesetze der Natur und so fanden wir zurück zu ihr. Das war der Beginn unseres heutigen Bewusstseins."

Sam nickte. „Habt ihr einen Namen? Also euer Volk meine ich?", wollte er wissen.

„Unsere Spezies trägt den Namen Alkash, doch dieses Wort ist hier auf diesem Planeten scheinbar vergessen worden. Nur wir gebrauchen es gelegentlich", erklärte Gallad. Dann warf er einen durchdringenden Blick auf Sam. „Deine Mutter erzählte mir, dass du sehr viel Wissen über eure ursprüngliche Heimat hast", sagte er.

Sam nickte zustimmend.

„Sie sagte immer, dass das Knistern unserer Art der Kommunikation einiger Säugetiere der Erde sehr ähneln würde."

Verwundert sah Sam ihn an. Einen Moment lang nestelte er nachdenklich in seinen blonden Haaren. Er versuchte sich zu erinnern und zu begreifen von welchem Tier seine Mutter sprach. Er wusste, dass er sicher auch schon einiges über diese Tiere gelesen hatte. „Ja, das Knistern ist fast wie der klickende Laut von Delfinen. Etwas anderes kann sie nicht meinen", murmelte Sam leise, als es ihm einfiel.

Der Magier lächelte.

„Sie nutzen solche Laute zwar, doch das sind Ortungsgeräusche, die sie aussenden", fügte Sam hinzu.

Gallad kniff ihm fest in die Schulter. „Du bist ziemlich clever", sagte er und richtete seinen Blick wieder auf den Weg.

„Aber es scheint nur ähnlich zu sein. Ihr nutzt doch keine Echoortung, oder?"

Der Magier schüttelte den Kopf. „Nein, das stimmt, aber dennoch ist es in unserem Fall ein Zusammenspiel aus Tönen und Gedanken, welche uns durchaus dazu dienen, unsere Umgebung weitläufig zu erkennen. Dank dieser Art der Kommunikation sind wir stets auch über große Entfernungen über alle Geschehnisse informiert."

Fasziniert malte Sam sich aus, wie es wohl sein würde einem echten Delfin zuhören zu können. „Warum erzählt Ihr mir das?", fragte Sam, der nicht einordnen konnte, wie Gallad eigentlich darauf kam.

„Das hat noch Zeit", antwortete der Magier.

„Vielleicht müssen wir uns ja gar nicht bekämpfen", sagte Sam nachdenklich. „Vielleicht könnten wir viel voneinander lernen."

Gallad schloss die Hand und das Licht erlosch. „Das wäre eine Zukunft, die ich mir wünschen würde", antwortete der Magier und deutete zur angrenzenden Lichtung.

KAPITEL 24

Sam lugte zwischen einigen Blättern hervor. Er beobachtete den Gleiter, ehe er sich aus ihrem Schutz löste. Alles schien ruhig zu sein und in der Dunkelheit konnte er auch nichts im Innenraum des Gleiters erkennen. Eilig näherte er sich dem Fahrzeug. Als er bei der Tür ankam, konnte er seine Mutter im Innenraum sitzen sehen, die seinen Bewegungen mit den Augen folgte. Es war nur ein leichtes Kopfschütteln, das von ihr ausging, doch Sam verstand sofort.

Eilig machte er kehrt und wollte gerade zurück in den Wald laufen, als sich die Türen des Gleiters öffneten. Schritte jagten hinter ihm her. Er rannte, so schnell er konnte, davon, doch als die Bäume bereits in rettender Nähe waren, traf ihn ein Fanggeschoss, das sich um seine Beine wickelte. Er spürte noch, wie er den Halt verlor und dadurch unaufhaltsam zu Boden stürzte. Umgehend packten Hände nach seinen Armen und zogen diese hinter seinen Rücken. Sam warf noch einen Blick in das dunkle Dickicht vor ihm. Es war, als konnte er Gallad sehen, der ihn aus den Schatten erschrocken ansah. Dann zog man ihn auch schon ruppig auf die Beine. Zwei Männer mit schwarzen Helmen und ebenso dunkler Schutzkleidung standen vor ihm.

„Die Verdächtigen sind gefasst, wir bringen sie umgehend zu Ihnen", erklang die Stimme von einem der Soldaten, der scheinbar mit jemandem durch seinen Helm kommunizierte. Der andere legte Sam Schlingfesseln um und aktivierte sie umgehend. Er spürte, wie sich das Metall so festzog, dass es ihn an den Handgelenken schmerzte. Dann wurde ihm das Fanggeschoss von den Beinen entfernt.

„Samuel Stanson?", fragte ihn der Soldat, der zuvor die Meldung abgegeben hatte.

Sam nickte vorsichtig. „Gut", antwortete der Mann, „wir werden Sie jetzt nach Cyron bringen. Aufgrund der Implantatentfernung werden Sie einige Fragen zu beantworten haben."

Widerwillig stemmte Sam sich gegen die Kraft des anderen Soldaten. „Nein", wehrte er sich, doch die Männer packten ihn zu zweit und zogen ihn bis zum Gleiter.

„Aussteigen", befahl ein dritter Soldat, der noch immer mit seiner Mutter im Fahrzeug saß. Sarah gehorchte. Auch ihr hatte man Schlingfesseln angelegt. Der Gleiter des Arztes wurde laut den Soldaten konfisziert, da sie bislang den Verdacht auf

Diebstahl hegten. Sam und seine Mutter mussten den Hügel hinabgehen. Im Schutz der Finsternis war der schwarze Jagdgleiter der Soldaten kaum zu sehen. Die Truppe drängte sie dazu einzusteigen. Nur widerwillig nahm Sam in dem riesigen Fahrzeug Platz. Er wurde angeschnallt und auch seiner Mutter legte man einen Gurt um. Hier gab es keine Rückbank, nur Einzelsitze, die mit mehreren Gurten ausgestattet waren und sich an den Seiten des Innenraumes gegenüberstanden. Die Steuerkabine war vom Passagierraum abgeschottet, also gab es mindestens noch einen weiteren anwesenden Soldaten, der den Gleiter kontrollierte. Die Türen glitten sanft zu und vom Start hörte man bei diesem Fahrzeug nichts. Man spürte nur, wie sich der dunkle Riese in die Nacht erhob. Die Soldaten richteten Schusswaffen auf sie, doch es waren keine Laserpistolen wie die seines Vaters. Scheinbar handelte es sich um Patronenwaffen, mit denen sie Geschosse aus dem tödlichen Metall abschossen. Sam hatte Derartiges in einigen Berichten über die Soldaten Hopes gesehen. Würde einer von ihnen schießen, wäre man sofort tot – ganz gleich, ob es sich nur um einen Streifschuss handelte. Das Metall erledigte auch ohne deutlichen Treffer den Rest.

Als der Jagdgleiter an Geschwindigkeit zulegte, spürte Sam den Druck auf seinem Körper. Ihm wurde plötzlich ganz flau im Magen und er warf einen besorgten Blick zu seiner Mutter hinüber.

„Wir haben Sie mit einer weiteren Person in den Wald laufen sehen", sagte einer der Soldaten plötzlich.

Sam sah auf das verdunkelte Visier seines Helmes. Doch er hatte nicht vor irgendetwas dazu zu sagen.

„Was wollten Sie da? Und wo ist die Person jetzt?", fragte der Mann weiter.

Sam versuchte sich auf den Soldaten zu konzentrieren um sich nicht erbrechen zu müssen. Er war weder die enorme Höhe noch diese Geschwindigkeit gewöhnt.

„Mir ist schlecht", erwiderte Sam ohne auf seine Fragen einzugehen.

„Geben Sie ihm eine Druckinfusion", sagte der Soldat plötzlich zu seinem rechten Nebenmann. Dieser griff prompt unter seinen Sitz und öffnete eine Art Schublade. Als er eine Spritze hervorzog, schüttelte Sam augenblicklich mit dem Kopf.

„Nein es geht schon", sagte er. Sam hatte Spritzen noch nie gemocht und diese sah durch ihre lange dünne Nadel ganz besonders bedrohlich aus, doch ohne freie Hände konnte Sam sich auch nicht gegen den Mann wehren. Dieser löste seinen Gurt und lehnte sich zu ihm vor. Dann griff der Soldat fest nach seinem Kopf und drückte diesen zur Seite. Sam presste die Augen zusammen, als er spürte, wie sich die Nadel in seinen Hals drückte. Er konnte wahrnehmen, wie sich die Flüssigkeit brennend unter seiner Haut verbreitete. Der Mann ließ ihn wieder los und packte die leere Spritze zurück.

Sarah warf unterdessen einen besorgten Blick auf ihren Sohn. Sam atmete mehrmals tief ein. Er hoffte, dass dieser brennende Schmerz schnell nachlassen würde. Von der Übelkeit war schon jetzt, nur Augenblicke später, kaum mehr etwas zu spüren.

„Waren Sie mit einem Jäger unterwegs?", fragte der Soldat erneut.

Sam schüttelte den Kopf. „Ich war allein", entgegnete er.

„Das kannst du deiner Großmutter erzählen, Junge. Wir wissen, was wir gesehen haben", warf der Soldat links neben der Steuerkabine ein. Sam sah erneut auf das dunkle Visier seines Gegenübers. Er konnte weder seine Augen noch sein Gesicht erkennen.

„Es ist, wie ich sagte“, erwiderte Sam.

„Lassen wir es gut sein, Jungs“, hörte er den Mann in der Mitte sagen.

Die anderen beiden nickten, auch wenn der Linke es ganz widerwillig tat. Die Reise, die nun vor ihnen lag, würde nicht lange dauern. Jagdgleiter waren mindestens doppelt so schnell wie gewöhnliche Zivilfahrzeuge. In diesem Augenblick war Sam doch etwas froh darüber, dass man sie geschnappt hatte. Im besten Fall würde er noch vor Sky und seinem Vater in Cyron ankommen. Und selbst wenn nicht, dann war er ihnen nun wenigstens schon wesentlich näher. Er hoffte, dass er Sky bald wiedersehen würde. Sam wollte keinesfalls, dass man sie einfach abschaltete. Er hatte ihr noch so viel zu sagen und er hatte zudem noch ein Versprechen einzulösen. Sie sollte die Erde sehen können, also durfte das nicht ihr Ende sein.

Ich bin bald bei dir, flüsterte er ihr in Gedanken zu, als sein Blick durch den Innenraum des Gleiters wanderte. Mit dem nachlassenden Schmerz in seinem Hals spürte er eine ungewohnte Müdigkeit aufkommen. Er wollte sich krampfhaft wachhalten, doch ihm fielen plötzlich immer wieder die Augen zu. Er sah Skys Gesicht vor sich und er konnte ihrer Nähe nur schwer widerstehen. Die Kraft dagegen anzukämpfen verließ ihn immer mehr.

„Was haben Sie mir gegeben?“, fragte er noch schlaftrunken, als die Männer vor ihm bereits zu verschwimmen drohten. Das Gesicht des R2 lächelte ihn an und er streckte die Hand nach ihm aus, doch dann sah er sich wieder im Gleiter sitzen und hörte dumpf das Lachen der Soldaten. Seine Mutter sprach ihn an und Sam hörte, wie sie immer wieder seinen Namen sagte. Sie klang besorgt, doch er war nicht in der Lage den Kopf zu ihr zu drehen. Es fiel ihm schwer genug ihn aufrecht zu halten. Das Bild vor seinen Augen verschwamm erneut und er spürte, wie sich sein Kopf langsam zu senken drohte. Dann war es, als gäbe es einen Augenblick lang nichts mehr.

Als er die Augen aufriss, fand er sich längst in den Armen seiner Mutter wieder. Er lag auf einer langen, weiß gepolsterten Sitzbank. Sein Kopf ruhte auf dem Schoß seiner Mutter, die ihm sanft durch das Haar strich. Seine Augen erkundeten die Umgebung und Sam brauchte einen Moment, ehe er begriff, wo er war. An den durchsichtigen Boden konnte er sich noch erinnern. Ihm kam in den Sinn, wie Sky sich hingekniet hatte, um die Fische näher betrachten zu können. Sie waren längst in Cyron und saßen in der Eingangshalle des Regierungsgebäudes. Sam hob langsam den Kopf und seine Mutter nahm augenblicklich die Hände von ihm.

„Geht es dir gut?", fragte sie fürsorglich.

Sam nickte. „Was haben sie mir gegeben?", wollte er wissen.

„Nur ein Mittel, das deine Übelkeit eindämmen sollte, aber wenn man das nicht gewohnt ist, dann wird man manchmal sehr schnell müde davon", erklärte Sarah. In ihren Augen konnte Sam ganz deutlich ihre Besorgnis sehen.

„Ist Sky auch hier?", fragte er in aller Hoffnung, dass seine Mutter sie bereits gesehen hatte.

Doch Sarah schüttelte mit dem Kopf. „Ich habe weder sie noch deinen Vater irgendwo gesehen."

Sam erblickte an sämtlichen Ein- und Durchgängen der Empfangshalle Soldaten. Bei ihrem letzten Besuch war kein einziger dort gewesen. Mit einer Kopfbewegung deutete Sam seiner Mutter zu einem von ihnen hinüberzusehen.

„Was machen die hier?“, fragte er verwundert.

Sarah zuckte unwissend mit den Schultern. „Vielleicht sind das Sicherheitsmaßnahmen wegen der Aufstände“, vermutete sie.

„Werden sie uns jetzt zum Stadtrat bringen?“, fragte Sam seine Mutter weiter.

Sie sah sich kurz um und atmete dabei tief ein. „Bislang sieht es ganz danach aus, Sam.“

Es vergingen einige stille Minuten zwischen ihnen, bis eine zierliche junge Frau auf sie zukam. Sie trug ein weißes knielanges Kleid, über dem sie einen ebenso weißen Blazer trug. Auch dieser war durch die aktuelle Mode schräg geschnitten. Das Gesicht der Fremden sah unnatürlich perfekt aus. Sam rollte bei diesem Anblick sofort mit den Augen. Er konnte all das Weiß und den Drang nach Schönheit kaum mehr sehen. Die meisten Personen in den Großstädten Hopes waren operiert und strebten nach einem übertriebenen Ideal. Er wusste, dass er diesem Bild keinesfalls gerecht wurde, doch er würde sich auch lieber selbst eine Narbe zufügen um nicht wie jeder andere auszusehen. Mit diesen Gedanken zählte er wohl eher zu einer Minderheit. Der Großteil liebte es scheinbar in der Menge unterzugehen. Als die Frau sich vor sie stellte, gab es keinen Zweifel mehr daran, dass sie nun zum Stadtrat gebeten wurden. Sie trug eine Kette um den Hals, auf dem Sam das Wappen Cyrons erkennen konnte. Es war ein Baum, der von einem Kreis umrandet wurde, welcher an der untersten Stelle in zwei sich reichenden Hände mündete.

Die junge Frau lächelte die beiden mit ihren strahlend weißen Zähnen an. „Sie dürfen mir nun gern folgen", sagte sie.

Sams Mutter nickte und erhob sich umgehend. Nur er selbst blieb stur sitzen. Fragend warf die Fremde einen Blick auf ihn hinab, ehe sie verwundert seine Mutter ansah.

„Gibt es ein Problem?", wollte sie wissen.

„Bringen Sie uns zu Mister Winson?", fragte Sam und zog ihren Blick damit wieder auf sich.

Die Frau setzte erneut ihr scheinbar einstudiertes Lächeln auf. „Sie wurden zum gesamten Stadtrat gebeten", erklärte sie. Sam stand langsam auf und ging einfach an ihr vorbei.

„Danke, aber ich kenne den Weg", sagte er noch, während er auf den Fahrstuhl zusteuerte. Verwundert blieb die Frau zurück, als Sarah ihrem Sohn eilig folgte.

Der Gang, der sich bis zu der Tür zog, weckte in Sam ein ungutes Gefühl. Die Erinnerungen, die ihn durchströmten, ließen ihm die Hände feucht werden. Er spürte, wie er bei dem Gedanken an Sky zu schwitzen begann. Sam machte sich große Sorgen um sie und er wollte nichts mehr, als sie schnellstmöglich wiederzusehen. Als er vor dem Eingang des Anhörungssaals stehenblieb, nickte seine Mutter ihm bereitwillig zu.

Entschlossen klopfte er und die Türen glitten augenblicklich auf. Der Weg bis zum Pult des Stadtrates kam ihm endlos lang vor, dabei waren es nur wenige Schritte, die ihn direkt zu Mister Winson und seiner Gefolgschaft führten. Die Männer des Stadtrates erhoben sich umgehend, als Sam und seine Mutter vorgetreten waren. Mister Winsons Gesicht sah in der Realität furchtbar einschüchternd aus. Sam hatte den

Anblick dieses Mannes nicht vergessen, doch heute schienen seine Augen noch finsterer zu wirken als beim letzten Mal.

„Sarah Stanson?“, fragte er und warf dabei einen prüfenden Blick auf Sams Mutter.

„Ja, das bin ich“, hörte Sam ihre Stimme dicht neben sich.

„Würden Sie bitte zunächst dort vorn Platz nehmen?“, fragte Mister Winson und deutete auf einen Stuhl in der ersten Reihe. Sie klopfte Sam noch aufmunternd auf die Schulter, ehe sie zu ihrem Platz ging. Der Stadtrat setzte sich ebenfalls und Mister Winson gab hinter seinem Pult etwas in ein Terminal ein. Vermutlich startete er wieder die Gesprächsaufzeichnung oder warf einen Blick auf die ihm sicher vorliegenden Daten.

„Samuel Stanson“, begann er, „so schnell sieht man sich wieder.“ Das Stadtoberhaupt lächelte, doch es wirkte keinesfalls warm. Egal, was er auszustrahlen versuchte, auf Sam wirkte der Mann so kühl wie ein Eisblock. „Meinen Informationen nach haben wir Ihr Implantat und das Ihres Vaters in der Nähe des Waldes entdeckt, in einem Abschnitt, der den Jägern und Magiern gehört. Wollen Sie uns dazu etwas erzählen?“, fragte Mister Winson und setzte eine interessierte Miene auf.

Sam schüttelte stumm den Kopf.

„Nein?“, fragte das Stadtoberhaupt erneut und wieder gab Sam nur ein Kopfschütteln zur Antwort. „Vielleicht fangen Sie bei Ihrem prompten Aufbruch an? Oder wollen Sie uns zu Beginn lieber etwas über den gestohlenen R2 erzählen?“, bohrte er weiter.

Sam schluckte. „Ich habe Ihnen leider gar nichts zu erzählen, verehrtester Rat“, antwortete er.

Mister Winson erhob sich und lehnte seinen Oberkörper offensiv vor. „Glauben Sie, dass es sich hier in irgendeiner Form um eine Bitte handelt, Mister Stanson?“

In seinen Augen konnte Sam dieselbe Wut aufflammen sehen, die auch unter seiner eigenen angespannten Haltung brodelte. „Wenn es sich hier um ein Verhör handelt, dann ist mir das leider entgangen, Mister Winson", antwortete Sam, während er sich mit den Fingern nervös durchs Haar fuhr.

„Sie sind nicht angeklagt", sagte Mister Winson mit einem bissigen Unterton. Ihm gefiel scheinbar nicht, dass Sam der Meinung war, er würde mit seiner trotzigen Art in dieser Situation einfach durchkommen. „Sie sind ja schließlich noch minderjährig. Vorerst müssen wir davon ausgehen, dass Sie auf die Anweisungen Ihres Vaters hin handelten und wenn es dafür Beweise oder Aussagen gibt, haben Sie nichts zu befürchten. Oder irren wir uns mit dieser Annahme?", fragte Mister Winson erneut.

Sarah erhob sich und streckte bittend die Hand empor.

„Ja, Madame?", forderte das Stadtoberhaupt sie zu Wort.

„Ich möchte diese Annahme bestätigen. Mein Sohn wusste zu keinem Zeitpunkt, weshalb und wohin sein Vater ihn führte."

Sam warf seiner Mutter einen überraschten Blick zu. Er konnte im Augenwinkel sehen, wie Mister Winson nickte und sich die anderen Männer scheinbar Notizen machten.

„Ich verstehe Ihre Fragen nicht ganz", lenkte Sam ein. „Meines Wissens dürfen Sie die erste Anhörung der Zeugen nur durchführen, wenn der Prozess des Schuldigen bereits durch ein Gericht aufgenommen wurde."

Mister Winson sah ihn durchdringend an. „Das ist wohl ganz richtig", stimmte er ihm zu.

„Aber mein Vater müsste dafür erst vor dem Gericht erscheinen", entgegnete Sam verunsichert.

Mister Winson stützte seine rechte Hand auf dem Pult des Rates ab. „Auch damit liegen Sie durchaus richtig, wobei in diesem Fall ein anderes unserer Gesetze greift", antwortete er.

Sam warf einen kurzen Blick zu seiner Mutter hinüber, die unwissend mit den Schultern zuckte.

„Bei einem Diebstahl an der Stadt Cyron kann der Prozess bereits beginnen, sobald die entwendeten Besitztümer unserer geliebten Stadt wieder vor Ort sind. Solange es ausreichend Beweise gibt, können wir den Schuldigen auch dann bereits für schuldig erklären, wenn er nicht anwesend ist."

Sam spürte förmlich, wie ihm die Kinnlade herunterklappte und ihm augenblicklich das Blut in den Ohren rauschte, als er begriff, das Sky ohne die Freigabe noch immer im Besitz Cyrons war. Für einen Moment glaubte er, dass er sich besser setzen sollte.

„Mister Tale, würden Sie jetzt bitte die Aufnahmen starten?", sagte Mister Winson zu seinem rechten Nebenmann. Dieser nickte und bediente umgehend das Kontrollfeld, das hinter ihrem Pult lag. Der Raum fiel in Dunkelheit und ein Hologramm leuchtete über den Köpfen des Stadtrates auf. Man sah den Gleiter von Sams Vater, der sich von den vorgesehenen Luftwegen entfernte und immer mehr an Geschwindigkeit zunahm. Mehrere Einstellungen zeigten, wie der Gleiter nur knapp an den Gebäuden der Stadt vorbeirauschte. Dann wurde eine Nahaufnahme von ihrem alten Haus gezeigt. Es sah noch vollkommen unversehrt aus, ehe es im nächsten Augenblick mit einem lauten Knall in Flammen aufging. Die Scheiben barsten durch den Druck der Explosion und das Gemäuer ihres Heims brach in sich zusammen. Schreie hallten im Hintergrund panisch durch die Umgebung.

Sam beobachtete völlig atemlos das Szenario. Die Bilder zeigten, wie man sie zur Landung aufforderte und der Gleiter dennoch weiter in Richtung Hauptschleuse raste. Das Geschoss, das sie alle so erschreckt hatte, war tatsächlich nur haarscharf an ihnen vorbeigesaust und zerschellte beim Aufprall in der Schutzkuppel. Ihr Fahrzeug kippte nur Augenblicke später auf die Seite und schien sich beängstigend knapp durch den Spalt des sich schließenden Energietores zu manövrieren. Das Hologramm erlosch plötzlich und der Raum wurde wieder hell erleuchtet.

Sarahs Finger zitterten. Bis jetzt hatte sie noch nicht erfahren, auf welche Art und Weise Robert ihr gemeinsames Kind aus der Stadt geschafft hatte. Die Gefahr, in der sie ihren Sohn in der Aufzeichnung sah, schockierte sie zutiefst.

„Wollen Sie vielleicht jetzt etwas dazu sagen, Mister Stanson?“, fragte das Stadtoberhaupt, während es wieder Platz nahm.

Sam ballte aufgebracht seine Hände zu Fäusten. Er musste sich beherrschen, um diesem Mann nicht umgehend Beleidigungen an den Kopf zu werfen. „Sie hätten uns alle töten können“, antwortete Sam und presste seine Lippen aufeinander.

„Wir mussten von einem Attentat ausgehen“, erklärte Mister Winson widerlich ruhig. „Die Aufnahmen ließen erst zu einem späteren Zeitpunkt genauere Erkenntnisse zu. Unsere Soldaten sahen bis dahin nur einen Gleiter, der aufgrund der Explosion aus der Stadt zu flüchten versuchte.“

„Totaler Blödsinn“, wehrte sich Sam wütend. „Sky erhielt aufgrund Ihrer Vertragsverhandlung keine Freigabe und daher konnten Sie gar nicht von einem Attentat der Magier ausgehen.“ Schockiert stand Mister Winson wieder auf.

„Wagen Sie es ja nicht, Mister Stanson, hier jetzt irgendetwas zu verdrehen“, wehrte sich das Stadtoberhaupt bissig.

„Ich verdrehe hier gar nichts!“, brach es laut aus Sam hervor. „Sie sind ein Lügner, Mister Winson. Alles, was Sie auf diesen Bildern zeigen, beweist mir nur diese Tatsache.“

Eisig blickten die Augen des Stadtrates auf Sam hinab. Nervös erhob sich auch Sarah, die nur allzu gern direkt zu ihrem Sohn geeilt wäre, doch der durchdringende Blick Mister Winsons zwang sie sofort wieder Platz zu nehmen.

„Sie nennen mich also einen Lügner?“, fragte er Sam voller Anspannung.

„Ich kann Ihnen mehr als den Grund der Vertragsverhandlung nennen“, erwiderte Sam ruhiger, jedoch weiterhin deutlich wütend.

„Es reicht für heute, junger Mann“, antwortete Mister Winson, als die Türen bereits aufglitten. Zwei Soldaten betraten den Raum und packten Sam an den Armen.

„Die Explosion auf den Bildern zeigt das Untergeschoss unseres Hauses“, brüllte Sam, als er sich heftig wehrte. Der Blick des Stadtoberhauptes richtete sich schockiert auf den Jungen. „Jenna war aber im oberen Wohnbereich. Sie haben Ihre Bombe vor unserer gezündet!“, schrie er, ehe sie ihn auf den Gang zerrten und zu Boden stießen.

KAPITEL 25

Sam streifte sich eilig einen Handschuh über und presste sich den Kühlstein auf die Stirn. Der Aufprall hatte ihm einen ziemlichen harten Schlag auf den Kopf verpasst. Beinahe hätte es seine Nase erwischt, wenn er sein Gesicht nicht gerade noch rechtzeitig zur Seite gedreht hätte. Erschöpft legte er seinen Kopf in den Nacken und atmete tief durch. Seine Mutter hatte ihm nicht mehr helfen können. Als sie aus dem Saal getreten war, war Sam längst auf den Boden gepresst und erneut mit Schlingfesseln gebändigt worden.

Nun saßen sie im Wartezimmer des einzigen örtlichen Immobilienbüros. Mit den acht Kristallen, die Sarah bei sich trug, konnten sie sich für die nächsten Nächte sicherlich in einem kleinen Appartement unterbringen lassen. Sarah hoffte jedoch, dass sie auch für weniger eine anständige Bleibe finden würden. Der Mann, der sie dort empfangen hatte, wirkte durchaus empört, als er Sams Verletzung erblickte und einen finsteren Blick auf Sarah richtete. Sie hatte genau gewusst, was diesem Mann in jenem Augenblick durch den Kopf ging. Sicherlich dachte er, sie hätte ihrem Sohn das angetan, doch nach den aufregenden letzten Stunden war es ihr durchaus egal. Sie sehnte sich nur nach einer Dusche und ein wenig Schlaf.

„Du hättest das nicht sagen sollen, Sam“, sagte sie und sah ihren Sohn müde an.

„Was? Dass er uns fast umgebracht hätte?“, fragte Sam, dem erneut die Anspannung anzumerken war.

„Ich meine das alles“, entgegnete ihm Sarah. „Vielleicht ist Jenna zuvor einfach ins Untergeschoss gegangen.“

Empört sah Sam sie an. „Wir hatten nur fünf Minuten“, wehrte Sam sich, „und das erste, was Jenna tut, wenn wir das Haus verlassen, ist die Ordnung in den Hauptträumen zu überprüfen.“ Dann nahm er den Kühlstein von seiner Stirn. „Du weißt genau, dass die alle im Obergeschoss liegen.“

Seine Mutter nickte zustimmend. „Ich kann oder will vielleicht nicht begreifen, dass sie euch ernsthaft etwas angetan hätten“, sagte sie nachdenklich.

„Die wollten doch ganz offensichtlich nicht, dass wir mit Sky die Stadt verlassen. Du hast doch gesehen, was sie noch alles getan haben. Man hat auf uns geschossen, Mom. Und dann hätten sie uns beinahe auch noch mit dem Energietor platt gemacht." Sam strich sich vorsichtig mit der anderen Hand über die Beule an seiner Stirn. „Außerdem waren sie heute auch nicht gerade zimperlich", fügte er hinzu und legte erneut den Kühlstein auf.

„Wir sollten ohne deinen Vater gar nichts mehr sagen, Sam", sagte seine Mutter eindringlich.

Ihr Sohn sah nicht begeistert aus. „Und was ist bis dahin mit Sky?", fragte er. „Vielleicht wird sie abgeschaltet, wenn Mister Winson dem Gericht seine falschen Beweise vorlegt und kein Einspruch kommt."

Behutsam legte Sams Mutter ihre Hände in den Schoß. „Wir wissen bisher ja nicht einmal, ob sie das nicht schon längst ist", erwiderte sie besorgt.

Sams Gedanken drifteten augenblicklich in diese Vorstellung ab. Wenn es so wäre, dann würde er sich das keinesfalls verzeihen können. Schließlich hätte sie auch alles dafür getan, dass es ihm gut ginge. „Wir sollten verlangen sie sehen zu dürfen", schlug Sam vor.

„Und warum sollte das Gericht dem zustimmen?", fragte seine Mutter skeptisch.

„Weil das hoffentlich nicht solche Menschen wie Mister Winson sind", antwortete Sam gedankenverloren, als er sich den Kühlstein wie einen Eiswürfel über die Stirn strich.

Seine Mutter lächelte sanft. „Versuchen kann man es ja", sagte sie.

Auch Sam rang sich ein kurzes Lächeln ab. In diesem Augenblick glitt die Tür auf und der Immobilienmakler betrat das kleine Wartezimmer, das direkt neben seinem Büro lag. Er reichte Sams Mutter einen Handscanner.

„Wir haben da ein freies Appartement im fünfundzwanzigsten Stockwerk des Coroc-Towers. Zwei Schlafräume, ein kleines Bad sowie eine ausreichend große Küche, alles mit neuester Technik ausgestattet, daher werden Sie mit den acht Kristallen leider nur für eine Woche von uns dort untergebracht werden können. Das Objekt steht zum Verkauf und die Lage ist so begehrt, dass wir es Ihnen nicht länger zur Verfügung stellen können. Wollen Sie es dennoch für die nächsten Tage beziehen?“, fragte er und Sarah willigte stumm ein.

Sie presste ihre Hand auf den kleinen Scanner, der sie umgehend in der Datenbank des Objektes erfasste. Sam war derweil bereits erneut in Gedanken versunken. Der Coroc-Tower war ein beeindruckendes Gebäude. Er wusste, dass dieses Bauwerk ganze einhundert Etagen besaß und um die fünfhundert Meter hoch war. Die mittleren Stockwerke waren nicht bewohnbar, da dort riesige Medienfenster platziert waren, welche rund um die Uhr Bilder aus ganz Hope zeigten. Dafür hatte Cyron ein ganzes Geschwader von Eyebots ausgesandt, kleine kugelförmige Roboter, die mit ihren Augen Hope erkunden und so von jedem Teil des Planeten Bilder senden konnten. Sam liebte dieses Gebäude und seine beeindruckende Erscheinung. Es lag direkt neben dem Sperrgebiet des Hauptenergienetzwerkes Coroc. Ihn kribbelte es bereits jetzt in der Magengegend, als er begriff, dass er dort vorerst leben würde. Als der Mann den Raum verließ und seine Mutter aufstand, erhob sich auch Sam aufgeregt von seinem Platz.

„Das sind die teuersten Appartements in ganz Cyron, Mom“, sagte er voller Vorfreude.

„Ja, viel Geld für so wenig Platz“, antwortete seine Mutter, die sichtlich unruhig schien.

„Was ist denn los?“, fragte Sam, als sie bereits in den Aufzug traten.

„Er hätte uns sicher auch etwas anderes geben können und wollte stattdessen aus unserer Not Gewinn schöpfen“, antwortete sie.

Sam verstand ihr Problem nicht. Es war doch durchaus eine große Freude einmal derartige Wohnräume zu erkunden. Er wollte gerade noch einmal nachhaken, als seine Mutter ihn bereits über ihre Gedanken aufklärte.

„Wenn das Gericht unsere Tresore sperrt, kommen wir nicht an unsere Kristalle, bis die Verhandlung vorbei ist. Und ich weiß nicht, ob dein Vater überhaupt noch welche bei sich trägt.“

Der Aufzug fuhr abwärts und es dauerte nur den Bruchteil einer Sekunde, bis sie im Erdgeschoss ankamen. Sarah stieg umgehend aus und auch Sam folgte ihr zügig. „Wieso sollten sie das machen?“, fragte Sam, als sie ins Freie traten.

„Weil dein Vater mit dem Bau der R2-Serie viele Risiken eingegangen ist. Der Stadtrat war nicht über jedes Detail informiert und daher wird man sicher auch Vermutungen darüber anstellen, dass die Wissenschaftler für derartiges Handeln von den Investoren bezahlt wurden. In so einem Fall wird dein Vermögen sozusagen eingefroren, bis all das geklärt ist.“

Erschrocken sah Sam seine Mutter an. „Und was dann“, fragte er, „sind wir dann pleite?“

Sie bog hinter dem Gebäude in Richtung des Coroc-Geländes ab. „Ja, wir sind dann wohl die einzig armen Menschen, die im puren Luxus leben.“

Sam konnte deutlich spüren, wie sie sich sorgte. Sie hatte wohl ebenso wenig wie er damit gerechnet, dass die Verhandlungen bereits liefen. Seine Mutter war allem Anschein nach davon ausgegangen, noch ohne Probleme zur Bank marschieren zu können, um sich dort einige ihrer Kristalle auszahlen zu lassen.

„Wir können es ja zumindest versuchen", schlug Sam vor.

Prompt blieb seine Mutter stehen. „Das werden wir auch, aber willst du wirklich mitkommen?"

Sie deutete mit einem Nicken auf seine Verletzung. Ihm waren die Blicke der vorübergehenden Menschen keinesfalls entgangen. Sie sahen ihn allesamt schockiert an. Von ihnen wäre sicherlich keiner so durch die Straßen gelaufen.

„Hast du etwas dagegen, wenn ich so lange im Stadtarchiv warte?", fragte er in der Hoffnung, sie würde wenigstens damit einverstanden sein.

„Nein", antwortete Sarah, „wir treffen uns dort."

Das riesige Hologramm der Erde schwebte anmutig über dem verglasten Gebäude des Stadtarchivs. Sams Herz schlug ihm vor lauter Freude bis zum Hals. Noch vor einigen Tagen war er davon ausgegangen, diesen Ort so schnell nicht wieder betreten zu können. Nun stand er vor den Stufen, die ihn in die prachtvollen Hallen führen würden. Er wollte schon hinaufstürmen, als ihn ein flüchtiger Gedanke an Sky davon abhielt. Sam erinnerte sich daran, wie sie durch die Scheibe des Gleiters auf das Stadtarchiv geblickt hatte und mit ihrer Hand über das Glas gefahren war, so wie er es gern getan hatte, wenn er mit seinem Vater daran vorbei geflogen war. Plötzlich fühlte sich sein Vorhaben furchtbar falsch an. Sie sollte nun auch hier sein und mit ihm zusammen das Archiv betreten, doch stattdessen saß sie längst in Gefangenschaft und Sam wusste nicht einmal, wo er nach ihr suchen sollte. Sie könnte im Gericht festgehalten werden, im Regierungsgebäude oder tatsächlich bereits im Gefängnis, das ganz am anderen Ende der Stadt lag. Sam kam sich plötzlich so vor, als würde er sie einfach zurücklassen und die Aufregung, die ihn bis eben noch in der Vorfreude beherrscht hatte, wich der Angst um sie.

Er blickte in die Richtung zurück, aus der er gekommen war. Etliche Menschen bahnten sich ihren Weg durch Cyron. Einige zu Fuß, andere auf Personengleitern, auf denen sie standen und mit deren Hilfe sie zügiger unterwegs waren. Die Welt schien sich für viele einfach weiterzudrehen. Noch hatte Sam keinen der Demonstranten gesehen, von denen in den Nachrichten stets die Rede gewesen war. Vielleicht waren sie noch immer beim Forschungszentrum aktiv. Einen Augenblick lang spielte Sam mit dem Gedanken sich einfach auf den Weg dorthin zu machen, doch ohne seine Mutter konnte er nicht aus der Nähe des Archivs verschwinden. Er konnte nur hoffen, dass die Bank ihr die Kristalle aushändigen würde. Ohne ein Fahrzeug oder Geld für die öffentlichen Stadtgleiter wäre jedes Ziel weit entfernt. Vom Coroc-Tower bis zum Gericht war es ja schon ein endlos langer Marsch! Ein Weg, den sie in den nächsten Tagen oft antreten würden. Schließlich mussten sie der Verhandlung beiwohnen, wenn schon sein Vater nicht vor Ort war. Andernfalls würde Mister Winson kampflos Recht behalten und seinen Vertrag einfach durchsetzen können.

Erschöpft ließ Sam sich auf einer der vielen Stufen nieder. Er hatte vor einfach dort sitzen zu bleiben und auf seine Mutter zu warten. Immer wieder kamen ihm die Worte des Stadtoberhauptes in den Sinn. *Bei einem Diebstahl an der Stadt Cyron kann der Prozess bereits beginnen, sobald die entwendeten Besitztümer unserer geliebten Stadt wieder vor Ort sind.* Prompt schossen ihm wieder die Bilder durch den Kopf, die Mister Winson ihnen gezeigt hatte. Sams Zuhause. Die Flucht mit dem Gleiter. *Der Gleiter!,* fuhr es ihm plötzlich durch den Kopf. Aufgeregt blickte er auf. Konnte es sein, dass Mister Winson gar nicht Sky gemeint hatte, als er die Besitztümer Cyrons angesprochen hatte? Das Fahrzeug seines Vaters war schließlich gar nicht sein Eigentum. Als einem der leitenden Wissenschaftler wurde ihm dieser vom Forschungszentrum gestellt.

Sofort sprang Sam wieder auf die Beine. Seine Füße trugen ihn umgehend die Stufen des Stadtarchivs hinauf. Eilig verschwand er durch die riesigen Türen, die vor ihm aufglitten. Er lief direkt in die Hallen, die ihm stets das Gefühl gaben seinem echten Zuhause am nächsten zu sein.

Die Bücher in den Schaukästen waren allesamt gebundene Ausgaben. Fasziniert fuhren Sams Finger über das dicke Schutzglas, als er an ihnen vorbeiging. Sein Weg führte ihn tiefer in das Stadtarchiv. Er war auf der Suche nach dem Archivar Mike Hiemer, der diese Hallen bereits seit über fünfzig Jahren sein Eigen nannte. Er war Sam stets ein Vertrauter gewesen und so hoffte er, dass dieser Mann ihm auch jetzt helfen würde. Er ging aus dem Literaturbereich in die Geografie-Räume.

Hologramm-Karten sämtlicher Kontinente der Erde schwebten über den Schaukästen einiger Sammlerstücke umher. Sams Blick fiel auf Afrika, dessen Karte gerade über dem skelettierten Schädel eines Löwen hing.

„Afrika, der zweitgrößte Kontinent der Erde“, ertönte plötzlich Mister Hiemers Stimme hinter ihm. „Er besitzt eine

Fläche von 30,3 Millionen km² und gilt als die Wiege der Menschheit."

Sam lächelte, als er den Mann sah. Er trug trotz der gesellschaftlichen Mode am liebsten maßgeschneiderte Anzüge, deren Schnitt eher schlicht und deren Farben eher dunkel waren. Sein Leib war trotz der Energiegetränke etwas rundlicher, weshalb Sam schon immer vermutete, dass Mike Hiemer sich durchaus auch von anderen Nahrungsmitteln ernährte. Vielleicht kombinierte er seine Nahrungsaufnahme ähnlich wie Lionel und seine Familie, auch wenn Mister Hiemer sich durchaus Energiegetränke leisten konnte. In ganz Cyron war bekannt, dass er durch den An- und Verkauf von Sammlerstücken der Erde sehr wohlhabend geworden war. Mittlerweile schätzte man sein Vermögen so hoch, dass er als einer der reichsten Männer der Stadt galt und doch wirkte er keineswegs überheblich. Er war einer der nettesten Menschen, die Sam je kennengelernt hatte. Was ihn jedoch am allermeisten beeindruckte, war all das Wissen das in ihm steckte.

„Du warst lange nicht mehr hier, Sam", stellte Mister Hiemer fest, als er Sam die Hand reichte. Sein weißes Haar war, wie immer, fein zu einem Seitenscheitel gekämmt.

„Ich hatte Archivverbot", erklärte Sam.

„Wie kann man einem Jungen nur den Weg zum Wissen versperren?", fragte Mister Hiemer lächelnd. „Ich werde deinen Vater wohl nie ganz begreifen."

Sams Blick richtete sich kurz auf den Schaukasten neben ihm. „Wissen Sie auch etwas über Delfine?", fragte Sam nachdenklich.

Mister Hiemer deutete auf einen angrenzenden Gang. „Natürlich", antwortete er, „folg mir!" Dann machte er sich auf den Weg, während Sam hinter ihm her eilte.

Sie betraten eine riesige Halle. Darin ging es eindeutig um die Ozeane und ihre Bewohner.

„Suche Delfin“, sagte Mister Hiemer, der mit dem Netzwerk des Gebäudes sprach. Augenblicklich wurde ein Hologramm geöffnet, das ein Bild dieser Art zeigte. Es schwebte näher an sie heran. „Delfine sind Säugetiere. Man findet sie in jedem Meer der Erde“, begann Mister Hiemer, doch Sam lenkte schnell ein.

„Ich will nur etwas über ihre Echo-Ortung wissen“, erklärte er.

Überrascht sah ihn sein Gegenüber an. „Nun denn, Sam“, fuhr er fort, „das geschieht durch Klicklaute. Sie senden diese Geräusche aus und können sich anhand der Reflektion orientieren oder auch Nahrung ausfindig machen. Allerdings sind sie auch in der Lage dadurch zu töten.“

Sam horchte neugierig auf. „Wie machen sie das?“, fragte er wissbegierig.

„Sie senden ein so niedriges Schallsignal aus, dass andere Fische dadurch verenden.“

Überrascht sah Sam auf. Er erinnerte sich an den von Sky ausgehenden Schallausstoß, der jeden im Raum umgehend bewusstlos werden ließ. Ein Trick, den sein Vater sich durchaus irgendwo abgeschaut haben musste. Gallad hatte selbst gesagt, dass ihr Knistern entfernt der Echoortung der Delfine ähnelte, doch den Magiern diente das auch nur als Kommunikationsmittel untereinander. Sie teilten einander ihren Aufenthaltsort mit und gaben mit ihren telepathischen Fähigkeiten Informationen weiter. Daher war es keine Echoortung wie bei diesen Säugetieren, auch wenn der Sinn ein ähnlicher war. Dennoch schienen diese Tiere der Schlüssel gewesen zu sein um Sky mit derartigen Angriffsmöglichkeiten auszustatten. Wenn man die Magier mit diesen Schallwellen beeinträchtigen konnte, war man vielleicht auch in der Lage ihre telepathischen Fähigkeiten dadurch zu stören. Es war ja durchaus möglich, dass Gallad deshalb diese Anspielung gemacht hatte.

Bei diesem Gedankengang kam Sam sich beinahe selbst wie ein Wissenschaftler vor. Dabei hatte er nie in Betracht gezogen in die Fußstapfen seines Vaters zu treten.

„Wenn du willst, kann ich dir einige weitere Informationen auf dein Hologramm-Armband übertragen", bot Mister Hiemer an.

„Nicht nötig, danke", antwortete Sam noch immer nachdenklich, „aber vielleicht können Sie mir noch eine andere Frage beantworten?"

Der Archivar nickte. „Alles, was du wissen möchtest", antwortete er wie selbstverständlich.

„Kann ich bei Ihnen auch einen Blick in die aktuelle Ausgabe der Zeitung werfen?"

Sofort lächelte Mister Hiemer wieder. „Dass du ausgerechnet ins Stadtarchiv kommst, um aktuelle Nachrichten einsehen zu wollen …" Dann richtete er seine Worte an das Netzwerk: „Cyron News öffnen und für den Jungen hier freigeben."

Ein weiteres Hologramm leuchtete auf und senkte sich bis zu Sam hinab. Er wischte mit der Hand durch die Luft und blätterte so die aktuelle Tageszeitung durch. Es war weder das Titelthema noch das in der Mitte. Eher im hinteren Teil verkündete ein kleiner Artikel, dass Robert J. Stanson und sein R2-Cyborg noch immer auf der Flucht seien. Sam atmete erleichtert auf.

„Vielen Dank“, sagte er und schloss mit den Fingern das Hologramm.

Als Sarah ihren Sohn nur kurze Zeit Später abholte, machten sie sich umgehend auf den Weg zum Apartment im Cyron-Tower. Der ganze Raum, der sich ihnen eröffnete, war in reines Weiß getaucht. Der Boden, den Sam und seine Mutter betraten, glänzte so sehr, dass sich die wenigen Möbel auf seiner Oberfläche spiegelten. Die Sitzgruppe, die inmitten des Raumes stand, glich eher einer großzügigen Liegefläche, die zum Fenster hin ausgerichtet war. Es handelte sich dabei um eine komplette Glasfront, die sich von einer Wand zur nächsten erstreckte. Der Anblick war atemberaubend. Sie konnten auf die Stadt blicken, die in den Rottönen des Sonnenuntergangs erstrahlte. Die Beleuchtung im Innenraum des Wohnbereichs war angenehm schwach. Es gab unter dem Sitzbereich eine kleine Erhöhung des Bodens, die rundum beleuchtet war und so einen kleinen Bereich erhellte.

Sam sah sich erstaunt um und auch seine Mutter schien vollkommen sprachlos zu sein. An einer der Wände lief dekorativ Wasser von der Decke hinab, das in einem Spalt im Boden zu verschwinden schien. Es plätscherte beruhigend und erfüllte die Luft mit einem erfrischenden Duft. Behutsam streckte Sam die Hand danach aus. Es war kalt und prickelte auf seiner Haut.

„Hast du so etwas schon einmal gesehen?“, fragte er seine Mutter. Sie schüttelte umgehend mit dem Kopf, als sie ihre Tasche auf dem Boden ablegte.

„Ein Wasserfall für Zuhause“, murmelte sie. „Wie wird da wohl das Badezimmer aussehen?“

Sams Augen leuchteten umgehend auf. „Das muss ich mir ansehen“, sagte er und eilte in den kurzen und schmalen Flur.

Er öffnete die erste Tür, die umgehend nach unten glitt. Überrascht sah er, wie sie im Boden verschwand. „Wow“, sagte er. „Wo ist sie hin?“ Prüfend sah er sich den schmalen und weiß beleuchteten Spalt genauer an.

„Was ist?“, fragte seine Mutter, die ihn vom Wohnbereich aus beobachtete.

„Sie ist nach unten geglitten“, erklärte Sam.

Sarah lächelte amüsiert. „Das sind wohl Rotationstüren“, sagte sie.

„Rotationstüren?“, wiederholte Sam, der noch nie davon gehört hatte. Langsam erhob er sich vom Boden.

„Sie werden aus Verformungsmaterial gebaut, das, was sie auch für Allzweckstäbe oder Steuerknüppel in Gleitern benutzen. Die Tür verbiegt sich und rutscht so unter einen Hohlraum unter dem Zimmer. Dort rutscht der untere Teil der Tür über ihren oberen Teil und wird somit selbst wieder zum oberen Stück davon, wenn du sie erneut betätigst. Daher das Wort Rotation. Sie rotiert im Inneren des Bodens.“

Nachdenklich sah Sam noch einmal nach unten. „Wozu soll das gut sein?“, fragte er verwundert.

„Das macht man aus Platzgründen, Sam“, erklärte seine Mutter. „Die Räume hier sind ziemlich klein und schmal gehalten. Eine Gleittür einzubauen, würde sie dazu zwingen, den dafür benötigten Raum auch einzuplanen.“

Verstehend stöhnte Sam auf. „Achso“, murmelte er und warf einen Blick in das Zimmer vor ihm. „Das ist ein Schlafzimmer“, sagte er. Es gab nur eine Schlafkammer in der Wand und einen in die gegenüberliegende Wand eingebauten Schrank. Sam hatte bis jetzt erst einmal stehend in einer

Schlafkammer geschlafen und hatte damals den Unterschied zu einem Bett gar nicht wahrgenommen, als er erst einmal eingeschlafen war. Das Zimmer war zwar sehr karg eingerichtet, doch die Beleuchtung ließ den Raum durchaus gemütlich wirken. Prompt machte er sich zur nächstgelegenen Tür auf. Auch diese verschwand im Boden zu seinen Füßen. Vor ihm erschien ein kleines Badezimmer. Es gab am Ende des Raumes einen im Fußboden beleuchteten Kreis. Noch konnte Sam keine Kammer zum Duschen erblicken. Die Toilette war da und zudem konnte er ein kleines Waschbecken sehen, welches ebenfalls von einem Wasserfall an der Wand mit Wasser versorgt wurde. Verwundert ging Sam bis zu dem beleuchteten Bereich. Prüfend sah er sich um.

„Wie funktioniert das?", rief er fragend hinaus.

Umgehend tauchte der Kopf seiner Mutter im Eingang zum Bad auf. „Eine Röhrendusche", sagte sie, „einfach drunterstellen, dann umgibt dich eine Art Kraftfeld und das Wasser fließt automatisch aus der Vorrichtung an der Decke. Die nachfolgende Trocknung erfolgt durch Wärme, die das Kraftfeld ausstrahlt. Danach kannst du den Kreis wieder verlassen."

Sam hob fasziniert die Augenbrauen. „Woher weißt du das alles?", fragte er.

Sarah grinste. „Wenn ich mich um die Energiegewinnung von Morgen kümmern soll, dann muss ich über aktuelle Technik in sämtlichen Bereichen informiert sein."

Sofort drängte Sam sich aus dem schmalen Bad und begleitete seine Mutter wieder in den Wohnbereich. Erschöpft ließ sie sich auf die Sitzgruppe sinken.

„Ich habe zum Glück noch Kristalle bekommen", sagte sie nun zu ihm.

„Das ist gut“, antwortete Sam und nahm neben ihr Platz. „Ich muss dir auch noch etwas erzählen.“

Gespannt sah sie ihn an. „So wie es aussieht, haben sie Sky noch gar nicht geschnappt. Ich glaube nicht einmal, dass sie schon hier ist.“

Sarah sah ihren Sohn unsicher an. „Das ist doch gut, oder?“, fragte sie.

Sam zuckte mit den Schultern. „Ich weiß nicht. Was ist, wenn sie Cyron gar nicht erreichen konnte?“, entgegnete er ihr besorgt.

„Vielleicht sollten wir die Nachrichten einschalten und laufen lassen“, schlug Sarah vor.

Sam nickte. In Gedanken war er bereits den ganzen Tag ständig bei Sky. Der vorige Hoffnungsschimmer ertrank in der nächsten Sorge um sie. Und wo um alles in der Welt blieb sein Vater?

KAPITEL 26

„Sie haben soeben den Luftraum Cyrons passiert“, hallte plötzlich eine Stimme durch den Gleiter. „Wir können keinerlei Verbindung zu einem Implantat herstellen, daher benötigen wir Ihren vollständigen Namen.“

Im Innenraum des Fahrzeugs blieb es weiterhin ruhig.

„Sie fliegen mit manueller Steuerung durch einen geschützten Luftraum. Wenn Sie uns keinen Namen nennen, sehen wir uns gezwungen Ihren Gleiter gewaltsam zu stoppen.“

Doch noch immer erhielt der Navigator in Cyrons Zentrale keine Antwort. Er konnte auf seinen Geräten sehen, wie sich das Fahrzeug weiterhin zielstrebig auf das Energietor der

Stadt zubewegte. Umgehend erhoben sich auf seinen Befehl hin zwei schwarze Jagdgleiter in die Lüfte und bahnten sich ihren Weg durch Cyron. Wie Geschosse passierten sie das geöffnete Energietor. Noch immer versuchte man den Fahrer des Gleiters friedlich zu kontaktieren, doch es kam einfach keine Antwort.

„Es werden sich nun zwei Jagdgleiter zu Ihnen gesellen. Bitte nehmen Sie die Aufforderung unserer Stadt ernst und landen Sie umgehend", ertönte die Stimme des Navigators.

Die Jagdgleiter rauschten unterdessen am Fahrzeug vorbei und wendeten, um sich zur linken und rechten Seite des sich nähernden Gleiters zu positionieren. Dieser erhöhte langsam die Geschwindigkeit.

„Der unbekannte Fahrzeugführer erhöht das Tempo", ging die Warnung der Jagdgleiter in der Zentrale ein. Nervös strich sich der Navigator über die Stirn. Es konnte sich nicht um einen Angriff der Magier handeln, kein Jäger würde in dieser Zeit ihre Stadttore passieren um einen Anschlag auszuführen. Zudem waren sie in der Vergangenheit viel taktischer vorgegangen. Die Jäger, führten mithilfe der Magier, Identitätsdiebstähle durch oder es wurde Illusionsmagie angewandt um die Wachen zu täuschen. Das hier war jedoch eine ganz andere Situation. Der Fahrzeugführer wollte sich keineswegs zu erkennen geben und es war auch nicht möglich ihn zu überprüfen. Durch den Einsatz der manuellen Steuerung hatten sie keinen Zugriff auf die Datenbank des Gleiters und ohne die Rückmeldung des Implantats wusste der Navigator einfach nicht, mit wem er es zu tun hatte, doch die rasante Annäherung an das Energietor der Stadt ließ ihm keine andere Wahl, als das Fahrzeug davon abzuhalten.

„Befehl: Das Zielobjekt ist zum Abschuss freigegeben", sprach er in den Kommunikator. Jetzt erhöhten auch die Jagdgleiter das Tempo. Die Geschütze wurden auf den unbekannten Gleiter gerichtet. Umgehend folgte der erste Schuss. Das Geschoss donnerte an dem Fahrzeug vorbei, als dieses mit einem haarsträubenden Manöver abdrehte. Es schlug im Erdboden ein und eine Staubwolke breitete sich aus. Einer der Jagdgleiter wich dem Fahrzeug noch aus, das ihn durch seine Ausweichtaktik beinahe kreuzte.

„Zielobjekt verfehlt!", gab der Schütze dem anderen Piloten bekannt.

„Ich habe das Zielobjekt durch die schlechte Sicht und die Dämmerung aus den Augen verloren", antwortete der zweite Flieger, doch es dauerte nicht lange, bis der Staub sich etwas legte und sie umgehend freie Sicht auf den unbekannten Gleiter bekamen.

„Doppelter Schuss", sprach der Schütze und sein Kamerad gab seine Zustimmung. Zwei Geschosse donnerten auf das Fahrzeug zu, das nun erneut auszuweichen versuchte, doch die Piloten erzielten einen Treffer am Heck des Gleiters, während das zweite Geschoss erneut im Boden aufschlug.

„Antriebstreffer", verkündete einer der Männer der Zentrale. Der Gleiter begann unkontrollierbar zu werden und verlor umgehend an Höhe. Immer wieder driftete er beinahe zur Seite ab. Er stürzte unaufhaltsam dem Boden entgegen. So dauerte es nur wenige Augenblicke, bis das schwere Gefährt aufschlug und im aufgewühlten Staub verschwand.

„Identität prüfen", lautete der Befehl der Zentrale und auf der Stelle landeten die beiden Jagdgleiter im Absturzgebiet. Die schwarzen Türen ihrer Fahrzeuge öffneten sich beinahe synchron, als die Soldaten aus den Steuerkabinen hinaustraten.

Noch immer hing der Staub des trockenen Bodens in der Luft. Die Männer hatten längst ihre Helme mit der Sauerstoffversorgung angelegt und bahnten sich ihren Weg zum Wrack. Die Schnauze des Gleiters hatte sich zum Teil in den Boden gegraben und so lagen überall Scherben der Frontscheibe an der Absturzstelle herum. Das Fahrzeug war einer heftigen Wucht erlegen und so gingen die Soldaten nicht von Überlebenden aus.

„Kannst du irgendjemanden sehen?", fragte der eine den anderen, der sich vor der Schnauze des Gleiters einen Überblick verschaffte, doch der schüttelte den Kopf.

„Sieht ganz schön übel aus. Der ist direkt frontal aufgeschlagen", antwortete er.

Der zweite Soldat versuchte die verbogene Tür des Gleiters zu öffnen, doch es regte sich nichts. Die Technik war ohne Zweifel in Mitleidenschaft gezogen worden und das Metall war zu einem großen Teil aufeinandergepresst.

„Ich hole den Laser", sagte er und machte sich auf den Rückweg zu seinem Jagdgleiter. Der Soldat, der zurückgeblieben war, trat unterdessen vorsichtig um das Wrack herum. Immer wieder versuchte er durch eine der Scheiben im dunklen Innenraum etwas zu erkennen.

„Hallo?", fragte er und klopfte gegen das Glas der hinteren Fenster, die den Aufprall unbeschadet überstanden hatten, doch es kam noch immer keine Antwort. Es war so still wie zuvor. Das Heck des Gleiters glühte noch immer vom eingeschlagenen Geschütz, doch zum Glück stand das Fahrzeug nicht in Flammen. Die Soldaten hatten schon wesentlich Schlimmeres gesehen, aber der bittere Beigeschmack ihrer Arbeit blieb.

„Frontaler Aufprall. Kein Lebenszeichen. Wir öffnen die Türen nun mit einem Laser", gab der Soldat die bisherigen Informationen an die Zentrale durch.

„Verstanden. Wir entsenden einen Magnetgleiter zur Reinigung der Absturzstelle, sobald Sie die Opfer geborgen haben", lautete die Antwort.

Der Soldat warf einen Blick auf seinen Kameraden, der sich mit einem Laserschneider den Weg zum Wrack bahnte. Er schaltete das Gerät ein und der Laser schnitt sich umgehend durch das Metall. Der Soldat folgte dabei den Umrissen der eingeklemmten Tür. Es dauerte einige Minuten, bis er sie gänzlich umrandet hatte. Dann legte er die freie Hand auf das lockere Metallstück. Das Material der Handschuhe heftete sich umgehend daran und so zog er es einfach in seine Richtung, um die Insassen nicht darunter zu begraben. Er wich umgehend aus, als ihm die Tür entgegenkam und in den Staub fiel. Sofort war sein Kamerad an seiner Seite.

„Wir prüfen jetzt den Innenraum", machte er Meldung an die Zentrale. Der Soldat hielt noch immer den Laser in den Händen, als er in das Wrack lugte. Sein Blick fiel zur Steuerkonsole, die Plätze in diesem vorderen Teil des Gleiters waren jedoch unbesetzt. Dann richtete er den Blick wieder in den Raum der hinteren Sitzbank, deren Umgebung dank der offenen Tür nun etwas vom Licht der Dämmerung erhellt wurde. Der Gleiter war eindeutig vollkommen unbemannt.

„Was um alles in der Welt soll das?", fragte er, als er sich gerade verwirrt zu seinem Kameraden umdrehte.

„Keine Bewegung", ertönte Skys Stimme, die den anderen Soldaten längst in ihre Gewalt gebracht hatte.

„Legen Sie die Hände hinter den Kopf", forderte der R2 von dem sichtlich überraschten Soldaten. Der gehorchte umgehend, während sie dem zweiten Mann eine Klinge an den ungeschützten Hals drückte. In den Helmen der beiden ertönten Nachfragen aus der Zentrale: „Wir benötigen Angaben zum Fahrzeugführer. Haben Sie bereits Informationen für uns?"

Doch die Situation war ihnen zu riskant um einen Versuch zu wagen und Hilfe anzufordern.

„Wenn wir nicht antworten, werden sie nach uns suchen", erklärte der Soldat vor der Fahrzeugöffnung.

„Geben Sie ihnen die Meldung, dass ein R2 sie in seiner Gewalt hat und fordern Sie die Stadt auf uns den Weg bis zum Forschungszentrum freizumachen", antwortete Sky entschlossen. Das dunkle Visier des Mannes wandte sich von ihr ab und der Soldat blickte zur Stadt zurück.

„Es handelt sich um das vermisste R2-Modell, Sir", meldete er der Zentrale.

„Beschädigt oder unbeschädigt?", ertönte die sofortige Rückfrage.

„Vollkommen unbeschädigt. Soldat Heyven befindet sich in seiner Gewalt. Es fordert von uns, Cyron bis zum Forschungszentrum passieren zu können."

Dann blieb es einige Zeit still. Der Mann blickte wieder auf Sky zurück.

„Gehen Sie zu Ihrem Jagdgleiter. Wir folgen Ihnen", sagte sie. „Ihnen wird nichts passieren", fügte sie ruhig hinzu. „Ich will nur zum Forschungszentrum."

Der Soldat nickte und machte sich auf den Weg zu seinem Gleiter. Dort angekommen legte er seine Handfläche auf die Tür, die sich umgehend öffnete.

„Sie werden uns dorthin fliegen", befahl Sky und deutete mit einem Kopfnicken auf den vorderen Teil des Jagdgleiters. In diesem Augenblick meldete sich erneut die Zentrale: „Der

Stadtrat gibt dem R2 freie Bahn. Führen Sie den Gleiter bis zum Vorplatz des Forschungszentrums."

Sky sah ihn erwartungsvoll an, denn sie hatte die Worte dumpf durch den Helm hören können. Das Visier des Soldaten richtete sich kurz auf seinen Kameraden, ehe er sich auf den Weg zur Führerkabine begab. Unterdessen schob Sky ihren Gefangenen in den Innenraum des Gleiters. Sie zwang ihn sich zu setzen und nahm direkt neben ihm Platz. Als die Tür sich schloss, verlangte sie von Soldat Heyven den Helm abzunehmen. Dieser zögerte keine Sekunde und zog sich diesen eilig vom Kopf. Der Mann, der darunter zum Vorschein kam, schien unheimlich jung zu sein. Er war sicher kaum älter als Sam. *Wie kann man von so jemandem verlangen einen Gleiter abzuschießen?*, schoss es Sky überrascht durch den Kopf. Sie spürte, wie sich das Fahrzeug in die Luft hob.

„Wie alt sind Sie, Heyven?", fragte sie.

Der Soldat schien sich über diese Frage zu wundern. „Einundzwanzig", antwortete er ohne sie anzusehen.

Erstaunt nickte sie wortlos. Noch immer hielt sie ihm die Klinge an den Hals, doch sie entzog sich immer mehr seiner Nähe.

„Ich will Ihnen keine Angst machen", erklärte sie ihm. „Ich will nur nicht, dass wegen mir andere R2-Modelle leiden müssen."

Der Soldat atmete tief ein. Er wirkte ziemlich angespannt, trotz ihres Versuches ihn zu beruhigen.

„Sie sind wirklich zu jung um so etwas zu tun", sagte sie plötzlich und sein Blick traf sie verwundert.

„Ich befinde mich noch in der Ausbildung. Die Abschaffung der K.I. hat mir die Möglichkeit für diesen ersten Einsatz gegeben", erklärte er, wobei er nicht sehr erfreut aussah.

Sky verstand nur zu gut, wie ihm zumute war. Bereits bei seinem ersten Auftrag hatte er versagt. Schrecklich, wenn sie daran dachte, wie es ihr selbst damit ergehen würde. Sofort kam ihr Sam in den Sinn. Sein Schutz und die Angst vor ihrem Versagen. Sie senkte mitfühlend den Kopf.

„Man bekommt nur eine einzige Chance", sagte sie leise. Die Augen des Soldaten richteten sich nachdenklich auf den leeren Platz vor ihm.

„Ich habe es total vermasselt", strafte er sich selbst.

Sky nahm das Messer nun vollends herunter.

„Nicht, wenn wir uns gegenseitig helfen könnten", entgegnete sie ihm.

Überrascht sah er sie an. „Machen Sie Witze?", fragte er ungläubig.

Der R2 schüttelte den Kopf. „Ich werde sowieso verhaftet", antwortete sie, „warum also nicht von einem Frischling?"

Dann lächelte sie, während der Soldat sie weiterhin nur ungläubig ansah.

„Landeanflug", ertönte es plötzlich im Innenraum des Gleiters und man spürte, wie sich das Fahrzeug langsam senkte. Prompt stand Sky auf und hob die Klinge wieder.

„Ich werde jetzt dafür sorgen, dass man die Exekution der R2-Modelle stoppt und dann werden Sie mir das Messer entwenden."

Soldat Heyven schien noch immer fassungslos und doch nickte er. Die Türen des Gleiters öffneten sich und Sky zog ihn augenblicklich vom Sitz.

„Vorwärts", befahl sie und der Mann trat umgehend aus dem Fahrzeug. Auf dem Platz waren weitere Jagdgleiter positioniert, hinter denen sich Soldaten verschanzt hatten, doch mit dem jungen Mann in ihrer Gewalt schien sie vorerst in Sicherheit zu sein.

„Weitergehen“, forderte sie von ihm und lenkte seinen Körper zum zerstörten Eingang des Forschungszentrums. Die Blicke der umliegenden Truppen hafteten an ihr. Sie spürte, wie dutzende Augenpaare auf sie gerichtet waren. Außerdem konnte sie mit einem kurzen Blick nach oben auch den Newsgleiter erblicken, der darüber zu berichten schien. Als sie den langen Flur durch das Gebäude hinabgingen, warf der Soldat immer wieder einen kurzen Blick auf sie zurück.

„Meinen Sie denn, dass Mister Winson so etwas wirklich tut?“, fragte er plötzlich.

„Ich kenne ihn nicht gut genug und doch traue ich ihm das durchaus zu. Sonst wäre ich ganz sicher nicht hier“, antwortete sie, als sie bereits durch die offene Tür in den kleinen Aufzugsraum stiegen. Ohne Anweisung glitt der Raum hinab und sie konnten durch die längst geöffnete Sicherheitstür in die Eingangshalle gehen. Dort erwartete sie ein schockierender Anblick.

Sky zählte etwa zwanzig Forscher, die vor einer Reihe von Soldaten knieten. Auch die Wachleute, die sich sonst um die Kontrollfelder gekümmert hatten, waren vor diesen zusammengetrieben worden und waren ebenfalls von Soldaten umzingelt. Die schwebenden Überwachungsbilder waren allesamt erloschen. Der Raum war nicht wie sonst hell erleuchtet, sondern strahlte nur blass in einem blauen Licht. Außerdem hatte Mister Winson seine Drohungen durchaus wahr gemacht. Im hinteren Teil des Raumes konnte Sky einige regungslose R2-Modelle erblicken, die wie Müll aufeinandergestapelt waren. Drei von den lebenden R2-Modellen, die sie erblicken konnte, standen direkt neben diesem angsteinflößenden Haufen, während sie in die Läufe einiger Waffen blickten.

Eilig drängte sie den jungen Mann weiter voranzugehen. Sie zogen an den Wissenschaftlern und deren Soldatentrupp vorbei, bis sie zu den Männern kamen, die noch immer ihre Waffen auf die Cyborgs richteten. Sie trugen allesamt Helme um nicht durch ihre Sequenzen im Schallwellenbereich angegriffen werden zu können.

„Sofort aufhören!", rief sie den Soldaten zu. Die sechs schwarzen Visiere richteten sich ihr entgegen.

„Sky Stanson?", fragte einer der Männer. Für einen Augenblick schien sie wie erstarrt. Man hatte sie zum ersten Mal mit einem Familiennamen angesprochen. Sky nickte langsam.

„Waffen senken", befahl der Soldat mit dunkler Stimme und die anderen Männer gehorchten umgehend. „Was soll das denn werden?", fragte er sie nun.

„Ich übergebe Ihnen den Mann hier nicht, ehe ich nicht sicher sein kann, dass all das ein Ende hat", antwortete sie.

„Nehmen Sie das Messer runter, Schätzchen, und folgen Sie mir. Der ganze Aufwand kostet doch nur Unmengen an Kristallen. Mister Winson wird nun ganz sicher keine Opfer mehr verlangen", sagte der Mann und trat dabei einen Schritt auf sie zu.

Schnell zog sie Heyven näher an sich heran. „Keinen Schritt näher", forderte sie und der Soldat erstarrte augenblicklich.

Sie sah sich einen Moment lang um. Die Cyborgs, die bereits aufeinandergestapelt dort lagen, schienen nicht abgeschaltet, sondern gänzlich zerstört worden zu sein. Flüssiges Metall sickerte aus ihren Mündern und den blauen Öffnungen ihrer Haut.

„Was ist das für ein Zeug?", fragte sie ihr Gegenüber, während sie die Klinge weiterhin fest an Heyvens Hals drückte.

Der Mann sah verwundert auf die Opfer hinab, ehe sein Blick wieder Sky traf. „Das ist das tödliche Säuremetall, das wir auch in den Schutzzäunen verwenden", erklärte er.

Erst jetzt Begriff Sky, dass es sich bei ihren Waffen nicht um Laserpistolen handelte. Der Lauf dieser Waffen war viel breiter und sie sahen auch ganz anders aus.

„Sie nutzen Metallgeschosse?", fragte sie, während sich ihr Herz mitfühlend krümmte.

„Denen können Sie nicht mehr helfen", antwortete der Soldat, der ihr die Hilflosigkeit scheinbar ansah.

In diesem Augenblick entfernte sie die Klinge nur wenige Zentimeter von Heyven, der direkt handelte und ihr das Messer mit einer geübten Bewegung entriss. Schockiert richtete sich ihr Blick auf ihn. Er hatte alles richtig gemacht und doch fühlte sie sich nun, als wäre ihre Aufgabe gescheitert. Sie hatte so sehr gehofft, dass man die R2-Modelle nur abschalten würde. Der ganze Aufwand, den sie betrieben hatte, um bis zum Forschungszentrum kommen zu können, hatte so viele das kurze Leben gekostet. Sie hatte einfach zu viel Zeit verschwendet um den Gleiter fernzusteuern. Sie schluckte diese bittere Erkenntnis hinunter, als sich ihr der andere Soldat bereits näherte. Ihr Inneres schrie nach Sam und Robert, während er ihr seine Waffe an den Kopf drückte.

„Es erwartet Sie bereits jemand", hörte sie den Mann noch sagen, ehe er sie in Richtung Ausgang schubste. Wenn sie bereit waren den Cyborgs das anzutun, dann wollte sie sich ihre Strafe gar nicht erst ausmalen. Ängstlich warf sie einen Blick auf Heyven zurück, dem man bereits gratulierte. Seine Augen trafen nur kurz ihre. Er sah sie durchdringend an, als sie sich langsam von ihm entfernte. Sie wusste nicht, ob er ihr dankbar war oder ob er sich in sie hineinversetzte, so wie sie es zuvor in seiner Situation getan hatte. Sein Gesichtsausdruck war nicht zu deuten.

Mit jedem Schritt, den sie tat, blieben die leblosen Cyborgs zurück. Und die, die sie gerettet hatte, würden wieder allein sein mit einem ihr unbekannten Schicksal. Es glich einer bitteren Ironie, dass Sky darum fürchtete, dass ihr eigener erster Einsatz nun gescheitert war und scheinbar niemand da war um ihr dabei zu helfen.

Sky wurde aufgefordert in den Jagdgleiter zu steigen. Die Flugdauer war kurz und so ahnte sie, dass sie noch immer in Cyron war. Die Dunkelheit war bereits über sie hereingebrochen. Man hörte das laute Prasseln des Regens, dessen Wassertropfen tosend, auf die Schutzkuppel der Stadt niedergingen. Mehrere Soldaten führten sie in ein sehr massives und hohes Gebäude. Die glatten Wände des riesigen Komplexes waren schwarz wie die Nacht. Der R2 konnte sich nicht an ein solches Bauwerk erinnern. Vielleicht war sie in einem ihr unbekannten Teil Cyrons.

Als sie durch die wuchtigen Türen das Gebäude betraten, eröffnete sich vor ihr eine riesige Halle, die einen dunklen Boden aufwies und von meterhohen Säulen geschmückt war. Es musste ein Militärgebäude sein, da war sie sich sicher. Die Mode und Architektur Hopes war hell und meist weiß. Bislang hatte sie nur die Soldaten in dunkler Kleidung und schwarzen Gleitern gesehen. Daher erschien es ihr durchaus passend, dass sie in solchen Hallen ihren Stützpunkt hatten. Man führte Sky bis an das gegenüberliegende Ende der Halle.

Es dauerte nicht lange, bis sie vor einem Aufzug hielten und es damit abwärts ging. Als sich die Türen öffneten, konnte Sky einen weiteren großen Raum erblicken.

„Zelle 34", sagte einer der Männer zu den anderen.

Eilig steuerten sie auf eine der vielen Türen zu, die rechteckige und verglaste Öffnungen in Augenhöhe besaßen. Verunsichert beobachtete Sky, wie ein Soldat den Eingang vor ihnen öffnete. Das schwarze Metall wich umgehend zur Seite. Dahinter lag ein wesentlich kleinerer, aber dennoch hoher Raum, in dessen Mitte eine gläserne Zelle lag.

„Eintreten", sagte der Soldat, als eine schmale Glasfront des gläsernen Gebildes nach oben glitt.

Erschrocken sah Sky ihn an. „Was ist das?", fragte sie.

„Ich sagte eintreten!", wiederholte der Mann streng, in dessen schwarzem Visier sie sich spiegelte.

Stumm gehorchte sie und betrat den Glasraum. Hinter ihr glitt die Glastür zu und die Soldaten verschwanden zum Ausgang. Es dauerte nicht lange, bis ein anderer Mann den Raum mit einem weiteren Soldaten Cyrons betrat. Skys Blick verdunkelte sich, als Mister Winson an das Glas trat, das das Einzige war, das sie von ihm trennte.

Er lächelte gehässig. „Gefällt dir deine Zelle?", fragte er.

Wütend schlug sie ihre Faust neben seinem Gesicht an die Glasscheibe.

Er zuckte kurz und lachte dann laut auf. „Noch hast du ganz schön viel Kraft für deine Wut", sagte er und sah dabei widerlich überlegen aus. „Das wird sich aber bald ändern, Sky." Dann nickte er dem wartenden Soldaten zu, der in ein Armband um sein Handgelenk sprach.

In diesem Moment ertönte ein Geräusch, das Sky nicht einzuordnen wusste. Besorgt sah sie sich um, ehe ihr Blick wieder auf Mister Winson fiel. Es wurde plötzlich deutlich kühler.

„Das ist eine Kältezelle“, erklärte er lächelnd und strich dabei über das Glas. „Sie sorgt dafür, dass du bis zu deiner Anhörung keinen Unsinn anstellen kannst.“

Dann wandte er sich ab und der Soldat folgte ihm augenblicklich.

Als die Tür sich schloss und Sky allein war, sah sie sich erneut um. Sie wusste, dass die kalte Luft aus der Decke strömte. Daher die hohen und glatten Wände in diesem Gebäude. Sie versuchte mit Stromschlägen zwischen ihren Fingern das Glas zu erhitzen, doch es passierte nichts. Sky spürte, wie sich ihre Haut durch die Kälte langsam spannte. Besorgt blies sie sich etwas Atem in die Handflächen. Sie erinnerte sich noch gut an die Testläufe mit Robert und hoffte, es würde wenigstens etwas helfen. Die Temperatur schien schnell zu sinken, denn ihr Atem wurde in der kalten Luft sichtbar.

„Bitte nicht“, flüsterte sie. Der Kühlstein hatte ihr bei den Versuchen genauso große Schmerzen zugefügt wie der Glühstein und sie wusste, dass es nicht mehr lange dauern konnte, bis ihr Körper davon geplagt werden würde. Panisch hämmerte sie gegen die Scheibe.

„Nein!“, schrie sie aus Leibeskräften. „Holen Sie mich hier raus!“

Noch einmal schlug sie mit ihrer ganzen Kraft gegen das Glas, doch es rührte sich nichts.

„Mister Winson!“, hallte ihr Hilferuf durch die Halle, doch niemand kam zurück. Eiskristalle bildeten sich rasend schnell an der Scheibe vor ihr. Erschrocken wich sie zurück. „Nein, nein, nein“, wiederholte sie immer wieder.

Ihre Fingerkuppen schmerzten und ihr Leib zitterte bereits. Noch einmal blickte sie zur Lüftung hinauf. Das Geräusch des Gebläses donnerte noch immer über sie hinweg. Sie spürte, wie die Kälte an ihren Gliedern zog. Es war, als klammerten sich etliche Personen an sie, deren Körper sich wie Nadeln in ihren bohrten. Ihre Augen brannten und die Erschöpfung zwang sie schon bald in die Knie.

„Ich muss hier raus", flüsterte sie, während ihre Gedanken plötzlich wie Planeten um Sam kreisten. Sie presste ihre Hand auf das Glas und wischte die beschlagene Scheibe frei um einen weiteren Blick auf die Tür zu werfen.

KAPITEL 27

„Kommunikationsanfrage von Robert James Stanson", erklang die Stimme eines Soldaten aus dem Kommunikator.

Robert umklammerte das kleine Gerät. Er spürte förmlich, wie der Blick des obersten Stadtrats sich überrascht auf den Soldaten richtete. Man konnte hören, wie er den Kommunikator übergab.

„Professor Stanson, es ist mir eine Freude", ertönte die aufgesetzt freundliche Stimme Mister Winsons.

„Lassen wir die Förmlichkeiten beiseite", begann Robert ernst. „Ich habe soeben erfahren, dass Sky nun in Ihrer Gewalt ist und fordere Sie daher auf einen Gleiter zu schicken."

Mister Winson lachte laut auf. „Sie wollen jetzt also nach Hause?"

Robert presste wütend die Lippen aufeinander. „Schicken Sie einen Ihrer Gleiter zurück nach Edge und sorgen Sie dafür, dass man ein Gerichtsverfahren eröffnet."

Es herrschte kurz Stille, ehe Mister Winson sich räusperte. „Das Verfahren gegen Sie läuft bereits. Ich könnte Sie ja einfach in Edge lassen und meine Beweise vorlegen, Mister Stanson. Umso schneller erreiche ich die Abschaltung Ihres geliebten R2-Modells und kann die Vertragsforderungen endlich endgültig erfüllen. Was sollte mich also dazu bewegen, Sie jetzt noch nach Cyron bringen zu lassen, wo ich doch alles hier habe, was ich dazu brauche?"

Robert umklammerte den Kommunikator fester. „Sie spielen ja ein gelungenes Spiel, Mister Winson, aber ich bin auch ein guter Spieler und habe vor unserem Gespräch einen Anruf beim Sender Hope29 getätigt. Ich erklärte, ich würde mich nun stellen und erzählte auch, dass ich Sie darum bitten würde mich hier abholen zu lassen."

Am anderen Ende herrschte mit einem Mal Stille.

„Schicken Sie mir einen verdammten Gleiter, Mister Winson!"

Damit beendete Robert das Gespräch ohne Weiteres. Er hatte genug von diesem Mann. Der Professor wusste längst, dass er ihm nicht trauen konnte und dass man ihm stets einen Schritt voraus sein musste, wenn man einen Sieg gegen ihn erringen wollte.

Howard nickte Robert zu. „Du hast jetzt, was du wolltest. Der Gleiter wird sicher bald hier sein."

Robert sah ihm tief in die Augen, ehe er ihm den Kommunikator zurückgab. „Hättest du nicht geplant mich zu hintergehen, hätten wir uns absprechen können", entgegnete er ihm.

„Natürlich", erwiderte Howard ironisch, „sind wir doch mal ehrlich. Was hätte ich sagen sollen? Seid doch bitte so lieb, wir würden euch gerne ausliefern … Oder hätte ich sagen sollen, dass wir die Kristalle eben gut gebrauchen können und all eure Bemühungen den R2 zu schützen sowieso vergeblich sein würden?“

Robert rieb sich nachdenklich die Stirn. „Das alles wäre deutlich besser gewesen als das, was dir eingefallen ist. Es wäre wenigstens die Wahrheit gewesen.“

Howard warf einen kurzen Blick zum nahegelegenen Energietor. „Ich war mir eben sicher, dass du alles für sie tun würdest. Ich weiß, dass du nein gesagt hättest, und was wäre dann gewesen? Du hättest mir doch sowieso nicht mehr vertraut“, erklärte er.

„Du hast uns eine Ansprache darüber gehalten, dass ihr das nun bis zum Schluss mit uns durchzieht, dabei hattest du längst geplant uns allen Schlafmittel einzuflößen“, sagte Robert enttäuscht. „Das Vertrauen all der Jahre wäre bei allen anderen Optionen, die du hattest, vielleicht angerissen, aber nicht vollkommen zerstört worden.“

Howard sah ihn nachdenklich an. „Was willst du von mir hören? Eine Entschuldigung?“, fragte er und wurde dabei deutlich aufgebrachter.

„Natürlich“, antwortete Robert. „Ich wäre mit Sky nach Cyron geflogen, wenn du mich nicht dazu getrieben hättest, sie allein wegzuschicken.“

Howard schüttelte augenblicklich den Kopf. „Du hättest doch mit ihr gehen können.“

Nun wurde auch Robert wütend. „Und dann hätte ich meine Familie bei einem Mann zurückgelassen, dem ich nicht mehr vertraue? Du bist vor dem Aufbruch von Sky in der Küche gewesen. Du hättest wer weiß was in den Taschen haben können.“

Nun verstand Howard, wieso Robert so versessen darauf bestanden hatte, dass er seine Taschen leerte. „Dachtest du, ich würde sie bedrohen? So wie du Lionel bedroht hast?", fragte er.

„Du hast mir keine andere Wahl gelassen", erwiderte Robert.

„Mein Sohn hatte furchtbare Angst. Ich hätte Sam niemals mit einer Waffe bedroht. Du weißt, dass ich ihnen kein Haar krümmen würde. Du bist der, der vollkommen ausflippt. Du schnappst total über, seitdem ihr aus Cyron abgehauen seid."

Abwehrend schüttelte Robert den Kopf. „Ich will dich mal in so einer Situation sehen."

Howard lachte gehässig. „Mich? Robert, mal im Ernst, ich würde niemals in so eine Situation kommen! Ich hätte an deiner Stelle gar nicht erst versucht diesen Roboter zu retten. Du hast damit doch alles aufs Spiel gesetzt, was du hast."

Die Augen des Professors zogen sich zusammen und er sah sein Gegenüber durchdringend an. „Wegen Menschen wie dir werden wir die großen Fragen des Lebens niemals beantworten können."

„Was soll das denn nun wieder heißen?", fragte Howard verständnislos.

„Sie ist uns so furchtbar ähnlich und du erkennst das nicht einmal. Sie ist doch nicht nur irgendeine Maschine. Sie ist ein funktionierendes Lebewesen. Der Mensch hat zum allerersten Mal ein anderes Leben geschaffen, ein intelligentes und fühlendes Geschöpf, eines, das in der Lage wäre sich selbst zu reproduzieren, indem es neue Exemplare seiner Art erbaut und stets weiterentwickelt. Es ist eine neue Spezies, Howard. Eine, die die Frage aufwirft, ob die Schriften der Bibel mit dem Ansatz, dass Gott uns nach seinem Ebenbild geschaffen hat, nicht doch einen Funken Wahrheit besitzen."

Howard blieb stumm und regungslos.

„Was wäre, wenn wir sie ohne einen Hinweis auf ihre Herkunft auf einem anderen Planeten aussetzen würden, sie alleine ließen und unbemerkt zusehen würden, wie sie sich entwickelten? Was würden sie für Errungenschaften hervorbringen, was würden sie alles tun um ihre Umgebung und ihr Dasein zu begreifen? Glaubst du nicht, dass sie ähnliche Dinge tun würden wie wir? Dass sie ihre Welt erkunden und eines Tages darüber hinaus nach Antworten suchen würden? Sie würden sich die Frage stellen, wer sie geschaffen hat und warum. Wenn man diese Spezies nicht mit allen Mitteln schützen muss, dann frage ich mich, wieso wir überhaupt angefangen haben nach Antworten zu suchen, wenn wir jetzt aufhören wollen in diesem Bereich zu forschen."

Howard ließ den Kopf sinken. „Die Antworten, die du suchst, wirst du vielleicht niemals finden. Ich glaube, dass es das wirklich nicht wert war, Robert. Ich für meinen Teil will jetzt nur noch nach Hause."

Dann ging er den Weg zurück, den sie gekommen waren. Er verschwand einfach. Seine Aufgabe war erledigt. Der Professor hatte von Howard verlangt ihm einen Gleiter zu besorgen. Als ihnen klar wurde, dass es nur eine Möglichkeit gab, so schnell wie möglich nach Cyron zu gelangen, hatten sie lediglich noch darauf gewartet die Information zu erhalten, dass Sky angekommen war. Nun waren die Nachrichtensender voll von dieser Meldung. Sie war also da und der Gleiter bereits unterwegs.

„Was soll das?", rief ihm Robert noch nach, doch Howard reagierte nicht. Stumm folgte er dem Weg nach Hause. „Wichtig ist, dass ich es wenigstens versuche!", hallte Roberts Stimme durch die Dunkelheit.

Seine Augen klammerten sich an Howards Umriss, den er im Schatten der Nacht bildete. Er drehte sich nicht einmal mehr um. Kopfschüttelnd blieb Robert allein zurück. Er versuchte seine Gedanken auf das zu lenken, was vor ihm lag: ein Prozess, der ihm hoffentlich die Möglichkeit gab, die Öffentlichkeit davon zu überzeugen, sich gegen den Stadtrat und sein Vorhaben zu wehren. Andernfalls war Roberts Familie genauso in Gefahr wie die von Howard. Vielleicht hatte er in den letzten Tagen wenigstens das begriffen.

Mehrere Soldaten hatten Robert aufgefordert in den Jagdgleiter zu steigen, als sie ihn in Edge festnahmen. Während des Fluges wurde kein Wort mit ihm gesprochen. Er kam sich dort bereits wie ein Verbrecher vor. Ihre Aufforderungen waren knapp und in ihren Stimmen hörte man einen zornigen Unterton. Es schien ihm, als würde man ihn wie einen Mörder anstatt wie einen Dieb behandeln.

Als sie in Cyron landeten, war es bereits kurz vor dem Morgengrauen. Nun blieb Mister Winson kaum mehr Zeit den Forderungen nachzukommen, doch er hatte bereits sämtliche künstliche Intelligenzen abschalten oder ausbauen lassen. Noch war niemandem bekannt, wohin man die aussortierte Technik brachte. Robert trat aus dem Gleiter heraus und wurde augenblicklich von mehreren Soldaten umringt. Sie hielten die Reporter und Schaulustigen auf Abstand, die immer wieder versuchten sich dem Professor zu nähern. Etliche Eyebot-Kameras schwirrten um sie herum und Unmengen von Fragen prasselten wie Hagelkörner auf ihn ein.

„Wussten Sie von den Plänen der Stadt?", fragte ein junger Mann, der sogleich von den Soldaten in die Menge zurückgetrieben wurde.

„Ist es wahr, dass Sie sich und Ihrem Sohn ihre Implantate herausschnitten?", erklang die Stimme einer Frau hinter ihm.

„Wieso riskieren Sie und die anderen Wissenschaftler Ihr Leben für diese Cyborg-Reihe?", fragte ein anderer Reporter, der zu ihm durchdrang, bevor er ebenfalls zurückgedrängt wurde.

Der eigentlich kurze Weg zum Gerichtsgebäude wurde durch die Massen endlos lang. Auch Demonstranten hatten sich versammelt. Ihre Leuchtschilder ragten im Hintergrund der Menschenmenge empor. Es war ein ohrenbetäubender Lärm. Roberts Augen huschten von links nach rechts. Er hielt sich die Ohren zu, denn die Soldaten brüllten immer wieder dicht neben ihm, dass die Leute Platz machen sollten. Roberts Herz hämmerte unterdessen vor lauter Aufregung. Er war gar nicht in der Lage auf irgendeine der vielen Fragen zu antworten. Er wollte nur noch das Gebäude erreichen und in seinem Schutz wieder zur Ruhe kommen. So war es ihm unmöglich, einen klaren Gedanken zu fassen und sich auf das, was kommen würde, vorzubereiten.

„Zurück!", schrie einer der Soldaten vor ihm und schubste dabei eine Reporterin in die Menge. Es schien, als würden die Menschen immer aufdringlicher. Der Professor begann sich vor all der Öffentlichkeit zu fürchten, die er eigentlich für sich zu nutzen geplant hatte, doch die Demonstranten waren alles andere als friedlich. Die Leute drängten sich immer weiter zwischen den Journalisten hindurch. Personen kamen dabei ins Stolpern oder fielen den Soldaten beinahe in die Arme. Mit denen war jedoch nicht zu spaßen. Ohne zu zögern traten oder schubsten sie die Menschen, die ihnen im Weg waren, einfach zurück. Ein Anblick, der Robert den Atem stocken ließ. Nie zuvor hatte er so ein rücksichtsloses Handeln bei Soldaten auf Hope gesehen. Sie waren ohne jeden Zweifel sehr darum bemüht den Professor umgehend ins Gebäude zu schaffen. Erst, als sie sich bis zum Eingang des Gerichtsgebäudes vorgekämpft hatten, hörte das dichte Gedränge auf. Die Türen schlossen sich hinter ihnen und der Lärm der Massen blieb als leises Stimmengewirr dahinter zurück.

Erleichtert atmete Robert tief durch. Die Soldaten, die ihn begleiteten, reihten sich plötzlich hinter ihm zum Schutz der Tür auf. Vor Robert lag eine breite gläserne Treppe, auf deren Stufen bereits ein Mann in stattlicher Richterrobe nach unten lief.

„Sie sind also Professor Robert James Stanson?", fragte er ihn und reichte ihm die Hand.

Robert griff danach und nickte. „Ja, der bin ich."

Der Richter hatte kurzes, graues Haar. Robert fiel direkt auf, dass seine Augen angenehme Freundlichkeit ausstrahlten.

„Ich möchte mich kurz vorstellen und das Wichtigste vorab mit Ihnen klären, bevor in etwa drei Stunden die erste Verhandlung beginnt", erklärte er. „Mein Name ist Dupont, ich bin der oberste Richter in Ihrem Prozess."

Das war eine erleichternde Information für Robert. Dieser Mann wirkte auf ihn beruhigend und seine Ausstrahlung war ein deutlicher Gegensatz zu der von Mister Winson.

„Die Stadt Cyron hat Sie bereits in mehreren Fällen angeklagt. Um genauer zu sein zähle ich sie Ihnen gerne auf: Diebstahl, Verdacht auf Verrat, Implantat-Entfernung, Kindesentführung sowie Gesetzesverstoß im Fall ihrer betrieblichen Vorschriften und nicht zu vergessen ist die Störung der Vertragsverhandlungen."

Robert blieb in Anbetracht der Aufzählung so ruhig wie möglich. Er wollte einen sicheren Eindruck machen.

„Ich würde gern eine Gegenklage einreichen, wenn das gestattet ist, Richter Dupont", sagte er.

Der Mann nickte. „Natürlich, Sie müssten mir das noch schriftlich vorlegen, aber was genau möchten Sie der Stadt denn vorwerfen?"

Robert warf einen kurzen Blick auf die Soldaten zurück, ehe er wieder sein Gegenüber ansah. „Ich möchte nicht die Stadt Cyron anklagen, sondern lediglich Mister Winson - wegen versuchten Mordes und Korruption."

Mit großen Augen sah ihn der Richter überrascht an. „Sie wollen dem obersten Stadtrat vorwerfen bestechlich zu sein?"

Robert stimmte entschlossen zu. „Ich will es ihm nicht nur vorwerfen, ich will es beweisen."

Der Richter deutete die Stufen hinauf. „Der Saal unserer Verhandlung liegt oben. Dort finden Sie auch einen Raum, in dem Sie sich vorbereiten können. Ich müsste noch wissen, ob Sie sich selbst verteidigen wollen oder ob dies ein Anwalt übernehmen wird?"

„Ein Anwalt wird nicht nötig sein", antwortete Robert.

„Dann reichen Sie bitte selbst die Liste Ihrer Zeugen ein."

Robert presste nachdenklich die Lippen aufeinander.

„Haben Sie noch Fragen?", wollte Mister Dupont wissen, als er den Ausdruck auf Roberts Gesicht deutete.

„Der R2 ist Teil dieser Verhandlung, daher kann ich hoffentlich davon ausgehen, dass die Abschaltung dieses Cyborgs nicht stattfinden wird, ehe ein Urteil gefallen ist, nicht wahr?"

Der Richter nickte zustimmend. „Das Gesetz steht noch immer über dem Wunsch des Stadtrates, Mister Stanson." Sofort nahm die Anspannung ab, die Robert beherrscht hatte, seit er aus dem Gleiter gestiegen war. Sein Plan ging auf. Nun konnte er nur hoffen, dass er diese Verhandlung so lang wie möglich aufrechterhalten konnte. Er brauchte diese wertvolle Zeit um die Menschen von der Wahrheit zu überzeugen. Nur so konnte er den Vertrag noch verhindern - indem er Mister Winson dazu drängte, die Frist nicht einhalten zu können.

Zur Verhandlung erschienen auch Sam und Sarah. Sie hatten die Nachrichten im Medienfenster verfolgt und hatten sich umgehend auf den Weg zum Gerichtsgebäude gemacht, als sie gehört hatten, dass Robert in Cyron angekommen war. Noch immer musste man sich durch die vielen Menschen drängen um zum Eingang zu gelangen. Nur wenige Reporter durften dem Prozess beiwohnen.

Als Sam sich auf einen der noch vielen freien Plätze im Saal setzte, konnte er drei Eyebots erblicken, die den Inhalt der Verhandlung für die Außenwelt ausstrahlten. Er konnte kaum begreifen, was für ein wahnsinniges Interesse die Bürger Cyrons an der Flucht seines Vaters hatten. Seine Mutter wackelte nervös mit ihren Beinen, die sie übereinandergeschlagen hatte. Er spürte ihre Nervosität, als sich der Raum langsam mit fremden Zuschauern füllte. Immer wieder huschten Sams Augen hoffnungsvoll zur Tür, wenn neue Schritte im Saal erklangen. Er wünschte sich nichts mehr, als dass Sky und sein Vater nun endlich in seinem Blickfeld auftauchten. Doch als zwei der anwesenden Soldaten die Tür schlossen, wurde Sam bewusst, dass die Verhandlung nun begann und es nur noch die Chance gab, dass Sky als aufgerufene Zeugin im Saal erscheinen würde, während sein Vater gleich auf der Anklagebank Platz nehmen musste.

Der Richter saß hinter einem riesigen Pult aus dunklem Holz. Das Wappen der Stadt zierte die Front dieses einschüchternden Anblicks. Der Mann erhob sich und auch die Zuschauer standen umgehend auf. Sam wäre fast sitzen geblieben, so fixiert war sein Blick auf den Richter.

„Steh auf", erklang die flüsternde Stimme seiner Mutter. Sofort fuhr er von seinem Platz hoch.

„Hiermit eröffne ich den Prozess gegen Professor Robert James Stanson, der in insgesamt sieben Fällen von der Stadt Cyron angeklagt wurde. Da der Angeklagte eine Gegenklage eingereicht hat, werden wir zwei weitere Anklagen in dieser Verhandlung klären; dabei gilt seine Gegenklage jedoch nicht der Stadt, sondern lediglich dem Oberhaupt des Stadtrates. Wir werden nun beginnen, daher bitte ich Sie für die Dauer der Verhandlung um Ruhe", erklärte der Richter. „Führen Sie den Hauptangeklagten bitte zu seinem Platz", sagte er zu einem der Soldaten, die an einer Tür neben dem Pult standen. Dieser nickte und öffnete die Tür. Sie glitt auf und Sam konnte sehen, wie sein Vater kurze Zeit später den Saal betrat. Seine Augen sahen nur kurz über einen Teil der Zuschauer hinweg, als er zu seinem vorderen Platz geführt wurde.

„Dad", entfuhr es Sam leise, als er begriff, dass sein Vater sie nicht wahrgenommen hatte.

„Sam, sei still", hörte er seine Mutter, die ihn leise zur Ruhe rief, doch Sam stand trotzdem auf. „Dad", sagte er noch einmal lauter.

Die Blicke der Zuschauer – und auch der des Richters – richteten sich auf ihn. Der schwebende Eyebot, der sich vor den Zuschauern platziert hatte, richtete sein Auge auf ihn und auch Robert sah seinen Sohn an. Er sah erleichtert und glücklich aus. Sein Vater nickte und Sam lächelte ihm zu, während seine Mutter an seinem Hemd zog und ihn versuchte so zurück auf seinen Platz zu befördern. Erst, als Robert sich setzte, nahm auch Sam wieder Platz. Er konnte im Augenwinkel das Kopfschütteln seiner Mutter wahrnehmen, doch es war ihm egal. Ihm war wichtig, dass sein Vater wusste, dass sie da waren und ihm beistanden.

„Mister Winson wird dem Prozess nicht direkt beiwohnen können. Aufgrund der vielen Aufgaben, die ihm durch die Vertragserfüllung auferlegt wurden, fehlt ihm die Zeit um in der Stadt zwischen dem Regierungsgebäude und dem Gericht zu pendeln. Mister Winson wurde daher eine Hologramm-Anwesenheit gewährt."

Die Worte des Richters ließen Verwunderung in Sam aufsteigen. Warum um alles in der Welt war Mister Winson sich zu schade um die Zeit hier zu investieren? Er wollte den Vertrag doch mit diesem Prozess endgültig durchbringen. Einige Meter neben dem Platz seines Vaters leuchtete nun das Abbild des Stadtoberhaupts auf. Er saß wie Robert mit dem Gesicht zum Richter. Andere Mitglieder des Stadtrates wurden nicht zu der Verhandlung bestellt. Das machte erneut deutlich, wie sehr Mister Winson als Oberhaupt die Stadt Cyron repräsentierte.

Als die Verhandlung anfing, begann damit auch eine endlos andauernde Beweisführung durch die Stadt. Mister Winson ließ Bilder des gestohlenen Gleiters und der darin zurückgelassenen Implantate zeigen. Er verwies auf das Gesetz der Identitätsbelegpflicht und darauf, dass es Robert nicht gestattet gewesen sei den Gleiter ohne Absprache aus der Stadt zu fliegen. Außerdem wiederholte er immer wieder, wo sie das entwendete Fahrzeug vorgefunden hatten. Er ließ zudem Passagen aus den betrieblichen Vorschriften des Forschungszentrums vorlesen. In diesen Texten war eindeutig hinterlegt, dass der Stadtrat über die genauen Einzelheiten der Forschung und den Bau der Cyborgs informiert werden müsse. Alles in allem erschien Sams Vater bereits nach etwa zwei Stunden Beweisführung durch Mister Winson bereits als schuldig. Erst dann gab es eine kleine Pause, Zeit, die Sam und seine Mutter umgehend dazu nutzten, Robert nach all dem etwas aufzubauen.

KAPITEL 28

Als die Verhandlung fortgeführt wurde, konnte Robert sich endlich zu den vorgelegten Beweisen äußern. Die Anwesenheit seines Sohnes und seiner Frau gab ihm die nötige Kraft an seinem Plan festzuhalten und die Öffentlichkeit für sich und seine Zwecke zu nutzen. Sam hatte ihm erzählt, dass sie das Kind der Jäger gesund in das Dorf zurückgebracht hatten und dass Gallad, so gut er konnte, versucht hatte ihnen die Wahrheit nahezubringen. Nun war er an der Reihe.

Er durfte aufstehen und wurde darum gebeten seine Sicht der Dinge zu schildern und die aufgekommenen Fragen zu beantworten.

Mister Winsons Hologramm war erloschen und das Stadtoberhaupt würde vorerst nur durch eine Tonverbindung am Prozess teilnehmen. Er müsse sich seinen Aufgaben widmen, so hieß es. Richter Dupont warf einen Blick zu Robert hinunter. „Professor Stanson, wir fangen am besten ganz am Anfang an, bei dem geplanten Bau der R2-Serie. Erzählen Sie uns, wieso Sie sich dafür entschieden haben, die Einzelheiten zu verschweigen, und um welche Erweiterungen der ursprünglichen Serie es sich dabei handelt!"

Robert nickte. Er warf einen nachdenklichen Blick auf den Richter, als er in seinen Erinnerungen versank. „Ich hatte bereits seit mehreren Jahren an der Möglichkeit geforscht Cyborgs mit Gefühlen auszustatten. Das ist dem Stadtrat stets bewusst gewesen. Als wir die Genehmigung dafür erhielten, war Mister Winson noch keines der gewählten Mitglieder des Rates, aber diese Information lag im Regierungsgebäude durchaus vor. Erst vor etwa einem Jahr habe ich dann einen bahnbrechenden Erfolg in diesem Forschungsbereich erzielt. Bei dem Objekt handelte es sich jedoch noch nicht um eine Cyborg-Person, sondern um einen Roboter-Hund, den ich zum Testen mit dieser Besonderheit ausgestattet hatte. Als die Ergebnisse darauf schließen ließen, dass er Schmerz, Freude oder Angst empfinden konnte, waren wir uns alle sicher, dass dies auch auf einen intelligenten Cyborg zu übertragen wäre."

Ein Raunen ging durch den Saal und auch der Richter schien überrascht zu sein. „Meines Wissens müssen Sie nach möglichen Investoren suchen und die Stadt danach über den geplanten Bau und seine Einzelheiten informieren", sagte der Richter.

Sams Vater stimmte zu. „Ja, so ist es. Wir fanden problemlos faszinierte Personen, die sich bereiterklärten dieses Bauvorhaben zu bezahlen, aber wir stießen auch auf Ablehnung einiger ehemaliger Investoren. Sie sahen keinen Sinn darin einen Roboter mit Gefühlen auszustatten und ihn so menschenähnlich wie möglich zu gestalten. Einige sagten, dass ihnen diese Vorstellung sogar Angst einjage. Eine Welt, in der man nicht mehr zwischen Mensch und Maschine unterscheiden könne, sei keine Zukunftsvision für sie."

Robert hielt kurz inne und prompt ergriff der Richter das Wort. „Und doch kam es zum Bau der Serie. War das also der Grund dafür, die Einzelheiten zu verschweigen?"

Robert strich sich mit der Hand durch das Haar, während Sam auf seinem Platz weiter nach vorne rutschte.

Der Eyebot näherte sich seinem Vater. Den Menschen vor den Medienfenstern musste es wie den Personen im Raum gehen. Es war furchtbar spannend ihm zuzuhören. Nie zuvor gab es eine solche Serie und nie zuvor hatten sich Wissenschaftler auf Hope über die Regierung hinweggesetzt. So etwas war erst einmal in der menschlichen Geschichte vorgekommen und es hatte weitreichende Folgen für die Zukunft gehabt. Es war in der Zeit gewesen, als die Erdbevölkerung vor dem schlimmsten Krieg von allen gestanden hatte. In diesem Moment hatte eine Hand voll Wissenschaftler Rückgrat bewiesen und versucht die Menschheit vor dem Untergang zu bewahren. Auch dieses Mal befanden sich die Menschen im Angesicht einer drohenden Auslöschung, doch noch waren sie sich nicht einmal darüber bewusst, dass Robert sie alle nur retten wollte.

Der Professor holte tief Luft. „Wir besprachen gemeinsam mit den Inverstoren die Möglichkeit, dass der Stadtrat dem Wunsch des geplanten Bauvorhabens ebenso skeptisch gegenüberstehen könnte wie die abgesprungenen Investoren", begann er. „Wir entschieden uns dafür die Einzelheiten vorerst für uns zu behalten. Die Investoren waren sich dessen bewusst, dass mit der Ablehnung des Stadtrats auch der Bau umsonst gewesen sein könnte und ihre eingesetzten Kristalle damit verloren wären, aber sie wollten das Risiko mit uns eingehen. Also bauten wir die R2-Serie, um die Menschen nicht von einer Theorie, sondern von einem vollendeten Lebewesen überzeugen zu können."

„Als der Bau abgeschlossen war und Sie dem Stadtrat den ersten erweckten Cyborg präsentierten, verließen Sie danach Hals über Kopf die Stadt. Dabei kam es zu einer Explosion und dem Ihnen vorgeworfenen Diebstahl des Gleiters und des R2-Modells. Nur kurze Zeit danach entfernten Sie sich das Implantat. Wie kam es zu all diesen Ereignissen, Professor Stanson?", fragte der Richter.

„Der Stadtrat war unserer Idee gegenüber sehr misstrauisch und als er mit meinem Sohn gesprochen hatte, gab es für mich keinen Zweifel mehr, dass er der Freigabe nicht zustimmen würde."

„Wieso war Ihnen das ohne genaue Antwort klar?", wollte Richter Dupont wissen.

„Weil man meinen Sohn fragte, ob er es bedauern würde, wenn der R2 nicht bei uns bleiben könnte" antwortete Robert.

„Und dann verließen Sie die Stadt?", hörte man den Richter weiter fragen.

„Ich habe ein lebendiges Wesen erweckt, eines, das den Tod durchaus begreift und sich davor wie jeder von uns fürchtet. Ich hatte keine andere Wahl, ich musste Skys Abschaltung, also des R2-Cyborgs, verhindern. Also ja", sagte Robert, „ich flog zunächst mit meinem Sohn und Sky nach Hause. Dort arbeitete eine ältere Cyborg-Version namens Jenna für uns im Haushalt. Sie wusste so ziemlich alles über meine Familie und mich. Sie war zwar nicht mit einer künstlichen Intelligenz ausgestattet, konnte Daten aber durchaus aufnehmen und verarbeiten um nach einem Gedächtnisverfahren zu handeln. Sie wusste also zu viel, als dass ich sie einfach hätte zurücklassen können. Ich betätigte eine Einstellung zur Selbstzerstörung. Daher kam es zur Explosion, als wir auf dem Weg zum Energietor der Stadt waren. Ich wollte so weit weg wie möglich, um Sky wenigstens die Chance zu bieten sich der Menschheit gegenüber zu beweisen. Also entfernte ich mein Implantat und das meines Sohnes. Er wollte das nicht, aber ich forderte ihn dazu auf um den R2 zu schützen. Man hätte uns damit ausfindig machen können und das wollte ich verhindern."

Sam schluckte. Nur zu gern wäre er aufgesprungen und hätte Mister Winson in aller Öffentlichkeit beschuldigt selbst eine Explosion vor ihrer entzündet zu haben, doch er blieb sitzen. Er musste auf seinen eigenen Aufruf in den Zeugenstand warten. Immer wieder tauchten plötzlich Bilder von Sky in seinen Erinnerungen auf. In den Medien hieß es lediglich, dass sie laut Angaben des Stadtrates wieder in Cyron sei. Er wusste nicht, wo sie sich befand und ob es ihr gut ging. Die laute Stimme des Richters riss ihn jedoch schlagartig aus seinen Gedanken.

„Ihren Worten nach zu urteilen wollen Sie Ihre Schuld in diesen Anklagepunkten nicht leugnen."

Sam konnte sehen, wie sich der Kopf seines Vaters schuldbewusst senkte.

„Nein, das kann ich auch nicht, aber ich möchte sehr wohl deutlich machen, dass ich all dies tat um ein Leben zu schützen. Als Wissenschaftler trage ich eine ethische Verantwortung. Meine Forschungen beziehen sich auf einen sehr umstrittenen Bereich. Doch auch, wenn manche Menschen sich durch die R2-Serie nun mit vielen Fragen konfrontiert sehen, will ich meine Chance nutzen und Sie darum bitten sich auch in Skys Lage zu versetzen. Wir reden hier nicht von einem

Tier, das sich seinem Dasein nicht einmal bewusst ist. Wir sprechen hier von einem fühlenden, denkenden und träumenden Lebewesen, dass zu einhundert Prozent weiß, dass es existiert und dass sein Leben nun in unseren Händen liegt."

Der Eyebot, der den Richter anvisierte, leuchtete auf. Sam konnte nicht einschätzen, wie die Menschen außerhalb dieses Saals auf die Worte seines Vaters reagieren würden, doch als er sich vorsichtig umsah, entdeckte er nachdenkliche Gesichter.

„Wenn Sie mit Ihren Schilderungen soweit fertig sind, würde ich gern einen der Investoren hereinbitten, Mister Stanson. Ist das für Sie in Ordnung oder möchten Sie vorab noch etwas sagen?", fragte der Richter.

In Roberts Gesicht zeichnete sich deutlich die Überraschung ab. Das war kein Zeuge, den er geladen hatte. Dieser musste sich ohne Frage selbst gemeldet haben, denn alle Namen der Investoren wurden vom Forschungszentrum geheim gehalten.

„Nein, ich bin erst einmal fertig", antworte Robert, dessen Stimme ihm selbst furchtbar leise vorkam.

Er nahm Platz und der Soldat öffnete wieder die Tür, von der aus auch Robert den Saal betreten hatte. Schon als der Mann den Raum betrat, konnte man ein Raunen unter den Zuschauern hören. Sam warf einen fassungslosen Blick zu seiner Mutter hinüber.

„Mister Hiemer", flüsterte er ihr ungläubig zu. Ausgerechnet er investierte also in den Bau von Cyborgs. Ein Mann, der seine Kristalle mit der Vergangenheit machte. Als er im Zeugenstand Platz nahm, wurde es augenblicklich wieder totenstill.

„Mike Hiemer, Alter 68 und Eigentümer des Stadtarchivs von Cyron. Ist das korrekt?", fragte ihn Richter Dupont.

Der Archivar nickte zustimmend. „Das ist richtig.“

„Sie meldeten sich freiwillig um eine Aussage zu tätigen. Da Sie als Investor der R2-Serie sich ebenfalls mit einer solchen Aussage strafbar machen könnten, muss ich Sie noch einmal fragen, ob Sie dennoch gerne etwas dazu sagen möchten?“

Mike Hiemer erblickte Sam in diesem Moment zwischen all den Zuschauern. Sofort breitete sich ein Lächeln auf seinem Gesicht aus. „Das ist mein Wunsch“, antwortete er und in Sam stieg das Gefühl auf, dass Mr. Hiemer all das vielleicht nur für ihn tat.

„Gut“, ertönte die Stimme des Richters. „Vielleicht möchten Sie uns einige Antworten liefern. Wieso investierten Sie in den Bau der Serie und warum einigten Sie sich mit den verantwortlichen Wissenschaftlern darauf, dass Sie dem Stadtrat die Einzelheiten lieber vorenthalten würden?“

Der Blick von Mister Hiemer wanderte kurz zu Robert hinüber, ehe er auf seine gefalteten Hände hinabsah. „Zu allererst sollten Sie wissen, dass ich nicht nur in den Bau von Cyborgs investiere. Ich investiere in vielerlei Hinsicht in die Zukunft Hopes. Ich unterstütze die Forschung im Bereich der Energiegewinnung und der Genforschung, die uns erlaubt, viele Rohstoffe selbst herzustellen oder um uns genetisch unserer Umgebung anzupassen, damit wir diesem Planeten nicht schaden. Mir liegen diese Dinge am Herzen, weil ich meine Kristalle mit Erinnerungen verdiene, mit traurigen Erinnerungen, wenn Sie so wollen. Eine schmerzhafte Vergangenheit, die der Mensch selbst zu verantworten hat, liegt hinter uns. Ich investiere also in eine hoffnungsvollere Zukunft, damit wir uns nie wieder an einem solchen Punkt befinden werden.“

„Wieso dann die Investition in Cyborgs und vor allem auch in die R2-Serie, die uns so furchtbar ähnlich ist?", wollte der Richter umgehend wissen.

„Weil mich die Vorstellung fasziniert hat. Das ist vielleicht unsere Chance koexistent mit einer anderen Spezies zu leben, gegenseitig voneinander zu lernen und weitere Fehler zu vermeiden. Jede Entscheidung, die wir treffen, wird von einer anderen intelligenten Lebensform in Frage gestellt. Und das funktioniert auch umgekehrt. Der Homo Sapiens war mit dafür verantwortlich, dass die Neandertaler ausstarben. Wir waren ihnen überlegen, somit bleiben wir die einzigen hochintelligenten Geschöpfe der Erde. Aber es ist doch töricht uns selbst als Krone der Schöpfung anzusehen und diese gesamte Schöpfung dann so skrupellos zu zerstören. Es ist doch furchtbar dumm Rohstoffe zu verbrauchen, über deren Endlichkeit der Mensch sich bewusst gewesen ist und dennoch war er nicht in der Lage Veränderungen durchzusetzen um den wirtschaftlichen Zusammenbruch aufzuhalten. Der Mensch baute nukleare Waffen, Geschosse, die dazu fähig waren, seine eigene Art auszurotten und seine Umwelt zu vergiften. Darin erkenne ich nicht die Krone der Schöpfung, Richter Dupont. Wenn ich auf unsere Vergangenheit blicke, sehe ich ein naives Kind, das eine Zurechtweisung gebraucht hätte, eine starke Hand, die ihm auch einmal hätte zeigen können, dass sein Handeln unverantwortlich ist, doch es gab niemanden, der uns aufgehalten hat. Und so kam es, wie es kommen musste. Wir haben einen ganzen Planeten auf dem Gewissen, ein ganzes Ökosystem, unzählige Tierarten und Milliarden Menschen, Exemplare unserer eigenen Art. Und jetzt befinden wir uns hier und das Schicksal bot uns eine weitere Chance. Uns wurde bewusst, dass wir nicht die einzigen intelligenten Lebewesen in diesem Universum sind. Und was haben wir getan? Kaum erblickten wir die Schiffe der Magier, wurden Befehle zum Abschuss erteilt. Wir wollten nicht einmal wissen, wer uns aufsuchte und warum. Die Schuld dieses endlosen Krieges liegt ganz bei uns. Der Mensch scheint nicht in der Lage zu sein, mit einer anderen hochentwickelten Spezies zu kooperieren. Wir nutzen künstliche Intelligenz, aber auch das doch nur für unsere eigenen Zwecke. Wir lassen Maschinen für uns arbeiten, weil es keinerlei Widerworte gibt. Wenn mir ein Mensch sagt, dass er sich vor Cyborgs wie der R2-Serie fürchtet, dann fürchtet er doch nur ein Spiegelbild seiner selbst. Wir haben Angst davor, dass sie sich wie wir entwickeln könnten. Man fürchtet sich davor, dass es irgendwann dazu kommen könnte, dass sie uns ausrotten, weil sie ebenso gierig und kaltblütig werden wie wir. Aber ich sehe das anders. Ich sehe in ihnen die Chance, diese Urangst endlich in den Griff zu bekommen. Ich glaube daran, dass wir gewinnbringend voneinander lernen, Entscheidungen auch einmal abgeben können, dass wir endlich lernen auf andere Meinungen und Wünsche Rücksicht zu nehmen. Ich glaube, dass diese Serie dem Menschen dabei helfen könnte, an seiner Fähigkeit der Koexistenz zu arbeiten. Dabei werden wir ohne Frage auch einmal auf Widerworte stoßen. Aber wenn der Mensch aus seiner Vergangenheit eines gelernt haben müsste, dann, dass wir Widerworte durchaus auch gebrauchen können."

Dann räusperte sich Mister Hiemer kurz, während alle im Saal weiterhin wie gebannt auf ihn blickten. Er hatte so viel Wahres gesagt. Sam spürte die Gänsehaut auf seinem Körper. Die Worte des Archivars ließen ihn über die Vergangenheit nachdenken, über all die Fehler, die sie gemacht hatten und immer noch machten, und er selbst war überzeugt davon, dass Mister Hiemer Recht hatte. Sie alle brauchten diese Chance, die sein Vater ihnen mit dem Bau der R2-Serie gegeben hatte.

„Ich erkenne durchaus Ihre Leidenschaft für dieses Projekt an, Mister Hiemer. Aber wieso willigten Sie ein, die Gefühlsfähigkeit dieser Serie geheim zu halten? Ging es dabei ausschließlich um die Sorge, dass dieser Punkt tatsächlich so kritisch betrachtet werden würde?", fragte Richter Dupont wissbegierig.

„Ich war der, der die Idee hatte, die Einzelheiten zu verschweigen", erwiderte der Archivar. „Diese Schuld liegt bei keinem der Wissenschaftler, sie liegt ganz bei mir. Ich habe die größte Summe zum Bau der R2-Serie eingezahlt und ich drohte damit den Geldhahn zuzudrehen, wenn wir es ernsthaft in Betracht ziehen würden, den Stadtrat von dieser Theorie zu überzeugen. Also ja, er hätte ohne jeden Zweifel dagegen gestimmt und ich möchte Ihnen auch gern meine Meinung dazu sagen. Der Stadtrat hätte sich genauso, wie wohl die meisten Menschen, Fragen über die Zukunft der R2-Serie gestellt, die er sich durchgehend negativ beantwortet hätte. Diese Antworten kommen jedoch nur aus den eigenen Erfahrungen, die die Menschen gemacht haben. Wir können nicht sagen, wie die R2-Serie sich in die Gesellschaft eingliedern wird. Wir wissen nicht, was sie für Vorstellungen vom Leben haben. Wir können nicht einfach davon ausgehen, dass sie sich zu unseren Feinden entwickeln werden. Das sind nur Befürchtungen, die in uns aufkeimen, weil wir wissen, wie wir selbst sind. Aber man kann auch etwas dazu beitragen, dass sich diese nicht bewahrheiten. Wir dürfen nicht vergessen, dass es sich um Lebewesen handelt. Sie sind weder unsere Sklaven noch unsere Haustiere. Es wird nötig sein, sie mit Respekt zu behandeln und sie als Gleichgesinnte zu akzeptieren. Wenn wir uns wieder in die Spirale unserer Urangst zurückziehen und sie wie minderwertige Lebewesen behandeln, drohen wir unsere Fehler zu wiederholen. Sklaverei und Rassentrennung, Dinge, die zweifellos dazu führen, dass sie sich eines Tages auflehnen würden. Wenn wir allerdings der Meinung sind uns wirklich von diesem ehemaligen Bild des Menschen entfernt zu haben, dann erwarte ich auch, dass wir in der Lage sind es besser zu machen. Wir sollten uns alle einmal drüber klar werden, dass wir nicht die Krone der Schöpfung sind und dass wir in keiner Art und Weise über irgendeinem anderen Lebewesen stehen. Professor Stanson wird hier für etwas angeklagt, das man ihm nicht vorwerfen würde, wenn es sich nicht um einen Cyborg, sondern um ein richtiges Kind gehandelt hätte. Wenn Sie diesen Aspekt also ausblenden könnten und sich ein junges Mädchen vorstellen würden, dessen Leben er mit allen Mitteln zu schützen versuchte, dann würde Ihnen schnell bewusst werden, dass er eigentlich keine andere Wahl hatte. Einem Menschen wie ihm würden Sie bewundernd entgegentreten. Man würde sich nicht die Frage stellen, was er alles riskiert hätte. Man würde ihn für seinen Einsatz schätzen. Das ist etwas, worüber man nachdenken sollte, bevor man ihm eine Schuld zuweist, die ihm erst durch den Stadtrat auferlegt wurde."

Dann bedankte er sich dafür, dass er seine Aussage hatte machen dürfen. Der Richter deutete ihm aufzustehen und so erhob sich Mister Hiemer und verließ den Saal. Zurück blieben nur ein leerer Zeugenstand und die Nachwirkung seiner Worte, die jeder in der Stille für sich deuten musste. Auch

Richter Dupont schien einen Moment zu brauchen, ehe er den ersten Tag der Verhandlung für beendet erklärte.

KAPITEL 29

Am Horizont Cyrons bildeten sich die Umrisse von einem Dutzend Magier ab, die auf die Stadt zusteuerten. Durch das Medienfenster verfolgten Sam und seine Eltern jeden ihrer Schritte in den Nachrichten. Als die Gruppe etwa hundert Meter vor dem Energietor der Stadt Halt machte, eröffnete sich ihnen ein Bild, welches sie zuvor so oft mit angesehen hatten. Die Magier schickten vor jedem ihrer Angriffe ein Dutzend ihrer Art als warnende Drohung. Cyron bekam das erste Zeichen, dass sie Ernst machten. Wenn der Vertrag nicht eingehalten werden würde, kam der Krieg nun auch zu ihnen.

Schon in den Worten der Reporterin konnte man den Druck hören, der sich durch die Anwesenheit dieser Geschöpfe aufbaute. „Unser Energienetzwerk Coroc wird ab morgen ebenfalls nur noch manuell gesteuert werden. Viele Aufgaben der Maschinen haben wir bereits selbst übernommen. Die ersten Eyebots, die für Coroc die Welt erkundet haben, sind längst auf dem Rückweg, um sie ebenfalls für eine manuelle Steuerung auszurüsten, doch nun wird deutlich, dass die Zeit langsam knapp wird. Wenn wir nicht kooperieren, werden die Magier die Stadt angreifen. Genaue Vertragsinhalte sind uns bis zum heutigen Tage noch nicht bekannt, doch es wird deutlich, dass die Magier über die aktuellen Zahlen der aktiven künstlichen Intelligenzen unserer Stadt informiert werden. Das Gericht wird sich dadurch nun mit der wachsenden

Bedrohung konfrontiert sehen und so den Prozess von Robert J. Stanson umgehend abschließen müssen."

Ihre Worte hallten durch den Wohnraum und Sam konnte seinen Vater dabei beobachten, wie er hilflos zu Boden blickte. Das Gericht hatte ihm den Freigang erlaubt und verzichtete auf eine Haftzeit während des Prozesses. Richter Dupont schien keine Fluchtgefahr zu sehen, solange Sky weiterhin festgehalten wurde. Schließlich war sie der Grund seines Aufbruchs und auch seiner Rückkehr gewesen. Doch auch wenn man sich über diesen kleinen Erfolg hätte freuen können, trübte die Sondersendung nun die Stimmung und erinnerte an den drohenden Krieg. „Wir alle wissen, wozu sie im Stande sind. Die Frage ist, ob wir Cyron ebenfalls in solch düstere Stunden schicken wollen", fügte die Reporterin hinzu, ehe die seit Monaten ersten Bilder der Stadt Delta eingeblendet wurden. Am unteren Teil des Bildschirmrandes konnte man die aktuellen Zahlen der Toten verfolgen, während man sich mit dem schrecklichen Anblick einer vollkommen zerstörten Stadt konfrontiert sah. Sam schluckte, als der Eyebot über die zerstörte Schutzkuppel hinwegsauste. Riesige Glasscherben ragten in die Luft, während andere auf den Trümmern einiger Gebäude lagen. Elementarkräfte hatten die Stadt zerstört. Wasser, Feuer, Erde und Luft griffen in gewaltigen Mengen die Stadt an. Naturgewalten, die von den Magiern genutzt wurden, um sich gegen die Geschütze der Menschen aufzulehnen. Es war beängstigend, denn mit der Ankunft der Magier an diesem Morgen stand ihnen nun selbst der Krieg unmittelbar bevor.

„Wir müssen das verhindern", sagte Sarah plötzlich.

Robert schüttelte den Kopf. „Das können wir gar nicht." Er warf erst einen Blick zu Sarah, ehe er zu Sam hinübersah. „Ich will, dass ihr eure Atemmasken ab sofort immer bei euch tragt."

Sam nickte bereitwillig.

„Richter Dupont sagte mir, dass Sky in der Militärbasis Cyrons ist", fügte er hinzu. „Wir müssen sie da rausholen, ganz gleich wie der Prozess ablaufen wird. Wir müssen dafür sorgen, dass sie da raus kommt, bevor die Magier uns angreifen."

Sams Herz schien augenblicklich stehenzubleiben. „Geht es ihr gut?", wollte er wissen.

„Genau weiß ich das nicht, Sam. Sie steht auf meiner Zeugenliste, also hoffe ich, dass sie sie gut behandeln, da sie ja jederzeit in den Zeugenstand gerufen werden könnte", erklärte sein Vater, ehe er entschlossen aufstand. „Wir sollten jetzt aufbrechen. Heute werden wir auf Howard und seine Familie bauen müssen. Ich kann nur hoffen, dass er keinen Unfug macht und bei der Wahrheit bleibt."

Sarah erhob sich nun ebenfalls. „Ich kann mir kaum vorstellen, dass sie dir jetzt noch unbedingt helfen wollen", sagte sie zu Robert.

„Ich hatte keine andere Wahl als sie als Zeugen aufzurufen. Ich brauchte Zeugen, die mit Sky im Kontakt standen", erwiderte er. Dann forderte der Professor seine Familie dazu auf ihre Atemmasken einzupacken. Es konnte nun jederzeit zu einem Angriff kommen. Robert konnte und wollte den Magiern nicht vertrauen. Nicht, nachdem er so viel über sie und ihr Vorhaben wusste. Wenn ein großer Teil der Cyborgs bereits aus der Stadt geschafft worden war, dann hätten sie bereits genug gegen sie in der Hand um keinen Tag länger warten zu müssen. Und da man der Öffentlichkeit diese Details weiterhin verschwieg, war ein schneller Angriff durchaus möglich.

Sams Mutter hatte sich um einen Mietgleiter bemüht und somit waren sie bereits nach etwa einer halben Stunde beim Gerichtsgebäude angelangt. Robert wurde direkt von ihnen getrennt. Er musste durch die andere Tür treten und so waren Sarah und Sam allein, als sie in der langen Schlange der Zuschauer vor dem Gerichtssaal warteten. Noch waren die Türen fest verschlossen, doch in wenigen Minuten sollte der zweite Verhandlungstag beginnen.

Vor dem Gebäude gab es neben den Demonstranten, die strikt gegen den Vertrag waren, nun auch andere, die ihre Forderungen deutlich machten. Sie wollten, dass man Robert umgehend für schuldig erklärte und man den R2 endlich abschaltete. Die Furcht vor dem Krieg ließ ihnen scheinbar keine andere Möglichkeit, als nun selbst zu demonstrieren. Und so war der Weg in das Gebäude noch schwieriger zu passieren. Robert wurde wütend angeschrien und auf das Schlimmste beleidigt.

Sam versuchte noch immer diese Bilder abzuschütteln, als sie endlich im Schutz des ruhigen Gerichtsgebäudes standen. Die Menschen vor und hinter ihnen sagten kein Wort. Sie alle wollten dem Prozess weiterhin beiwohnen und es war ausdrücklich verboten seine Meinung im Gebäude lautstark zu äußern. Sam wusste also nicht, ob er von Befürwortern oder Gegnern seines Vaters umringt war.

Hinter ihnen hörten sie plötzlich Schritte, die im Takt den Flur entlangliefen. Sam drehte sich auf der Stelle neugierig um. Er erkannte Soldaten, die einen Mann eskortierten und auf die Treppe zusteuerten.

Es dauerte einen Moment, ehe Sam die Person hinter den Soldaten erkennen konnte. „Oh mein Gott, Mom, sieh mal", entfuhr es ihm, als er Franks Gesicht erkannte.

Sofort sah auch sie zurück. Zwischen den Köpfen der Wartenden konnte sie einen kurzen Blick auf ihn erhaschen. „Frank!", rief sie und drängte sich mit Sam durch die Menge. Der Kopf des Wissenschaftlers hob sich und seine dunkel umrandeten Augen blickten zwischen ihnen hin und her. Er schüttelte den Kopf, als die Soldaten plötzlich ebenfalls in ihre Richtung sahen. Sam und seine Mutter blieben augenblicklich stehen. Frank sah furchtbar erschöpft aus und seine Lippen waren vollkommen trocken und aufgeplatzt.

„Sieh genau hin", hörte man Franks brüchige Stimme. Seine Worte richteten sich an Sam, ehe einer der hinteren Soldaten ihm mit dem Griff seines Gewehres in den Rücken schlug und er vor Schmerz aufstöhnte.

„Ruhe und weitergehen!", forderten sie ihn auf.

Sam wollte gerade auf sie losstürmen und sie aufhalten, als seine Mutter ihn am Arm packte. „Bleib hier, Sam", sagte sie leise und voller Furcht. Franks Anblick ließ sie erahnen, dass sie ihm Schlimmes angetan hatten.

Als die Männer ihn die Stufen hinabdrängten und er langsam aus ihrem Blickfeld verschwand, drehte Sam sich wütend zu seiner Mutter um. „Wir müssen ihm helfen. Warum tust du denn nichts?", fragte er sie. Er konnte die Wehmut in ihren Augen sehen.

„Wir können ihm nicht helfen", flüsterte sie. „Du machst es nur schlimmer, wenn du ihm zu nahe kommst."

Sams Blick richtete sich nachdenklich zu Boden. „Er sagte, ich solle genau hinsehen", murmelte er gedankenversunken.

„Vielleicht wollte er nicht, dass du zu ihm kommst. Er hat ja auch mit dem Kopf geschüttelt, als wir uns näherten", erklang die Stimme seiner Mutter.

„Nein, das meinte er nicht", war Sam sich sicher, „er will uns damit irgendetwas sagen."

In diesem Augenblick öffnete sich die Tür zum Gerichtssaal und die ersten Zuschauer traten umgehend ein.

„Wir müssen jetzt für deinen Vater da sein", drängte Sarah ihren Sohn, „sonst ergeht es ihm vielleicht bald wie Frank."

Dann trat sie zurück in die Menge der Menschen und auch Sam folgte ihr umgehend. Doch er war nicht in der Lage sich auf all das zu konzentrieren. Immer wieder kreisten seine Gedanken um Franks Worte und um seinen erschreckenden Anblick.

Mister Winsons Hologramm-Abbild hatte erneut einige Dinge vorzubringen. Er sprach von der Gewaltbereitschaft der Wissenschaftler, die der Stadt trotz mehrfacher Aufforderung den Zutritt zum Forschungszentrum verwehrt hatten. Er erklärte auch, dass sie trotz Einnahme des Zentrums keinerlei Baupläne der R2-Serie und einiger ihrer Vorgängermodelle vor Ort finden konnten. Mister Winson machte deutlich, dass diese Verschwiegenheit ein weiterer Verstoß gegen die betrieblichen Vorschriften bedeute. Er verlangte die Aushändigung der Pläne an die Stadt und forderte Höchststrafen für sämtliche Wissenschaftler des Forschungszentrums. Immer wieder wiederholte er, dass die Lage ernst sei und ihnen eigentlich keine Zeit für diesen Prozess bleibe. Er sagte, dass er es nicht verantworten könne, einen Vertrag in die Wege zu leiten, den sie nicht bereit waren einzuhalten. Die Magier könnten sich durch derartiges Handeln hintergangen und getäuscht fühlen. Er versuchte mit allen Mitteln die Angst der Öffentlichkeit mit seinen Worten zu schüren und er schien Erfolg zu haben.

Richter Dupont sicherte ihm zu, dass die Verhandlungen bereits am folgenden Tag abgeschlossen sein würden, doch der Richter machte auch deutlich, dass er seine Entscheidung nicht anhand des Vertrages treffen würde. Es gehe hier um ein Lebewesen, das noch keinerlei Rechte besaß und über dessen Schicksal man unter derartigem Druck nicht einfach eine Todesstrafe verhängen könne um sich selbst in Sicherheit zu wiegen. Solle sein Urteil zu Gunsten des R2-Modells und somit für Robert J. Stanson ausfallen, würde das auch bedeuten, dass der Stadtrat eine Strafe wegen Mordes zu erwarten habe. Dem Gericht lägen die Zahlen der toten R2-Cyborgs bereits vor. Sie spielten für ihn eine entscheidende Rolle bei dieser Verhandlung. Schließlich gelte es auch zu bedenken, dass der Stadtrat sich ohne jegliche Gesetzesklarheit daran gemacht habe, selbst über richtig und falsch zu entscheiden.

„Sie haben die R2-Cyborgs auf grausame Art und Weise benutzt, um Mister Stanson und das gestohlene Modell zu ködern“, erklang die Stimme des Richters.

Mister Winsons Abbild nickte zustimmend. „Wir befinden uns in einer sehr heiklen Situation, in der Handlungen meist mehr bewirken als tatenloses Gerede“, erwiderte er. „Mister Stanson hat sich bereits vor dem heutigen Prozesstag wegen der Anklage zur Störung der Vertragsverhandlung geäußert. Er stimmt seiner Schuld auch in diesem Punkt zu. Daher ist es ihm nun erlaubt, seine Beweggründe darzulegen“, erklärte Richter Dupont und bat Mister Winson darum sich zu setzen. Dieser lehnte jedoch ab, er bat darum die Hologramm-Übertragung zu beenden und sich lediglich der Kommunikationsübertragung zu bedienen. Erneut gewährte ihm das Gericht diese Art der Beiwohnung am Prozess.

Das Hologramm erlosch und Howard wurde in den Zeugenstand geladen. Sam fürchtete sich ebenso wie seine Eltern vor seiner Aussage, doch seine Worte waren nötig um die Öffentlichkeit davon zu überzeugen, dass Skys Rettung notwendig war. Als der Richter seine Fragen an Howard richtete, warf dieser keinen Blick zu Robert hinüber. Er gab kurze, aber eindeutige Antworten.

„Glauben Sie, dass Sky sich ihrer Lage bewusst war?", fragte der Richter. Howard bejahte diese Frage.

„Hatte sie Angst vor ihrer Abschaltung?", erklang Mister Duponts Stimme.

„Sie war sehr schockiert, als wir durch die Nachrichten darüber informiert wurden, dass in wenigen Tagen alle künstlichen Intelligenzen abgeschaltet oder auseinandergebaut werden sollten", antwortete Howard.

„Haben Sie sich zu irgendeinem Punkt durch Skys oder Roberts Anwesenheit in Gefahr gesehen?", lautete die nächste Frage des Richters.

Howard hob den Blick und richtete ihn auf Robert. „Nein, zu keinem Zeitpunkt", erwiderte er ausdruckslos.

Nachdem auch Robert keine weiteren Fragen hatte, durfte Howard den Zeugenstand verlassen. Seine Frau hatte die Aussage verweigert und so kam es, dass Lionel als nächster in den Zeugenstand gerufen wurde. Ihm wurden ebenfalls banale Fragen über Robert und Sky gestellt. Noch schien alles gut zu laufen und Sam atmete langsam durch.

„Haben Sie sich zu irgendeinem Zeitpunkt durch Skys oder Roberts Anwesenheit in Gefahr gesehen?", erklang dieselbe

Frage wie zuvor, die sich nun an Lionel richtete. Man konnte sehen, wie er begann nervös mit den Fingern über seinen linken Handrücken zu streichen.

„Nur einmal", gab er zur Antwort und Roberts Kopf senkte sich getroffen.

„Würden Sie bitte etwas ausführlicher werden", bat Richter Dupont.

„Mister Stanson richtete seine Waffe auf mich. Das war am letzten Tag, als sie alle unser Haus verließen", erklärte Lionel.

„Wie kam es dazu?", wollte Richter Dupont wissen.

So erzählte Lionel ihm, wie Sky am jenem Morgen verschwunden war. Er erzählte dem Richter, den Zuhörern und der Öffentlichkeit eine verdrehte Wahrheit, die keiner außer Sky hätte richtigstellen können.

„Sky war weggelaufen", sagte er. „Als ich sie auf der Aussichtsplattform von Edge fand, sagte sie, dass die Menschen furchtbare Geschöpfe wären, die immer nur Krieg führten und sie sich nicht so einfach abschalten lassen wolle. Sie wolle um jeden Preis nach Cyron zurückkehren um mit ihren Brüdern und Schwestern für ihre Freiheit zu kämpfen. Da habe ich schon auch etwas Angst vor ihr bekommen."

Sam stand wütend auf. „Das ist eine Lüge!", schrie er, ohne darüber nachzudenken. Der Eyebot richtete augenblicklich sein Auge auf ihn. „Das würde Sky niemals sagen. Sie kam zurück um sie zu retten und nicht um mit ihnen einen Kampf zu führen!", wehrte Sam die Anschuldigungen ab.

Richter Dupont forderte ihn zur Ruhe auf und wies an, dass er sich setzen solle.

„So war es aber", entgegnete Lionel. „Wir waren ganz allein da oben auf der Aussichtsplattform und ich weiß ja nicht, was sie dir erzählt hat, aber ich sage die Wahrheit."

Sam schüttelte den Kopf. Seine Mutter zerrte bittend an seinen Armen, damit er sich endlich wieder setzte. Auch Robert beobachtete seinen Sohn und warf ihm einen flehenden Blick zu.

„Er lügt", sagte Sam. „Er lügt, weil sie ihm nicht die Aufmerksamkeit geschenkt hat, die er sich vielleicht gewünscht hätte."

Im Saal herrschte augenblicklich Unruhe. Man hörte das Tuscheln, das sich wie das Summen eines Bienenschwarms ausbreitete.

„Du bist der, der etwas für sie empfindet, Sam. Ich wäre niemals so blöd auf einen Haufen Blech reinzufallen", wehrte sich Lionel.

Der Richter stand wütend auf. „Ruhe jetzt!", forderte er lautstark und die Menschen im Saal verstummten.

Sams Blick haftete wutentbrannt an Lionel und sein Kopf war hochrot angelaufen.

„Sie besitzt mehr Anstand, als du jemals haben wirst", entfuhr es Sam, ehe er sich an seiner Mutter und den anderen in seiner Reihe vorbeidrängte. Ohne Weiteres verließ Sam den Saal. Einer der Soldaten öffnete ihm die Tür und schloss diese hinter ihm.

Er spürte, wie ihm das Herz bis zum Hals schlug. Er konnte kaum begreifen, dass Lionel im Zeugenstand Platz nahm, um sich auf derartige Weise an ihm zu rächen. Sie waren einander von Beginn an unsympathisch gewesen und der Kampf um Skys Gunst hatte sich nun bis in den Gerichtssaal ausgebreitet. Lionel konnte es scheinbar nicht ertragen, dass sie ihm keinerlei Zuneigung schenkte, doch er schien nicht zu begreifen, in welche Lage er Sky damit brachte. Er verstand wohl nicht, dass jedes gefallene Wort in diesem Saal ihren

Tod bedeuten könnte. Wie konnte man nur derart gekränkt sein?

Sam steuerte auf die angrenzende Wand zu und ließ sich an ihr zu Boden sinken. Was auch immer er noch hinter dieser Tür erzählte, Sam war nicht in der Lage, sich das weiter anzuhören. Er hätte sich nicht hinsetzen können, um ruhig dabei zuzusehen, wie Lionel durch seine Worte Sky und Robert gefährdete. Sam spürte diese furchtbare Wut. Es war dieselbe Wut, die ihn beherrscht hatte, als sie aufeinander losgegangen waren. Noch ein weiterer Satz von Lionel und Sam hätte darum fürchten müssen, dass er jeden Anstand verlor. Doch er konnte es nicht riskieren in aller Öffentlichkeit durchzudrehen und handgreiflich zu werden. Tief atmete er mehrmals durch. Er brauchte diesen Augenblick der Ruhe und versuchte sich mit allen Mitteln in den Griff zu bekommen.

Sam hatte etwa eine halbe Stunde lang auf dem Boden gesessen, ehe er sich aufrappelte. Neugierig legte er sein Ohr an die Tür des Gerichtsaals. Er konnte die Stimme seines Vaters hören.

„Bei dieser Hetzjagd durch die Stadt hätte man uns umbringen können", erklärte Robert dem Richter. Sam wusste, dass er von der Flucht aus Cyron sprach. „Das Geschoss ist nur knapp an uns vorbeigeflogen. Wäre ich nicht ausgewichen, wären wir inmitten der Stadt abgestürzt und hätten womöglich andere mit in den Tod gerissen."

Nur zu gern wäre Sam nun wieder in den Saal zurückgekehrt und hätte Mister Winson endlich in aller Öffentlichkeit angeschuldigt sie zuvor auch beinahe in die Luft gesprengt zu haben, doch Richter Dupont hatte das Recht ihn von der

Verhandlung auszuschließen. Sam musste Wohl oder Übel weiterhin darauf warten, dass er selbst in den Zeugenstand geschickt werden würde, um sich zu all dem zu äußern. Dafür blieb jedoch nur noch der morgige Tag. Das war die letzte Möglichkeit um auch Sky anzuhören. Bislang schien es, als zögerte man ihr Erscheinen heraus. Sie war doch der Dreh und Angelpunkt. Warum, um alles in der Welt, ließ man sie nicht viel früher zu Wort kommen?

Sam atmete tief ein, als seine Finger über das Holz der Tür glitten. Sein Kopf entfernte sich von ihr und er sah sich noch einmal im Flur um. Seine Augen wanderten zu den gläsernen Stufen der breiten Treppe, die in den Eingangsbereich des Gerichtsgebäudes führte.

Sie haben Frank doch niemals an all den Massen vorbeigeführt, ging es ihm durch den Kopf, ehe er die ersten Schritte zum Treppengeländer wagte. Vorsichtig blickte er hinab. Die Soldaten hielten noch immer Wache vor der Tür. Irgendwie musste er die Möglichkeit bekommen sich den unteren Bereich des Gebäudes näher anzusehen. Langsam ging er die Stufen hinab. Die schwarzen Visiere der Wachmänner blickten umgehend zu ihm hinüber. Sam ging bis zum Fuß der Treppe und sah sich um. Am anderen Ende des Raumes, direkt neben der Treppe, lag eine weitere Tür, die vielleicht aus dem Gebäude führte. Entschlossen ging er ihr entgegen.

„Halt", ertönte die Stimme von einem der beiden Soldaten. Sam blieb augenblicklich stehen und warf einen vorsichtigen Blick auf die Männer zurück. „Das ist kein öffentlicher Durchgang", ertönte es unter dem schwarzen Helm.

Sam nickte. „Ich wollte nur einmal auf die Toilette", log er. Der Soldat deutete mit einem Kopfnicken zu einem angrenzenden Durchgang, dieser lag rechts von ihm. Ein schwebendes Schild wies eindeutig auf die Sanitäranlagen hin. Zügig eilte Sam durch den langen Korridor. Hier gab es mindestens ein Dutzend Türen. Als er auf den Eingang zu den Toiletten zusteuerte, entdeckte er an einer der Wände einen Plan des Gebäudes. Mit dem Zeigefinger fuhr er den Weg von seinem Punkt aus entlang zurück bis zur Eingangshalle. Jeder Raum war darauf beschrieben, nur die Tür, die er versucht hatte zu durchschreiten, blieb ohne deutliche Kennzeichnung.

Plötzlich füllte sich das Gerichtsgebäude mit Lärm. Schritte hallten durch die Gänge und Sam konnte hören, wie sich die Stimmen vieler Personen in den Fluren ausbreiteten. Sofort schlug er den Rückweg zur Eingangshalle ein. Die Zuschauer kamen die Stufen hinab und die Soldaten öffneten die Türen, damit die Menge das Gebäude verlassen konnte.

Jetzt, hallte es in Sams Kopf und mit großen Schritten rannte er zu der hinteren Tür, die keine Beschreibung aufgewiesen hatte. Seine Finger legten sich auf den Scanner. *Bitte, bitte,* flehte er in Gedanken, dass sie sich öffnen möge. Und tatsächlich schien es keinerlei Eingrenzungen in der Freigabe zu geben. Vermutlich lag das an der Abschaltung der künstlichen Intelligenzen. Der Vertrag forderte schließlich, diese in so kurzer Zeit umzusetzen, dass es schwer sein musste, sämtliche Mechanismen umgehend neu auszurichten. Die Tür glitt auf und Sam verschwand, so schnell er konnte, in der Dunkelheit, die dahinter lag. Erst als sie sich hinter ihm schloss, leuchtete links und rechts vom Boden Licht auf. Es fuhr den Gang entlang, der direkt geradeaus und scheinbar nach unten führte. Er schien endlos lang zu sein.

Sam schaltete sein Hologramm-Armband ein und stellte es auf Videoaufnahme. Er wollte sichergehen, dass er Beweise hätte, sofern er Frank irgendwo finden konnte. So, wie er ausgesehen hatte, durfte das der Öffentlichkeit nicht verschwiegen werden. Irgendetwas ging in Cyron vor, das plötzlich unmenschlich und brutal erschien. Mit jedem Schritt ging Sams Atem schneller. Er wusste, dass es eine blöde Idee gewesen war und doch konnte er nicht einfach umdrehen. Minutenlang ging er bereits den langen Flur hinab, der weder Türen noch Fenster hatte. Die Wände waren glatt und schwarz. Je länger Sam sich dort aufhielt, desto nervöser wurde er. Mit jedem Schritt war er sich sicherer, dass er längst weit über die Grenzen des Gerichtsgebäudes hinausgekommen war. Aber wohin führte ihn dieser Weg? Wozu sollte man einen Gang zwischen dem Gericht und einem weiteren Ort errichten? Einen Gang, der den Bürgern unbekannt war?

Sam flüsterte seine Gedanken augenblicklich in das Hologramm-Armband: „Der Gang scheint nicht bewacht zu werden. Ich bin aus dem Gerichtsgebäude hierher gelangt und konnte die Tür ohne Weiteres betreten."

Dann hörte Sam ein dumpfes, weit entferntes Geräusch, das durch den langen Flur hallte. Sofort hielt er den Atem an. Vorsichtig warf er einen Blick zurück, doch bis zu dem weit entfernten Eingang war nichts zu sehen. Es klang, als ob jemand auf etwas einschlug, aber es wurde mit jedem Schlag deutlich schwächer.

Sam konnte sich darum jetzt nicht kümmern und ging auf der Stelle schneller. Er musste einfach nachsehen, was da los war. Er war fest entschlossen seine Ausrede beizubehalten, sobald ihn hier jemand ergreifen würde. Sam würde sich dumm stellen und sagen, er habe nur die Toiletten gesucht. Er wusste, dass, je weiter er ging, es eine immer unglaubwürdigere Geschichte wurde, aber andere Absichten musste man ihm ja erst einmal beweisen. Wegen so etwas stellte man in Cyron keinen Minderjährigen vor Gericht. Sam wog sich also in Sicherheit, auch wenn die Strafe seines Vaters härter ausfallen könnte, schließlich lagen die Augen der Öffentlichkeit auf ihnen und Sam war sich bewusst darüber, dass seine Neugier für den Prozess nicht unbedingt förderlich war. Aber wenn er doch etwas finden würde? Etwas, das nicht für die Öffentlichkeit bestimmt war, dann würde er dem Stadtrat damit sicher zusetzen können.

Am Ende des Ganges konnte Sam eine weitere Tür erblicken. Sie sah aus dieser Entfernung noch furchtbar klein aus. Erneut erhöhte er das Tempo. Nun lief er, so leise er konnte, die letzten Meter des Flurs hinab. Sein Herz schlug wild und sein Atem ging noch immer schnell. Er spürte die Anspannung in seinem ganzen Körper.

Als er der Tür so nah war, dass ihn nur noch eine Armlänge davon trennte, blieb er schlagartig stehen. Nun musste er seinen ganzen Mut zusammennehmen und einfach durchgehen. Er atmete tief ein, als er einen weiteren Schritt nach vorn machte. In seinen Gedanken versuchte er sich die Stadt Cyron vorzustellen. Das Gerichtsgebäude lag im Süden, es musste südlich sein, denn das Energietor der Stadt lag in weiter Entfernung hinter ihm. Er war nur geradeaus gelaufen. Der Gang war ganz gerade, also in Richtung Norden. Etwa eine halbe bis dreiviertel Stunde Fußmarsch. Er warf einen Blick auf sein Hologramm-Armband dessen Aufzeichnung tatsächlich einundvierzig Minuten anzeigte. Angestrengt dachte Sam nach. Welche Gebäude liegen nördlich des Gerichts, deren Umfeld in die Zeitspanne passen könnte? Er hob sein Handgelenk und führte das Hologramm-Armband näher an seinen Mund heran. Nun war er sich ganz sicher.

„Die Tür führt zum Militärstützpunkt Cyrons", flüsterte er in die Aufzeichnung. „Also dann", fügte er entschlossen hinzu.

Seine Handfläche legte sich auf den Türscanner und langsam öffnete sich der Eingang vor ihm. Dieser führte ihn scheinbar nicht nur zu Frank, er führte Sam auch zu Sky.

KAPITEL 30

Die Tür stand nun weit offen und Sams Fantasie ging mit ihm durch. Er glaubte fest daran, dass etliche Soldaten bereits die Waffen auf ihn richten würden, sobald er nur einen Fuß in den Raum stellen würde, der sich ihm eröffnete. Er konnte schon die aufgebrachten Stimmen hören, die ihn anbrüllen und von ihm verlangen würden, dass er die Hände heben sollte. Als sein Fuß über die Schwelle trat, hielt er erwartungsvoll den Atem an. Doch auch, als sich die Tür hinter ihm schloss, blieb es überraschend ruhig.

Der Raum, den er betreten hatte, wies noch immer schwarze und glatte Wände auf. Sie waren meterhoch. Links von ihm befanden sich Fahrstühle und es gab viele Türen, die durch gläserne Öffnungen wie Zellen wirkten. Sam schritt auf eine der Türen zu, die unmittelbar neben dem Eingang lagen, aus dem er gekommen war.

„Oh mein Gott", flüsterte Sam fassungslos, als er begriff, dass seine Vermutungen durchaus korrekt waren. Er konnte durch das rechteckige Glas in eine der Zellen blicken. Wie es aussah, gab es einen gläsernen Raum, der innerhalb der eigentlichen Zelle lag. Das Glas in dieser Zelle war beschlagen. Es glich dem eines ungenutzten Gleiters im Winter, auf dessen Scheiben sich langsam Eis bildete. Sam schluckte, als er zwischen dem hellen beschlagenen Glas den Schatten eines Körpers entdeckte. Jemand schien inmitten der Glaskammer zu liegen. Sam suchte an der Tür nach Hinweisen zum Insassen, doch dort standen nur Zellennummern.

„Zelle 21", flüsterte er und sah sich um. „Auf dieser Seite liegen die ungeraden Zahlen", stellte er umgehend fest. Dann ging er an einigen Türen entlang. Er suchte nach Frank oder nach Sky, aber bei vielen der Zellen war es schwierig ausreichend zu erkennen. Die meisten Gefangenen langen so gekrümmt auf dem Boden, dass er ihr Gesicht nicht erkennen konnte. Immer wieder hielt er das Hologramm-Armband hoch, um ein paar Aufnahmen zu machen. Er wollte sich beeilen. Er musste die Bilder notfalls später genauer analysieren. Nach einigen Türen entschloss Sam sich dazu, die andere Seite zu prüfen.

Zum Glück waren nicht alle Zellen belegt. Die Vorstellung, dauerhafter Kälte ausgeliefert zu sein, ließ Sam erschaudern. Wie lange konnte man das körperlich aushalten, fragte er sich, als er durch die nächste Öffnung blickte. Vielleicht waren diese Menschen bereits zum Tode verurteilt. Sam wusste es nicht. Auf ganz Hope wurden bei Gericht gelegentlich Todesstrafen ausgesprochen, doch das geschah eher selten und nur in äußerst schwerwiegenden Fällen. Sam zählte bislang jedoch schon acht Menschen, die er in den Zellen erblickte. Scheinbar mussten sie regelmäßig in das Gericht, anders war der Gang zwischen diesen Gebäuden kaum zu erklären. Aber was für eine Strafe wurde über sie verhängt, dass sie wie Sky im Militärgebäude statt in Cyrons Gefängnis landeten? Sam konnte sich den Grund in Skys Fall erklären. Ihr drohte schließlich die Abschaltung und als Cyborg war sie im Gegensatz zu einem Menschen nicht zu unterschätzen. Doch was machten all diese Personen hier?

Auch in der nächsten Zelle konnte Sam nur schwer das Gesicht des Gefangenen erkennen. Der Mann, der auf dem Boden kauerte, hatte einen grauen Vollbart und einige Haarsträhnen hingen ihm im Gesicht. Seine Hände lagen vor seinem Mund. Scheinbar pustete er sich immer wieder Atem in die zusammengeballten Fäuste. Sam hob erneut das Hologramm-Armband. Er machte einige Sekunden lang eine Aufnahme. Dann ertönte wieder das Geräusch, das bereits dumpf durch den Gang gehallt war. Neugierig blickte Sam auf die nächstgelegene Tür. Er senkte seinen Arm und trat einige Schritte nach vorn. Vorsichtig sah er sich um, ehe er durch die Öffnung lugte. Ihm stockte augenblicklich der Atem, als er durch die beschlagene Scheibe Sky erkannte. Kraftlos saß sie vor der Glaswand und schlug mit ihrer linken Faust dagegen. Man hatte auch sie in einer solchen Zelle eingesperrt.

Sam schluckte. Dann hämmert er gegen die Tür. „Sky“, sagte er nun lauter, als alles andere zuvor. Der Blick des R2 hob sich. Man konnte sehen, wie sie überrascht den Mund öffnete. Sie legte ihre Handflächen auf dem Glas ab. Eilig wischte sie einen Teil davon frei, um ihn besser sehen zu können.

„Sam“, formten ihre Lippen, doch er hörte sie nicht.

„Ich hole dich da raus“, versprach er und tastete den Scanner der Tür ab, doch es regte sich nichts. „Nein“, stieß er ungläubig hervor. Noch einmal legte er die Hand auf dem Scanner ab, doch wieder blieb die Zellentür regungslos. Hilflos schaute er durch das kleine Fenster der Tür. Traurig blickten seine Augen in ihre. Sie schlug erneut gegen die Scheibe. Er hörte das dumpfe Klopfen, spürte das Vibrieren dieses Tons in seinen Füßen. Doch da war noch ein anderes

Geräusch. Es klang wie ein Gebläse, das leise durch die Tür zu hören war.

„Du musst bei Kräften bleiben“, sagte er in aller Hoffnung, dass sie ihn hören konnte, doch sie schien kein Wort zu verstehen. Ihre Lippen formten immer wieder: „Hilf mir!“

Sam legte die Hände auf die Tür. Er spürte, wie seine Finger zitterten. „Ich hole dich da raus“, sagte er wieder und wieder.

Sky stand mit furchtbar langsamen Bewegungen auf. Sie lehnte sich gegen das Glas. Sam konnte sehen, wie sie ihre Hände dagegen presste, um Halt zu finden.

„Sam“, formten ihre Lippen und ihr Gesicht sah furchtbar hoffnungslos aus. Er sah sich erneut um, doch er konnte keinen anderen Weg erblicken, die Tür zu öffnen.

Er hob sein Hologramm-Armband. „Es tut mir leid“, flüsterte er in aller Hoffnung, sie würde von seinen Lippen lesen können.

Er sah, wie Sky nickte und den Kopf senkte. Ihre Fingerspitzen glitten vom Glas.

Erneut schlug er gegen die Tür. „Ich komme wieder“, versprach er, als ihr Blick sich hob. Tränen sammelten sich in Sams Augen. Er wischte sich mit dem Ärmel die Nase ab. „Ich komme wieder“, wiederholte er, nicht sicher, ob er diese Chance noch einmal bekommen würde.

Als einer der Fahrstühle ein Signal abgab, blickte Sam überrascht zu den Aufzügen hinüber. Ängstlich sah er erneut zu Sky.

„Ich muss gehen“, erklärte er.

Sie hob die Hand und legte sie auf die Scheibe. Es schien, als wollte sie ihn berühren. Auch Sam legte seine Fingerspitzen auf das Fenster vor ihm. Er sah sie durchdringend an.

„Ich komme wieder, versprach er ein letztes Mal.

Sie nickte und legte ihre Stirn an das kalte Glas. Dann rannte Sam eilig zur Tür, durch die er gekommen war. Er konnte noch hören, wie sich der Fahrstuhl gerade öffnete, als sich das Metall hinter ihm schloss.

Vorsichtig legte Sam die Hände auf den Scanner der Tür, die ihn zurück zum Gerichtsgebäude führte. Als sie sich öffnete, atmete er erleichtert auf. Die Soldaten hatten ihre Posten scheinbar aufgegeben, als die Zuschauer des Prozesses das Gebäude verlassen hatten. Zügig eilte er zum Ausgang. Noch immer waren unzählige Menschen und Reporter vor dem Gericht. Der Lärm schlug ihm augenblicklich entgegen, als er hinaustrat. Er konnte den Gleiter der Regierung erblicken. Ein langes weißes Fahrzeug, welches mit Fahnen des Stadtwappens geschmückt war. Es bahnte sich den Weg hinab, während Soldaten darum bemüht waren, ihm zwischen all den Menschen Platz zu machen.

Sams Blick wanderte über all die Gesichter und Köpfe hinweg. Er hielt Ausschau nach seinen Eltern. Wenn er Glück hatte, waren sie noch immer dort.

Langsam ging er die Stufen hinab, als der Gleiter den Boden berührte. Sam warf einen nachdenklichen Blick auf sein Hologramm-Armband, ehe er wieder nach oben sah. Die Soldaten drängten die Reporter dazu einen noch größeren Abstand zu halten. Immer wieder wollten sie dem Regierungsfahrzeug so nah wie möglich kommen. Nur wenige Stufen trennten Sam davon ebenfalls in der Menge unterzugehen.

„Wo um alles in der Welt warst du?", hörte er plötzlich die Stimme seiner Mutter, gefolgt von einem festen Griff an seinem Handgelenk. Erschrocken drehte Sam sich um. Seine Eltern standen plötzlich hinter ihm. Sie hatten allem Anschein nach im Gerichtsgebäude nach ihm gesucht.

„Ich", begann er und wusste gar nicht, wie er das alles erklären sollte. „Ich habe nach Frank gesucht."

Mit großen Augen sah ihn seine Mutter an. „Wir haben uns Sorgen gemacht", sagte sie.

Robert legte die Hand auf Sarahs Schulter und nickte in Richtung Menge. Sofort folgte Sams Blick dem ihren. Die Türen des Gleiters hatten sich geöffnet und Mister Winson stieg aus.

Sam kniff wütend die Augen zusammen. „Dieses Monster", schnaufte er. Er kam gar nicht dazu, noch etwas zu sagen, denn seine Mutter presste ihm schleunigst ihre Hand auf die Lippen.

„Halt den Mund!", herrschte sie ihn an und sah sich besorgt um. „Wir haben nur noch den morgigen Tag und wir können uns jetzt keinen Ausbruch oder Fehler erlauben, Sam", erklärte sie.

Er nickte gefügig, ehe sie die Hand von ihm nahm. „Er will sich wohl persönlich an die Öffentlichkeit wenden", ertönte Roberts Stimme. „Vielleicht hat das mit den Magiern zu tun, die noch immer vor Cyron positioniert sind."

In diesem Augenblick kam ein Soldat auf sie zu und forderte von ihnen, auf den Stufen Platz zu machen. Vorsichtig traten sie hinab und drängten sich durch die Menschenmenge um eine Stelle zu finden, an der sie etwas mehr Freiraum hatten. An der Treppe des Gerichtsgebäudes wurde es nämlich zunehmend voller, als Mister Winson sich im Schutz seiner Soldaten langsam den Weg dorthin bahnte. Während Sams Eltern ihre Hälse streckten und versuchten einen Blick auf das Stadtoberhaupt zu erhaschen, startete Sam sein Hologramm-Armband. Er stellte ein kleines Bild ein und öffnete die aufgezeichnete Videodatei. Mit den Fingern fuhr er die Zeitleiste hinauf.

„Verehrte Bürger Cyrons", erklang Mister Winsons Stimme, deren Worte die tosende Geräuschkulisse sofort zum Einsturz brachten. Plötzlich war es furchtbar still. Sam schaute kurz auf. Er konnte an einem Mann vorbeiblicken und hatte trotz vieler Köpfe vor ihm einen guten Blick auf das Stadtoberhaupt. Dicht neben ihm schlich ein Soldat um die Zuschauer herum. Immer wieder drehte sich sein Kopf prüfend umher.

Sam schluckte, als er die Waffe an seinem Gurt erblickte. Sein Blick senkte sich erschrocken auf sein Hologramm. Keiner der Wachen sollte sehen können, was er aufgezeichnet hatte. Er wollte es gerade schließen, doch die Aufnahme hielt ihn davon ab. In der geöffneten Momentaufnahme war gerade der vollbärtige Mann zu sehen. Sam hob verwundert eine Augenbraue. Sein Gesicht fuhr näher an das Bild heran.

„Ich spreche heute zu Ihnen, weil wir uns kurz vor einem Krieg befinden", hörte er Mister Winsons Worte, „einem Krieg, den wir verhindern können."

Roberts Hand legte sich auf den Rücken seines Sohnes. „Wir sollten besser gehen, Sam", sagte er.

Doch als Sam seinen Vater wie erstarrt ansah, konnte Robert sehen, dass etwas nicht stimmte.

„Ist alles in Ordnung?", fragte er besorgt.

Sam schüttelte den Kopf. „Nein", entfuhr es ihm, während sich sein Blick langsam auf Mister Winson richtete, „ganz und gar nicht."

Robert sah Sarah an. Beide konnten sehen, wie Sam sein Hologramm schloss und seinen Arm senkte. Seine Bewegungen schienen beängstigend langsam.

„Sam?“, sprach ihn sein Vater erneut an, doch dieses Geräusch versank in all den Gedanken, die seinen Kopf durchfluteten. Seine Augen hefteten sich auf die Hände des Stadtoberhauptes. Er gestikulierte wild, als er die Stadt davon überzeugen wollte, den Wünschen der Magier nachzugeben. Das Flimmern zwischen seinen Fingern war kaum wahrnehmbar, doch für Sam war es das Einzige, was er noch sah.

„Sieh genau hin“, drehten sich Franks Worte in seinem Inneren. Er sah Robert noch einmal an, dem es schien, als würde er sich entschuldigen. Sam sah aus, als hätte er etwas furchtbar Dummes angestellt. Noch einmal wollte er seinen Sohn fragen, was los sei, doch er kam nicht mehr dazu.

Ein Soldat ging gerade an ihnen vorbei, als Sam sich drehte und blitzschnell dessen Waffe aus der Halterung des Gurts zog. Für Robert war das ein Augenblick, der sich wie in Zeitlupe abspielte. Er konnte beobachten, wie Sam die Waffe hob, ehe der Soldat begriff, was passierte. Dann knallte es. In der Stille ertönte dieses Geräusch wie ein Donnerschlag. Robert suchte das Ziel des Geschosses. Mister Winson glitt zu Boden. Schreie ertönten. Die Menschen um sie herum rannten voller Panik los. Nur er und Sarah standen wie versteinert da. Auf den Stufen des Gerichtsgebäudes schlug ein Kopf auf, doch es war nicht Mister Winsons Gesicht, dessen tote Augen leer in die Menge blickten. Ein Magier, aus dessen Mund das tödliche Metall sickerte, lag auf dem Boden.

„Ein Illusionist“, flüsterte Robert schockiert, als Sam die Waffe augenblicklich auf den Soldaten richtete. Der Mann blieb prompt stehen, doch auch einige andere Soldaten näherten sich ihnen.

„In den Wagen“, schrie Robert und zog seine Frau mit sich. Sam spürte, wie ihm das Adrenalin durch den ganzen Leib strömte. Er warf einen Blick nach hinten. Seine Eltern drohten in der fliehenden Menschenmenge unterzugehen. Sam rannte los. Seine Beine trugen ihn in Windeseile hinter den beiden her. Robert schubste einige Personen aus dem Weg. Noch immer war die Umgebung von Schreien erfüllt. Die Augen der Eyebots hielten hingegen weiterhin den toten Magier im Visier. Die ganze Welt konnte nun die größte ihrer Täuschungen sehen.

Als Sam mit seinen Eltern beim Regierungsfahrzeug ankam, sprang Robert sogleich in die Führerkabine. Sam eilte durch die hintere Tür und auch seine Mutter drängte sich dazu. Die Türen schlossen sich und Robert manövrierte den Gleiter umgehend in die Luft. Sam drückte das Gesicht an die Scheibe. Er sah auf die Stufen des Gerichtsgebäudes hinab. Noch konnte er kaum begreifen, was er gerade getan hatte.

„Wohin willst du?“, schrie Sarah ihren Mann an. Sie sah vollkommen verängstigt aus.

„Weg hier“, antwortete Robert gestresst.

„Nein“, mischte Sam sich ein, „wir müssen zur Militärstation. Wir müssen Sky und Frank da rausholen.“ Dann senkte er den Kopf. Er hielt noch immer die Waffe in der Hand. Er zitterte wie Espenlaub. „Und Mister Winson“, entfuhr es ihm, „wir müssen auch ihn da rausholen.“

Seine Mutter sah ihn fassungslos an. „Wie konntest du?“, ihre Worte verstummten.

Sam schüttelte den Kopf. Er atmete tief durch. „Ich habe ihn gesehen“, antwortete er, „ich habe ihn nur nicht gleich erkannt.“

Jetzt ergab alles Sinn. Das Misstrauen des Stadtrates und die darauf folgende Vertragsunterzeichnung, die Drohungen um Robert und Sky zurück in die Stadt zu locken und das

Hologramm-Abbild. Der Magier konnte den Zauber nicht stundenlang aufrechterhalten. Er hätte sein wahres Antlitz in der Öffentlichkeit gelüftet, wäre er das Risiko der Prozessbeiwohnung eingegangen. Nun begriff Sam, wieso Frank gesagt hatte, er solle genau hinsehen.

„Gib mir die Waffe", forderte Robert seinen Sohn auf und riss Sam damit aus seinen Gedanken. Robert öffnete seine Hand und warf einen kurzen erwartungsvollen Blick zurück. Eilig rückte Sam auf dem Sitz nach vorn und übergab seinem Vater die Waffe.

Sarah schlang die Arme um sich. Ihr Körper fuhr nervös vor und zurück. Angstschweiß lief ihr über die Stirn. „Die Magier haben uns längst angegriffen", stammelte sie immer wieder. Sam erkannte, wie besorgt sein Vater um den Zustand seiner Mutter war. Behutsam näherte er sich ihr umgehend und legte seinen Arm um sie.

„Wir fliehen, sobald wir die anderen befreit haben", versprach er.

Doch Sarah schüttelte ungläubig den Kopf. „Du hast gesehen, was sie in den anderen Städten angerichtet haben. Fast alle unsere Maschinen laufen nun manuell, Sam." Ihre Augen waren weit aufgerissen. „Das ist der Untergang Cyrons", flüsterte sie.

Sams Kopf wich augenblicklich zurück. „Was redest du denn?", fragte er seine Mutter. „Wir schaffen das schon."

Tränen liefen ihr über das Gesicht, die sie mit ihren zittrigen Fingern aufzuhalten versuchte.

Sam griff nach ihren Händen. „Mom", sagte er flehend, „wir müssen sie da rausholen."

Sarah presste ihre Lippen aufeinander. Sie versuchte sich zu beruhigen, doch ihre Welt war durcheinander geraten. Die Realität war plötzlich wie ein Kartenhaus zusammengestürzt. Der Krieg, den sie verhindern wollten, war längst vor Ort. Für sie gab es keinen Ausweg, keine Fluchtmöglichkeit. Sie würden die Schutzkuppel mit ihren Elementarkräften zerstören. Menschen würden ersticken. Feuer würde folgen und seine Opfer verbrennen. Wind würde das Wasser durch die Straßen jagen und ihre Stadt fluten. Sarah schluckte. Diese Vorstellung ertrug sie nicht.

Als Sam begriff, dass sie sich nicht beruhigen ließ, wandte er sich an seinen Vater. „Dad?", er klang vollkommen hilflos.

„Schon gut", erklang Roberts Stimme, „die Soldaten werden uns ganz sicher nicht verfolgen. Hier wird in Kürze die Hölle ausbrechen und dann gibt es Wichtigeres, um das sie sich kümmern müssen, als uns. Sie kann im Gleiter auf uns warten."

Sam nickte zustimmend. „Du kannst hier drinnen auf uns warten, Mom", sagte er direkt zu ihr, um sicherzugehen, dass sie es mitbekam.

Sie sah dankbar aus, als sie nickte. „Ich will nicht mehr zusehen müssen, wie ihr …" Dann hielt sie wieder inne. Es war, als könne sie diesen Satz nicht beenden.

Sam wusste, was sie sagen wollte. Sie konnte nicht mehr mit ansehen, wie er oder sein Vater mit Waffen herumhantierten. Sie wollte nichts mehr davon wissen, wie sie Menschen bedrohten, oder Leben auslöschten.

Ihre Finger glitten über Sams Wange. „Du bist doch noch ein Kind", sagte sie.

Ihr Sohn lächelte. „Mit siebzehn bin ich kein Kind mehr, Mom", antwortete er.

„Du wirst immer mein Kind sein."

Sam legte seine Hand auf ihre und presste sie an sein Gesicht. „Natürlich", flüsterte er, als sich der Gleiter zur Landung senkte, „aber jetzt muss ich Sky da rausholen. Jetzt muss ich für einen Augenblick erwachsen sein, Mom."

Traurig sah sie in seine Augen, doch sie nickte. Sie war einverstanden. Er sollte mit seinem Vater gehen. Sky brauchte ihn jetzt mehr als sie selbst.

Als sich die Türen des Gleiters öffneten, sprang Robert umgehend hinaus. Nur Sam verharrte einen kurzen Moment.

„Ich habe dich lieb", sagte er zu seiner Mutter und sie antwortete ihm, dass sie ihn auch lieb hatte. „Sehr sogar", fügte sie hinzu. Dann stieg auch Sam aus.

Den Gleiter der Regierung hatte sein Vater am westlichen Teil des Geländes gelandet. Sie mussten um das große schwarze Militärgebäude herumgehen, ehe sie auf den Eingang zusteuern konnten. Zielstrebig ging Sams Vater auf die Wachen vor dem Eingang zu. Einer von ihnen hielt umgehend seine Hand hoch.

„Stehen bleiben, Sir", forderte ihn der Mann auf.

„Ich habe nur eine kurze Frage", antwortete Robert und sah seinen Sohn kurz ausdruckslos an.

„Wir haben hier eine Notfall-Situation, Sir, ich muss Sie bitten das Gelände umgehend zu räumen. Wir bereiten uns auf einen Krieg vor", entgegnete ihm der Mann ohne auf seine Worte einzugehen.

„Ja, es gibt durchaus einen Notfall", antwortete Robert, „wir haben es scheinbar mit einem 047 zu tun."

Verständnislos blickte der Soldat zu seinem Kameraden. „Ich verstehe Sie nicht, Sir."

Dann nickte Robert. „Das habe ich mir schon gedacht."

Ohne zu zögern zog der Professor die Waffe und zielte damit auf den Kopf seines Gegenübers. Beide Soldaten erschreckten sich, doch keiner von ihnen unternahm etwas.

„047 ist der Notfallcode für den unerlaubten Aufenthalt von Jägern", erklärte Robert, „und nun schön die Tür öffnen", befahl er dem Mann.

Sam beobachtete seinen Vater. Er war unendlich dankbar dafür, dass er mit ihm dort war. Die riesige schwarze Tür glitt auf und Sam eilte direkt hinein. Robert drängte die beiden Soldaten dazu einzutreten.

„Wie viele von euch sind hier?", fragte er, als sich die Tür schloss. Doch keiner von beiden antwortete. „Wie viele?!", brüllte Robert daraufhin los.

Einer der Männer hob beschwichtigend die Hände. Er fürchtete scheinbar darum, dass Sams Vater schießen würde. „Im Militärgebäude nur wir beide", antwortete ihm der Soldat. „Die meisten Soldaten hier handeln auf Befehl von Mister Winson."

Robert verstand. „Eurem falschen Mister Winson."

Doch der Mann antwortete nicht darauf.

„In welcher Zelle?", wandte sich Robert an seinen Sohn. „In welcher Zelle finden wir sie?", wollte er wissen.

„Zelle 34", antwortete Sam. „Mister Winson ist in der Nähe, aber ich weiß nicht, wo wir Frank finden."

Dann drängte der Professor die Männer dazu sie dorthin zu führen. Einer von ihnen sagte, dass diese Zelle auf der untersten Ebene des Gebäudes lag, doch gerade, als sie die Aufzüge erreichten, ertönten plötzlich die Alarmsignale der Stadt.

Beunruhigt sah Sam seinen Vater an.

„Es geht los", sagte Robert. Er schien unglaublich ruhig zu sein, während Sam sich furchtbar schwer damit tat. Immer wieder sah er sich um. Er fürchtete sich so sehr jetzt, auf den letzten Metern, aufgehalten zu werden. Sam wollte einfach nur Sky in Sicherheit wissen. Er wollte nur noch, dass sie aus dieser Zelle kam, um mit ihnen fliehen zu können.

Gerade, als sich die Türen des Aufzugs öffneten, stürmten Soldaten aus den angrenzenden Fluren in den Eingangsbereich der Militärstation. Sie eilten zum Ausgang. Schwer bewaffnet und in ihren Sicherheitsanzügen marschierten sie hinaus. Einer der Soldaten hielt zwei seiner Kameraden an, als ihr Blick sich auf Robert und seinen Sohn richtete. Sie näherten sich ihnen.

„Steig ein, Sam", sagte sein Vater auffordernd.

Doch Sam konnte nicht. Er durfte nicht ohne seinen Vater zu Sky nach unten. Er wusste, dass er die Tür nicht öffnen konnte.

Einer der Männer nahm seinen Helm ab. Er hatte dunkles Haar und einen Schnurrbart. „Zivilisten ist der Zutritt verboten", sagte er skeptisch. Der Mann blickte auf Roberts Hand hinab und bemerkte die Waffe, die er dem Soldaten in die Taille bohrte.

„Lassen Sie augenblicklich die Waffe fallen", forderte er Sams Vater auf.

Blitzschnell zogen die anderen beiden Männer ihre Laserpistolen. Sam spürte, wie sein Kinn zu zittern begann. Er biss die Zähne zusammen.

„Sie wissen, was am Gerichtsgebäude passiert ist?", fragte Robert so ruhig wie möglich.

Der dunkelhaarige Mann nickte. „Nun ist wohl die Frage, wer Freund und wer Feind ist, Sir", antwortete er.

Robert befeuchtete seine Lippen und atmete tief ein. „Wir haben einen 047", sagte er erneut und deutete mit einem

Kopfnicken auf die beiden Männer, die er in seiner Gewalt hatte.

Der Soldat nickte.

„Ich verstehe“, antwortete der Mann und ehe Sam begriff, was eigentlich passierte, glitten die als Soldaten verkleideten Jäger neben ihm und seinem Vater zu Boden. Die Soldaten hatten sie direkt erschossen.

Sam trat einen Schritt zurück. „Nein“, sagte er fassungslos, „wir brauchen sie noch“, entfuhr es ihm.

Robert sah erschrocken auf den dunkelhaarigen Mann vor sich. „Ich wollte nicht, dass Sie das tun“, sagte er.

„Jetzt bleibt uns keine andere Wahl, Sir. Hören Sie die Sirenen?“

Robert nickte.

„Wir befinden uns im Krieg. Deutlicher wird es gleich draußen.“ Dann zog auch dieser Soldat mit seinen beiden Männern Richtung Tür.

„Nein, bitte!“, rief Sam ihnen nach. Er wollte ihnen hinterherlaufen, doch Robert hielt seinen Sohn fest.

„Bleib hier, Sam. Bleib hier“, bat ihn sein Vater.

„Ohne sie bekommen wir die Tür nicht auf“, erklärte Sam hilflos.

„Sie würden uns sowieso nicht helfen“, sagte Robert ernst. „Wir müssen uns beeilen. Unsere Feinde werden nun nicht lange auf sich warten lassen. Die Teleport-Magier werden zuerst hier sein. Wir sind hier nicht sicher. Wir müssen einen anderen Weg finden um sie zügig da rauszuholen.“

KAPITEL 31

Robert schob Sam in den Aufzug, der umgehend nach unten glitt. Sie rauschten in nur einem Atemzug an zwei Stockwerken vorbei, ehe sie die letzte Ebene erreichten. Als sich die Türen öffneten, eilte Sam augenblicklich zu Skys Zelle. Sein Vater folgte ihm. Er konnte erkennen, wie Sam ängstlich durch das kleine Fenster der Tür blickte. Behutsam schob Robert seinen Sohn beiseite. Er warf sofort selbst einen Blick in ihre Zelle.

Erschrocken legte er die Finger seiner linken Hand auf dem Glas ab. „Eine Kältezelle“, flüsterte er fassungslos, „das wird dem Energiekristall schaden.“

Erschrocken sah Sam ihn an. „Was?“ Dieses kleine Wort kam ihm so leise über die Lippen, dass sein Vater es kaum hören konnte.

„Ihre Energie nimmt stetig ab. Sie verliert früher oder später das Bewusstsein, um die letzten Reserven des Kristalls nicht für die volle Leistung im Wachzustand zu verbrauchen. Sie fällt dann in den Ruhemodus - ob sie will oder nicht. Wir müssen sie da dringend rausholen, Sam.“

Sein Sohn nickte entschlossen. Er würde alles tun, was nötig war, um Sky zu retten.

„Die Tür lässt sich nicht einfach öffnen“, informierte Sam seinen Vater. „Ohne einen Soldaten bekommen wir sie nicht auf.“

Robert blickte noch einmal durch das kleine Fenster der Zellentür. Er konnte durch das mit Eis besetzte Glas kaum etwas erkennen. Der leichte Schatten, der sich von Sky abzeichnete, schien längst regungslos am Boden zu liegen. Robert drehte die Waffe in seiner Hand. Er schlug mit dem Griff auf das

Glas der Tür ein, doch egal, wie kräftig er auf ein und dieselbe Stelle einschlug, es regte sich einfach nichts. Das donnernde Geräusch seiner Schläge ließ den R2 im Inneren nicht einmal mehr aufhorchen.

„Sie ist schon nicht mehr bei Bewusstsein", sagte er, als er langsam den Griff der Waffe senkte. Erschrocken drängte Sam sich an seine Seite. Auch er warf erneut einen Blick durch das Glas. „Nein", entfuhr es ihm ängstlich, „Dad", stammelte er hilflos, „du musst sie da rausholen."

Das Alarmsignal der Stadt jaulte dumpf bis in die unterste Ebene der Militärstation. Die flehenden Worte seines Sohnes und der Alarm Cyrons, der einem Hilfeschrei der Stadt glich, bohrten sich in Roberts Innerstes. Er war so weit gekommen. Er hatte so viel für Sky getan. Auch Frank war irgendwo in diesem Gebäude eingesperrt - sein Kollege und sein Freund, ein Mann, dem er noch so viel zu sagen hatte. Sam hatte Recht. Er *musste* sie da rausholen. Entschlossen hob Robert erneut den Arm mit dem Griff der Waffe. Er hämmerte auf den Handscanner der Tür ein. Mit jedem Schlag brachen Teile davon auseinander und fielen zu Boden.

Sam ging einen Schritt zurück, als ihm Stücke um die Ohren flogen. Er beobachtete, wie sein Vater verzweifelt und mit aller Kraft die Gerätschaft bearbeitete. Plötzlich knallte es und Funken der Energiekristallplättchen, die den Handscanner versorgten, sprühten kurz auf. Danach erlosch dessen letzte Beleuchtung und das zerstörte Gerät stellte seinen Dienst ein. Die Zellentür vor ihnen glitt plötzlich unkontrolliert auf und zu.

Zügig steckte Robert die Waffe in seinen Gürtel und stemmte sich zwischen die Tür und den Rahmen. „Beeil dich!", drängte er Sam. Sofort huschte dieser unter seinem Arm hindurch in die Zelle. Er steuerte auf den Käfig aus Glas zu, in dem er Skys Schatten erblickte. Er legte prüfend seine Hand auf die Scheibe. Schnell zog er die Finger zurück. Sie war eiskalt. Erschrocken sah er zu seinem Vater hinüber.

„Mach schon", drängte ihn dieser erneut. Sein Gesicht war angespannt. Die Tür schien seine Kraft zu beanspruchen. „Ich weiß nicht, wie lange sie auf und zu gleitet. Wenn der letzte Rest Energie erlischt, dann ist sie entweder offen oder geschlossen. Wir können das Risiko nicht eingehen uns hier einzusperren Sam", erklärte sein Vater angestrengt, „du musst dich beeilen", wiederholte er.

Sam nickte. Seine Augen suchten umgehend nach einer Möglichkeit die Glasfront zu öffnen. An der schwarzen Wand neben dem Eingang der Zelle befand sich ein weiterer Scanner, klein und unscheinbar. Sam steuerte unmittelbar darauf zu. Er legte seine Fingerspitzen auf die Scanfläche. Mit einem Blick gen Himmel folgte ein Stoßgebet, dass sich der Raum aus Glas öffnen ließe. Er hörte, wie Eis hinter ihm zu Boden fiel. Tatsächlich glitt ein Teil der Glasfront hinauf in die Decke, die das Eis von ihr löste.

„Sie ist offen", verkündete Sam erleichtert und lief direkt hinein. Seine Euphorie wurde jedoch sofort gedämpft, als er Skys gläserne Zelle betrat. Ihr Körper war von Eiskristallen bedeckt. Das Gebläse über ihm machte donnernde Geräusche und er spürte, wie sich seine Haare aufstellten.

„Oh mein Gott", flüsterte er regungslos.

„Sam?", hörte er seinen Vater.

Er blickte durch die eisbedeckte Scheibe zu Robert hinüber. „Ich beeile mich ja", bestätigte er umgehend. Sam warf sich auf die Knie. Er rüttelte an Skys Schultern. „Hey", sagte er, „wir holen dich hier raus."

Doch es regte sich nichts. Sie schien wie erstarrt.

„Sie rührt sich nicht“, rief Sam hilflos.

„Dann trag sie da raus“, forderte sein Vater ihn auf, „ich kann gleich nicht mehr.“

Sam legte sich einen ihrer schlaffen Arme um den Hals. Er stand langsam auf und hob sie dabei empor. Ihr Kopf hing hinab und ihr Mund stand etwas offen. Diesen Anblick würde Sam so schnell nicht vergessen. Er trug sie behutsam bis zur Tür. Robert versuchte etwas Platz zu machen und Sam konnte geduckt mit ihr in den Armen an ihm vorbeiziehen. Dann schlüpfte er umgehend aus dem Türrahmen und hinter ihm krachte die Zellentür laut zu. Erschrocken wanderte Roberts Blick erst von der Zellentür zu Sam, bis er an Sky haften blieb.

„Du meine Güte“, entfuhr es ihm.

Sam legte Sky auf dem Boden ab und umgehend ließ sich auch Robert neben ihr nieder.

„Sie ist furchtbar kalt“, sagte der Professor, als er ihr etwas Eis von den Armen streifte. „Ich habe einen Kristall, aber der wird sich schnell leeren, wenn sie nicht zuvor etwas auftauen kann.“

Sam nickte. Er wusste, was das bedeutete. Noch würde Sky ihnen nicht helfen können. Noch würde sie nicht erfahren, dass sie sie endlich befreit hatten und er würde noch länger auf sie warten müssen. „Sie schafft das doch, oder?“, fragte er besorgt.

Robert sah zu seinem Sohn hinauf. „Keine Sorge, Sam. Sie ist ein Cyborg. Die stecken eine Menge weg.“ Dann lächelte er zuversichtlich.

Dieser Ausdruck seines Vaters ließ Sam durchatmen. Ihn durchfuhr plötzlich die Hoffnung, dass sie es tatsächlich schaffen könnten. Sie würden Sky retten und auch die anderen. Und sie würden aus der Stadt verschwinden, ehe Cyron durch den Sturm der Schlacht zerstört werden würde. Angetrieben von dieser Vorstellung deutete Sam auf eine weitere Zelle.

„Dort hinten ist Mister Winson", erklärte er seinem Vater.

„Gut", erwiderte dieser und stand auf. „Wir werden noch einmal so vorgehen."

Dem Stadtoberhaupt war es etwas besser ergangen als Sky. Mister Winson war erschöpft, aber bei Bewusstsein. Die Kältezellen wurden auf die Insassen abgestimmt, darin war sich Robert nun sicher. Er hatte die Hoffnung, dass Frank auch nicht zu sehr gelitten hatte und zumindest selbstständig laufen konnte. So würde Sky die Einzige bleiben, die sie bis zum Gleiter tragen mussten. Mister Winsons Gesicht war ganz bleich und die Lippen waren furchtbar blau angelaufen. Er war ohne ein Wort mit Sam aus der Zelle geflohen, ehe er in der Halle außerhalb davon zusammenbrach.

„Geht es Ihnen gut?", fragte Robert besorgt.

Der bärtige Mann nickte. „Professor Stanson", entfuhr es ihm erfreut, aber schwach. Die langen Haare fielen ihm in die Stirn und bedeckten seine Augen etwas.

Sam strich ihm die Strähnen aus dem Gesicht. „Mister Winson?", fragte er behutsam.

Das Stadtoberhaupt sah ihn dankbar an. „Ja?", hauchte er erschöpft.

„Wie konnte all das passieren?", wollte Sam wissen, doch sein Vater zog ihn umgehend von Mister Winson weg.

Er schüttelte entschieden den Kopf. „Nicht hier, Sam", sagte er, „nicht jetzt." Dann wandte er sich an das Stadtoberhaupt am Boden. „Wir müssen das Gebäude nach einem weiteren Mann absuchen und es dann umgehend verlassen. Können Sie laufen?"

Mister Winson zitterte, doch er nickte. Behutsam half Robert ihm auf die Beine. Dann steuerte er auf Sky zu, die er umgehend vom dunklen Boden hob. „Wir suchen einen Wissenschaftler. Sind das die einzigen Zellen hier?", damit wandte er sich wieder an Mister Winson.

Der brauchte einen Moment. Er sah sich nachdenklich um. „Nein, es gibt zwei weitere Etagen", antwortete er.

Robert nickte Sam zu. Sie eilten zu den Aufzügen. Umgehend betätigte Sam die Eingabe, um ein Stockwerk nach oben zu gleiten. Die Türen öffneten sich im Bruchteil einer Sekunde. Alles sah wie in der Halle zuvor aus. Robert wies Mister Winson an, bei dem R2 zu warten und legte Sky neben dem Aufzug ab.

Erst jetzt schien das Stadtoberhaupt zu erkennen, dass es sich bei ihr um ein Modell der neusten Serie handelte. Er hatte Sky also nie selbst kennengelernt. Verblüfft ließ er sich neben ihr nieder. „Das ist ein Cyborg?", fragte er.

Robert sah ihn überrascht an. „Ja, Sir, ein R2-Cyborg", erklärte er.

Fasziniert glitten die Finger des alten Mannes über ihr Gesicht. „Sie sieht so real aus."

Robert nickte zustimmend. „Sie ist uns sehr ähnlich", antwortete er.

Fragend sah Mister Winson zu ihm auf. „Optisch allemal, aber was kann sie?", wollte er wissen.

Robert war sich in diesem Moment kaum sicher, ob er es wirklich riskieren wollte ihm hier und jetzt von der bedeutsamsten ihrer Fähigkeiten zu erzählen. „Wir befinden uns im

Krieg. Ich glaube nicht, dass das der richtige Zeitpunkt ist, um darüber zu sprechen, Mister Winson."

Das Stadtoberhaupt winkte seine Bemerkung ab. „Ich würde gerne wissen, warum man mir all das antat, Professor. Ich möchte begreifen, warum sie vor einiger Zeit in meine Zelle kamen und mich mit Fragen bombardierten, auf die ich keine Antworten wusste. Warum sie mich fast totprügelten, nur um herauszufinden, dass ich selbst keinerlei Informationen hatte. Ihr Name ist mehrmals gefallen, Professor."

Robert schluckte. „Das habe ich nicht gewusst", sagte er, „und das habe ich ganz sicher nicht gewollt."

Mister Winson warf einen traurigen Blick auf Sky hinab. „Vermutlich ist sie Ihre größte Errungenschaft. Und das ausgerechnet jetzt, ausgerechnet hier, wo alles in Kürze zerfallen wird, oder?" Dann sah er wehmütig in die Augen des Professors.

„Die Stadt wurde getäuscht, Mister Winson. Die künstlichen Intelligenzen wurden zum größten Teil abgeschaltet", erklärte Robert. „Ich würde Ihnen gerne sagen, dass alles gut wird, aber ich befürchte, dass die Stadt das nicht aushalten wird. Deshalb werden wir hier gleich verschwinden müssen."

Sam trat zu Sky und Mister Winson vor. „Sie hat Gefühle - wie Sie und ich, Sir", sagte er unaufgefordert. Robert erschrak.

Wie benommen senkte sich Mister Winsons Kopf.

„Das ist unglaublich", flüsterte er. „Sie haben die Studie erfolgreich abgeschlossen?"

Robert konnte kaum begreifen wie das Stadtoberhaupt reagierte. Er schien keine Furcht zu haben, keinerlei Abneigung und er schien sich auch nicht über das Projekt zu wundern. Nein, er schien eher verblüfft. „Ja", stammelte der Professor ungläubig, „ich habe zusammen mit Frank Steele einige erfolgreiche Tests durchgeführt."

Mister Winson klopfte auf Skys Schulter. Es sah aus, als wolle er ihr Mut machen. „Wir sollten uns wirklich beeilen", sagte er entschlossen, als sei es nun auch seine Aufgabe diesen Cyborg zu schützen. „Ich werde bei ihr warten. Und Sie suchen nach dem anderen Mann, den Sie zu finden hoffen."

Robert nickte dankbar. Sofort teilten Sam und er sich auf. Sie durchforsteten beide Zellenreihen, doch in keiner davon konnten sie Frank finden.

Gerade als Robert sich von der letzten Zelle abwandte, ertönte das donnernde Geräusch einer einstürzenden Mauer über ihnen. Die Wände und der Boden bebten. Im obersten Stockwerk musste das Gebäude von irgendetwas schwer getroffen worden sein.

Panisch rief Robert seinem Sohn zu: „Raus hier!"

Er griff Sams Hand, als ein erneuter Einschlag zu hören und zu spüren war. Sie rannten zum Aufzug zurück. Robert hob Sky hoch und drängte die anderen beiden dazu einzusteigen. „Wir müssen hier irgendwie rauskommen", erklärte er, doch als Sam im System des Aufzugs den Haupteingang auswählte, ertönte eine Alarmmeldung. Dieser Bereich war beschädigt und scheinbar nicht mehr zu erreichen.

Ungläubig schob Robert Sam beiseite. Er lehnte Sky zum Teil gegen die Wand des Aufzugs und befreite somit eine Hand von ihrer Last. Hektisch tippte er nervös auf dem Kontrollfeld herum, doch wieder gab das System die Rückmeldung, dass dieser Bereich nicht erreichbar sei. „Komm schon!", rief er aufgebracht.

„Dad", lenkte Sam ein, „wir fahren nach unten." So schnell wie Sam die Bestätigung ins unterste Geschoss zurückzufahren in das Kontrollfeld eintippte, war es Robert gar nicht möglich zu widersprechen. Die Türen glitten auf und Sam stieg direkt aus.

„Wir müssen hier raus, Sam. Wir werden sonst verschüttet", sagte Robert panisch.

Sam schüttelte mit dem Kopf. „Es gibt nur einen Weg, hier jetzt noch rauszukommen. Vertrau mir!"

Sein Vater sah ihm einen Moment lang nachdenklich in die Augen, dann entschloss er sich den Aufzug zu verlassen. Mister Winson und Robert folgten Sam, als dieser die Hand auf den Scanner der einzigen fensterlosen Tür legte. Sie glitt auf und vor ihnen eröffnete sich ein dunkler undurchsichtiger Schlund.

„Hier entlang", sagte Sam und trat in die Finsternis. Ohne Weiteres folgten ihm sein Vater und Mister Winson. Das Licht des langen Ganges schaltete sich wie ein Wegweiser am Boden ein.

Robert sah seinen Sohn erstaunt an. „Du bist unglaublich, Sam", sagte er heilfroh darüber, einen Ausweg aus dieser Lage zu erkennen.

„Der Verbindungsgang", erkannte Mister Winson, „natürlich", murmelte er. „Wenn sie die K.I. des Militärgebäudes bereits abgeschaltet haben, fehlt dem System jemand, der den Zugang zum Gerichtsgebäude steuert."

„So bist du also hierher gekommen", begriff sein Vater.

Als sie den scheinbar endlosen Weg hinaufgingen, hörten sie noch immer, wie das Gebäude hinter ihnen weiteren Schaden zu erleiden schien.

„Der Gang führt uns also direkt zum Gericht?", wollte Robert wissen.

„Ja", sagten Sam und Mister Winson beinahe zeitgleich.

Robert wurde plötzlich bewusst, wie weit sie sich von Sarah entfernten. Das Gebiet schien unter Beschuss zu sein. Durch wen wusste er nicht. Alles, was er wusste, war, dass es sich um so massive Einschläge handelte, dass nicht einmal das kräftige Bauwerk standhalten konnte. Der Gedanke daran, dass seine Frau in unmittelbarer Nähe davon zurückblieb, ließ sein Herz wild schlagen. Voller Sorge blickte er immer wieder zurück zu der Tür, durch die sie getreten waren, doch die lag schon bald so weit hinter ihnen, dass sie nicht einmal mehr zu sehen war. Der Marsch schien endlos.

Obwohl Robert kein Wort sagte, spürte Sam förmlich, was ihm durch den Kopf ging. Auch er war gedanklich bei seiner Mutter. Sie hatten nicht nur Frank dort zurückgelassen. Sie mussten auch ohne sie in eine andere Richtung aufbrechen. Sam hatte feuchte Hände. Nur zu gerne hätte er etwas gesagt. In ihm keimte ein unglaublich schlechtes Gefühl auf, doch er konnte seinem Vater gegenüber nichts davon sagen, nicht jetzt, wo die Gefahr bestand, dass er unüberlegt handeln und zurücklaufen würde. Sie mussten das Gerichtsgebäude erreichen. Sam musste nach vorn sehen, nicht zurück. Er versuchte sich mit dem Gedanken zu beruhigen, dass seine Mutter einen Gleiter problemlos fliegen konnte, dass sie abgehauen war, bevor die Schlacht bei der Militärstation begann. Sie war klug und sie würde wissen, dass Sam und Robert sich ebenfalls außer Gefahr bringen würden. Diese Überlegungen taten ihm gut. Sie linderten die furchtbare Angst, die in ihm aufstieg und die er zu unterdrücken versuchte.

Als die Tür am anderen Ende sichtbar wurde, nahm auch der stumme Marsch ein Ende. „Wir brauchen einen Gleiter", sagte Robert plötzlich, „zumindest brauche ich einen." Noch immer hing Skys Körper schlaff in seinen Armen.

„Wir trennen uns nicht", antwortete Sam, „ich will sie auch finden." Obwohl sie zuvor kein Wort über Sarah verloren hatten, war Robert doch bewusst, dass Sam nur sie meinen konnte.

Er nickte. Sam legte seine Atemschutzmaske an. Mister Winson beobachtete ihn erschrocken.

„In meiner Tasche am Gürtel", sagte Robert. Eilig holte das Stadtoberhaupt die Maske des Professors heraus. Fragend sah er ihn an.

„Ich habe nur die", erklärte Robert. „Ich möchte, dass Sie sie umlegen, Sir."

Sam schluckte die Worte hinunter, die er am liebsten gesagt hätte. Sein Vater würde die Maske brauchen und ihm wäre lieber gewesen, dass er sie anlegte. Doch er wollte jetzt nicht widersprechen. Sein Vater hatte bis jetzt immer gewusst, was zu tun war. Er würde auch jetzt die richtige Entscheidung fällen.

„Ich bleibe hier bei Sky. Ihr besorgt uns einen Gleiter", sagte Robert. Dann fuhr er mit dem Becken nach vorn, um Sam den Griff zur Waffe zu eröffnen.

Dankbar nahm Sam diese an sich. „Ich beeile mich", versprach er.

„Du schaffst das schon", erwiderte Robert. „Ich werde Sky den Kristall einsetzen. Sie ist jetzt warm genug."

Sam nickte. „Ich komme wieder", sagte er noch, als er die Hand auf den Scanner legte. Das waren Worte, die er schon einmal ausgesprochen hatte. Er hatte Sky versprochen, er würde zurückkommen und dieser Gang zwischen den Gebäuden war Teil dessen gewesen, nun schon zum zweiten Mal. Er wusste, er würde alles tun um sein Versprechen zu halten.

Die Tür glitt auf und Wasser floss sogleich zu ihren Füßen den Gang hinab. Vorsichtig warf Sam einen Blick hinaus. Die Wände waren durchnässt, ebenso die Möbel. Es gab keinen Zweifel daran, dass mindestens ein Elementarmagier dort sein musste.

KAPITEL 32

Bei jedem vorsichtigen Schritt, den Sam tat, hörte Sam das Geräusch des nassen Bodenbelags unter seinen Füßen. Der Stoff hatte sich gänzlich mit Wasser vollgesogen. Behutsam blickte er den Gang zu den Toiletten hinab, bevor er die Stufen der Glastreppe prüfte. Sie bewegten sich auf den Ausgang zu, auf den Ort, an dem Sam erst vor Kurzem den falschen Mister Winson erschossen hatte. Als sie die Tür erreichten, wischte er sich den Schweiß von der Stirn und atmete tief durch. Er hatte genau diese Waffe in den Händen. Dieser Gedanke ließ ihn unruhig werden, doch er musste weiter, er konnte nicht stehen bleiben.

Sam wollte gerade den Scanner der Tür betätigen, als ihn Mister Winson plötzlich umwarf und sie zu Boden stürzten. Es zischte laut und warmer Dampf stieg hinter ihnen auf. Erschrocken blickte Sam zurück. Am oberen Ende der Treppe stand der Magier, der das Gebäude verwüstet haben musste. Daran gab es kaum einen Zweifel. Die getroffene Stelle der Tür war von einem Brandfleck gezeichnet und noch immer prasselten glühend heiße Holzstücke der Verzierung in die Pfützen am Boden hinab.

Sofort sprang Sam auf und stellte sich schützend vor Mister Winson. Der konnte kaum begreifen, wie tapfer der junge

Mann sein eigenes Leben über das Seine stellte. Sam hob augenblicklich die Waffe. Der Magier lächelte, als er eine Stufe nach unten trat. Das knisternde Geräusch erklang. Er kommunizierte mit seinen Leuten.

Sam blickte sich vorsichtig um. „Sie müssen den Scanner betätigen“, sagte er zu Mister Winson.

In der Hand des Magiers tauchte eine Flamme auf und er spielte mit dieser zwischen seinen Fingern. Es sah so aus wie kürzlich erst bei Gallad. Die zügelnden Flammen tanzten förmlich in seiner Handfläche umher.

Sam schluckte. Er konnte hören, wie Mister Winson sich hinter ihm aufrappelte.

„Stehen bleiben“, forderte Sam mit allem Mut, den er hatte, doch der Außerirdische ging eine weitere Stufe hinab - noch immer lächelnd und mit einem überlegenen Ausdruck in den Augen.

„Wo wollt ihr denn hin?“, ertönte seine dunkle Stimme umhüllt von dem angsteinflößenden Knistern.

„Ich sagte stehen bleiben“, wiederholte Sam streng. Er wusste, dass er nur einen Schuss brauchte. Selbst ein Streifschuss würde ausreichen, damit sich das tödliche Metall durch den Körper des Magiers fraß. Mister Winsons Hand fuhr unterdessen die Wand zum Scanner entlang.

„Eure Stadt brennt sowieso“, sagte der Magier und schleuderte einen Flammenball auf sie. Die Tür glitt gerade auf. Sams Finger griffen nach dem Stadtoberhaupt und er zog es augenblicklich zur Seite. Die heiße Luft senkte Mister Winson einige Haare an. Er spürte einen Moment lang, wie furchtbar warm seine Stirn wurde, und wie die Hitze in seinen Augen brannte. Nur knapp war der Ball aus Flammen an seinem Kopf vorbeigezogen.

Sam gab einen Schuss ab. Es knallte. Er kniff kurz die Augen zu. Dann hörte er, wie der Magier aufschrie und sein Körper plötzlich auf den Boden krachte. Er war über das Geländer der Treppe gestürzt. Metall sickerte ihm aus dem Arm. Noch immer schrie und japste er vor Schmerzen. Nur ein Streifschuss.

„Mist", ging es Sam noch durch den Kopf. Er wusste, dass das kein angenehmer Tod sein konnte, doch ohne einen Blick zurückzuwerfen schob er Mister Winson nach draußen. Die Zeit drängte. Das Knistern ließ die Magier stets wissen, was wo passierte. Wie ein Schwarm waren sie in der Lage viel taktischer anzugreifen als die Menschen.

Als sie die Stufen des Gerichtsgebäudes betraten, sahen sie bereits riesige Risse in der Schutzkuppel über ihnen. Menschen rannten panisch umher.

Ein Teleportmagier sprang hinter der Menge her. Erst erschien er auf einem Auto, dann direkt vor ihnen und lenkte sie so in genau die Richtung, in die er sie haben wollte. Sam konnte einige Soldaten sehen, die auf die Ankömmlinge schossen.

„Was tun die da?", fragte Mister Winson fassungslos, der losrennen wollte, um einzuschreiten, doch Sam hielt ihn zurück.

„Das sind nicht Ihre Männer, Sir. Das sind eingeschleuste Jäger. Wir müssen einen Gleiter finden", erklärte Sam.

Noch hielt die Schutzkuppel den ankommenden Gesteinsbrocken stand, die stetig auf sie einschlugen. Die Magier mussten längst in der Nähe gewesen sein, um in so kurzer Zeit schon mit so vielen ihrer Art angreifen zu können. Jagdgleiter rauschten über sie hinweg, ausgesandt von Coroc, einer der wenigen existenten künstlichen Intelligenzen, die sich zu schützen wussten. Das Abwehrsystem schickte mit Bomben geschmückte Gleiter auf die außerhalb postierten Gegner.

Sam erblickte ein leicht beschädigtes Fahrzeug. „Da drüben!“, schrie er, als er in die Richtung deutete.

Zügig rannten sie in die schmale Gasse, die sich zwischen zwei Gebäuden bildete und in der man den Gleiter stehen sehen konnte. Die Tür stand offen. Wer auch immer das Fahrzeug gesteuert hatte, war scheinbar geflohen.

„Sie müssen den Gleiter vor dem Ausgang landen“, sagte Sam, „ich gehe rein und hole meinen Dad.“

Kaum hatte er das ausgesprochen, ertönte ein lautes Krachen und man hörte, wie ein Schlag die Schutzkuppel weiter aufriss. Erschrocken blickten sie nach oben. Das Glas sprang immer mehr. Risse durchzogen es. Es knackte furchtbar laut.

„Schnell!“, drängte Sam und rannte zum Gerichtsgebäude zurück. Es konnte nicht mehr lange dauern, bis die tonnenschweren Scherben der Schutzkuppel auf sie hinabstürzen würden. Eilig rannte Sam die Stufen hinauf. Noch immer lag der tote Magier unverändert da, sein Blick haftete kurz an ihm. Plötzlich begann die Erde zu beben. Der Boden unter Sams Füßen wackelte. Die Kraft ging auf das Gebäude über, dessen Wände zu schwingen begannen.

„Nein!“, schrie Sam und rannte durch den Eingang. Er wollte gerade die Tür zum Gang öffnen, als diese bereits aufglitt. Wie benommen ließ er die Waffe fallen. Sein Vater trat ihm entgegen, gefolgt von Sky, die ihm augenblicklich um den Hals fiel.

„Wir müssen hier raus!“, brüllte Robert panisch. Doch es war zu spät. Die Wände des Gebäudes gaben der Erschütterung nach. Die Decke stürzte ein. Scherben der zerstörten Treppe flogen wie Geschosse umher. Sky zog Robert augenblicklich in den Schutz der Gruppe. Sam kniff die Augen zusammen. Es polterte und knackte um sie herum. Noch immer erzitterte der ganze Boden unter ihren Füßen. Es kam ihm endlos lang vor, bis auf den Lärm endlich Stille folgte.

Vorsichtig öffnete Sam die Augen. Wo vor Kurzem noch Wände gewesen waren, ragten nur noch Teile davon empor. Über ihnen gab es nichts mehr. Er konnte auf die angeschlagene Schutzkuppel blicken, doch da war noch etwas, ein bläuliches Licht, das sie umhüllte, ihn, Sky und seinen Vater. Fassungslos sah Sam sich um. Skys Augen leuchteten und sie presste Sam und Robert noch immer angestrengt an sich. Es war ihr Verdienst, dass sie alle noch lebten. Erleichtert atmete Robert auf. Das Licht in Skys Augen erlosch, als sich ihr Griff langsam löste.

„Das war knapp", sagte Robert und klopfte Sky dankbar auf die Schulter. Sie lächelte kurz, doch das Lächeln erlosch, als sie Sam ansah.

„Du hast dich geschnitten", sagte sie und strich ihm über die verletzte Wange.

„Was war das?", fragte Sam fassungslos.

Der Gleiter, den Mister Winson steuerte, senkte sich in diesem Augenblick neben ihnen ab.

„Ein Kraftfeld", erklärte Robert und deutete Sam mit einem Kopfnicken einzusteigen.

Nachdenklich hob sein Sohn die Waffe vom Boden auf. Erst als er sich in den Gleiter setzte und Sky neben ihm Platz nahm, wurde ihm bewusst, dass sie lebte, dass es ihr gut ging und dass sie bei ihm war. Ungläubig sah er in ihre strahlend blauen Augen.

Das Fahrzeug erhob sich in die Lüfte.

„Gib mir die Waffe", hörte er die Stimme seines Vaters, doch er war nicht fähig zu reagieren. Seine Seele nährte sich an Skys Anblick. Ihm fiel ein Stein vom Herzen. So etwas wie in diesem Augenblick hatte er nie zuvor empfunden. Sie war am Leben und nun endlich wieder bei ihm. Auch Sky war heilfroh ihn wiederzusehen. Noch vor wenigen Stunden dachte sie, es wäre das letzte Mal gewesen, als er sich von der Zellentür entfernte. Er hatte ihr versprochen zurückzukommen und doch hätte sie nie geglaubt, dass ihm das wirklich gelingen würde. Sie hatte sich davor gefürchtet in der Kältezelle sterben zu müssen, doch er hatte sie nicht aufgegeben. Er hatte sie gerettet und nun schlug ihr Herz ebenso aufgeregt wie seines.

„Du bist hier", flüsterte er.

Sie nickte. „Und du bist tatsächlich zurückgekommen", antwortete sie.

Und da war es wieder, ihr Lächeln, das einzig Sanfte in dieser rauen Umgebung des Krieges. Auch Sams Lippen formten sich zu einem Lächeln.

„Sam, die Waffe", riss ihn die auffordernde Stimme seines Vaters aus den Gedanken. Sofort legte Sam ihm diese in die Hand.

„Wir müssen deine Mutter suchen", fügte Robert hinzu. Überrascht sah Mister Winson zu ihm hinüber. „Es fehlt noch jemand?"

Der Professor nickte. „Ich muss sie finden", sagte er und sah besorgt auf die Kämpfe in den Straßen hinab. Noch immer flogen Jagdgleiter umher. Schüsse fielen und Rauch stieg aus einigen Teilen der Stadt auf.

„Die Schutzkuppel …", sagte Mister Winson vorsichtig, ohne seinen Satz zu beenden.

Robert nickte sorgenvoll. „Ja, ich weiß."

Sam warf noch einen Blick aus dem Fenster und sah in den Himmel hinauf. Er konnte beobachten, wie ein Felsbrocken in den südlichen Teil der Kuppel einschlug. Es donnerte wie bei einem schweren Sturm. Dann knirschte und knackte es, ehe sich die ersten großen Scherben lösten und unaufhaltsam zu Boden stürzten. Er legte die Hand auf die Fensterscheibe, als könnte er sie noch aufhalten, doch Sam musste mit ansehen, wie die Scherben ganze Gebäude unter sich begruben, wie Menschen panisch zu fliehen versuchten. In der Kuppel klaffte ein riesiges Loch, das den Sauerstoff verschlang. Sie konnten nicht mehr aussteigen. Wenn sie die Tür öffneten, würde die Luft aus dem Inneren mit der feindlichen Atmosphäre verschmelzen und Robert würde innerhalb kürzester Zeit ersticken. Das Fahrzeug dann wieder mit Sauerstoff zu füllen konnte ohne Atemmaske zu lange dauern. Erst jetzt begriff Sam, dass sie seine Mutter nicht mehr suchen konnten. Sie würden weder sie noch Frank retten können. Ihnen blieb nur die Hoffnung, dass Sarah sich selbst in Sicherheit gebracht hatte. Sie hatte eine Atemschutzmaske. Sie hatte eine Chance. Und doch keimte in Sam wieder dieses Gefühl auf, dieses ungute Gefühl, dass er bereits im Tunnel gespürt hatte. Er hatte einen Kloß im Hals, als er auf die Stadt hinabblickte. Der alberne Krieg vor der Haustür, der ihm stets so lächerlich vorgekommen war, den er nie ernst genommen hatte, weil die Medien tagein, tagaus darüber berichteten und der trotzdem so weit entfernt schien, war plötzlich da. Sam befand sich mitten in der Schlacht, deren Bilder er sich nie lange hatte ansehen können. Und doch war er nun gezwungen hinzusehen. Er erinnerte sich an Mister Hiemers Worte. Er hatte gesagt, dass die Menschen selbst schuld seien. Diesen Krieg hatten nicht die Magier begonnen. Der Mensch selbst hatte durch seine Angst vor einer Bedrohung den ersten Schlag getan und musste nun erkennen, dass er gegen diese Macht schwach zu sein schien.

Sam legte seine Stirn an die Scheibe. „Nein", sagte er immer wieder, „nein", weil er nicht begreifen konnte, wieso es so weit hatte kommen müssen. Und weil er nicht begreifen konnte, wie sie seine Mutter einfach zurückgelassen hatten. Er wollte nur noch nach Hause. Er wusste, er war in Cyron. Er war zu Hause und doch spülte die Angst erneut die Gewissheit durch ihn hindurch, dass sein Platz nicht hier war. Seine Heimat lag weit entfernt und sein Körper wusste das. Sam sah zu seinem Vater. Auch er starrte aus dem Fenster. Sein Kinn bebte. Er nickte immer wieder, als würde er Mister Winson noch immer zustimmen.

„Die Schutzkuppel stürzt ein. Wir müssen fliehen", hatte das Stadtoberhaupt sagen wollen. Robert hatte entschieden, dass es das Beste war. Er hatte mit seiner Antwort eine Zustimmung gegeben, eine, die seinen Sohn retten würde, eine, die Sky retten sollte, doch nicht Sarah, seine Frau.

Helden müssen Opfer bringen. Dieser Satz ging Sam durch den Kopf, als er Robert ansah. Sein Vater spürte scheinbar das gleiche Unbehagen wie er selbst. Auch ihm fiel es sichtlich schwer aufgeben zu müssen.

Der Gleiter drehte um. Sie steuerten in Richtung des Energietores. In dessen Nähe befand sich das riesige Loch, durch das sie sich retten wollten, vorbei an anderen Gleitern, vorbei an Gesteinsbrocken, über den bebenden Planeten, über die kreischende Menge, die Toten und Verletzten hinweg. Sam presste erneut die Hände und die Stirn gegen das Fenster. Er erblickte den Coroc-Tower, der noch vollkommen unbeschadet zu sein schien. Doch nicht nur er.

Sam blinzelte nachdenklich. „Coroc“, glitt es ihm leise über die Lippen. Dann riss er die Augen weit auf. Eilig drehte er sich zu seinem Vater und Mister Winson um. „Halt!“, schrie er.

Schlagartig stoppte das Stadtoberhaupt den Gleiter in der Luft. Alle Insassen wurden ruppig vor- und zurückgeschleudert. Mit geröteten Augen sah Robert seinen Sohn fragend an. Auch Mister Winson begriff nicht, was plötzlich los war.

„Das Energienetzwerk Coroc. Seine Gebäude sind unbeschadet. Es schützt sich noch. Dort ist Sauerstoff! Und viel wichtiger: Dort liegt unsere Chance die Magier aufzuhalten“, erklärte Sam aufgeregt.

„Achtung!“, schrie Sky plötzlich und sofort reagierte Mister Winson. Sie drifteten nach links, während ein Feuerball an ihnen vorbeisauste und auf dem Boden zerschellte.

„Sam?!“, brüllte Robert panisch. „Wir müssen hier weg!“

Doch Sam griff nach vorne. Er legte bittend seine Hand auf Mister Winsons Schulter. „Wir können nicht einfach gehen. Das ist Ihre Stadt, Sir“, sagte er flehend. Dann suchten seine Augen die seines Vaters. „Dad, du hast bereits etwas gefunden, das die Magier verwundbar macht. Wir können es schaffen. Irgendwo da draußen ist Mom und sie braucht uns.“

Robert legte eine Hand auf seine Stirn und atmete tief ein. „Ich habe keine Ahnung, wovon du da redest, Sam“, sagte er.

„Der Schallangriff. Es gibt noch eine Möglichkeit, die Sache für uns zu entscheiden.“

Roberts Mund öffnete sich verblüfft. „Aber in der Größenordnung?“, fragte er eher sich selbst als seinen Sohn.

Sam nickte. „Coroc ist mit der ganzen Stadt verbunden. Es hat als Hauptenergienetzwerk die nötige Kraft. Und es ist eine der wenigen Maschinen, die noch eine K.I. besitzen. Es lernt schnell, Dad."

Robert sah umgehend Mister Winson an. „Runter mit dem Ding", sagte er entschlossen.

Das Stadtoberhaupt willigte ein und steuerte auf das Coroc-Gelände zu. Seine Finger rasten über das Kontrollfeld des Gleiters.

„Bitte um Landeerlaubnis", sagte Mister Winson.

Zum ersten Mal in seinem Leben hörte Sam die männliche Stimme Corocs, als die Antwort kam. „Bitte identifizieren Sie sich! Aufgrund des Notfalls kann ich Ihnen nicht ohne Weiteres eine Landeerlaubnis erteilen."

Sams Augen weiteten sich fasziniert. Seine Stimme war so klar wie die von Sky und Verone. Es war die intelligenteste Maschine Cyrons und das, obwohl - oder gerade weil? - sie so furchtbar alt war. Coroc wurde immer mit den neuesten Entwicklungen ausgestattet. Das Gelände war stets gut bewacht und einfachen Personen wie Sam war der Zutritt nicht gestattet. Es war, als würde er eine goldene Eintrittskarte in eine unbekannte Welt erhalten.

„Peter Winson, Stadtoberhaupt des Stadtrates von Cyron. Führen Sie eine Stimmerkennung durch, Coroc, und vergleichen Sie das Wort „Ladeo" mit Ihrer Datenbank. Ich muss mit meiner Begleitung dringend in Ihren schützenden Mauern landen können", ertönte Mister Winsons Stimme.

Daraufhin öffnete sich eine Luke im Dach des flachen Gebäudekomplexes von Coroc. „Zugang gewährt", hallte es durch den Innenraum des Gleiters.

Skys Augen zogen sich misstrauisch zusammen, als sie nun endlich begriff, wer der bärtige Mann am Steuer war. Als sie langsam in die Öffnung hinabschwebten, flogen erneut Raketen an ihnen vorbei. Coroc zerstörte jeden Gesteinsbrocken, der sich seinem Areal näherte. Seine Wände waren strahlend weiß, die Halle, in der sie landeten, war rund. Kaum schloss sich die Öffnung über ihnen, gab Coroc die Bestätigung, dass sie die Türen öffnen konnten. Umgehend stiegen alle aus.

Mister Winson zog sich die Atemmaske vom Kopf und gab sie Robert zurück. „Nehmen Sie die", sagte er. „Wenn etwas passieren sollte, will ich, dass Sie mit Ihrem Sohn und dem R2 fliehen können."

Dankbar nickte Sams Vater und verstaute die Maske in seiner Tasche. Auch Sam nahm vorsichtig die Maske ab, während er die kahlen Räumlichkeiten betrachtete. „Aber hier ist ja gar nichts", sagte er verwundert.

Mister Winson lächelte. „Nein, Corocs Herz liegt weit unter uns, mein Junge."

Sky blickte wütend zu Boden, als Mister Winsons Blick sie traf. „Es ist schön, dich nun endlich kennenlernen zu können", sagte er.

Verwundert sah sie zu ihm auf. „Sie haben so viele meiner Art getötet", antwortete sie. „Wie können Sie es wagen ...?"

Beschwichtigend ging Robert dazwischen, als er sah, wie ihre Augen aufleuchteten. Erschrocken wich das Stadtoberhaupt einige Schritte zurück.

„Schon gut, Sky", versuchte der Professor sie zu beruhigen. Er nahm ihre Hand. „Es ist alles in Ordnung."

Doch sie schüttelte den Kopf. „Wie kann das in Ordnung sein?", fragte sie. „Ich verstehe nicht, warum er hier bei uns ist. Er müsste dort draußen sein, bei seinen Freunden, denen er erlaubt hat, all das zu tun."

Robert sah seinen Sohn auffordernd an. Sam trat näher. „Sky", sagte er, „du warst in dieser Kältezelle, doch du warst nicht die Einzige.“ Dann startete er sein Hologramm-Armband. Nun trat auch Mister Winson näher. Er hatte nicht gewusst, dass scheinbar viele andere ebenfalls dieses Schicksal ereilt hatte. Die Bilder, die Sam aufgenommen hatte, schwebten über seinem Handgelenk.

Er hielt die Aufnahme an, als man Mister Winsons Gesicht erkennen konnte. „Dort ist er. Nur ein paar Zellen von dir entfernt, Sky“, erklärte er.

Erschrocken blickte sie das Stadtoberhaupt an. „Wie ist all das möglich?“, fragte sie, während das Licht in ihren Augen erlosch.

Mister Winson blickte zu Boden. „Wir ließen sie zu einer Verhandlung in das Regierungsgebäude kommen“, begann er zu erklären. „Sie wurden mit einem Jagdgleiter in die Stadt gelassen, ein Magier und zwei Jäger, auf die er zu seinem Schutz bestand. Wir wollten über die Möglichkeit eines Waffenstillstandes sprechen. Wir waren damals ebenfalls zu dritt im Raum, ich und zwei Soldaten, die meinem Schutz dienten. Der Magier bat mich darum die künstlichen Intelligenzen abzuschaffen und sie auszuhändigen, doch ich lehnte ab. Dann legte der Magier einen großen braunen Stoffbeutel auf den Tisch. Ich öffnete diesen langsam. Er war voller Energiekristalle, mit denen sie meine Zustimmung erkaufen wollten. Der Magier bot mir einen dauerhaften Sitz als Stadtoberhaupt an. Er sagte, er würde das schon regeln, aber ohne die Aushändigung der künstlichen Intelligenzen könnten sie uns niemals vertrauen. Als ich auch das alles ablehnte, wurde er wütend. Ich konnte es in seinen Augen sehen.“ Mister Winson schluckte, ehe er weiter erzählte. „Dann ging alles furchtbar schnell. Ehe ich mich versah, drückte er meinen Kopf auf die Tischplatte und er drohte damit, meinen Kopf zu gefrieren.

Meine Soldaten waren vollkommen erstarrt vor Angst. Wir wussten nicht, dass er gar nicht in der Lage dazu war. Er war ein Illusionist. Er täuschte uns lediglich. Seine Jäger gingen auf die Cyron-Soldaten zu, während mein Kopf noch immer auf die Tischplatte gedrückt wurde. Im Angesicht dessen ergaben sich meine Soldaten. Sie mussten ihre Kleider und Waffen ablegen. Man knebelte sie und auch mir wurde danach ein Fetzen Stoff in den Mund gepresst. Der Magier zog meinen Kopf hoch und starrte mich an. Ich wollte wegsehen, doch die Angst vor dem Tod ließ das nicht zu. Er las meine Erinnerungen, meine Gedanken. Ich spürte, wie er all mein Wissen aufnahm, während sich seine Jäger der Garderobe und Waffen meiner Soldaten bedienten. Dann war es so weit: Er nahm meine Gestalt an und gab mir dafür seine. Erst da wurde uns bewusst, dass er ein Illusionist war, doch es war zu spät. Wir waren unbewaffnet und längst in ihrer Gewalt. Man sperrte mich später als Magier in die Kältezelle, während man auch meine beiden Männer in dieser Täuschung als Jäger wegsperrte, während er alles, was danach geschah, als Mister Winson mit seinen falschen Cyron-Soldaten begleitete. Sie haben danach ihren Plan also scheinbar ohne mich und meine Einwilligung fortgesetzt."

Sky war, wie alle anderen, völlig entsetzt von dieser Wahrheit. „Das habe ich nicht gewusst", sagte sie, als wollte sie sich entschuldigen.

Mister Winson winkte ihre Worte ab. „Schon gut, das hat scheinbar niemand gewusst. Wir alle haben mit so etwas nicht gerechnet. Sie einzuladen war mein größter Fehler. Nur wegen mir …", dann stoppte er. Er sah getroffen aus. Seine sonst so harten Züge schienen plötzlich viel weicher, als Sam sie je zuvor gesehen hatte.

„Das ist nicht Ihre Schuld“, versuchte Sam ihm diese Last zu nehmen, „sie hätten einen anderen Weg gefunden, wenn Sie sie nicht eingeladen hätten.“

Mister Winson nickte dankbar. „Vielleicht hast du Recht“, sagte er.

Dann blieb es kurze Zeit furchtbar still zwischen ihnen.

Robert sah sich vorsichtig um. „Und was jetzt?“, fragte er. Er konnte sich nicht vorstellen, was Sam eigentlich plante.

„Jetzt klären wir Coroc auf“, antwortete sein Sohn entschlossen.

KAPITEL 33

Mister Winson sprach mit der K.I. des Energienetzwerks. Er bat sie darum Sam und seinem Vater genau zuzuhören. Es sollte lernen, wie es seinem Gegner schaden konnte.

„Das knisternde Geräusch, das die Magier erzeugen, dient ihrer Kommunikation. Es ist so ähnlich wie ein Schallsignal, eines, das gestört werden kann“, erklärte Sam dem unsichtbaren Zuhörer Coroc. „Der R2 hier“, fuhr er fort und deutete auf Sky, „hat mit einem seiner Schallangriffe dafür gesorgt, dass sie wie wir von dieser Frequenz einfach ohnmächtig wurden. Ich glaube, dass es ein einfaches Prinzip ist.“

Robert beobachte seinen Sohn, dessen Kopf zur Decke geneigt war und sich stetig von links nach rechts bewegte. Er hörte gespannt zu. Sam schien keineswegs mehr nur der Träumer zu sein, der er noch vor einigen Tagen gewesen war. Er hatte sich so sehr verändert. Sky hatte sein Interesse für Cyborgs geweckt und mit diesem auch das Interesse an dieser Welt. Er ließ die Vergangenheit Vergangenheit sein und kümmerte sich um die Gegenwart. Er sorgte sich um die Zukunft Hopes und die der Menschheit. Nun sprudelten Erklärungen aus seinem Mund, die Robert an ihn selbst erinnerten, an die Zeit, als er ein junger Bursche gewesen war und den Entschluss gefasst hatte, dass nur die Forschung neue und wegweisende Änderungen mit sich brachte, an die Zeit, in der er alles genauestens beobachtet hatte, um etwas begreifen zu können. Scheinbar hatte auch sein Sohn einen Blick auf die Magier geworfen. Er schien eine Idee davon entwickelt zu haben, wie man sie aufzuhalten vermochte. Voller Selbstbewusstsein hatte er das Wort an sich genommen und stand nun im Mittelpunkt des Geschehens. Der schüchterne Knabe war dem mutigen jungen Mann in ihm gewichen. Robert lächelte.

„Zur Zeit der Erdbevölkerung schädigten Sonarangriffe Wale und Delfine. Die Angreifer nutzten das Prinzip, das diese Säugetiere zur Ortung verwendeten, doch statt zur Orientierung entsandten sie viel niedrigere Schallsignale, die in der Lage waren zu töten. Wenn wir also ihre Frequenz imitieren und diese niedriger aussenden als sie selbst, könnte das dazu führen, dass wir eine Störung verursachen. Ich bin mir nicht sicher, ob es funktionieren wird, aber ein Magier hat mich auf diese Überlegung gebracht, einer, der auf unserer Seite ist und von dem ich glaube, dass er mir diesen Hinweis nicht grundlos gab."

Fragend sah Robert zu seinem Sohn. „Gallad?", schienen seine Augen zu fragen und Sam nickte stumm. „Wirklich clever, Sam", entfuhr es Robert. „Das ist einen Versuch wert. Was haben wir schon zu verlieren?", fragte der Professor Mister Winson.

Das Stadtoberhaupt willigte augenblicklich mit einem Kopfnicken ein. Sofort gab Robert dem Hauptsystem Anweisungen: „Coroc, machen Sie Aufnahmen der Umgebung und filtern Sie das knisternde Geräusch heraus. Prüfen Sie die Frequenz. Stoppen Sie dann die Alarmsignale der Stadt und spielen Sie stattdessen einen niederfrequenten Ton dieses Geräusches."

Coroc antwortete umgehend: „Aufnahmen werden gestartet."

Erwartungsvoll sah Sam seinen Vater an. „Wenn es nicht klappt …", begann er, doch er konnte seinen Satz nicht beenden.

Sein Vater unterbrach ihn prompt. „Wichtig ist, dass man es versucht, Sam", sagte er. „Ideen muss man umsetzen, um zu erfahren, ob man Recht behält. Nichts anderes sind Wissenschaft und Forschung." Dann lächelte er und ging auf seinen Sohn zu. Sanft strich er ihm über den Kopf. „Ich bin unglaublich stolz auf dich", sagte er, „ganz egal, wie das hier ausgehen wird, ganz gleich, ob du mit deiner Idee Recht behalten wirst oder ob ich mit meiner Vorstellung der R2-Serie Recht hatte. Bewahre dir bitte all das, was du aus dieser Zeit mitgenommen hast."

Sam nickte. Sein Blick wanderte zu Sky hinüber. Sie beobachte Robert und ihn aufmerksam. „Als ich damals diesen Unfall hatte", sagte Sam zu seinem Vater, „da hat Mom gesagt, dass ich nicht traurig sein soll, dass ich für die nächsten Tage ans Bett gefesselt sein würde. Sie sagte, ich solle auch in den scheinbar schlimmsten Ereignissen nach etwas Gutem suchen."

Robert lächelte, als er sich daran erinnerte. „Du hast damals mit dem Lesen angefangen, weil du nichts anderes machen durftest."

Nun musste auch Sam lächeln. „Ja", antwortete er, „ich habe dadurch etwas sehr Gutes gefunden."

Wieder fiel Sams Blick auf Sky, die einige Schritte entfernt stand und scheinbar nicht mitbekam, worüber sie redeten. Auch Robert blickte zu dem R2 hinüber.

„Ich weiß genau, was du damit sagen willst", entgegnete sein Vater und strich ihm erneut über den Kopf.

Plötzlich verstummten die Alarmsignale der Stadt.

„Es ist soweit", sagte Mister Winson. Alle sahen sich erwartungsvoll um. Es schien wie die Ruhe vor dem Sturm. Man hörte nicht einmal mehr einen Angriff der Magier. Sam atmete noch einmal tief durch. Coroc startete Hologramm-Bilder der Stadt, die plötzlich an den Wänden um sie herum aufleuchteten.

„Wiedergabe", erklang Corocs Stimme. Augenblicklich ertönte das knisternde Geräusch von außerhalb ihrer schützenden Mauern. Eyebots rasten durch die zerstörten Straßen. Menschen blickten verwundert empor. Die Eyebots flogen über das angerichtete Chaos. Sie suchten nach den Magiern. Auf einem der Bilder konnte man das Stadtarchiv erblicken, dessen Außenmauer teilweise zerstört war.

Sam schluckte wehmütig, als man das Hologramm der Erde wild aufflackern sah. Es drohte zu erlöschen. In diesem Augenblick konnte er spüren, wie Sky sich ihm näherte. Sie tauchte in seinem Augenwinkel auf. Vorsichtig ergriffen ihre Finger die seinen. Er blickte überrascht zu ihr hinüber. Hoffnungsvoll nickte sie ihm zu, als wollte sie ihm Mut machen, als wollte sie ihm sagen, dass er sich keine Sorgen machen sollte.

Als sein Blick auf die Hologramm-Bilder zurückfiel, geschah es, dass endlich ein Magier in einem der Bilder auftauchte. Man konnte sehen, wie er sich verzweifelt die Ohren zuhielt. Sein Gesicht war schmerzverzerrt. Er fiel geschwächt auf die Knie, schüttelte immer wieder mit dem Kopf, als könne er das Geräusch, das ihn bedrohte, einfach abwerfen. Soldaten Cyrons huschten ins Bild. Sie stürzten sich auf ihn und fesselten ihn mit Schlingfesseln. Als sie ihm die Hände von den Ohren nahmen, brüllte er laut auf. Er schien diesen Ton nicht zu ertragen. Fasziniert näherte sich Robert diesem Hologramm. Mit offenem Mund starrte er still darauf. Er konnte kaum glauben, was vor seinen Augen geschah. Zum ersten Mal in der Geschichte Hopes waren sie den Magiern und ihren Künsten überlegen, die Technik siegte. Sams Idee schien Cyron vor dem Schlimmsten zu bewahren. Weitere Magier waren im Bild vor ihm aufgetaucht. Kopfschüttelnd hielten sie den ankommenden Soldaten ihre Hände hin - freiwillig, nur damit die Aufnahmen stoppten. Sie störten scheinbar nicht nur ihre Kommunikation, die Lautstärke und Frequenz dieser Töne schienen ihnen körperliche Schmerzen zuzufügen. Sie resignierten einfach, warfen sich zu Boden, hielten ohne Weiteres inne und gaben kampflos auf.

Ungläubig drehte sich Robert zu Sam um. „Es funktioniert“, stammelte er fassungslos, „es funktioniert wirklich.“

Corocs Stimme erklang: „Bestätigung: Der Angriff ist erfolgreich. Frequenz wird nun in den Außengebieten gestartet.“

Sam zitterte plötzlich vor lauter Aufregung. Er spürte, wie ihm nur langsam bewusst wurde, was das wirklich bedeutete. *Ich habe vielleicht die Welt gerettet,* ging es ihm durch den Kopf. Wie betäubt richtete er seinen Blick zu Boden. Seine Finger lösten sich von Sky und fuhren bebend seine Stirn auf und ab. Die Anspannung glitt augenblicklich aus seinen Gliedern und er sank zitternd auf die Knie.

„Sam“, hörte er seinen Vater auflachen. „Sam“, wiederholte Robert, als er seinen Sohn an der Schulter schüttelte. „Sie können uns nichts mehr anhaben.“

Auch der Professor ging nun in die Knie. Mit den Fingern ergriff er Sams Kinn. Er hob seinen Kopf und sah ihn mit wässrigen Augen an, Tränen der Erleichterung, die Anspannung der letzten Tage, der Flucht und des Prozesses, die Angst vor der Auslöschung fielen von ihm ab.

„Ich kann es kaum glauben", stammelte Robert, doch er lächelte. Dieser Augenblick schien so verrückt und war doch so real. „Du hast es geschafft", sagte er, „nur du, Sam."

Dann hockte sich auch Sky zu ihm hinunter. Sam konnte spüren, wie sie ihr Gesicht an seine Schulter drückte. „Danke", flüsterte sie. Sam sah sie an. Nur langsam richtete sich ihr Kopf auf und er konnte sehen, dass auch sie mit den Tränen kämpfte. Er begriff gar nicht, was geschah, als ihr Gesicht sich seinem näherte. Sie schloss die Augen, als ihre Lippen plötzlich seine berührten. Das Zittern hörte schlagartig auf. Sein Körper erstarrte augenblicklich. Ihn durchströmten tausend Gedanken, doch der Lauteste von ihnen war, dass das gerade wirklich geschah. Sie küsste ihn.

Als sie sich langsam von ihm löste, lächelte er. Er konnte gar nicht anders. Sam ging nun nur noch eines durch den Kopf: *Am Ende bekommt immer der Held das Mädchen.* Ja, so war es. Dieses Mal war er der Held, begriff er langsam. Dies war seine Geschichte, so wie sein Vater es bereits am Rand des Waldes zu ihm gesagt hatte, als hätte er vorausgesagt, dass ihn all das veränderte, dass er in dieser harten Zeit wachsen würde - und zwar weit über sich hinaus.

Robert erhob sich und legte seine Atemmaske an. „Ich muss zu meiner Frau." Seine Worte richteten sich an Mister Winson.

Das Stadtoberhaupt nickte ihm einwilligend zu. „Coroc“, erklang seine Stimme, „bereitmachen zum Abflug des Gleiters. Ich werde allerdings bleiben.“

Das Energienetzwerk gab die Rückmeldung, dass sich das Tor der Decke umgehend öffnen würde. Die Hologramm-Bilder erloschen und ein schmaler Spalt in der runden Wand, die um sie herumlag, öffnete sich. Diese Öffnung ließ einen Gang erblicken. Langsam standen nun auch Sam und Sky auf.

„Zehn“, begann Coroc mit der Zählung.

„Ich kann sie alleine suchen, Sam“, sagte sein Vater.

Sein Sohn schüttelte mit dem Kopf. „Ich will mit dir gehen“, antwortete er.

„Neun“, hallte es durch die Halle.

„Du hast doch schon genug getan.“ Robert lächelte, als er das aussprach.

Auch um Sams Lippen spielte ein kurzes Lächeln, das sogleich erstarrte. „Aber sie braucht uns vielleicht beide“, erklärte er.

„Acht.“

Robert presste die Lippen aufeinander. Wortlos ging er auf den Gleiter zu. Sam legte sich nun ebenfalls die Atemmaske an. Er spürte, wie Sky seine Hand ergriff.

„Sieben“, zählte das System.

„Ich komme mit euch“, sagte Sky und Sam nickte dankbar. Sein Blick fiel auf Mister Winson.

„Beeilen Sie sich und viel Glück“, sagte das Stadtoberhaupt.

„Sechs“, ertönte Corocs Stimme und durchbrach damit die kurze Stille, die herrschte, als Sam beobachtete, wie der bärtige Mann durch einen Spalt in den Gang verschwand. Sein Blick fiel erwartungsvoll auf den Gleiter.

„Fünf.“

Sky drückte ermutigend seine Hand. Erst dann ging Sam mit ihr auf das Fahrzeug zu.

„Vier", ertönte es dumpf, als sich die Tür des Gleiters gerade schloss.

„Wir werden sie finden", sagte Robert, als er einen Blick auf die beiden zurückwarf. „Ich weiß, dass wir sie finden werden", wiederholte er, als er den Gleiter startete.

„Drei." Gleich würde sich der Himmel über ihnen auftun, wurde Sam bewusst. Dann würden sie wieder in diese zerstörte Welt aufbrechen, durch die noch immer das knisternde Geräusch hallte.

„Zwei", zählte Coroc weiter runter. Gedankenverloren warf Sam einen Blick aus dem Fenster. Irgendwo da draußen war seine Mutter und er spürte, dass sie sie finden würden. Er hoffte nur, dass sie nicht unter einem der Trümmer oder einer der Scherben begraben lag.

„Eins."

In diesem Augenblick öffnete sich die Decke über ihnen. Sonnenlicht flutete den Raum. Langsam erhob sich der Gleiter und verschwand in die zerstörte Stadt. Er glich einem Stern am Horizont, der die finstere Nacht überlebt hatte und sich am Glanz der Sonne ergötzte. Hoffnung war das Einzige, das diesen Gleiter in weiter Ferne antrieb; Hoffnung darauf, dass dieser Krieg endgültig gewonnen und das Leben von Sarah noch zu retten war.

EPILOG

All das liegt jetzt auf den Tag genau zwanzig Jahre hinter mir. Nachdem wir meine Mutter lebend aus den Trümmern des zerstörten Gleiters befreien konnten, dachte ich, dass meine Geschichte damit enden würde, dass diese Woche die aufregendste in meinem Leben gewesen sei. Doch als mein Vater mir damals sagte, dass es meine Geschichte sei, meinte er nicht nur diese Tage. Er meinte mein ganzes Leben, dass ein jeder seine eigene Geschichte schreibt, dass sie viel intensiver ist als alles, was man je lesen wird. Er hat mir damals etwas mitgegeben. Er hat mir klargemacht, dass ich mein Leben nutzen sollte, die guten und die schlechten Tage. Das meinte er, als er sagte, dass ein Held manchmal auch Opfer bringen müsse. Und was soll ich sagen? Er hatte Recht.

Vor mir lag eine einmalige und unglaubliche Geschichte, eine, die ich selbst gestaltet habe, nicht nur in den Tagen des Krieges damals, sondern auch Jahre danach. Ich wurde beispielsweise zum ersten Mann, der einen Cyborg zur Frau nahm. Ich wusste einfach, dass ich mich vom ersten Augenblick an in Sky verliebt hatte. Dabei war es uns egal, dass ich eines Tages ein alter Mann sein würde und sie ewig die junge Schönheit blieb. Wir wussten, dass unsere Gefühle stärker als solche Oberflächlichkeiten waren. Die Zeit, die uns zusammen bleiben würde, wollten wir in jedem Augenblick genießen. Für uns war es bedeutungslos, ob Mensch oder Maschine. Anfänglich hatte all das viel Aufsehen erregt und es gab viele Menschen, die uns mit verachtenden Blicken straften. Auch in den Medien wurde darüber öffentlich diskutiert. Aber was soll ich sagen? Wichtig war doch, dass ich wahrlich liebte und nicht wen oder was. Mir war einfach egal, was andere davon hielten, denn sie war ein freies Lebewesen. Das hatte das Gericht nach Cyrons Wiederaufbau entschieden. Der Stadtrat hatte die Freigabe erteilt und somit den Traum meines Vaters wahr gemacht, für den er so aufopfernd gekämpft und für den er alles gegeben hatte.

Ich erinnere mich ganz genau daran, wie stolz er aussah, als man ihm eine weitere Auszeichnung für seine Dienste als Wissenschaftler überreichte. Ausgerechnet ihm! Einem Mann, der unter Jägern groß geworden war und der all das hinter sich gelassen hatte, um dem Ruf seiner Natur zu folgen. Er wollte sich weiterentwickeln, vorankommen, das Leben begreifen und Antworten finden. Wenn ich ihm in die Augen sehe, dann weiß ich, dass er mit der Erschaffung der gefühlvollen K.I. gefunden hat, wonach er so lange gesucht hatte. Ich war nicht immer einer Meinung mit ihm. Ich weiß, dass ich oft mit den Augen gerollt und ihn genervt angesehen hatte. Doch mir ist auch bewusst, dass ich schon damals bewundernd zu ihm aufgeblickt habe. Ich hätte das nie zugegeben, aber es gibt eben auch Dinge, die man nicht aussprechen muss. Er wusste es. So wie ich wusste, dass er mich schon immer für einen cleveren Burschen gehalten hatte.

Die Jäger waren der Schlacht in Cyron nicht gefolgt. Die Magier kämpften lediglich mit den wenigen ihrer Art, die vor Ort waren. Gallad hatte mit seinen Worten also etwas verändert. Er hatte die Jäger nachdenklich gemacht und sie wieder näher an uns herangeführt. Es gab keinen Krieg mehr zwischen uns. Die Menschen hatten wieder zueinander gefunden, ganz nach dem alten Motto „Leben und leben lassen". Auch wenn ich Gallad nie wiedergesehen habe und leider nicht weiß, was mit ihm passiert ist, so bleibt er für mich ein Held dieser Zeit. Er hat sein Leben für die Wahrheit aufs Spiel gesetzt. Er war der Beweis dafür, dass wir einander doch ähnlich waren. Auch Dr. Miles hat so einiges dazu beigetragen. Ohne seinen Gleiter und die Behandlung des Kindes wären

Gallads Worte schließlich nie erhört worden. Zum Glück gab man ihm sein Fahrzeug zurück und mit ihm bekam er auch eine Menge Anerkennung für seine Arbeit. Er hat mit seiner selbstlosen Tat wirklich viel bewegt.

Und die Magier? Sie mussten einsehen, dass wir in der Lage waren, uns zu wehren. Unsere Angreifer hatten sich ergeben oder waren geflohen. Zum ersten Mal hatte unsere Technik über ihre Fähigkeiten gesiegt und das hatte die Zukunft verändert. Es dauerte Jahre, bis sie wieder Kontakt zu uns suchten. Die vereinten Stadträte Hopes handelten mit ihren Oberhäuptern einen Friedensvertrag aus, einen, in dem keinerlei Bedingungen über irgendwelche Abschaffungen aufgenommen wurden. Man versprach sich lediglich friedlich miteinander zu leben und die andere Spezies zu respektieren. Nach all den Jahres des Krieges und dem letzten hinterhältigen Versuch, von dem ich gerade berichtet habe, war es sehr schwer einander Vertrauen zu schenken. Gallads und meine Vorstellung wurde daher leider nicht zur Wirklichkeit. Wir lernten weder von ihnen, noch sie von uns. Zu groß waren die Befürchtungen, dass sie unsere Technik eines Tages doch gegen uns verwenden würden und ich denke, dass sie ebensolche Ängste hatten.

Wir kümmerten uns weiter darum unser Leben dem des Planten anzupassen, seine Rohstoffe zu schonen und somit seine Umwelt zu erhalten. Meine Mutter half dabei aus neuen Energiequellen zu schöpfen. Der Abbau des damals so wertvollen Kristalls wurde unterlassen und eine neue Währung wurde eingeführt. Während sie darum bemüht war, Hope dabei zu unterstützen, hing ich noch immer meinem Traum nach.

Mister Hiemer hatte die Stadt nach seiner Aussage verlassen und kam erst nach dem Wiederaufbau zurück. Gerade in den ersten Wochen seiner Rückkehr war ich wieder täglich im Stadtarchiv. Wir unterhielten uns oft stundenlang und er bot mir eines Tages sogar Mittel an um zur Erde aufbrechen zu können. Ich lehnte dankbar ab. Ich wollte es alleine schaffen. So begann ich meine Geschichte aufzuschreiben und das Werk schon kurze Zeit darauf zu veröffentlichen. Besonders in Cyron boomten die Verkaufszahlen und andere Städte folgten. Für die Medien war ich schließlich der Junge, der zum Helden ganz Hopes geworden war und deshalb waren alle ganz verrückt nach mir. Gerade im ersten Jahr nach der Veröffentlichung wurde ich stetig in Nachrichtenstudios eingeladen. Als ich mit Mitte zwanzig dann Sky heiratete, waren wir erneut in den Medien präsent. Dabei ging es dann nicht mehr um den Krieg, sondern eher darum, ob meine Liebe „richtig" sei, aber auch das trug dazu bei, dass mein Werk wieder Thema wurde. Schließlich handelte es zum größten Teil davon, wie wir langsam zueinander fanden und das schien die Menschen zu interessieren.

Zur Hochzeit lud ich auch meine Tante Kira und meinen Onkel Terry ein. Seit unserem Aufenthalt in ihrer Hütte war viel Zeit vergangen. Ihre Familie hatte sich um eine Tochter erweitert. Mir war es damals gar nicht aufgefallen, ich dachte, sie wäre einfach etwas beleibt gewesen, doch Kira war zu dieser Zeit schon schwanger. Wir hatten sie in große Gefahr gebracht, doch gerade Kira war unglaublich dankbar mich dadurch wiedergesehen zu haben. Unser holpriger Weg führte schließlich dazu, dass wir einander oft besuchten und die Familie wieder zueinander fand. Ins Gebiet der Jäger zu fliegen war durch die wilden Tiere und giftigen Pflanzen noch immer gefährlich, doch man musste sich weder um die Magier noch um die Jäger selbst sorgen. Das war das Geschenk, das der Frieden mitbrachte. Meine kleine Cousine hatte das Glück in dieser Zeit aufzuwachsen. Sie las meine Geschichte und war jedes Mal sehr aufgeregt, wenn wir uns wiedersahen. Dann löcherte sie mich mit Fragen. Neugier lag scheinbar in unserer Familie und wenn ich darüber nachdenke, muss ich stets breit grinsen. Vielleicht ist sie der nächste Einstein, so wie Frank es einst zu mir gesagt hatte.

Frank Steele, der Mann, den wir nicht retten konnten und der den Krieg leider nicht überlebt hat. Ich denke oft an ihn, denn ohne ihn wäre meine Geschichte sicher ganz anders ausgegangen. Er hat das Forschungszentrum abgeriegelt und sich den Soldaten Cyrons widersetzt. Er hat die nötige Zeit geschunden und mich darauf aufmerksam gemacht, dass etwas nicht stimmte. Es gibt also immer mehr als einen Helden in einer Geschichte. Ich glaube fest daran, dass man wirklich Großes nicht alleine bewältigen kann. Ich bin Frank, Gallad, Mister Hiemer und all den anderen wirklich dankbar. Selbst an Lionel denke ich hin und wieder zurück. Seine Familie hat uns wirklich sehr geholfen und auch wenn es so endete, haben sie ihren Teil dazu beigetragen, dass schließlich doch alles gut ausging – Lionel vor allem damit, dass mir erst durch ihn bewusst wurde, was ich wirklich für Sky empfand. Wer weiß, wie lange ich ansonsten gebraucht hätte, um mir diese Gefühle wirklich einzugestehen. Doch auch wenn seine Familie ein wichtiger Bestandteil meiner Geschichte war, weder wir noch sie sind je wieder aufeinander zugegangen.

Aber solange Zeit bleibt, weiß man ja nie, wohin einen die Reise noch führen wird. Mich hat sie zumindest noch viel weiter gebracht als lediglich zu all diesen Personen. Nicht nur zum Krieg oder meiner Hochzeit. Ich sitze hier neben Sky und spüre, wie sich das Raumschiff langsam senkt. Meine Gedanken ziehen Kreise – um die Vergangenheit, die Gegenwart, bis hin zur Zukunft. Skys blaue Augen strahlen mich glücklich an. Mein Atem geht augenblicklich schneller, als das System die Rückmeldung der Ankunft gibt. Skys Hand sucht meine und drückt sie ermutigend. Ich nicke ihr dankbar zu. Ein weiteres Mal erinnere ich mich daran, wie ich sie erstmals sah. Dankbarkeit durchströmt mich. Ohne sie wäre ich jetzt nicht hier. Ohne unsere Geschichte hätte ich mir diesen Traum wahrscheinlich nicht erfüllen können. Vorsichtig schnalle ich mich ab und helfe auch ihr dabei.

„Bist du soweit?“, fragt sie mich liebevoll und ich nicke. Mein Herz rast noch schneller als in dem Augenblick, in dem sie auf den Altar zuschritt. Gerade, als sie mir die Atemschutzmaske reichen will, nehme ich ihr Gesicht in beide Hände. Ich presse meine Lippen fest auf ihre. „Danke“, flüstere ich ihr zu. Und sie weiß genau, wovon ich spreche. Sie begreift ganz sicher, dass ich nicht nur diesen Augenblick meine. Um ihre Mundwinkel spielt ein Lächeln und sie zwinkert mir zu. Vorsichtig nehme ich ihr die Atemmaske aus der Hand und lege sie sorgfältig an. Dann wandert mein Blick prüfend auf mein neues Hologramm-Armband. Es ist soweit, wird mir nun bewusst. Meine Finger fahren über die Steuerelemente und ich betätige die Öffnung der Ausstiegsluke. Licht strömt in das Innere unseres Raumschiffs. Ich blinzle augenblicklich und mein Gesicht beginnt, wie das Sonnenlicht zu strahlen, als ich den ersten Schritt nach draußen wage. Vorsichtig reiche ich Sky die Hand und helfe ihr beim Aussteigen. Ihr Mund öffnet sich fasziniert und sie grinst mich breit an. Auch ich sehe mich erstaunt um und erwidere ihr Lächeln. Fast zeitgleich blicken wir nach oben. Ich schlucke. Der blaue Himmel über uns verschlägt mir augenblicklich den Atem. Er ist schöner, als ich es mir jemals erträumt habe. Sky holt das Messgerät aus ihrer Hüfttasche. Sie lässt die Umgebung scannen und wartet auf die Rückmeldung. Es piept. Ihre Augen konzentrieren sich auf die angegebenen Werte. Neugierig nähere ich mich ihr. Nur langsam hebt sich ihr Kopf und ihr Gesicht blickt in meins.

„Alles okay", sagt sie.

Es ist, als fiele mir ein Stein vom Herzen. Ich kann die Atemmaske abnehmen. Ich kann die Luft einatmen, die bereits meine Vorfahren atmeten. Sofort ziehe ich mir die Maske vom Kopf und lasse sie in das satte Gras fallen. Dann sauge ich gierig die frische Luft ein. Es ist kühl, doch das ist angenehm. Noch fällt es mir schwer zu begreifen, dass ich wirklich hier bin. Skys Hand streichelt mir über den Rücken.

„Es ist wunderschön", sagt sie, während ihr Blick sich auf den Wald vor uns heftet.

Ich nicke zustimmend. „Sie ist wieder gesund", erwidere ich. Es ist an der Zeit eine Meldung zu machen. Ich hebe den linken Arm und starte mein Hologramm-Armband. Ich wähle das Forschungszentrum an. Nur dank den Wissenschaftlern dort bin ich hier und sie werden wissen wollen, ob alles gutgegangen ist. Erst jetzt begreife ich, dass ich es geschafft habe, dass ich kurz davor bin Hope davon zu berichten, dass unsere Heimat wieder bewohnbar ist. Ich bin so überwältigt, wie mein Vater es war, als der Krieg ein Ende nahm. Tränen füllen meine Augen.

Die Stimme meines Vaters erklingt: „Forschungszentrum Cyron. Könnt ihr mich hören?" Er klingt ängstlich. Vermutlich fürchtet er darum, dass wir ein Problem haben.

Ich bekomme nur schwer einen Ton heraus. „Dad“, sage ich nur.

„Sam“, erwidert er erleichtert, „geht es euch gut?“, fragt er sogleich.

Ich nicke, obwohl er mich nicht sehen kann. Dann starte ich eine Live-Übertragung, damit sie die Erde wie ich sehen können. Plötzlich herrscht Stille. Es ist, als genießen auch sie einfach den Anblick.

„Dad“, schniefe ich und spüre, wie mir nun Tränen die Wange hinablaufen, „ich bin endlich zu Hause.“

Die Originalausgabe erschien 2014
bei Christin Thomas
www.christin-thomas.de
E-Mail: mail@christin-thomas.de

Cover & Illustration: Christin Thomas
Buchsatz: mach-mir-ein-ebook.de
Lektorat: Jennifer Wagner, www.lektorat-wagner.de
CreateSpace Independent Publishing Platform
ISBN-10: 1499237219
ISBN-13: 978-1499237214

mach-mir-ein-ebook.de
E-Book-Verlag Jungierek
Melanie Jungierek
Frohmestr. 73
22459 Hamburg

4994525R00253

Printed in Germany
by Amazon Distribution
GmbH, Leipzig